ランとハーラン

FAMILY IN SIX TONES

母は難民、娘はアメリカ生まれ

A REFUGEE MOTHER, AN AMERICAN DAUGHTER

ラン・カオ／
ハーラン・マーガレット・ヴァン・カオ
麻生享志＝訳

小鳥遊書房

This edition published by arrangement with Viking, an imprint of Penguin Publishing Group,
a division of Penguin Random House LLC through Tuttle-Mori Agency, Inc., Tokyo

ウィリアム・ヴァン・アルスタイン、ハーラン・マーガレット・ヴァン・カオ、そしてアメリカンドリームに捧ぐ、たとえその夢がどんなものであろうとも

——ラン・カオ

父と母のために。奇妙な性格で人とは違う発想をし、とても言い表せないくらい言いたいことがたくさんある女の子たちのために。

——ハーラン・マーガレット・ヴァン・カオ

やってみるか、ひとつ、
大宇宙を揺るがすようなことを?
一分間の中にも時間はある、
一分間でひっくりかえる決断と修正の時間が。

というのも、ぼくは知ってる、みんな知ってるんだ――
夕方も、朝も、午後も、みんな知ってるんだ。
自分の人生なんか、コーヒー・スプーンで量ってあるんだ、
遠くの部屋からもれてくる音楽に押しつぶされ
絶え入るように消えてしまう声など、知ってるんだ。
　今さら、踏んぎるなんて!

T. S. エリオット「J・アルフレッド・プルーフロックの恋歌」より
(岩崎宗治訳『荒地』岩波文庫、二〇一〇)

ランとハーラン――母は難民、娘はアメリカ生まれ

目次

【凡例】

・可読性を鑑み、わかりづらい言葉は適宜説明を補って訳出している。また、改行や段落の変更も多少行なった。

・原文に使われている約物などは、可読性を優先し省略したところもある。

序

分かちあう人生（ラン）

人生で大切なもの。子ども時代の町サイゴン。そして娘のハーラン。ひとつは失われ、もうひとつは愛として育んだ。失われたものと愛するものとは、ときに複雑に絡み合いながら、どちらも火山のように激しく、心を襲う。その固有の戦場には、愛と温もりが満ちている。とても強く、なにもかもを包み込むような、辛くもあれば、目を覚ますような体験。ひとたびこれを経験すれば、人生がすっかり変わる。その瞬間だけでなく、後にその瞬間を思い起こすときにも、からだのなかで細胞が変化していくのを感じる。

私は祖国を失った難民だ。しかし、とてつもない喪失感よりも、はるかに深い愛をもつ母親として筆を執っている。地面と水。ベトナム語では、原初的かつ本質的なこの二語が組み合わさり、国という言葉になる。ベトナムの人々は、地面と海水から生まれた祖先の家としっかりつながっている。生まれてくる赤ん坊が、母親とへその緒で結ばれているのと同じことだ。大きく膨れた母のからだのなかで、母と赤ん坊は血と肉体によって結ばれる。そこには、ほかに選択の余地はない。

運命の巡りあわせでアメリカに来た私たち難民にとって、アメリカンドリームは強く尊いものだ。私たちはその夢を追っているのだろうか。夢を追うことは、本来すべきではないことなのだろうか。それとも、自分たちがつくりあげた夢のなかに、ふわふわと浮かんでいるのだろうか。アメリカンドリームを求めて多くの難民家族が悪戦苦闘する姿を見て思うのは、アメリカンドリームは本当に夢なのかということ。一日の半分以上を働きながら、夢など見られるのだろうか。

奇妙なことに思えるかもしれないが、難民であることと母親であることを、私はとても似たことのように感じる。どちらも安住の住処を求める、長くて複雑な人生を賭しての行動だ。ひとつは自分自身のため。もう一方は子どものため。こちらはより激烈だ。戦争と喪失から逃れ、平和と新しい生活を探す難民の旅。幸福と安定を求めるのは、子どもを育てる母親の旅。どちらの旅も足下を揺るがす障害物を避けての険しい道のり。どちらも謎だらけ。川に架かるモンキーブリッジを渡るようなもの。モンキーブリッジとは、ベトナムの田園地帯メコンデルタに架かる細い竹と手すりから成る手作りの橋だ。柔く滑りやすく、渡るには勇気と敏捷さが求められる。心とからだの強さがどちらも要る。私はこの橋をひとりで渡ったのではない。仲間の旅行者の助けが必要だった。その仲間とは、暗い闇から現れる影の分身たる神秘的なシャドウのことだ。

スイスの心理学者カール・グスタフ・ユングによれば、心の闇のなかで、意識の光に照らされることがない影の自分がシャドウだ。しかし、私が自分のシャドウと考えるのは、ユングが想定していたよりも奥深く、自己から分裂した複数の存在だ。一見すると他人のような私のシャドウは、知ることのできない理解不可能な存在で、よって恐ろしい。闘って押さえ込むか、束縛から解き放つかのいずれかの、どうにもコントロールできない状態で姿を現す存在だ。長い時間をかけて、じっくりと理解できるようになった結果、私は彼女たちを守護神と見なすようになった。今や私の一部として働く存在だ。

アメリカで暮らすようになって四〇年以上。それでも、時折落ち着かない気分になる。子どもを産んで一七年。あたかも新しい文化に挑むかのように、母親であることに挑戦する。育児本をいくら読もうとも、いかに人からアドバイスを受けようとも、母親という世界のなかで、いまだ移民のように感じる。とりあえずこの風景のなかを進みながら、思っている以上に揺らいでいる自分に気づく。よく理解もせずに、次々と契約条件を変えていく。到着したばかりの移民のように、どうすべきか態度を決めかねている。とくに早熟な娘が「良いお母さんね」と皮肉たっぷりの言葉を浴びせてくるときには、自分自身のことを疑ってしまう。私の言うことが気にくわないのだ。不満たっぷりな娘の様子。ぐらぐらと揺らぐ私の心とは実に対照的だ。

母語といった当たり前のことすらが、厄介な問題になる。私はベトナム語で育った。娘のハーランが生まれたとき、私はベトナム語で話しかけるべきか迷った。祖国や母語といった愛すべきものまでが、重荷となる。ハーランが二重の文化を背負いこみ、苦しむことがないほうが良いと思った。夫のビルはベトナム語がわからない。ベトナム語では会話ができない。娘は私がひとりでベトナム語を話すのを聴くだけだ。だから、ハーランにベトナム語で話すのはやめることにした。娘には私にないもの、私がやり遂げることができなかったものを与えたかった。それはひとつの人格として完全であること。私のように二股に裂かれ、分裂した人間になってほしくはなかった。ふたつの文化に身を寄せて生きるのも、周囲とは違うが立派なことだと気づき、私が心変わりする頃には、ハーランの幼い頭はすでに英語脳になっていた。ベトナム語だろうとほかのどんな言語だろうと、もはや外国語として学ばなければならなくなっていた。気づくのが遅れたことは、今でも後悔している。

ハーランは、ベトナムから遠く離れたアメリカで生まれた。しかし、望むと望まぬとにかかわらず、私は娘にベトナムを授けている。それが嬉しいプレゼントのときもあれば、重圧のときもある。いずれにしても、心のなかにしっかりと刻印される。一九七五年、一三歳のときに私はベトナムを失った。サイゴン陥落から四〇年経った二〇一五年、娘は一三歳になった。私にとっては、過去が現在になった瞬間だった。過去がもう一度特別な瞬間として、心に取り憑く瞬間だった。

これは強く深く心に訴えることだった。たぶん、私には人生がぐるりと一回転したかのように思えたからだ。まるで、ヘビが自分の尻尾を飲み込んでいるかのような感じ。それとも、人間が人生に秩序と対称性を求めているからなのかもしれない。一分一秒と時を刻む時計や、日毎にめくるカレンダーのおかげで、時を計ることができるという幻想が生まれるのもそのせいだろう。サイゴン陥落四〇年という重要な時を記念して、ロリー・ケネディが撮った映画『サイゴン陥落――緊迫の脱出』(*Last Days in Vietnam*, 2014) を見るために、ベトナム国外では最大規模の難民コミュニティのひとつ、ロサンゼルス郊外ウェストミンスター市にある映画館に娘と行った。

映画館は、私のように遠い祖国への深い郷愁の念に駆られたベトナム系の人々でいっぱいだった。アメリカ人によって滅茶苦茶に引き裂かれた祖国ベトナムとベトナム戦争の姿を、長年にわたりスクリーン上に観続けてきたので、私たち難民は、自らの記憶と知識の不十分さを感じながらも、アメリカ的視点から撮影されたベトナムの姿に、今度こそはなにかまともなものが描かれているのではないかと期待をもって、映画館へ行った。

私にとって映画を観ることは、ハーランと家族の歴史を共有するひとつの方法だった。娘とはベトナムの話をよくしたが、ハーランがテレビや映画でベトナムを見たことはなかった。手をつなぎながら、私たちは泣いた。アメリカが銃や弾薬の供給をやめるたびに、南ベトナムの都市が次々に陥落していく。なにが起ころうとも、どんな結果になろうとも、いかに破壊されようとも、アメリカにしてみれば、戦争を終わらせなければならなかった。映画が始まって数分、私は目を閉じた。映像から身を引き離すと、外の世界から遮断された頭のなかをさまよう自分がいた。映画館にいるようで、実は別の世界にいた。そこにいて、そこにはいなかった。身を離す方法なら知っていた。周囲には悟られないように、どこかをさまよっていた。四〇年前、コネティカット州エーボンのとある家のテレビ画面で、私はこの世の終わりを告げる出来事をじっと見つめていた。祖国が崩壊する前に、ひとり私だけが逃がれ住んでいたアメリカ人の家での出来事だった。

自分が親だったら、娘を祖国や家族から遠く離れたところに送り出すことができただろうか。再会できるのかもわからずに、別の家族に娘を託すことなどできただろうか。なにが起きれば、そんな行動をとることになるのだろうか。

ハーラン・マーガレットは私のたったひとりの子どもだ。やがて現実となった夢のような世界のなかで、妊娠した瞬間に娘の存在を私の内に感じるようになった。検査キットに反応が出る前からすでに、動いたり押したりを繰り返すこの新しい生命体のために、私のからだに変化が起きていた。胸は膨れ、お腹は柔らかくなり、食欲がわく。ひどい眠気。妊娠が診断されてからは、それを私の人生の一部として計るのではなく、生まれてくる子の未来に向けて進んでいく時間として捉えるようになった。

私もビルも大学で法律学を教える研究者だ。だから、アメリカ連邦最高裁に名を残す偉大な裁判官にあやかり娘を名づけた。ジョン・マーシャル・ハーラン。ケンタッキー州出身の裁判官だ。一八九六年、その後長きにわたりアメリカの人種差別を正当化することになる「分離すれども平等」という原理原則をただひとり否定した。悪名高いプレッシー対ファーガソン裁判で、ハーランだけが大勢に逆らい反対したのだ。娘には、男女に囚われない名前をつけたかったという理由もあった。それにハーランという名前には、ランという音が含まれる。こうして、私たちは絡み合い、互いに相手のなかに埋め込まれた。

一方、マーガレットという名前は、両親が私のことを託したアメリカ人女性に由来する。一九七五年南ベトナムが崩壊し、仮に両親と再会できなくなったときには、私は両親の大切な友人だったフリッツと彼の妻マーガレットの養女になるはずだった。マーガレットというのは、ハーランの父方の祖母の名前でもある。マーガレット・ウェア。カリフォルニア州サンタローザで育った早熟で自立した知的な女性。一六歳にしてスタンフォード大学に入学すると、三年間で卒業した。カリフォルニアのとある州立公園には、夫の母マーガレット・ウェア・ヴァン・アルスタインのフルネームが刻まれた記念碑が置かれたアカスギの森がある。アルスタイン家は商業目的の伐採から木々を守るために森を買いあげ、ナヴァロリバーレッドウッド州立公園に寄付した。二〇一九年に夫のビルが死ぬ前は、このアカスギの森へ幾度となく出かけた。その際の様々なエピソードは、ハーランにとって大切な家族の思い出になった。

娘には、ナム・フォンというベトナム語の名前も与えた。「南へ向かう」という意味だ。南を意味するナムとはベトナムを指す。つまりナム・フォンとは、「ベトナムへ向かう」ということ。ベトナム最後の女帝の名前でもある。ベトナム史では、国の団結と誇りを象徴する人物だ。

同時に、胎児は九ヶ月も母親のお腹のなかにいるのだから、私の名前を受け継ぐべきだとも思った。ただし平等を期して、夫と私の名前をどちらも使うという寛大な提案をした。夫の姓はヴァン・アルスタイン。私の姓はカオ。そこでハーランのために新しい姓をつくった。ヴァン・カオ。一見平等に見える。でも実際には、ビルは気づかなかったと思うが、この勝負は私の勝ちだった。というのも、ヴァンというのは元々オランダ語で属性を示すにすぎない。つまり、ハーラン・マーガレットは、カオ家に属するという意味になる。

生物学的にいえば、ハーランは私から出てきたといえる。でも、妊娠したときから、私たちは糸のようなもので結ばれているかのように感じた。つまり、私も彼女から生まれてくるかのような感覚だ。母親であることと赤ん坊であることは一心同体だった。加えて、ベトナムでは母が子を宿したときから、母子関係はすでに始まっていると信じられている。胎児が大きくなるにつれ、その関係も強くなる。だから子どもが生まれたときには、すでに一年もその関係が続いてきたことになる。母親が胎児に話しかけるのは自然なことだ。音楽を聴くときには、ＣＤプレーヤーをお腹に近づける。お腹の子どもに読み聞かせもする。私たちは互いの動きにとても敏感だったし、お腹に胎児の頭が当たるのを感じることもあった。ときには胎児の肩をつかんで、私の居心地が良くなるように向きをなおすこともあった。私が咳をすれば、子どもが強烈にしゃっくりをする。それが一五〇回も続く。リズミカルにお腹を叩いて、胎児を呼び出すこともあった――するといつもより力強く動いて、子どもは私の呼びかけに応える――私たちだけの秘密の通信。

妊娠したとき、私はほぼ四〇歳だったので、羊水検査を勧められた。そして、検査中に起きた出来事のおかげで、ハーランの性格がよくわかった。からだを傷つけ、流産することもある検査なので、当然私は神経質になっていた。羊水検査は、妊娠一六週以降に行われる。その頃までには、お腹の子どもに充分な愛情を感じていたし、切っても切れない関係になっていた。胎児のからだの動きを感じていた。朝にはこんな感じで動き、夜には別の動きをする。本を読んだり音楽を聴いていると、おとなしく落ち着く。ゆっくりシャワーを浴びているときもそうだ。たっぷり食事をとったあとには、元気に動く。検査で発達異常が見つかったとして、中絶などできるだろうか。

超音波に従い医者《ドクター》が腹部に針を指すと、子宮の壁を越えて羊膜に達した。画面上の超音波画像をじっと見つめる私。白黒の粒子を背景に浮かびあがる胎児の姿が見える。突然、医者は作業を止めた。殺菌したグローブが私のお腹の上で動きを止める。部屋を出ると、別の医者とともに興奮した様子で戻ってきた。なにか問題があったのだろうか。怖い。代わりに医者はこう言った。胎児とは離れた場所に針を刺したけれど、驚いたことにハーランはそれに気づき、針をつかもうとするかのように手を動かした。「とても繊細で、特別な赤ちゃんですよ」。医者は言った。

それは本当だった。大袈裟に言っているのではない。母親ならば、誰でも我が子を特別だと思うだろう。ただ、ハーランは本当に繊細な子だ。洞察力が鋭く、すべてによく気づく。彼女がまだ二歳の頃、迷子になった赤ちゃんクジラの本を読み聴かせていたときのことだ。赤ちゃんクジラが親クジラに再会できた場面で、ハーランは親クジラを指し、「どっちがお母さんクジラで、どっちがお父さんクジラかわかる」と聞いてきた。よく見れば、どちらのクジラもグレーで同じような大きさだ。見分けがつかない。そこで「わからない」と答えると、ハーランは嬉しそうに、こっちがお母さんだと指さす。その理由を聞けば、クジラのまつげを指さして、「このクジラのまつげの方が長いでしょ」と言う。私にはわからなかったことだ。ただ、とても細かな点に気づくハーランだからこそ、私の弱点や、私が自信がない様子には、すべて気がつく。そして、それを自分が有利になるように利用した。私は親が子どもよりはるかに偉い存在だという、ベトナムの文化的慣習を娘に伝えることができないでいた。ハーランは私の心の葛藤を知り、それを利用して私を戸惑わせた。

ベトナムの言い伝えでは、子どもの性格は、母親の妊娠と出産時の体験で決まるという。赤ん坊は母親の記憶を受け継ぎ、それを血肉とし遺伝子に組み込んでいく。たとえば私の兄トゥアンは、四〇歳の若さで死ぬまで懸命に人生を生き抜いた。母によれば、兄は一九歳で入隊した南ベトナム軍にいた短い間だけではなく、母の胎内にいるときから、戦争の影響に苦しんでいた。母が妊娠中に経験したトラウマに、胎児のときから呪われてきたというのだ。爆撃や爆発、それに砲弾が母を不安で飛びあがらせた。兄を妊娠している間、母は父とともに北ベトナムにいた。一九五四年にベトナムが分割され、共産主義の北と非共産主義の南になる以前、父はフンイェンに駐在していた。母はお腹の赤ちゃんの不安と苦痛を感じた。母が感じる不安と恐怖を兄が吸収し、それが重く蓄積していった。

妊娠七ヶ月のとき、母が乗っていたバスを、暴徒が待ち伏せる事件が起きた。バスの運転手と車掌は、母が妊娠していることに気づき、母を守るために座席の下に潜り込ませた。多くの銃弾が撃ち込まれ、手榴弾が投げ込まれたあと、母は運転手たちの力なく重いからだを感じた。深い傷口から血が流れ出ていた。

その日生き残ったのは、三人だけだった。母とお腹の赤ちゃん。そして、三人目の生存者と一緒に、母は焼け焦げたバスの残骸から、足を引きずるようにして脱出した。周囲の破壊された車の列を縫って逃げる。川を見つけると、それを目指して走った。あたりで銃撃が続く間、ぬかるんだ土手に身を隠した。水のなかはヒルだらけだった。鼻のなかに血をたっぷり吸ったヒルがいた。お腹にもヒルがたくさん吸いついて、柔らかい肌に巣食う。まるで迫り来る吸血鬼の存在を感じているかのように、お腹の赤ちゃんが怒ったように足を蹴り動かした。

母がヒルを取り除こうとしても、血を吸った頭が肌に吸いついたまま離れない。母はお腹の赤ちゃんが、ヒルに汚されるのを恐れた。ようやく町に戻ると、かかりつけの医者に行き、さらには呪術医も訪ねた。そこで胎児が心の落ち着きを失って病んでいると知り、薬草の煎じ茶を処方された。薬のおかげで流産はせずに済んだものの、赤ちゃんの心の均衡は、母の不安と周囲の騒乱によってかき乱されたままのように思えた。父はこれを怪しんで、母が厄介者の息子を甘やかし、かばっていると愚痴をこぼした。

幸いにも私の妊娠は、何事もなく無事に進んでいった。ただ、子どもを産むのは難しく、苦しみですらあった。出産から、より正確に言えば、私のからだから子どもを追い出してから、一七年の月日が経つ。祖母は一八回も出産を経験したけれど、みんながみんな無事この世に生まれ出たわけではなかった。私と年子の弟は、母が私を産んだ同じ病院で死んだ。私たちが五番目の母と呼ぶ叔母は、三人の元気な子どもを産んだあと、死産を経験し、娘を失った。女性がこの世に新たな生をもたらすときに、起きうる現実がこれだ。だから、母親はどんなに恵まれた境遇でも、子どもの安全を心配する。子どもはそんな母の不安に気づかないこともあれば、イライラすることすらある。生と死が複雑に絡み合いながら生まれてきたことを憶えていないからだ。自らが生まれてきた経験は、子どもにとっては人生の余白に後退しているが、産んだ母のなかにはしっかりと残ったままだ。

最初の陣痛が起きたのは、二〇〇二年八月二日の夕方だった。いまだかつて感じたことのない強い痛みに、床の上に倒れ込んだ。翌日午前二時に病院へ行ったが、一時間後には家へ返された。子宮口が充分開いておらず、陣痛もまだ遠かったので、入院が認められなかったのだ。五分以内に四五秒から六〇秒間続く陣痛が繰り返し来るまで待つようにと言われた。家に帰ると、ベッドの上で横になった。痛みがとてもきつかった。なんとか陣痛を数えようと気を奮い立たせた。陣痛は徐々に規則的になってきた。それでも、七分から一〇分おきに苦しみが三〇秒ほど続く程度だった。四五秒以上にはならなかった。しばらくこの状態が続いたが、八月四日の朝になると、陣痛の強さと長さが変わった。夫とともに病院へ行くと、入院が認められほっとした。

ただ、どこを取っても難しい出産だった。硬膜外麻酔を受けたものの、陣痛は激しさを増すばかりだった。麻酔医は腰背部脊髄付近の感覚がない場所に、針を刺すのに手こずった。その医者は、糸にカテーテルを通すのにも苦労した。手際の悪さをやたらと詫びる医者が当てる包帯に、染みついた血が見えた。次の一〇時間というもの、私はひたすら力むように言われた。赤ん坊の髪の毛が当たるのを感じた。しかし、彼女はなかなか出てこない。なかなか彼女を産み落とすことができない。私たちふたりはすでに衝突していた。

午後四時半、大きな騒ぎが起きた。胎児の鼓動が負担を示しているという。担当医が帝王切開の緊急手術を命じた。それからは、なにもかもがコマ送りのように早く進んだ。私たちがいるのは夏には暑いアメリカ南部。それにもかかわらず、私は毛布にくるまれると車椅子に乗せられ、別の部屋に運び込まれた。担当の産科医が仲間の医師たちと協議する。私は小児科医を紹介された。下腹部のビキニラインの下になにかを強く感じる。すると次の瞬間、この世で最も美しい声が聞こえた。赤ん坊の産声。生命の輝き。これまでの苦しみと激痛のすべてを価値あるものに変える泣き声。夫の専門は憲法だったが、不法行為法にも詳しく、手術中の事故がいかに頻繁に起きるかをよく知っていた。だから開口部を閉じる前に、すべての医療器具を安全に取り除くよう医者に促した。そのやさしい物言いはユーモアと解釈され、医療チームの笑いを誘った。

その笑いが、突然止んだ。部屋の空気が一変するのを感じた。赤ん坊が部屋から連れ出された。部屋の静寂に、私は身を堅くした。悪寒を感じる。からだ全体が震えだし、歯が止むことなくカチカチする。帝王切開で使われた麻酔の副作用だと、医者が言う。ただ、私は不安になった。別の毛布にくるまれ、車椅子に乗せられると病室に戻った。小児科医と産科医が部屋に来た。ハーランは気胸を患っているという。肺胞に裂け目があると、胸から空気が抜け出してしまう。医師たちは、いろいろな可能性に言及しはじめた。強く泣き叫ぶと、肺胞に穴が開いてしまうこともあるらしい。小児科医によれば、生まれたときに泣き叫びすぎて、気胸を患う新生児もいるという。肺の壁から管を刺して、たまった空気を除けば、ハーランは無事回復すると言われて励まされた。ただ、安全な治療を行うために、ここから一時間ほどのところにあるバージニア州ノーフォーク市の子ども病院にハーランを移送し、新生児用集中治療室で経過観察するように医者は指示を出した。そのため、生まれた我が子を抱いたのは、出産後丸一日を経てからのことだった。

集中治療室からハーランが私のいる病院に戻ってきたとき、それまで感じたことのない身を焦がすような強い愛情を感じた。母親が子どもを守ろうと、危険に身を投げ出すときに感じる愛だ。頭や心臓といった命に不可欠で大切なものを、手や腕を使って本能的に防御するのと同じことだ。看護師がハーランを注意深く私の腕に乗せ、母乳を吸いやすい向きにした。胎内にいるときには、私のからだがハーランに栄養を与えた。今度は母乳で育てる段階になった。ハーランにとって、それは日々の糧であり、心を落ち着かせる源泉だった。三歳になるまで、娘は完全に乳離れしなかった。母乳をあげるのをやめようとするたびに、ハーランは激しく泣いた。育児本には、子どもが自分で落ち着くように諭すべきと書いてあるが、授乳を続けるだけで子どもが心の平穏を保ち不安なくいられるなら、それで良いと思った。大きくなれば、私の力では解決できない問題に山ほど直面するだろう。それに比べ、この問題は簡単に解決できた。

数ヶ月後、授乳に加えて、食事を与えるようになった。これはふたりの生活にとって大きな変化だった。大きくなるにつれ、日毎に娘が自立した存在になっていくのを感じた。潰したニンジンや豆を食べる。もはや私だけを頼りに生きているわけではない。歓迎すべきではあるが、悲しむべき瞬間でもある。私のからだのなかにいて、ふたりが複雑に絡みあっていた時期が終わった。娘は胎外に出て、一層自立していく段階にあった。

この頃、子育てに関する疑問が次から次へと湧いてきた。この世の美を分かち与え、あとは娘の自由にさせてやるべきなのか。汚れのない自然の美しさ。日の出や日の入り。輝くように若々しい芝の芽。ゴールドの光のようにまぶしい秋の紅葉。青々としていた木々の葉が、赤や黄に色を変える。それともこの世の危険や暴力、偏在する悪に気をつけるように教えるべきなのか。

ハーランが生まれたとき、私の人生は成熟期に入っていた。安住の家を買った。そのために組んだ住宅ローン。満足のいく仕事。アメリカでの生活が経済的に落ち着くまでは、子どもをつくりたくなかった。私の人生は私のもの。再び人生を揺るがす悲劇が起きても、ひとりならば生き延びることができる。

逆説的ではあるが、こうしたことが原因で、母親になる心構えがついていた。もちろん母親であることは、それまでの生活とはまったく違った。母親の注意を惹くために、娘がこの世で第一声を上げて生まれてからというもの、私はハーランと新たな旅に出た。ひとりでなにもかもできる旅ではない。ふたりで夢中になってこの旅を楽しむ。これまでにはなかった数々の出来事。感情の浮き沈みの繰り返し。それぞれが強く深く心に刻まれる。ふたりの人生が絡みあう。

かつては、母親が子どもを産むのだと思っていた。しかし、実際は逆だ。子どもが母をつくる。まずは保護者や養育者という親の役割を強いる。次にそれでは息が詰まり不愉快だと、その役割を退ける。そして、いつの日か再び別の条件の下、両者は結ばれる。

ハーランとは反りが合わないこともある。ふたりはブーメランのように交錯し、衝突することもある。ハーランが二歳のときのことだった。私は母の役割を離れ、仕事の面接のために一日中娘を家に置き去りにした。ハーランは泣き止むことなく、どんなにあやそうとも機嫌を直さず、哺乳瓶のミルクも役立たなかったという。家に帰ると、娘をしっかり抱きしめて寄り添った。するとハーランはすぐに泣くのをやめた。ただ、必要以上に構おうものなら、逆に不安を感じて泣くこともあった。

そしていうまでもなく、親が規則を押しつければ、それに逆らうのは子どもの特権だ。

私自身は両親に逆らう気持ちがあったのか憶えていない。でも、そうだったとしても、逆らうのが当たり前とは思っていなかったし、好き勝手にしていたわけでもなかった。厳格な規則と風習に則って子育てをする、ベトナム人の家庭で生まれ育ったからだろうか。それとも難民として暮らしていたがために、両親のガラスのような心を傷つけまいとしていたのだろうか。

生まれ年の干支で、人の運命や性格が決まるとは思っていないが、私が水牛（丑《うし》）年生まれで、ハーランが午《うま》年というのは面白い。水牛は、ゆっくり着実に頑張りながら進む。畑を耕す動物として相応しい特性を備えている。米を主食とする農業国のベトナムでは、伝統的に水牛は大切にされてきた。頑固で一徹な性格でもある。派手で艶やかでもなければ、きらめく才能があるわけでもない。対照的に、馬は芸術的で磁石のように人を惹きつける愛嬌がある。元気いっぱいな目立ちたがり屋だ。反抗的で気まま、それに子どもっぽいのも特徴だ。ベトナムの占いでは、水牛と馬が仲が悪いというのもよくわかる。人生のいかなる場面でも、私は失敗に備えて多くの予防策を講じている。ハーランはといえば、つねにひとつの計画しか準備しない。それが上手くいくと思っているからだ。私がやさしく修正案を示そうとすれば、いつだって抵抗にあう。ため息をつき、目をぎょろっと動かし、膨れっ面をする。ときにはあからさまな言い合いになることも。騎手を振り落とそうと跳ねあがる馬のようだ。とても高揚すると同時にひどく消耗する。

生まれながらに、ハーランは父親のビルによく似ている。のんびり屋で無頓着な性格は、つねに人生を楽しむタイプだ。予定通りに物事は進むと信じるがゆえに、万が一に備えるのは無駄だと思っている。私の過去を思えば、ハーランにとってビルはちょうど良いバランス役だった。だから私たちにとって、とりわけ娘にとって、ビルの死は悲しい出来事だった。ハーランはそのとき高校二年生だった。娘が肩肘張らず、気ままに接することができた陽気なアメリカ的生活の一部が、突然なくなってしまった。ベトナムの辛い苦しみを絶つことができない母がいても、ハーランは結局のところアメリカ人の子どもだ。私は成長期の重要な時期をアメリカで暮らしたが、決して自分をアメリカ人だとは思っていない。ベトナムで暮らしたのはたった一三年で、アメリカにはそれよりずっと長くいるけれど。いまだにアメリカ人であるとはどういうことなのか、理解できずにもがき苦しんでいる。

私は俗にいう一・五世代だ。ベトナムで生まれ、アメリカで成人したということ。おかげで複数の異なる人格に苛まれている。難民にはよくあることだが、私は自分の記憶だけではなく、両親のトラウマや苦しみをからだのなかに木霊《こだま》させながら生きている。過去から逃れようとしつつも、それを吸収しながら生きているのだ。決して本意ではないけれど、不安を心とからだに書き留める。多面的な分裂が引き起こされると、人格がいくつにも分割され、心が傷つく。影の人格。それぞれ別の名前(たとえばセシル)をもつシャドウ。一・五世代難民に多く見られることの現象は、個々人に傷痕を残す。同じ出来事でも、脳神経や神経伝達に与える影響はそれぞれ異なるけれど、痛みは痛みだ。うずくような痛みだろうと激痛だろうと、痛いことには変わりない。たとえ他人には見えなくても、毛細血管のようにからだの隅々まで走っている。

時折、過去が現在を飲み込むように乗っ取ってしまうことがある。また、過去が抑圧され、不思議なことに脇へ追いやられることもある。それでも、やがて過去は必ずや戻ってくる。長い間受けてきたセラピーのおかげで、私と私の内に宿る影の人格を結ぶ道を開くことができた。一方通行の単純なものではなく、多次元的な弧を描く道だ。だから、屈折や断片化の危険から身を遠ざけ、ついには和解と回復へと道筋をつけることができた。というのも、苦しいときに自分を抱きしめてくれる誰かと同じ部屋にいるのは、心温まる特別なことだから。尊い信頼関係で結ばれたその人は、確かな教育を受け、訓練を積んできた。ただし、その人との特別な関係は、学歴や技術を遙かに超えた次元に存在する。

アメリカで成長する過程で、難民として同化することの喜びと悲哀を経験してきた。一〇代の頃には、学校やテレビを通じてアメリカ的な生活に染まっていた。テレビを見ることができたのは、両親が私の英語の勉強に欠かせないと思っていたからだ。テレビドラマでは、アメリカ的なティーンエイジャーの反抗期を見ることができた。いつでも親の言うことに疑問を示し、口答えする子どもたち。鋭くも無骨な物言いに、スタジオの観客が笑い声をあげる。学校から帰るとただいまも言わずに自分の部屋に直行する子どもたち。親ときたらそんな子どもの機嫌を窺うように、忍び足でうろうろする。親の友人が訪ねてきても、リビングのソファにだらしなく座って立ちあがろうともせずに、軽く「ハイ」とだけ言う。テーブルの上に足を載せたまま親と話す子どももいる。靴底がはっきり見える。どの子も私たち難民の子どもが家でするようなことはしない。両親も一緒にテレビを観ていたが、こんな態度はいけないとは一言も言わなかった。これまでの育て方からして、私がこのような行きすぎた個人主義を受け入れはしないと、思い込んでいたのだ。一三歳という仲間の影響を強く受けやすい年頃ではあったが、私は両親に逆らうことなど決してなかった。家ではすっかりベトナム人だった私。しかし、外に出れば、ベトナム的な自分とアメリカ的な自分の間をさまよう、ふたつの側面をもっていた。

ハーランにはこんな経験はない。

娘にはアメリカの子どものような自信があり、自己主張をする。私のなかでも、それを理解し、サポートしているところがある。たとえ娘のふてぶてしい生意気な態度に苦労しても、ハーランには自分の声で話してほしい。アメリカで暮らしていれば、ベトナム人には馴染みにくい理想的な親子関係や、子どもの成長過程を認めなければならない。ベトナム系アメリカ人が抱える両義的な立場には複雑な感情をもっていたので、ハーランには日々のちょっとした出来事のなかでどっちつかずのメッセージを送ってきた。娘が生まれ育ったのは、ベトナム系難民が多く住む地域から遠く離れた場所だった。ハーランを産んだとき、私は父が住むバージニア州フォールスチャーチという難民社会の中心地から、車で三時間ほど離れた場所に住んでいた。だから、ハーランの身近にいるベトナム人は、私だけだった。私自らがためらいつつも魅力を感じていたアメリカ的価値観とは相反するベトナム的な雰囲気は、娘の周りには充分に行き渡っていなかった。

私は子どもの頃、ピアノを習っていた。基礎練習が嫌でピアノをやめたくなったとき、両親はそれを決して許さなかった。だめなものはだめ。「大人になって音楽が必要になったとき、きっと後悔する。ピアノを弾けるのは、ラジオの音楽を聴くのとは全然違う。」だから、続けざるを得なかった。ただ実際、続けていて良かったと思う。ベトナム人の家庭に生まれたので、私には親に刃向かい、自分のことを自分で決めるという習慣がなかった。しかし、ハーランには好き嫌いの権利もあれば、思った通りに行動する権利もあると信じている。娘がバイオリンをやめたがったときがそうだった。私は続けさせたかったけれど、無理矢理続けさせたくはなかった。ハーランにはやめる権利があることを知ったうえで、やめないでほしかった。続けさせることはできたが、それは娘が嫌がるものを無理矢理やらせることを意味した。練習のたびに飛び交う大声と叫び。私はあきらめ、ハーランはバイオリンをやめた。私は残念だったが、ハーランはご機嫌だった。少なくともしばらくの間は。

だから、幼なじみのマイがカナダのバンクーバーからバージニア州のウィリアムズバーグに越してきて、文化的には救われた。マイと私は年が近く、ベトナムでは家族ぐるみの付き合いだった。サイゴンでは同じ学校に通っていた。ふたりが別れることになったのは、南ベトナムが崩壊したとき。私はベトナムから逃げたが、マイの家族は国に残った。インターネットのおかげでようやく巡り会うことができたのは、随分経ってからのことだった。マイは家に泊まりで遊びに来るようになり、やがて私たち家族とすっかり打ち解けた。私たちは彼女を受け入れ、マイも私たちを受け入れた。四銃士の家族。私たちがつくりあげる、ほかには例のない家族。マイにはマイのベトナムの思い出があり、それが私自身の記憶であるように感じることもあった。四〇代半ばにして彼女を家族の一員として迎えたことで、マイも私もベトナムへ戻ったかのような気分だった。そのときハーランは六歳。マイのことをふたり目のお母さんと呼びはじめた。

マイも一・五世代難民だ。私と同じで、生粋のベトナム人とは言いがたい。とはいえ、ハーランに伝え残すべきベトナム的価値観の是非については、マイと私とで考えが一致していたわけではない。両親や年上の人を敬うのは当たり前だった。しかし、それ以外のことになると、ああでもないこうでもないと、夫を含めた三人の大人がつまずきながらも考えをまとめていった。はじめからハーランは生意気で、短気で、私に対して怒りっぽかった。それが娘には、自立を意味していた。ベトナムの家庭なら子どもを諭し教えると見なすことが、ハーランには私が不満を感じている証拠と映っていた。

あるときのこと。ハーランは週末の絵画教室で、水彩画を描いた。帰りの駐車場へ向かう途中、手をつなぎながら構図や色遣いについてちょっとしたコメントをすると、娘はやさしくも厳しい調子で言い返した。「お母さんは私の絵の先生じゃないわ。」娘が履いている小さなブーツが、視線に飛び込んできた。靴紐を結ぶのが苦手なハーランのブーツは、マジックテープで止めるタイプ。まだ五歳にすぎない。それでも声は生意気で自信満々だった。私たちがよくハーランのことを指して使っていたせいで、娘が覚えた言葉のひとつが「無礼」。もう少しマシな言葉で親子関係を示すべきだった。

きっと不穏な親子関係は、私たち家族が置かれていた状況にも原因があるのだろう。アメリカという土地では、決して平穏を見い出すことができないベトナム出身の私。私自身ベトナムに対しては、落ち着かない矛盾した態度をとってきた。ベトナムは文化であり歴史を意味するが、同時に戦争と喪失でもある。そこに母親であることが加わると、話がややこしくなる、とにかく複雑なのだ。いろいろなものが秩序なく混じり合い、不安定化する。「普通の家族じゃないわ。」アメリカ人固有の自信たっぷりな調子で、あっけらかんとハーランが言う。ベトナムには惹きつけられもすれば、疎遠にも感じる。いずれにせよ強い影響を私に及ぼす。洞察力鋭い娘は、私が心の平衡を失っていることを見抜いている。だからそれを利用して駆け引きを繰り返しながら、完璧なアメリカ流のロジックで対抗してくるのだ。

第一章

失われた世界（ラン）

私のアメリカ生活は、喪失とともに始まった。

一九七五年の四月、ベトナムが共産主義者の手に落ちる数ヶ月前のこと。アメリカから来た父の友人フリッツおじさんと私は、父が運転する黒いオペルのセダンに乗って、サイゴンのタンソンニャット空港へと向かっていた。空港へ行く道なら、よく知っていた。だから、タマリンドの街路樹と低いビルに挟まれた道に、違和感を覚えることはなかった。父は軍服姿だった。迷彩服に赤いベレー帽。そして、ピカピカに磨かれたいつもの軍靴。町は昼夜を問わず砲弾にさらされていた。仕事に向かう人々で溢れる街路は落ち着きなく、煙で焦げ臭かった。

戦争がこれほど身近に迫っていたのは、一九六八年のテト攻勢以来だった。日常と死が隣りあわせになった新年の荒れた光景を思い出すのは、いまだに怖かった。お祝いに使う爆竹の音と銃声はそっくりで、ベトコンはこれを利用して新年の祝賀の最中に攻撃を仕掛けた。私たちの家はチョロンにあった。サイゴンとは双子のような関係にある町だった。サイゴンのもうひとつの顔、シャドウにあたる。家の近くにあるフートー競馬場は、すでにベトコンの手に落ちていた。よく競馬を観に行っていた場所が、急にテト攻勢の最も激烈な戦場のひとつに化していた。

一見するとなんでもない場所が、戦略上の拠点になった。平坦で開けたレーストラックは、ヘリコプターの離着陸や砲台を置くのに適していたからだ。アメリカ軍と南ベトナム軍は、ここに数千発もの砲弾を撃ち込んだ。そのあとに続く周囲での市街戦。ベトコンはこの地域を奪い返そうとしていた。耳をつんざく音が響く。私は従姉妹たちと家の浴室に逃げ込んだ。大人はサイゴンへの脱出を検討していた。サイゴンも攻撃を受けていたが、ここまでひどくはなかった。

一九六八年に比べれば、家に近い場所での戦闘はなかった。それでも、近隣のどこかに砲弾が落ちれば、町が大きく揺れた。家の近くで激しい爆音が続いたあと、サイゴンから三〇キロほど離れたビエンホアにある弾薬庫をベトコンが攻撃し破壊したと、父は言った。

戦争という異常事態すらが、普通に思えることがある。ベトナムのように二〇年以上も続く、長い戦争だととくにそうだ。とても近い場所で戦闘があるときもあれば、遠く離れた場所のときもある。子どもの頃には日常的な意識のなかに、点描画の点のような正確さでそれが刻み込まれていった。南ベトナム軍のエリート空挺師団を率いる父は何日も続けて、ときには何週間にもわたり戦場に行くことがあった。父が家に戻ると、次の作戦が始まるまでは生活も元に戻った。

私がはっきりと憶えている幼い頃の記憶は、水疱瘡《みずぼうそう》で熱が出てからだが膨れあがり、あちこち痒くなったときのことだ。父は私を抱えて、包み込むように抱きしめてくれた。そして、からだを引っ掻き回さないようにと、布製の手袋をした私の手を押さえた。父の軍服からは、落ち葉や土の香りがする。見慣れてはいたが、どこか威厳を感じる大きな軍靴には、汚れた土がこびりついたままだった。父は私を落ち着かせようと低い声で子守歌をうたう。戦争に行った夫の帰りを待ちながら子どもをあやす女の歌だ。その夫は皇帝の命令で戦場に向かった。女はずっと夫を待ち続けた。それがあまりに長かったので、ついには石になった。

父のからだの傷痕は、遊び場の怪我が原因でないことはわかっていた。カンボジア国境の近くで、父の部隊が奇襲を受けた戦闘で負った傷のせいだった。軍服には、青酸カリの錠剤が縫い込まれていた。万一捕らえられ拷問を受けたときのためだった。両手を縛られたままでも、服の裾をかんで、毒薬を飲み込む訓練をしていた。戦争は父の心とからだのどちらにも影を落としていた。戦いという名の幽霊が、心の奥底でつぶやくお祈りのように、家族の意識の中心にあった。

どんなに遠く離れていても、戦争のエンジン音が聞こえてきた。父の空挺師団は、家の裏手にある軍事キャンプに駐屯していた。父には禁じられていたが、私は時折、駐屯地内に忍び込んだ。みずみずしいプルメリアやランタナ、それにブーゲンビリアが咲く家の裏庭と駐屯地とを隔てているのは、金属製のドア一枚だけだった。部隊の兵士が鍵をかけ忘れることもあったので、簡単に入ることができた。駐屯地では、兵士とこっそり遊んだ。銃を触らせてもらえることもあった。銃弾の入ったカートリッジを着脱するときのカチッという音にハッとしたこともある。狂ったかのように荒々しく振る舞う兵士が、仲間に取り押さえられるのを見たこともあった。まるで手に負えなくなった乱闘のようだったが、仲間がその兵士を落ち着かせようとしていただけだとあとから教えられた。

家の外の至るところに、戦争の傷痕が残っていた。近所には六本道が交差する六つ辻があり、聖ジャンヌダルク教会というカトリックの教会があった。そこに足を失った若い男がいた。片足は膝から下がなく、もう一方の足は膝から上もなかった。男は勲章のメダルを毛布の上に置いて、芝生に座る。そして、ギターを手にアメリカのロックバンド、クリーデンス・クリアウォーター・リバイバルの曲を歌った。「雨を見たかい」としゃがれた歌声が響く。私の音感は抜群だった。家に帰るとピアノに向かい、からだのなかに残っている音楽を聴きながら、イントネーションに合わせ、正確に音を探した。早く音を見つけたいという気持ちが抑えきれないときには、無謀にも教会に入ると前庭を横切り、洗礼盤の前を通り過ぎた。洗礼、堅信、叙階に使う香油の香りがする。暗闇のなか、よく磨かれた会衆席が並ぶ身廊を超えて、聖壇へ向かう。祭壇と聖櫃《せいひつ》の脇にピアノが置いてあった。そして、複雑な表情の神父がいた。しかめ面なのか、微笑んでいるのか。それとも、冷たく笑っているのか、呼び寄せているのか。小さな扇風機が静かに回る。私を誘い入れる神父の黒い礼服が、風で揺れていた。毎日決まった時間になると、教会内にあるすべてのものが二重の影をもつ。薄気味悪い暗闇のなかを、私はピアノを弾きたいがゆえに入っていった。

その薄暗がりのなかから、外で歌う物乞いの歌声が聞こえた。まるで信仰を取り戻そうとしているかのようだった。

その物乞いは、歌わないときには両手を器用に使い、あちこち動き回った。そして、戦場の話をしながら、投げ銭を求めた。取り乱したかのように男が弾くギターの、もの悲しくも高揚感に満ちた音が好きだった。一方で、物乞いの失われた両足と、やさしく縫いあわされた皮膚、切断部の突起が怖かった。彼の口から出てくる、というより彼のからだの奥底から湧き出てくるような歌詞に釘づけになった。ローリング・ストーンズの「一九回目の神経衰弱」(‘19th Nervous Breakdown,’ 1966)だった。「さあ来たぞ、さあ来たぞ、さあ来たぞ、これが君の一九回目の神経衰弱だ」。脅迫じみた恐ろしい不吉な予兆というわけではなかった。耳障りな約束のよう。なにはともあれ、それはやって来る。

母の兄弟のひとりは、地雷除去班で時間外の仕事をしていたとき、からだを吹き飛ばされた。ベトナムの風習でいう三番目の父にあたる。ベトナム語での発音は、吃音のようなバ・バ。生まれたのは二番目だったが、ベトナムでは長男を次男と呼んで、家の跡取りを誘拐しようとする悪霊をだます風習がある。だから、私はこの伯父を三番目の父と呼んだ。地雷は狡猾にもプラスチックに入れられていたか、そもそもプラスチック製だった。こうした地雷は安価で耐久性に優れ、検知されにくい。祖母は息子のバラバラになった遺体を集めに現地へ向かった。数日後、祖母が後頭部に束ねた髪をほどこうとすると、爪の下や髪の毛の間から伯父の皮膚が落ちてきた。伯父の妻は怒りと悲しみにくれ、もやは私たちの家を訪ねてくることもなくなった。伯父の娘たちとも会うことがなくなった。

メコンデルタのソクチャンという町に住む有名な地主だった祖父は、ベトコンに捕らえられて殺された。地主は強欲な悪者と見なされた。祖父は長い間、捕らえられていた。そこで、父は祖父がいると思われる場所にパラシュートで降りて、救出しようとした。しかし、祖父は見つからなかった。父が助けに行く直前、別の場所に移されたのかもしれない。あるいはすでに殺されたあとだった。兄が血まみれで家に帰ってきた日のこともよく憶えている。チュードー通りにあるレストランで、兄が食事をしていると、バイクに乗ったベトコンが店のテラスへ手榴弾を投げ込んだ。兄は用心が足りないと叱られた。両親はすぐに説教をする。店の屋外席に絶対に座ってはいけないという教訓を植えつけられた瞬間だった。

生活には浮き沈みの波があった。子ども時代の思い出はどれも戦争絡みだが、毎日の生活のどこかでなんとか平常心を見つけ出していた。

ただ、実際には、平常心どころではなかった。魔法を見ているようですらあった。

私は魔法のようなことを想像しては、その世界を垣間見ていた。夢や幻想、それになにかとんでもないことが起きるだろうという予感にどっぷり浸っていた。一九七四年、兄のテュアンは一九歳になり、南ベトナム軍に入隊した。母は心配のあまり、占い師のところに駆け込んだ。不安な気持ちで出かけた母だったが、帰ってくるときには一抹の希望を心に安心した様子だった。「戦争はもうすぐ終わる。あなたの息子さんも無事に帰ってくる。」そう占い師が言ったのだ。

それは驚くべき、まさに魔法のような言葉だった。漠然とではあるが、平和がやってくるというのだ。紆余曲折を経ながら、戦争はなんだかんだと終わりが見えないまま、二〇年もの間続いていた。根拠がないとはいえ、占い師の女が言うことは、現実的に思えた。そして、母はそれを信じた。「テュアンは大丈夫」という言葉が、母の心に刻まれた。兄はギターをつま弾きながらラブソングを歌う、やさしい心の持ち主だった。深く温かみのある歌声だった。日頃ギターを持ち歩いていた兄は、私のピアノも持ち運べればいいと思っていた。兄にとっていつでもギターを弾けるのはとても良いことだった。

兄はショットガンという名前のバンドで歌っていた。私は兄が歌う「マイウェイ」（"My Way," 1969）や「フォー・ワンス・イン・マイ・ライフ」（"For Once in My Life," 1968）といったアメリカの曲や、フランスの「恋心」（'L'amour C'est Pour Rien,' 1964）といった歌が好きだった。カイン・リーやタイン・トゥェンのような母好みの哀愁に満ちたベトナムの歌謡曲も上手かった。兄は軍人には向いていなかった。歌手になりたかったのだ。両親にしてみれば、それは俳優になりたいということと同じか、それ以上に良くないことだったけれど。

占い師の言うことを母が話してくれたとき、私もそれを疑おうとはしなかった。母が信じることを私も信じられるのは嬉しいことだった。魔法のような話ではあった。でも、不可能ではなかった。実際、その予言は正しかった。母は魔法のような願いが叶ったという、苦々しい満足感を得た。戦争は確かに終わったのだから。ただし、私たちは負けた。兄は傷ひとつ負うことなく生き延びることができた。

母が占い師の予言のことを話していると、父ですらそれを注意深く聞いていた。事実を知っていただろうにもかかわらず、父は笑わなかった。私は一二歳だった。友達と一緒に恐怖と無関心が入り混じった気持ちで、新聞を毎日読んだ。夕食時には、両親がためらうことなく現実の世界で起きていることを話していた。事実としては、一年前の一九七三年、南ベトナムはパリ和平協定に調印せざるを得ない状況にあった。もちろん、一四万五〇〇〇人もの北ベトナム軍が、南に駐留することになる協定に同意する理由などなかった。アメリカ軍が南ベトナムから撤退すれば、すぐにも北ベトナムは襲いかかってくるだろう。新聞には「ヒョウ柄の和平」という見出しが躍った。本当に平和になるとは思えなかった。ただ、アメリカはこれをもって、名誉ある平和が達成できたと宣言することができた。そして、アメリカ軍が撤退したあと、充分な間をとって、北ベトナムと中国が攻め降りてくるという公算だった。

そして、調印後も戦闘は続いた。しかも、中央高原では激化していた。それでも、父は母の話を真剣に受け止めているようだった。魔法のような考えを少しでも受け入れたいと思っているかのようだった。私は無邪気にも、父の様子に手がかりを得た気分になっていた。

父はヨガと仏教の瞑想に打ち込んでいた。不思議なことに、何年も修行を積むと、生命線が一本増え、並行して走るようになったという。長く、深く、赤みを帯びた新しい手のひらの線。私はそれを指でなぞり、皮膚のくぼみを確かめた。私はそれが嬉しかった。というのも、父に生命力に満ちた強い精神が宿っている証拠だったから。父に誘われて、一緒に瞑想に耽ることもあった。シャドウの存在が遠く離れていくようだった。心が軽くなり、ウキウキした。仏教までもが、魔法のように感じられた。

父がくれた『千夜一夜物語』（*One Thousand and One Nights*）の本は、寝る前の読書にぴったりだった。時折、寝る時間が過ぎても、懐中電灯を手にこっそり毛布の下に隠れて読み続けた。シェヘラザードが語る魔法とおとぎの世界にすっかり夢中になった。夜な夜な自分の命を守るために語り続けるシェヘラザードは、語りの力をよく理解していた。その話は素晴らしかった。神話的で幻想的な要素に満ちていた。アジアやベトナムで愛されていた太極拳の映画や小説と共通点も多かった。大人も子どもも曲芸師のような戦い方や剣遣いが大好きだった。今の若い人たちが『ハリー・ポッター』（*Harry Potter*, 2001-2011）を愛するように、誰もが太極拳の映画を観に集まった。

映画『グリーン・デスティニー』（*Crouching Tiger, Hidden Dragon*, 2000）のように、こうした映画では男女の武闘家が屋根の上を飛び回わり、重力に逆らうようにして見事に木の枝に降り立つ。放たれた毒矢が弧を描き、見事に的を撃ち抜く。戦士たちが抜いた剣の刃が、キラリと光る。孤児や貧しい子どもが演じるヒーローやヒロインに、厳しくも心やさしい師匠がついて、公明正大な知恵を授けると、とてつもなく強い敵を倒すことができるようにと必殺技を伝授する。選ばれし戦士は、模範的な行動をとる資質に長けていて、謙虚に耐え忍び、人を敬い規律を守り、忠義正しく振る舞う。子どもたちの良いお手本になる。

一番人気の物語で、私のお気に入りでもあったのは、金庸《きんよう》という中国の作家が描いた『射鵰《しゃちょう》英雄伝』という武勇伝だった。郭靖《かくせい》と黄蓉《こうよう》（ベトナム語ではそれぞれ、クォック・ティンとホアン・ズン）という男女ふたりを中心に展開する物語で、外国の軍隊に父を殺された郭靖が、母と広大な砂漠へ逃げ出していくというあらすじだ。そこで郭靖は、チンギス・ハーン率いるモンゴル族とともに成人する。黄蓉は美貌にして、とてつもない知恵の持ち主。魅力と愛嬌を兼ね備えたカンフーの達人だ。黄蓉の父は伝説の剣闘士で、馮衡《ふうこう》というごく普通の女性と恋に落ちる。ベッドの上に何冊もの本を積みあげて、私は英雄たちの偉業を読み耽った。私がモンゴルの草原での暮らしに憧れたのはいうまでもない。

英雄から悪役まで、多くの登場人物たちが次々と現れる。江南七怪と呼ばれる郭靖の七人の師匠たちのとてつもない魅力と個性にどうして逆らえようか。従姉妹たちとその伝説の人物たちの真似をして遊んだ。リーダーの飛天蝙蝠《ひてんこうもり》こと柯鎮悪《かちんあく》は盲目ながらも杖の武功に勝り、鉄菱を投じることに長じる。そして、夜の戦いに強い。二番手妙手書生《みょうしゅしょせい》こと朱聡《しゅそう》はスリの名手にして、鉄扇の達人。三番手馬王神《ばおうしん》こと韓宝駒《かんほうく》は馬術に秀で、鞭の扱いに抜きん出る。四番手南山樵子《なむさんしょうし》こと南希仁《なんきじん》は、掌法と棒術の名手。槍と刀に長けるのは、五番手笑弥陀《しょうみだ》こと張阿生《ちょうあせい》。そして、六番手の鬧市侠隠《どうしきょういん》こと全金発《ぜんきんはつ》と、唯一の女剣士の七番手越女剣《えつじょけん》こと韓小瑩《かんしょうえい》。

このような凝りに凝った複雑な戦いぶりに惹きつけられないわけがない。降龍一八掌《こうりゅうじゅうはっしょう》のように、技につく名も格好良い。九陰白骨爪《きゅういんはっこうそう》は爪で頭を突き刺し、敵の急所を突いて麻痺させる魔法のような技。戦いの場面が続くなか、愛や忠義心、名誉や裏切りについて、考えさせられる場面もある。それぞれのエピソードは詩で始まり、気を揉むような終わりかたで、次の話に期待をもたせる。こうして私は愛の詩を学んでいった。

どこもかしこも魔法ばかりだったが、それも日常的なこととして受け入れた。その方が良いように思えた。六番目の父の下に生まれた九人の従姉妹と私はそんな世界に浸りきっていた。物語が描く大昔には、太極拳の修行僧は空を飛ぶことができたと本気で信じていた。ブルース・リーが修行した武術を編み出した詠春拳《えいしゅんけん》の尼たちなら、空を飛べたのだと思っていた。

私も武術を習っていた。南ベトナムには、韓国から来た兵士たちがたくさんいた。父が知る韓国の軍人のなかにいたテコンドーの達人が、私の先生だった。サッカーをしていたので、私の脚力は結構強かった。組み手や突きなど手を多く使う空手のような武術よりも、足技に重きを置くテコンドーの方が私には向いていた。すぐに足技を習得した。跳び蹴り、かかと落とし、跳び横蹴り。屋根の上を滑り降り、竹林に着地する自分の姿を想像した。

父は武術の愛好家だった。合気道の先生を見つけると、激しいテコンドーに加え、伝統的な武道を私に習わせた。正反対というわけではないが、テコンドーと合気道は陰陽の関係にある。合気道の身のこなしはより滑らかで、円を描くようにくるりと回る。蹴りや突きよりも関節技を使う。どちらにも独特な動きがある。それを組み合わせて練習する。そこから完璧な型や技へと高めていく。徐々に型のとり方や崩し方を習得する。ピアノを習うのと一緒だ。音階を学び、指の動かし方を練習し、そこからきれいな曲を弾けるようにする。

ベトナムを去る頃には、赤帯まで進んだ。黒帯まであと一息のところだった。ピアノも猛練習のおかげで、ショパンの「幻想即興曲」をほぼ弾けるようになっていた。しかし、脱越とともに、ピアノも終わりになった。

数十年後のバージニア。格好良く壁を駆けあがり、屋根を滑り降りる太極拳のヒーローたちを目前にしているかのように、自分の子どもが武道の練習に励む様子を熱心に見つめていた。とくにハーランが型の習得に努めているときがそうだった。型とは蹴りや組み手、それに突きなど、昇級に必要な基本形のことだ。ただ、武道固有の力強さの源泉ともいえる精神力や道徳心は、本来の文化的風土が伝わらない場所ではなかなか習得できない。それぞれの型には、内在する形式美があることは事実だ。しかし、そこに育まれた倫理や善悪の志、義務や責任感なくしては、充分とはいえない。

カリフォルニアに引っ越したとき、ハーランも黒帯まであと一息というところだった。ところが、カリフォルニアにあるテコンドーのスクールでは、バージニアで娘が取った帯や段位が認められなかった。白帯からやり直さなければならないというのだ。結局、ハーランは赤帯で終わった。続ける気を失ってしまったのだ。娘のやる気を取り戻させるだけの力は、私にはなかった。

最後まで物事をやり遂げさせるのは、良いことに違いない。そう感じる自分がいる。と同時に、武道はベトナム人である私の夢であって、ハーランが望んでいるものではないと思いとどまる自分もいる。アメリカでは、子どもに自分で夢を見つけさせるべきなのだ。私の夢を腹話術のように真似させるのは良いことではない。

魔法の魅力に取り憑かれてはいたものの、ベトナムで過ごした子どもの頃、一番日常からかけ離れていたのは、神秘的なことでもなければ奇想天外なことでもなく、日々の生活そのものだった。奇妙に思えるかもしれない。しかし、私たちの日常生活には、つねに戦争の音がこだましていた。土砂降りのモンスーンに打たれて、教室から中庭に駆け出していく陽気な子どもたち。雨水を飲みながら歓喜の声を一斉に上げる。そこには一体どんな意味があるのだろう。美しいサイゴンの町の快活なリズム。手をつないで、無謀にも車の走る道路を横断し、「時の流れに従う」という言葉の意味を体験する。その意味はなんだろう。車もバイクも歩行者のためにわざわざ停まりはしない。道を横断するには、あれこれ駆け引きせずに、思い切って真っ直ぐ突き進むだけ。余計なことを考えないのがなによりも大切。

トパーズと名づけたジャーマン・シェパードを飼うことになったのも、魔法のようなことだった。望みを叶えてくれることもあれば拒むこともある母だったが、犬を飼うことだけは、決して認めようとはしなかった。犬と水牛は犬猿の仲、と母は言う。母も私も水牛年の生まれ。犬を飼えば不幸になる。だから、トパーズは父からの秘密の贈り物だった。父は私の一二回目の誕生日に子犬を買ってくれた。生まれてこの方、一二支がついに一巡する記念すべき誕生日に。ただし、犬は私たちと寝食をともにするわけにはいかなかった。そこで家の向こうにある軍の敷地に、父はトパーズのために大きな犬小屋を建てた。そして、父は秘密の贈り物を私の生活の中心に置いてくれた。学校に行く前と寝る前に、私はトパーズに会いに行った。最初はとても小さな子犬だった。ふかふかの毛をしたまん丸で大きな足の動物。本の読み聞かせをすると喜んだ。私がサッカーボールを蹴ると、大きく吠えて応援してくれた。

ハンガリー、ポーランド、ビルマ、モンゴル……世界中の国々で発行される切手を集めるのも、魔法のように不思議なことだった。家の前に立ち並ぶタマリンドの木々。その木から、充分熟して地面に落ちた実から柔らかい果肉を取り出すのも、夢のようなことだった。怪我をしたコオロギと友達になり、息ができるように四方に穴を開けたマッチ箱の新しい住処で世話をするのも魔法のようだった。地面の上に突き出た巨大なベンガル菩提樹の木の根。大昔、仏陀がその木の下で座禅を組んで悟りを開いたのと同じ木だと想像してみる。その根の上をバランス良く歩こうとするのも不思議な体験だった。クリスタルパラスという名前がついた、ベトナムではエアコンを備えたはじめてのデパート。年齢の近い従姉妹たちと三人で、そのデパートにできたサイゴン初のエスカレーターを小走りに上り下りするのも魔法のようなことだった。そして怖くもあったが、母に連れられて、ひどい傷に苦しむ兵士たちが入院する軍事病院に行くのも魔法のようだった。とくに医者に見放された負傷兵がなんとか生き長らえる姿を見るのは不思議な経験だった。


あるとき、魔法が効かなくなった。おとぎ話に出てくる魔法や、この世のものとは思えない武術の技。魔法に願いをかけて、想像を巡らす。日常的に起きる不思議の数々は、戦争中の国ではとくに魔法のように感じられた。しかし、どんな魔法にも歴史や政治を変える力はなかった。一九七五年。今度ばかりは両親も違う行動をとらざるを得なかった。これまでとは違う方向に、戦争は向かっていた。すでに一九六八年のテト攻勢は、普通の出来事とは異なるものだった。ただ、一九七五年はもはや壊滅的だった。

空港へ向かう私に、母は妙にやさしかった。しばらくの間、フリッツおじさんが私をアメリカへ連れて行ってくれるのだという。ヌオック・ミー。「可愛らしい国」という意味のベトナム語は、アメリカのことを指す。可愛らしい国に家族の友人と行くなんて、ちょっとした冒険のようだった。無邪気な逃避行。

きっとベトナムより寒いわね。私は興奮しながら想像した。白くてきれいな雪を見られるかもしれない。『ドクトル・ジバゴ』(*Doctor Zhivago*, 1965)や『ある愛の詩』(*Love Story*, 1970)といった映画で観たことがあるだけの世界。雪をかぶったウラル山脈を列車で横断する。雪のハーバード広場。授業中、アリ・マッグローの台詞を思い出しては、コンパスの尖った先端で机の上に刻み込んだ。「愛って、決して後悔しないことなのよ」。

小さなスーツケースとバックパックだけの旅だった。あっという間の小旅行になるわ、と母が言う。毎日の銃声や爆音から逃れるつかの間の休み時間。ただ、帰りの日付けが決まっていない旅に、私はどこか不安を感じた。お気に入りの切手帳とともにバックパックに詰め込んだのは、慌てて選んだ写真入りの封筒とサイン帳。サイン帳は、クラスメイトの写真と彼女たちの詩や絵でいっぱいだった。さよならを言う間もなかった。次はいつ会えるかもわからない。友達になにも言わずにベトナムを離れるのは不思議な気分だった。なにか悪いことをしているかのようにも感じられた。

気晴らしの旅に送り出すにしては、母の態度も落ち着きがなかった。父は小さな仏陀のフィギュアをくれた。そこには父が率いる空軍パラシュート部隊のカンボジア人兵が、お守りの呪文を刻んでいた。私が嫌がったにもかかわらず、フリッツおじさんと母は、私の腕に母がもっていた翡翠《ひすい》のブレスレットと二四金のブレスレットをそれぞれつけた。しかも、母の真珠のネックレスまで首にかけるようにと言い張った。私はまだ一三歳。サッカーが好きな快活な女の子だった。身を飾りたいとは思わなかった。なぜアクセサリーをつけなければいけないのか。どうしても持っていくのなら、手荷物にしたかった。しかし、母は真顔で言った。「身につけた方が良いわ。」フリッツおじさんもうなづいた。

フリッツおじさんは一九九歩兵師団の指揮官だった。一九六七年、ヘリコプターに乗っていた際に、敵の攻撃を受けて負傷した。母は率先して、朝九時から夕方五時までサイゴンのコンホア軍事病院で働いた。私も母について病院に行くことがあった。とくに一九六八年のテト攻勢のあとには、そうした機会が増えた。決して毎日のようにというわけでもなければ、毎週というわけでもなかった。それでも父は反対し、母は父の言うことを無視した。あれから随分時が経った。でも、夢を悪夢に変える燃える炎のように、あの光景はいまだに忘れられない。記憶に焼きついているのは、目はくぼみ、足を負傷し、金属製の器具で支えられた若い兵士の姿。翌日、その兵士の足は切断された。

病院で見たのは、戦争ではなかった。戦場から離れたあとの恐ろしい時間だった。未来を夢見た志願兵もいれば徴兵された兵士もいた。おとなしい者、心乱す者、生きていることに感謝の気持ちを表す者もいれば、死ななかったことに怒りをぶつける者もいた。焼けただれた肌の臭い。負ったばかりの火傷の生々しい傷口。治りかけの傷が固まっていく様子。ハサミやメス、スキンフック、ニッパーが立てる金属音。熱に苦しむ者や顔面蒼白の者。痰が喉に絡む音や身を切るような咳。負傷兵の妻や母親が差し入れたお粥の器が床に並ぶ。血清を冷やす冷蔵庫のサーモスタットが作動する際の機械音。化膿を防ぐために死んだ皮膚にホースで水をかける。ベッドの数も車椅子の数も充分には足りていなかった。狭いベランダに沿って、床の上に横たわる若者たちがいれば、担架に乗せられたまま処置を待つ負傷兵らもいた。

フリッツおじさんが入院するのは、違う病院だった。アメリカ軍第三野戦病院。アメリカ軍人だけが収容される。私たちには面会が許可されていた。タンソンニャット空港のすぐ近くだったので、飛行機の離発着音が聞こえる。フリッツおじさんには、専用の病床が与えられていた。おじさんの片足は、金属製の器具で吊られていた。部屋はざわついていた。というのも、南ベトナム軍との合同作戦の下、サイゴンの北わずか数キロ離れた戦場で、二四人もの兵士の命を失った部隊を指揮していたのがフリッツおじさんだったからだ。首都に近い場所で、敵はゲリラ作戦を激化させてきた。これには一九六七年九月の大統領選挙を控えた南ベトナムを分断しようとする意図があった。

病院通いの次に私が憶えているのは、退院したフリッツおじさんが家に来て夕食をともに食べるようになったことだ。数ヶ月後、おじさんがアメリカに帰るまで、それは続いた。フリッツおじさんと一緒だったのは短い間だったが、私はおじさんとすぐに仲良くなった。フランス語で話すことが多かった。それにまだ習いはじめたばかりの英語を交ぜることもあった。漫画を一緒に読んだ。スヌーピーやわんぱくデニスの話に元気づけられ、くすくすと笑った。

一九七五年、フリッツおじさんは私を連れ出すためにベトナムに戻ってきた。おじさんは子犬を救うために、一方通行の道を逆走するドライバーのようだった。誰もが懸命にベトナムから逃げ出そうとしているときに、この国へ飛んで戻ってきた。

母は空港へは来なかった。はにかみながら手を振り、私が乗る車を送り出した。多くの人たちがそれぞれの道を懸命に進んでいた。歩く人がいれば、車や人力車に乗る人もいた。バイクや自転車も走っていた。国を出る。だから、町にいる買物客や商人の姿を、あたかもこれが最後であるかのように目に焼きつけた。

大きな飛行機が駐機する滑走路に向かってフリッツおじさんと歩いているとき、アスファルトから上る熱気を感じた。後ろを振り返ると、悲しそうな表情の父がいた。しわひとつなくのりの利いた軍服、それに艶やかに光る黒い軍靴を今でもよく憶えている。クリスマス・イヴの夜、サンタクロースがプレゼントを置いていってくれたのと同じ靴だ。そのつま先のあたりにサンタが隠した私のお気に入りのプレゼントのひとつは、ベトナム最後の女帝ナム・フォンが描かれた最初の記念切手が入ったベルベットの箱だった。

心のなかでは、一九七五年の自分は旅行者のひとりにすぎなかった。マニラの入管を通り過ぎると、次はグアム。そして、コネティカット州ハートフォードへ。フリッツおじさんは私の手を握り、必要な書類はすべて自分が書くから心配するなと言う。グアムの入国管理局では、審査官が私の腕のブレスレットに目を落とした。フリッツおじさんは緊張していたが、審査官の「うちの娘もアクセサリーが好きでね」という言葉に表情を和らげた。本当はアクセサリーなんて嫌だと言いたかったが、おじさんに機先を制された。「サイゴンで買ったのです。良い職人がいたんですよ。」審査官は落ち着いた声で、「まるで本物のようですね」とお世辞を返した。私は不安を感じつつも、あっけらかんとした笑みを浮かべた。

アメリカ！　アメリカ！　人々は歌う。サイゴンで見たアメリカのテレビ番組やラジオから流れる曲で覚えたのは、「アメリカは美しく」（"America the Beautiful"）、「アメリカは神の祝福を受けている」（"God Bless America"）ということ。でも、本当はアメリカのことをあまり知らなかった。コネティカット州エイボンに着いて数週間が過ぎたある日、雪が降った。三月の終わりだったので、わずかな降雪だったが、私の心は弾んだ。フリッツおじさんとマーガレットおばさんが一緒だった。マーガレットおばさんとは、おじさんの妻のことだ。鋳造されたばかりのコインのように、空気は澄みきっていた。裏庭のデッキに三センチほどの雪が積もった。横引きのガラスサッシの外側に広がる世界は、ほぼ真っ白だった。白雪姫の物語に出てくるようなフサフサした尾をしたリスが、手すりの上から私のことを怖がる様子もなくじっと見ている。風に身を任せる。顔が凍るように冷たい。

マーガレットおばさんが、セーターとジャケットを買ってくれた。それを着て外に出た。生まれてはじめて、スローモーションのように舞い降りてくる雪のかけらを見た。夢見るような気分で、指先で雪に触れる。口を開け、できたての雪を味わった。

カナダガンが群れをなして飛んで行く。頭、くちばし、首は黒く、あごひものように頬を覆う白い部分と対照をなす。群れはV字型を組み、ガーガーと耳障りな鳴き声を立てながら、コネティカットの空を横断していった。子どもの頃から、私は生き物の姿に惹かれた。空飛ぶ鳥の群れはそのひとつ。きめ細かい模様を編むかのような、黒い羽の繊細な動き。北米のカナダガンはその典型だった。メキシコでは、オレンジと黒の対比《コントラスト》が美しい蝶オオカバマダラが一斉に移動する。産卵のために広大な海から川の上流に昇ってくるのは鮭の群れ。一九七二年、南ベトナム北端部クアンチ省から一斉に逃げ出した人々の忘れようにも忘れられない姿。高速道路を逃げる難民は、二本の川に架かる橋が落とされたがゆえに、幅わずか一一キロの狭い地域に閉じ込められた。俗に恐怖の街道と呼ばれた悲劇。砲弾に狙われた人々が逃げ惑う。黒や青のくすんだ色のシルエットが、テレビ画面に映し出された。

それからしばらくして、マーガレットおばさんは母親のグラムスさんを病院に連れて行った。待合室で待っている間、おばさんは黄色いノートに走り書きをし、私はグラムスさんとテレビで人気のトーク番組『マイク・ダグラス・ショー』（*The Mike Douglas Show*, 1961-81）を観て時間を潰していた。やがて看護師がグラムスさんを呼びに来ると、マーガレットおばさんもついていった。私は数分間ひとりになった。椅子の上に置かれた黄色いノートに目がいく。おばさんの字は大きかったので、黒ペンで書いた私の名前が見えた。「この娘はベトナムが崩壊するとは思っていない。」

からだじゅうが震えた。鼓動が早まる。差し迫る運命にぞっとした。戦争には勝ち負けはつきものだ。でも、負けが取り返しのつかないものだとは思いもしなかった。

その夜は寝つけなかった。心に痛みを感じた。胸の鼓動が強く響く。マーガレットおばさんが部屋に来た。そして、私を抱きしめた。

その日から、テレビがベトナムと私の接点になった。夕方になると薄く輝く画面。二通の手紙が矢継ぎ早に来たあと、両親は音信不通になった。助けを求めるだけで為す術をもたない政府。火がつき、崩れ落ちていくベトナムの姿に、私たちは釘づけになった。夕方のニュースでは、バンメトート、クアンチ、フエ、ダナン、クイニョン、ナタンの陥落が報じられた。パニック映画の場面のように、孤児を乗せた輸送機が離陸に失敗して墜落すると、青々とした水田でジャックナイフのように真っぷたつに折れ曲がる機体が映し出された。ニュースキャスターは、お決まりの冗長な言葉を繰り返す。途中に入るやかましいコマーシャル。速さと圧力を増しながら、南へ南へと惨劇は広がっていき、今や首都サイゴンに迫っていた。一九七五年四月二三日、アメリカ大統領ジェラルド・フォードはテュレーン大学で演説をした。それが夕方のニュースで報じられた。アメリカの公式見解では、「アメリカにとっての戦争は終わった」ということ。長く期待されていた終わりがついに来たのだ。愛する人を失った恋人のように、その瞬間のことをよく憶えている。私が旅行客から難民になったのは、そのときだった。

一週間後、時間は加速し、アメリカの軍事放送はあらかじめ決めていたシグナルを送った。「サイゴンの気温は摂氏四〇度を超え、まだまだ上がっています」。ビング・クロスビーの名曲「ホワイトクリスマス」（'White Christmas'）が、なぜかこれに続く。在越アメリカ人にサイゴン陥落が差し迫っていることを告げる秘密の合図。アメリカはこっそりと脱出計画を開始した。

もちろん、四月なのでクリスマスなわけはない。侵略に苦しみ、噂に身もだえするばかりの町サイゴンには、雪は降らない。

これこそ両親がサイゴンの陥落は冬になると言っていた理由だった。ほんの一瞬の出来事のように感じられた。そんなものだ。まるでものすごい速さで襲いかかる猛禽に捕らえられた獲物のようだった。

愛犬トパーズを置いてこなければならなかったのは、言葉にできないほどの悲劇だった。トパーズとの思い出はすべて残してきた。大切にしてきたわずかなものすら、あきらめなければならなかった。秋のお祭りの灯籠や凧にライオンの仮面。すぐに悟ったのは、自分という人格をひとつに保つことすら不可能だということ。新しい国、新しい家、新しいやり方に上手く慣れるには、生涯を通じて多くの人格を使いわけなければならなかった。前進しながらも、あっちこっちと激しく揺れ動く私。表向きの平静さとは裏腹に、内側ではいつも混乱していた。

私をなだめ落ち着かせようと、フリッツおじさんは両親の署名が入った養子縁組書を見せてくれた。まったく予期しないとんでもないことが起きたときのための約束だった。国を出ることができた自分は、運が良かった。しかし、サイゴンが陥落した今、運もなにもなかった。

あれから随分時が経った。しかし、一九七五年のあの瞬間から真の意味で逃れることができたとは思わない。二〇一八年、公共ラジオ放送の番組『モーニング・エディション』（*Morning Edition*, 1979-）に出演したときのことだ。

私のインタビューについた表題は、「テト攻勢から五〇年、元難民がベトナム戦争を振り返る」。「元難民」と呼ばれたことには驚いた。アメリカに来て四〇年以上経つが、いまだにあの頃と同じように心のなかでは難民だ。あのときの心の苦しみが今でも胸のなかに響く。「ビューティフル・ボーイ」（"Beautiful Boy," 1981）という曲で、ジョン・レノンは「人生とは、なにか別のことに忙しくしているときに、起きること」と歌っているが、私にとって人生とは、克服すべき喪失に等しい。避けるべき危険こそが人生だ。

ベトナム人の友人の多くは、一九七五年四月の出来事が原因で落ち着かない人生を送り続けている。仲間同士でそんな話をすることはない。しかし、ふとした何気ない瞬間に、辛い思い出が甦る。幼なじみが病気になったとき、メールのチェックを頼まれた。教えてもらったパスワードの最後に来る数字は、一九七五だった。消し去ることのできない惨劇の瞬間。同じ四桁の数字が、ユーザーネームやパスワードとして繰り返し使われる。誕生日やなにがしかの記念日の数字よりも、はるかに頻繁に使われる。私たちの集合的意識のなかに、永遠に現れ続ける特別なもの。ここアメリカにいて、どこか別の場所にいる私たち。一九七五年というときにつねに打ちのめされてきた。本来ならば存在しえない生存者として。

第二章

難民の娘（ハーラン）

あるとき、公園に可愛らしいカナダガンがいた。私は物怖じもせずに近づき、話かけた。「こんにちは、鳥さん。私ハーラン・マーガレット・ヴァン・カオ。わかる？」

それだけのこと。鳥と私は親友になった。三歳のときのこと。

あのときの自信を大きくなってからももっていれば、周囲から孤立することはなかったと思う。

ただ、私が感じる孤立は、病的なものじゃない。決して不健康ではない。実際、ハーランであることが、自分には楽しい。いつでもこの特製の毛布にくるまっている私。

一五歳のときに通っていた高校に、ある女の子がいた。みんなはその子のことならなんでもわかっていると思っていたけれど、本当はなにも知らなかった。その子は、生徒たちで混雑する廊下を歩くことができなかった。生理がくるとトイレにこもって、次の授業が始まり誰もいなくなるのを待った。だから、その子はいつでも遅刻した。のろのろしているおかげで、誰からも詮索されずに校内を移動できた。ただ、静まりかえった廊下を歩くときでも、頭のなかで嫌な声が聞こえる。その声は次第に大きくなり、教室に着くとやむ。現実と妄想の区別がつかなかったので、その子は孤独を選んだ。

毎日、先生は失望して首を横に振った。「勉強が大切だったら、遅刻しないはずです。ハーラン、わかりますか？」

これが私から見た自分の姿――ひとり孤立している。私とは関係ない誰かがハーラン。自分を第三者のように考えるようになっていた。心の痛みを和らげるのには便利だった。私の毛布は、この付加的な視点だった。盾でもある。それはウサギの耳のように柔らかい。

丸一日、なにも感じずに過ごすこともできた。無関心という、引き裂くことのできない分厚い皮膚に覆われているようだった。それがある日、すべてを一度に感じるようになり、こめかみを押さえて心の動きを鎮めなければならなくなった。頭蓋骨の内側から、脳が引っ掻き回されているかのようだった。私ともうひとりのハーランの間で、自分自身をもっとしっかりコントロールすべきだったと思う。でも、そうすることができなかった。なにをするにも突発的になり、その説明がつかなかったので、すべてを自分とは完全に離れたもうひとりの自分のせいにした。

母と私は年が随分離れている。母は五五歳だが、五四歳でもあり、五三歳で、それから一歳、二歳、三歳……。それぞれ異なる人格として、異なる声で私に話かけてくる。あるとき、こんなメッセージを送ってきた。「私のベッドに座ったでしょ？」

「今朝、ちょっとだけね。でも、なんで？」と私。

「なんで座ったの？」

「なんでって？　わからないわ。靴下を履くためよ。」

「『三匹のくま』に出てくる金髪の女の子がいなかったかしら？」

「なにを言ってるの、お母さん？」

「ゴルディロックスが来るって私たち話してたわよね。」

これには返す言葉もなかった。母が冗談を言っているのではないとわかっていた。

家に帰ると母が言う。ゴルディロックスが家に来て、食事をすることがある、と。母はゴルディロックスが来るのを待っているらしい。母の言うことは支離滅裂だ。

母と私の間には距離がある。けれど、惹かれあう部分も多い。私たちは静かに血を流す。それぞれ別々に。でも、流す血は同じだ。

誕生日を一週間後に控えて、父は死んだ。私が一六歳のときだった。父は八四歳。ずっと病気だった。だから、カリフォルニア州ハンティントンビーチの家には、ウェブカメラが備えつけてあった。ちょっとした用で家にいないときにも、外出中の母が父の様子を見ることができるように。父の死後も、母はガランとした部屋に残されたカメラの電源を抜かなかった。今では、父のベッドがあった場所で、夜遅く私がしくしく泣く姿だけが映る。

父が死んだ日、私は学校に行った。父の寝ていたベッドは医療器具の会社から借りていたので、遺体が運び出されると、すぐにも引き取りに来ることになっていた。父の亡骸が運び出されたあと、ベッドが部屋から持ち出されるのを見るのが辛かったので、登校することにした。

父の誕生日。時計が一二時を打った。私は階下へ降りると、なにもない床の上で、いつもの毛布にくるまって横たわった。そして、嗚咽をこらえて泣いた。

そのとき、父の存在を感じた。私を抱きしめてくれた。いつも父がつけていた腕時計の重みを、からだに感じた。

「大丈夫」と、父が言う。「お父さんのことは、絶対に忘れない」と私は答えた。

それからというもの、父の好きだったローリング・ストーンズの曲を、何ヶ月も聴き続けた。

「欲しいものがいつでも手に入るわけじゃない……でも……必要なものを見つけられるかもしれない」。

私が欲しいもの。それは父が帰ってくること。

でも、必要なものとはなんだろう。父がいない自分を見つけ出すことかしら。

母は、使えなくなった父の電話を充電し続けた。私は父にメッセージを送り続ける。ブルーな会話。

父が残した大きな家族。それはちょっと奇妙なものだった。父は三回結婚した。最初の妻との間に三人の子どもがいて、マサチューセッツ州に住む息子にはふたりの男の子がいた。父の孫にあたる。私から見れば甥になる。でも、私の方がすこし年下だ。だからいじめられる。幼い頃、甥たちは私の部屋にずけずけと入ってきては、メッシュのキャノピーで覆われたベッドを荒らしていった。私のお気に入りのぬいぐるみを取りあげて、無残にも首を切り落とした。詰め物を家中にまき散らしながら、雄叫びを上げて虚勢を張った。

兄たちからいじめられて大きくなった父は、それを自分のことのように受け止めてくれた。そして、ぬいぐるみの頭を縫いつけて、私に返した。「あの子たちに遺言を残さなければならないなんて、とても残念だ。」


二年生のときのこと。先生は私を呼ぶとこう尋ねた。「どうして変なところにスペースを入れて文章を書くのですか?」私は答案を見た。おかしなところなど見当たらない。

犬が走　って　うんどう　場　からきた。

「犬が」の「が」には意味がない。「犬」という言葉はざらざらしていて、湿っている。まるで雷雨のあとの砂場のように。六歳の頃には嗅覚を失いはじめていたけれど、犬に雨のような香りがすることはわかっていた。犬は走る。そして「走」るという言葉には、ミルクっぽさを感じる。でも、プラスチック製のボトルに入ったミルクではなく、可愛らしい紙パック入りのミルクだ。「犬」と「走」るを同じ文章のなかで組み合わせるのは自然なことだ。なぜって、どっちも水のように流れるものだから。

小さい「っ」という言葉にも意味がない。風に吹かれる糸みたいなもの。「て」は動きのない空気。ふたつを併せれば、糸がだらりと下がる感じ。「っ」という言葉に含まれる風の動きが、「て」という語によって鎮められる。「うんどう　場」は人が集う場所。でも、なんとなく寂しい言葉でもある。だから、真ん中にスペースを入れた。

「きた」という表現には困った。木の下の枝にちょこんと座る大きな目をしたリスのようだ。これ以上、上には登れないので、とても悲しそうだ。でも、「からきた」と言えば、雲ひとつない空のようになる。だから、「きた」と書く代わりに、「からきた」とひとまとめにすることで、幸せそうな表現にした。

三年生になると、音が見えるようになり、文字を感じるようになった。匂いの味がわかった……そして、紫の猫に出会うようになった。ライラックの花の色をした子猫が、雨上がりの木の下にあるバス停に向かう私についてくる。子猫はちっとも大きくならないので、そのうち憎たらしくなってきた。名前をつけようとも思わず、オスかメスかも知りたくなかった。そんなことをすれば、本物みたいに思えてくるし、そうすると私の頭がおかしいみたいに思われる。

誰にも言わなかったし、もうひとりの自分にも隠していたが、「バイソン」という言葉を聞くと、コーデュロイのズボンとテントウムシを思い出す。どんな言葉を聞いても、なにか別のものを連想する。「ジェームス」といえば、ココナッツ味のふわふわクリームをトッピングしたサクランボを思い浮かべる。そして「マイケル」といえば、ビルの脇から差し込む日差しのように思える。マフィアが悪さをしているような薄暗い感じの、外から中が見えない謎めいたビルを想像してみてほしい。毎日のおしゃべりがどこかぎこちなく寂しい。なにか話すときには心のなかで、一瞬にしてすべてを翻訳してから話さなければならなかった。

「ハーラン」は濃い緑色の砂。海岸で拾いあげた細かい砂を、先が尖った松の葉のような深みのある緑色に染めたかのよう。自分の名前がフランスの画家モネの絵みたいだと良かった。美しい青色の池に浮かぶ睡蓮の花のように穏やかなイメージは、ほかに見たことがない。でも、そういうことではなかった。言葉や名前が思い起こさせるイメージを、私自身が自由に選んでいるのではなかった。小児心療内科に行かなかった唯一の理由は、自分が普通だと思っていたからだ。人の名前は、色のついた砂のイメージと必ず結びつくものだと思っていた。

でも、そうではなかった。誰もが強く敏感な共感覚《シナスタジア》を備えているわけではなかった。私には、ある刺激から普通とは異なる感覚を得る特殊な知覚があった。ロシア出身の画家カンディンスキーは、音楽的で不気味な形をした奇妙な色の絵を描く。なぜなら、カンディンスキーには、それが見えるのであって、ほかにそれをどう表せばいいのかわからなかったからだ。

私はからだよりも大きい目をして生まれた。これは大切な点だ。私の体重は生まれたとき四・五キロぐらいだった。先が尖った黒い髪にふさふさ覆われていた。生まれてから二年間というもの、アジア人の顔つきをしていた。その後、どんどん白人っぽい顔になっていった。ほかの子どもたちとは違う子ども時代を、学校では過ごした。その理由は、色のついた砂のせいだけではなかった。

すでに五歳になる頃には、父が祖父で、母が乳母だと間違う人たちに怒りを感じていた。今から思えば、七三歳にもなる父を祖父と勘違いするのも無理はなかったと思う。それでも許せないのは、その間違いが私たち家族に対する侮辱だったからだ。いつかは母親としての役割に加えて、父親の務めを果たさなければならなくなる母には失礼なことだったたし、私にはほかの子どもたちと同じようなことをしてあげられないとわかっている父にも無礼なことだった。年老いていく父には、一見些細なことでもとても重要だった。だから、私は父が可哀想だった。なぜって、親として子どもに充分なことをできないと思う苦しみは、とても辛いことだから。父は日本製の車で、毎朝保育園まで送ってくれた。ぽっちゃりと太った私でも座れるチャイルドシートが入る大きな後部座席があるスポーツカーは、このマツダの車しかなかった。特注の服と似合いの帽子を身につけて、私は中高年者固有の不安に苛まれる父が運転する車に乗った。こぼれたコーヒーの香りとインク漏れしたペンの匂いが、シートの隙間から漂っていた。

保育園が終わると、今度は母が白雪姫の小人たちが住む山小屋のような家へ、私を連れて行った。それはバイオリンの先生の家だった。四匹の猫と暮らす先生には、すでに死期が迫っていた。大きくなるにつれ、なぜ母がこうも熱心に音楽を習わせたのかがわかるようになった。母はバイオリンが弾けない。だから、私には弾けるようになってもらいたかった。母に向かって、バイオリンを習うのが嫌だと言ったことがある。母はそれをとても真剣に受け止めて、音楽を習うのはとても特別なことだと言った。だから、私は指が痛くなるまで練習した。そして、一五歳になったとき、習うのをきっぱりやめた。

大きくなるにつれ、私の長くてカールした茶髪は、太陽の下ではブロンドに見えるようになった。頬はぽっちゃりし、腕もまるまるしてきた。父も母も私をススと呼んだ。「お相撲さん」という意味だ。目は大きな水たまりのようになってきた。泣くととくにそうだった。かなり繊細な方だったので、なにか上手くいかないことがあると、しょっちゅう泣いていた。はじめて路上でひき殺された動物を見たときには大泣きした。床にアイスクリームを落としたときも泣いた。保育園では、立って歩くことができないのは自分だけだとわかって泣いた。部屋の真ん中で立ちあがり、近くの椅子にしがみつくのがせいぜいだった。

赤ん坊のときには、ハイハイすることもできなかった。本当にできなかった。その代わりに、小さなバスケットを帽子のようにかぶって、お尻を引きずりながら家中を動き回ると言い張った。

お店に行くとやさしそうな視線で、母に私の年齢を聞いてくる人たちがいた。なんて可愛らしいお嬢ちゃんなんでしょう。母は私の手をさっと引くと、アルファベットと一緒に教えた安全マニュアルを繰り返し暗唱させた。

「ハーラン・マーガレット。車にたくさんキャンディがあるという大人がいたら、どうするの？」

「ついていかない。」

「蹴りを入れ、叫び声を上げて逃げ出す。さあ、もし車に子犬がいるからと言う大人が相手だったら？」

「嘘つきの人たちでしょ？」

「ええ、そうかもしれない。でも、もしも本当だったとしても、幼児虐待をするような大人が、窓ガラスのないワゴン車に閉じ込めている子犬に、気を取られたりしてはだめよ。わかるかしら、ハーラン・マーガレット？　幼児虐待よ。そんな目に会いたい？」

「幼児虐待」という言葉がすべてだった。いつでもそれに気をつけなければならなかった。それ以外にも、毎日母は用心すべき危険を私に叩き込んだ。

「だめよね？」

迷子になったときには、子ども連れの母親を探すようにと母は言った。母親ならば、きっと助けてくれるだろう。六歳のとき、私は海外に出かけた。母は、メールアドレスや電話番号といった大切な情報をタイプした大きなタグをつくった。私がアメリカ国民で、必要ならばアメリカ大使館に連れて行ってほしいとまで書いてあった。そのタグを、母は安全ピンで私の服に留めた。

だから、子ども時代は身を守ることばかりが先行した。家で死ぬ可能性について、あれこれ想像を巡らせた。コンロでお湯を沸かすときには、ヤカンの持ち手を外に向けてはいけない。子どもが簡単それをひっくり返して、火傷が原因で「死」に至ることがあるからだ。友達の家に行くたびに、私は持ち手の位置を変え、入浴中にドライヤーが原因で火災が起きて死んでしまう可能性について説いて回った。週末になると、バイオリンを弾いて、水彩画を描いた。そして、父と公園に行き、池の白鳥にパンのかけらを食べさせた。母はこれを知ると即座に、水際には目立たないように電線が張ってあると父に注意した。池には肌荒れを起こす細菌がいるとも。母はこの世のあらゆることを教えてくれて、私が大学に進むのに充分な教養を授けてくれた。一方で、目の前でいつも拳を振りあげてはパンチをブロックし、飛んでくるはずもない仮想の銃弾から私たちの身を守っていた。

一七歳になった今、母はもう私の外出についてこない。同い年の友達が運転する車の助手席に座る。母ならやきもきするようなことに、煩わされることもない。

四歳のとき、テコンドーのクラスに入れられた。八歳のときには、自分の頭よりも高く足を蹴りあげることができるようになった。オレンジ色のベルトをひきづりながら、サンドバッグを前に格闘した。母が取ることのできなかった黒帯を目指していた。母は三本の帯が入った赤帯をもっていた。黒帯まであと一歩だった。でも、それが叶う前にベトナムを出国した。母はそれをひどく後悔していた。

素直に言えば、テコンドーが上手かったから通っていただけだった。ほかの子どもたちよりも上手くなりたかったし、自分が上手いことを証明したかった。

列を組んで道場を縦横に動く。薄紫の霞のなかで宙を蹴り、そして拳を突く。週に三回か四回通った。振り返ってみれば、私よりも母の方が一生懸命だったと思う。母は自分の子ども時代を繰り返し生きていた。私に音楽や武道を習わせたのは、教育ママの妄想ばかりが原因ではなかった。積みあげた板を足で蹴り割っても、それほど感動はなかったけれど、母は違った。きちんと椅子に座って、ひどく自慢げに私を見ている。その間、ほかの親たちはスマートフォンの画面から目を離しもしない。だから、母のために一生懸命練習した。

問題はテコンドーが嫌になったとか、練習にストレスを感じたとかいうことではなかった。私としては、それで自分の怒りを和らげることができればいいと思っていた。ところが、いつでも母の視線を感じた。本当のところ、母は私に合気道をやらせたかった。祖父が母に習わせたのは合気道だったから。でも、ホワイトハウスがやっと入るくらいの小さな町に住んでいては、そんな場所はなかった。問題はこれで終わらなかった。その後もずっと、私は母の視線を感じながら生きてきた。

毎晩、家に帰ると私は両親と同じベッドで寝た。赤ん坊の頃から寝かされていたベッドだった。父が寝返りを打って私を窒息させないように、父とは距離を置いて寝た。つまり母が真ん中で寝た。夜中になると、きっと片目を開けて、私の息を確かめていたことだろう。これがベトナム流のやり方だった。生まれたときに、息ができなかった私を救ってくれた小児科のお医者さんが、私のベッドのことを母に尋ねたことがあった。母は私と一緒に寝ていると答えた。母はこのお医者さんを尊敬していた。私の命を救ってくれた話をいつもしていた。でも、家に帰るなり、父に怒りをぶちまけた。「必ずしも誰もが別々の部屋で別々のベッドで寝る必要はないわ。誰もがそうやって自立心を得ていくものでもない。医者なら医学的なアドバイスだけをすればいいのよ。文化の問題に立ち入るべきじゃない。」

ところで、私が自分のからだに感じていた病理学的な不安は、憂慮すべきものだ。鏡に映る自分のからだを見つめる回数といったら、尋常ではない。出産で自分のからだを傷つけたくないと、繰り返し言ってきた。きっと、情緒不安定がその原因だと思う。それを、身体的な欠点がないことで補っている。だから、妊娠したら即座に帝王切開をすると決めていた。

そして、ウディ・アレンの映画に取り憑かれるように興味をもったとき、それまで漠然と感じていたことに対する答えを見つけた。ヒポコンデリー。ちょっとしたからだの異常を大病だと思い込み、深く悩むこと。この自己診断のおかげで、少し気分が楽になった。医学ホームページを見るまでもなく、私には子宮頸がんの兆候があると信じていた。生理が一回来ないというだけで充分だった。咳をすれば死期は迫っていると悟り、最期のお別れのためにみんなを呼ぶべきだと思った。

一三歳の誕生日。シャワーを浴びた私は、片方の胸がもう一方の胸よりも低くたれているのに気づいた。それに少し小さい。ぞっとするあまり、すぐにベッドに潜りこんでつぶやいた。「乳がんだわ。医者に切断される。」

まだ生育中の胸は、というか胸というものは、左右の大きさが違うということを知らなかったのだ。なにも知らないがゆえに、妙なことばかりを考えていた。

ただ、このような警戒心は、本当にそれが必要なときには現れなかった。たとえば、道を渡るとき、私は左右の確認をしなかった。一一歳か一二歳になるまで、母と手をつないでいたからだ。

母のからだにぴったりと身を寄せることもあった。あるとき、ビキニラインの下にある母の傷痕に気づいた。下腹部に長く伸びる深い切り傷の痕。私が生まれた場所だ。人目につきにくい場所を探して上手い具合に切ったことがよくわかる。母と私しか知らない秘密のようだった。

「ごめんなさい」と、私。

「なんのこと?」

「切り傷のことよ。一生痕が残るわ。」

「消えない方が良いわ。大切なものだから。」母は言った。

それからしばらく夜になると、母と私は語り泣いた。父親と離れて寂しかったときを振り返りながら、母は私に身を預けて震えながら泣いた。そして、将来自分が子どもを育てるときには、困難に直面せずに済むことを願っていたと教えてくれた。

私の両親の性格は正反対だった。だから、娘の育て方も対照的だった。母は必ず私にシートベルトをさせてから車を動かした。駐車場のなかで移動するにも、絶対にこのルールを守ろうとした。私が高速道路でほかの車より速く走ってと言えば、父は躊躇《ちゅうちょ》なくマツダのスポーツカーで疾走した。私が父を愛し、友達に父の自慢をするのを好んだ。事実、父は私の自慢だった。母は私が安全に暮らすことだけを望んでいた。昼の間に母としての務めを果たして眠ることができるのなら、私が友達に母のことをなんと言おうと気にしなかった。父が悪い親だと言っているのではない。ただ、父には降り注ぐ爆撃から身を守るために、防空壕で暮らした子ども時代の経験がなかっただけだ。

父と母が並んでいると、ふたりとも実際の年齢より若く見えた。アジア人女性らしく、母の肌はきれいだった。白人の女性は年を取ると、若く見えるようにアジア人の肌を剝がして、顔に貼りつけたがるという。大好きだった父は背がとても高かった。私が生まれたときにはもう六八歳だったけれど、ボディビルダーのような筋肉質で四五歳に見えた。

三年生のとき、嫌いな男の子がいた。やたらセックスのことに関心があって、母はオンライン花嫁だろうとけしかけてきた。私は顔をしかめて無視した。

家では、すべてが節約の対象になる。一九七五年から四五年の時を経た今でも、母はアメリカに来たばかりの頃と同じように暮らしている。プラスチック製の食器を洗っては繰り返し使う。ジップロックもアルミホイルも何度でも使う。ペーパータオルも、よほど使い込んでいないかぎりは使い続ける。いわゆるゴミ屋敷。濡れた手をペーパータオルで拭いたあとにも、すぐには捨てない。もう一度使えるように貯めておく。それで母は床を拭く。キッチンには使ったペーパータオルを入れる箱があって、繰り返し使えるようになっている。チリソースを床にこぼしたときには、一番良さそうな一枚を選んで掃除する。それでもまだ捨てずに溜めておく。

液体石鹸も最後まで使い切る。液体量が減ってくると、水を足してボトルを振る。最後の一滴まで使えるように。メモ用紙も捨てない。どの家にもあるような、「水曜日、サラをサッカーに連れて行く」といったスケジュールの書き込みができる素敵なカレンダーもない。代わりにコーヒーのシミがついた論文の裏紙を使う。

父はこの決まりに従わない。無頓着な性格で、まるで流れる水のようにさらさらしている。次から次へと好きなものや関心があるものへと移っていく。規則を破るのが、父の趣味だ。一日にひとつは決まりを破ると良いと父は言う。そうすれば、国家の言うことに、羊のように素直に従わなくなる。高速道路で事故を起こすこと数回。それでも父はバイクに乗るのをやめなかった。父がデューク大学の法科大学院《ロースクール》で教えはじめたとき、キャンパスにはバイク用の駐輪場がなかった。駐車場はいつも車でいっぱいだった。だから、父はバイクを自転車用の駐輪場に停めたのだけれど、そのせいで駐車違反の切符を切られた。大学にバイク用のスペースを作ることを求めたが、いくら待ってもなにも変わらなかった。そこで、どこからか「バイク用駐輪場」の看板をもってきて、真夜中にシャベルを抱えて大学へ行った。そして、空いた駐車場の前に看板を立てて、バイク用スペースを作った。誰もが大学がやったことか、以前からあったものだと思ったらしい。今でもその場所は残っている。

私は大学教授に育てられた。両親はふたりとも先生だ。だから、すべてが私にとっては教育の機会。社会や人間の性質について学ぶこともあれば、法律を学習することもある。母はとくに教育的な人だった。母は自分が若い頃に親から学んだことを、私にも教えた。「家を失うこともあれば、祖国を追われることもある。でも、教育だけはなくならない。」

周囲の子どもたちと比べて、私が自転車に乗れるようになったのはとても遅かった。その代わり一六世紀から二〇世紀までの画家の名前なら全部暗記した。ティツィアーノ、マチス、エドワード・ホッパー、ヤスパー・ジョン、ドガ。すべて子どもの頃に覚えた。ほかの子どもたちが、エルモやビッグ・バードの世界で暮らしていた時期にだ。

母が大学に入ったとき、授業でエル・グレコの絵についてエッセイを書く課題が出た。母はその画家を聞いたことがなかった。けれど、クラスメイトは誰もが知っていた。母の自信はとても揺らいだ。盛唐時代の中国の画家、韓幹《カンカン》の作品のことなら知っていた。でも、それはまったく意味のないことだった。だから、私は家では古典の勉強をさせられ、学校に行く車のなかでは、メヌエットやコンチェルトのCDを聴かされた。九歳になる頃には、もう我慢できなくなっていた。

ミニバンの車内にある小さな画面《スクリーン》は、スペイン語を勉強する場所でもあった。DVDアニメのネズミが「ご機嫌いかがですか《コモ・エスタス》」と繰り返しながら、画面の上を飛び回る。もしそのたびにお小遣いをもらえていたら、一生働かずに暮らせたことだろう。それほど何度も見させられた。クラシック音楽より嫌だった。ティーンエイジャーになって、恋愛に妄想を抱きはじめるまで、スペイン語が嫌だった。大きくなって、それが愛を語る言葉だと気づいたとき、はじめて意味あることだと思うようになった。ダンスする恋人たちの響き。それがスペイン語。

はじめて見たウディ・アレンの映画は『アニー・ホール』（*Annie Hall*, 1977）だった。七歳のときだ。一二歳になる頃には、『アニー・ホール』と『ハンナとその姉妹』（*Hannah and Her Sisters*, 1986）、『夫たち、妻たち』（*Husbands and Wives*, 1992）、それに『マンハッタン』（*Manhattan*, 1979）と『ミッドナイト・イン・パリ』（*Midnight in Paris*, 2011）の台詞をすっかり暗記していた。ヴィヴァルディの協奏曲とバッハのワルツを完璧に口ずさみ、エリオットの「J・アルフレッド・プルフロックの恋歌」（"The Love Song of J. Alfred Prufrock," 1915）を半分暗唱できた。私の子ども時代は、教育のせいで大人たちに台無しにされた。ディズニー映画ですらが、フェミニズムの教材だった。『リトル・マーメイド』（*The Little Mermaid*, 1989）が、私のお気に入りだった。クライマックスは、主人公のアリエルが人間になって、陸の上のお城に住むエリック王子と結ばれるシーン。

　母と私はジャーマン・シェパードのぬいぐるみに囲まれてリビングルームにいた。部屋には計算練習用の黒板もあった。人間になったアリエルが、海の仲間たちにさよならの手を振って、エリックとともに航海に出るシーンになった。すると、母が冷ややかに言う。

「わかるかしら。アリエルは足を手に入れて、エリックと一緒に船に乗り、陸に住む。なんでエリックがマーメイドになることを要求しないのかしら。そうすれば、アリエルと一緒に暮らせるわ。わかるでしょ。いつだって男のために女性が変わらなければならないのよ。」

　まだ五歳だというのに、私は大きな目をぐるぐるさせてこう言った。「マーメイドじゃなくてマーマンよ。エリックは王子様ですもの。」

「ハーラン・マーガレット、わかってないのね。」

　母は同化のプロセスに潜む危険を熟知する専門家《エキスパート》だった。とりわけ男たちや白人によってつくられた同化の基準には神経を尖らせていた。

　学校に行くと、私は友達にこの新しい知見を披露した。彼女たちはあまり熱心でなかった。私はマーマンではなく、地上の王子様に救われたいというみんなの夢を台無しにするだけだった。

　ディズニー映画のなかでも、最も教育的なのが『美女と野獣』（*Beauty and the Beast*, 1991）だった。ベルが野獣のアダムと恋に落ちる映画だ。この映画では、男が獣性をもつ。でも、母によれば、それが問題なのではない。

　大切なのは、ベルがこの世で最も醜い生き物を受け入れるということ。でも、その反対ではない。つまり、ハンサムな男子が醜い女に恋する話ではない。

そんなこと、母に言わせればあり得なかった。ベルがふわふわした黄色いドレスで意中の人とダンスを踊るのを見ている間にも、母は話をやめない。社会には偏見が満ちているので、私がきれいでなければ、男の子は誰も付きあってはくれない。だから、私はきれいにならなくてはならない。

ただ、事はそれほど単純でもなかった。どのみち私に勝ち目はない。きれいでなければ求められない。美しく求められても、やがて捨てられる。

大きくなるにつれ、特別であるよりも人知れずにいることの方がマシだと思うようになった。なぜなら特別であるということは、いつか特別ではなくなるということだから。一〇歳の子どもがこんな考えをもてば、当然歓迎されない。だからこそ、私もより一層意固地になる。思春期が近づくにつれ、人生に悲観し孤独になっていった。苦しいほどの自信のなさからようやく抜け出し、周囲が放っておけないほど自分が特別であることに気づいたのは、一六歳のときだった。

私の生まれてはじめての誕生日に、一〇〇人のベトナム人がお祝いに集まり、豚の丸焼きを食べた。ベトナムの風習だ。バージニア州北部の町フォールスチャーチに住む母の従姉妹が、子豚を注文して家でパーティーを開いてくれた。フォールスチャーチは、母が育った町だった。ベトナムの人たちは、ペンや鏡といった品々を赤ん坊の前に置いて奇妙なゲームに興じる。どれもが子どもの未来と性格を表しているのだという。赤ん坊がペンをつかめば、最高の子宝に恵まれたかと言わんばかりに、母親に視線が集まる。私は鏡を手に取った。虚栄の象徴。将来が思いやられる。

私たち家族が住んでいたのは、母の親戚が住むところから車で三時間ほど離れたウィリアムスバーグという町だった。なぜだかわからないけれど、母は大学を卒業してロースクールを修了したあとも、家族が住むフォールスチャーチのベトナム系コミュニティには戻らなかった。大学に進学した際に、別離が始まったと母は言うだろう。私たち大家族はバージニアに植え替えられた大きな木みたいなもの。枝の多くはフォールスチャーチ一帯を包み込むように広がる。そこから逸れて一本だけ脇に伸びる枝があった。母はその孤立した一本で、私はそこから伸びる小枝だ。大きな木の一部であるようでいて、実は違う。

母は妊娠中にスパイスの効いた料理をたくさん食べた。生まれてくる子どもが、できるだけベトナム人に近いことを望んでいたからだと言う。つまり、私にもスパイスの効いた食事を好きになってほしかったということ。みんなのようにタバスコや唐辛子の効いた辛いタレをたくさんかけて食べようとしない娘の姿に、母はがっかりしただろう。

豚以外にも多くの料理があった。そのほとんどは辛いものばかりだったと、母は言う。フォールスチャーチの親戚は、シラチャーソースが大好物だった。緑のキャップで、鶏の絵がボトルに貼ってある。ほかにもたくさん種類があるみたいだけれど、うちの家族が買うのはこれに決まっていた。酉年生まれ《とりどし》のベトナム難民が製造する。その人は元々サイゴンで暮らしていたけれど、共産主義者が戦争に勝つと、「フイ・フォン号」という名前の難民ボートに乗ってベトナムから逃げ出した。そのボートの名前にちなんでアメリカで会社を興し、ベトナムにいたときのように唐辛子を育てるようになった。

大きくなるにつれて、辛い食事の苦手な私に向けて、家族が発する批判を理解するようになった。だから、苦手な素振りを見せないことにした。つまり、料理にピリ辛ソースをこれ見よがしにたくさんかけて、水も飲まないようにした。今では、ピリ辛料理が好きになった。というか、好きになったと思う。というのも、本来辛くないはずの食事にまでソースをかけるようになったから。きっと家族のせいで、なるべくベトナム人っぽく見せる必要がなかったら、こんな風にはならなかったと思う。

なら、「ベトナム人」であるとはどういうことなのか。

ホンダのミニバンの後部座席で、母がスペイン語映画の代わりにDVDプレーヤーにかける、ベトナムの子ども向けミュージカルを繰り返し観ること。DVDはそれぞれ六曲入りで、数え方や運動の仕方、なによりも目上の人を敬うことを学ぶようにできていた。毎晩、母が私の髪をブローしてくれる間、私はすべての曲を熱心に歌って聴かせた。

家の正面にあるガラス張りの壁には、黄色地に赤いストライプが三本入った南ベトナムの大きな旗が、アメリカ国旗と並んで飾ってあった。私はベトナムの国歌もうたえた。もちろん南ベトナムの国歌だ。ハーフの娘がしっかり教育されて、どんな言いつけにも耳を貸すように育てられていることを、母は示そうとした。私は心のなかで、食卓をひっくり返してやりたいと思っていたけれど。

およそ一年前のこと。古い家族ビデオを観ていた。

二〇〇五年九月。

似合いの服にバケットハットをかぶる私。服は柄違いでいくつも母が買っていたものだ。母のお気に入りは、ちっちゃなピンクのバラをあしらった、茶色のリボンが入ったビロード地の服。ビデオのなかの私は、フォールスチャーチの家にある一九インチのテレビの前にちょこんと座っている。そのテレビはゴルフ専用で、ほかの番組が映っているのを見たことはなかった。家に住む母の従兄弟は、私にとってはベトナム語で二番目の父を意味するバ・ハイだった。ゴルフ好きで、スウィングをするために小さな人工芝の練習用マットを部屋に敷いていた。私はこの従叔父が怖かった。子どもの直感には想像以上のものがあるというが、私の場合、すでにノイローゼ気味だった。

私がバ・ハイを怖がっていたのには、それなりの理由があったと思う。従叔父が靴も履かずに廊下を歩いてくる音がするときの私の気持ちといったら、正直言葉に表すこともできない。靴も履かずに、というのは、私が知っているベトナム人は、誰もが決まって靴を脱いで玄関ドアの近くに置く。そして、家のなかを素足で歩き回る。私の恐怖がわかるだろうか。二番目の父は南ベトナム軍特殊部隊の兵士だった。何年もの間、夜が更けるとベトコンを水田で殺し続けた。従叔父からは、なにか強い鼓動を感じていたに違いない。というのも、従叔父が来そうになると、幼い私は慌てふためいて、どこかに逃げ込もうとしていたからだ。五分後、従叔父が現れた。まるで地震を予知する猫のようだった。

フォールスチャーチでは、私は普段にも増してベトナム的になった。

そこに行けば、必ず従叔父の家に泊まった。そこから数ブロック離れた場所には、ほかの親戚たちが暮らしていた。大きくなるにつれ、母は親族の過去を教えてくれた。バ・ハイが果たした命がけの作戦行動についても。月のない真っ暗な夜になると、バ・ハイが属していた部隊は、村の役人たちがベトコンとしてこっそり破壊活動を行なっている村に潜入した。役所にいる敵を捕らえるのが目的だった。仲間同士を誤って殺さないように、裸で作戦を展開した。服を着ていれば、誰でも敵だった。音をたてないように、銃は使わなかった。ナイフと斧だけで戦った。

つまり、返り血を浴びながらベトナムの戦場を裸で走り回っていた男から、私はよちよち逃げていた。

戦争の話ばかり聞かされて育ったので、魔法使いやモンスターが出てくるおとぎ話には、興味をもつことも怖がることもなかった。ヘンゼルとグレーテルにお菓子の家で子どもたちを料理する魔女ですって？ 他人の血に覆われて全裸で小屋にいるバ・ハイの話と比べれば生ぬるい。それに、実はベトコンとして密かに北ベトナムを支援していたバ・ハイの父は、従叔父が南ベトナムの特殊部隊に入隊したことを知ると、ナイフを手にして従叔父を追いかけ回したという。

私の家族は、戦争の話をよくした。そして、戦争の話をしたあとには、政治の話で盛りあがった。夕食時にお茶を飲みながら、テレビをつけっぱなしで話が続いた。

しかし、心のなかのことは決して話さなかった。入隊後におかしくなり、四〇歳で死んだ母の兄のことを話題にしても、そのことをどう思っているかは、誰からも聞いたことがない。死んだ母の兄がなにを思っていたのかについては、なおさらだ。私はそのことに気づいていた。母は私が優れた観察力をもつ、とても敏感な子どもだといつも言っていた。次の話は、自分はあまり憶えていない。でも、繰り返し母が話して聞かせるので、まるで自分の記憶の一部のようになっている。

「お母さん。」

「なに？」

「隣のテーブルの人、服装倒錯者だわ。」今の私はこの言葉を使わない。母によれば、そのとき私は四歳か五歳だった。

母は驚いた。私が服装倒錯者の意味を知っているとは思いもしなかったという。だって、私はまだ五歳。さかのぼること一年ほど前、映画『シュレック』（Shrek, 2001）はアイロニーの物語だと、母が教えてくれた。大好きな映画だった。格好良い王子様は悪者。怪物がヒーロー。プリンセスは醜く、最後まで可愛くなろうとはしない。服装倒錯者だとわかったのは、首の部分に見えるちょっぴり大きな出っ張り。喉仏だ。それに、上唇の上に明らかに描いたような艶ぼくろ。

フォールスチャーチの親戚を訪ねるときには、祖父が住む養護施設にも行った。バ・ハイの家から車で五分。祖父のところには、みんなが通っていた。ただ、母は祖父を養護施設に預けていることに、後ろめたさを感じていた。祖父と一緒にウィリアムズバーグで暮らすことを望んでいたものの、母はそのことを強く言わなかった。というのも、ウィリアムズバーグでは、親戚やベトナム系のコミュニティから遠く離れてしまう。それに祖父は、日頃からほかの場所には行きたくないと言っていた。だから、私たちは定期的に祖父の元に通った。父も一緒だったので、祖父は英語で会話した。おかげで母の通訳なしでも、なにを話しているのか私にもわかった。

会話のなかから、わかる部分を少しずつ拾った。カンボジア国境近くの戦場で撃たれたあと、祖父は輸血を受けた。しかし、良い医者ではなかったので、間違った血液型の血を輸血された。それ以来、祖父は耐えようのない痛みをこらえなければならなくなった。それでも、私たちが祖父に様子を聞けば、決まって笑顔で「大丈夫」と答えた。祖父は仏教徒だったので、すべてが「大丈夫」だった。祖父は母が私にあれこれさせるのが嫌だった。ありのままの私であってほしいと思っていた。

母はアメリカに来たとき、祖父が「過去には幕を下ろして、もうベトナムのことを考えるのはやめよう」と話して聞かせたことを教えてくれた。

母のように家族みんなが、祖国から逃れて別の国で新しい生活を始めたことには驚きを感じる。そして、誰もが苦難のすえにしっかりやってきたのだから、ほかの家の子どもたちなら許される失敗やへまをする権利が、私には決してないように思えた。

母の好きな言葉に、アルコール依存症更生会のモットー「正しく行動し考えよ」というのがある。母の兄はアルコール依存症だった。母いわく、その意味は「思考を無視せよ」ということだ。たとえば、頭のなかに飲みたいという考えがあれば、自分にとって良いことではない。だから、そんな考えなどないかのように行動する。そして、それが続けば、正しく思考することができるようになり、やがて苦労なく正しい考えに従って、上手に行動できるようになる。

きっとこうした理由で、私たち家族はお互いの気持ちを打ち明けないのだと思う。意識的かどうかは別として、そうすることで生き延びてきたのだから。ベトナムに関しても、家族の誰もがこのやり方をすでに習得しているかのようだった。祖父が言うように、過去には幕を下ろして生きてきた。正しく思考する過程でたとえ感情的になっても、それについて語ることはない。文化の違いかもしれないし、戦争のせいかもしれない。私たち家族固有のことなのかもしれない。私にとってこれがなにを意味するかといえば、学校で起きた不愉快なことを家で話せば、母は直感的に「正しく」理解しようとし、次に行動に移して問題を解決しようとするということ。でも、私にはベトナムは遠く離れた場所だし、そこから逃れなければならなかったわけでもない。感情を抑える必要もない。感情に身を任せたいときだってある。リアーナのヒット曲「ラブ・オン・ザ・ブレイン」("Love on the Brain," 2016)を聴きながら、メールを返してくれない男の子のことを思って泣きたいときもある。

家族のあり方やベトナム流の生き方を否定しているわけじゃない。自慢に思っていることだってたくさんある。ただ、いつも気になっていることがもうひとつある。ベトナムの家族にある序列だ。フォールスチャーチに着いた途端、序列がすべてとなる。

曾祖母は一八人の子どもを産んだ。生き延びたのは八人だけ。祖母は三番目の子どもだった。ただ、悪魔や悪霊をだますために、とても大切な最初に生まれた子どもを、ふたり目の子どもと呼ぶ習慣がベトナムにはある。だから、祖母は順に数えて四番目になる。四番目の娘、あるいは祖母の子どもたちの世代から見れば四番目の母。五番目の娘にあたる祖母の妹は、四人目の子どもを産むときに死んだ。残された四人の子どものひとりがあの怖いバ・ハイだ。そして、六番目の兄には娘が九人いる。そう、九人もだ。

その九人の娘が生まれた順に格づけされる。長女は私の母から見れば最も年長の従姉妹。私にとっては二番目の母にあたる。一番下の従叔母は私の一〇番目の母になる。私は二番目の母、三番目の母、四番、五番、六番と従叔母たちを呼びながら育った。自分の母親は番号なしの母だ。なぜって私の母は母しかいないのだから。でも、もし母のことが嫌になれば、別に九人の母がいる。そうでしょ?

家族のなかにある、この強迫観念的な格づけが嫌だった。というのも、まるでインドのカースト制度のようだからだ。四番目の姉と呼ばれる私の母の母は、六番目の兄と呼ばれる弟よりも年上だったので、格づけが高かった。それはつまり、祖母の家系はつねに弟妹の家系よりも上にくるということ。だから若い私が、すっかり大人になった従叔父や従叔母よりも高い格づけになる。

生まれた順番や格づけよりも大切なことが、人間にはあると思う。ただし、よその人が二番目の母の家に来ても、そんな細かく厳密な制度が働いているとは思わないだろう。(ちなみに二番目の母の家は、誰でもいつでも約束なしに立ち寄ることができる、家族にとってホテルのような場所だった。）私の母がベトナムを去って数ヶ月後、家族全員が国から逃げ出して、アーカンソー州フォートチャフィーにある難民キャンプに三ヶ月間収容された。やがて、祖母の親友フリッツが身元引受人になると、バージニア州に新たな住処を求めた。バージニア州を選んだわけは、ワシントンDCに近いから。アメリカ合衆国首都は、難民の彼らにとって、世界で最も安全な都市だった。

最初に移住したのは、母と母の兄、祖父母、祖母の弟妹。それに六番目の兄と彼の九人の娘、八番目の兄と妻娘、五番目の母とベトコンだった夫との間に生まれたバ・ハイと彼の妻にふたりの子ども、私の母の祖母、長年家族と生活をともにしてきた家政婦ふたり。私にだって複雑なのだから、きっとわかりにくいと思う。大家族は一軒の家に一緒に住んだ。ベットルームは広い地下室。マットレスをタイルのように床一面埋まるように敷いた。横に並んで身を丸めてそこで寝た。やがて近所の人たちが、この家にはあまりに多くの人が住んでいると、行政局に苦情を言った。そのため、別れて住むように命令が下された。役人が来て家の広さを測ると、人数制限をした。アメリカでは、これが決まりなのだと説明した。

去年一六歳になって私が文句を言いはじめるまで、母がノックもせずに部屋に入ってきたのには、こうした理由があった。家のなかや家族の間では、個人が尊重されない。個人主義は、外の世界に出るときに装うもの。それなのに、私がキッチンでヘラを探すのを手伝ってもらおうとすると、自分で見つけないとやる気のない人間になってしまうと、母は脅してくる。正直、母にはやる気がないと繰り返し言われてきたので、今さらなんとも思わないけれど。

外の世界から見れば、私たち家族は四世代から成り、三世の女たちは、それがどういう結果になるのか深く考えもしなかった白人の男たちと結婚している。だから家族のなかで、私だけがハーフというわけではない。でも、五歳になるまで、私だけが単にベトナム的ではなかった。

思い出すのは、早くお箸の使い方を覚えるようにと言われたこと。なぜって私の格づけが高いからだ。私より格づけが低いアリアナは、すでにお箸でご飯を食べていた。「アリアナは、ご飯粒を一つひとつお箸でつまみあげられるわ。」ようやくお箸を使えるようになると、指が箸の上にくるようにと注意された。嫌な顔をしようものなら、母は白人とのハーフの従姉妹が、いとも容易くお箸を使うことを指摘した。

その後、私はなんでもお箸で食べられるようになった。今ではピリ辛のチートスを食べるときにも、口の周りをタバスコで汚さないようにと、一つひとつ箸で摘まむようにしている。

私の好きなベトナム料理はフォーと春巻き。春巻きは、中華春巻きの皮より薄いライスペーパーで作るのが、私たち家族のやり方だ。私はその違いを知っていた。でも、家族にはあまり受けが良くなかった。フォーと春巻きは、アメリカ人好みのベトナム料理のメニューだからだ。もっとベトナム的な料理を好きになるべきだった。たとえば、バン・ボー・フエ。ベトナム中部の料理で、フォーのような白麺の入ったスープ。出汁はフォーよりも辛くコクがあり、レモングラスで香りをつける。それに焼き豚。頭がついたまま大きなお皿にまるごと載せる。喉から小さな舌が飛び出しているのが見えることもある。見るだけでぞっとする。

そういうわけで、フォーを食べるときには、私がアメリカ人のようにただフォーを注文するのを母は嫌がった。母はいつでも「特製フォー」のメニューから選ぶ。希少な牛のスライスや赤身、カルビ、ミートボールなどあらゆる食材がそこにはある。私が「とんがり麺」と呼ぶ、細くて先の尖った麺もあった。私がこの尖った麺を食べると、親戚は感心しているようだった。あとから知ったのは、この麺は牛の腹膜からできているということ。母が「動物虐待」の食材を食べさせていたことを知り、思わず叫び声を上げたけど、すでに牛肉を食べたあとには、まったく意味のないことだった。

ベトナム的な風習に染まるためにフォールスチャーチに来ていたにもかかわらず、私のベトナム語は「ネイルサロンで通用する程度」だった。ネイリストが客に話すベトナム語なら理解できた。妊娠した女性を「太った人」と呼び、ブロンドの女性を「白い人」と呼ぶ。

母が話すベトナム語の六割くらいはわかったが、話すことはできなかった。幼いときからベトナムの歌を暗唱していたので、ベトナム語固有のアクセントや六つの声調はマスターしていた。でも、流暢に話せるとはいえない。それでも、声調ができるのは嬉しかった。子どもの頃に身につけておかないと、声調の変化を覚えるのはとても難しい。ちょっとした声調の違いで、尊敬を込めて「姉」というときの「チー」という言葉が、「シラミ」という意味になってしまう。

カリフォルニアに引っ越してから、週末にベトナム語学校へ通うようになった。一一歳から一二歳のときだ。ダチョウのようにぎこちなく人生を歩んでいた時期だったので、私はこの頃を「ダチョウの時代」と呼ぶ。ダチョウはとても自意識の強い動物だと思う。見ればわかる。ダチョウは自分が醜いことを知っている。

語学学校に通う土曜日、私は声調に注意しながら読み書きを習った——上げ、下げ、急な上げ、下がってから上げといった具合に。もちろん、これは語学的に正しい表現ではないけれど、私はこんな風にして覚えた。学校に通った一八ヶ月間で、私のベトナム語は二割くらい上達した。そして、中学二年になったとき、習うのをやめた。その方が良いと思ったからだった。

これには、母の過去が複雑に関係していた。というのも、母は私にどれくらいベトナムのことを伝えるべきか悩んでいたから。母自身、どれほどベトナム的であり続けるべきかわからなかったのだと思う。きっと、アメリカで上手くやっていくために、過去を脚色していたと思う。そもそも母は、私をベトナム系アメリカ人として育てることを望んでいなかった。だから、私が赤ん坊のときには、ベトナム語を極力使わないようにしていた。きっと私が純粋なアメリカ人になれると思っていたのだろう。二〇〇九年にサイゴンに行くまで、私が使えるベトナム語は「お母さん、水をとってください」とか、「私は家の犬が大好きです」といった程度だった。

その後、突然母は私にベトナム語を教えなかったことを後悔しはじめた。私にとって、ベトナム語を学ぶのはそれほど難しいことではなかった。耳からすんなり言葉が入ってきた。私のことが話題になれば、それがわかった。

ときには、その言葉を繰り返すこともできた。ただ、流暢に話せるようにはならなかった。そして、それを気にしていたのは、私よりも母だった。

＊＊

私には母の愛の表し方が理解できない。戦争のことに固執しているから、母には私が求めるような愛情表現ができないのだと思う。

毎朝車で聴くベトナムの曲を私が嫌っていると、母は信じている。というのも、一二歳だった頃、四ヶ月間、私は自己嫌悪に陥っていたので、カーン・リーのドラマチックで詩的な歌声から逃れようと耳栓をしていたからだ。母はそのことを今でも憶えている。私が一曲一曲コーラスに合わせて完璧にハミングできることや、母の思い込みが間違っていることをわかってもらうために曲の音量を上げていることには、ちっとも注意を払わない。私がベトナム文化に関心がなく、ベトナムの旧正月《テト》のことも憶えていないと思っている。一緒に旧正月のお祭りに行っても、母は横入りする車にクラクションばかり鳴らしていて、私が母の好きなフォーのお店を忘れずに憶えていたことには気づきもしない。そのレストランは三〇〇キロ以上も家から離れたフォールスチャーチにあるというのに。

私が母のことを理解していないと思われているのも嫌な点だ。母は正しく思考し、正しく仕事をしているのかもしれないが、そこにはいつだって感情があるはずだ。ウィリアムズバーグに住んでいた頃、母は周囲のコミュニティから完全に孤立していた。だから、あるベトナム人家族と、すぐにとても親しくなった。多分、同じ町で暮らす唯一のベトナム人家族。ふたり姉妹はそれぞれ白人男性と結婚していた。アメリカ人の夫のひとりはスペイン語ができたので、家に子どもたちを集めて教えていた。ふたりの姉妹には、ハーフの娘がひとりずついた。でも、それ以外には、私との共通点はなかった。母親からベトナム人の血を引いているというだけのつながりだった。母もまた、そのベトナム人姉妹とはなんのつながりもなかった。姉妹はアクセントの強い英語を話していたし、ベトナム出身とはいっても、母が生まれ育ったのとは全然違う地域の出身だった。つまりベトナムでは、母よりも低い階層の出身だった。

母は、私がそこでスペイン語を習うと良いと思っていた。だから、その家に通うことになった。ただ本当の理由は、母は寂しかったのだと思う。母は孤独に耐えながら、家族とともに戦争を生き延びた。故郷から遠く離れて暮らす母は、今でもよそ者だ。だから毎週、私の教育のためと称して、その家に出かける。私の家族は教育を大切にする。これは母にとっても私にとっても重荷だ。母の干支は水牛だ。つまり、必要であろうとなかろうと、重い荷物を背負う。そして多くの場合、それは不要なことだった。母にとって教育は辛いことではない。でも、私には教育が、とくにベトナム流の教育が重荷だった。私は一年生のときにただひとり六桁の割り算ができるのが自慢だった(「ベトナム流のやり方」で足し算引き算に加えて、割り算もできた)。でも、子どもらしく過ごすほかの子どもたちから、少し孤立していた。

母は四歳か五歳のときに、ベトナムで足し算引き算を習った。正直に言うと、私は「普通の」計算方法を知らない。ベトナム式の計算では、すべてが元にあった場所に戻るよう教える。つまり、借りたものは全部返さなければならない。数学の世界にも、この価値観が忍び込んでいる。計算中、数字の間で桁が動く。でも、動いた桁は、元に戻す。だから、その動きをしっかり覚えておかなければならない。

三年生のときだった。私は黒板の前に出て計算をするように先生に言われた。出された問題は268−104という引き算。当然、「アメリカ式」で解くことが期待されていた。でも、私は母に教わったやり方で解いた。先生ですら、割り符を使う私のやり方についていけなかった。残りの時間、私はみんなの前で説明を続けた。母に教わったことを繰り返した。

私の答えは合っていた。でも、誰にもそれがわからなかった。

解き方がわからないということですらなかった。みんなが私とは違う世界を見ていることを知った。「小屋」という言葉を聞いて、車酔いになる子どもはいなかった。「征服者」という語から腐った肉を連想するのは私だけだった。「思いやり」という言葉が、ピカピカのプラスチックと結びつくわけもなかった。

＊＊

今や、私も高校生。母の一番の不安は、私が失敗すること――とくに学校で。母は私が良い教育を受けられるようにと、できるかぎりのことをしてくれる。ただ、私からすれば、母は子どもを産み育てた結果、その投資が報いられることをただ期待しているように見える。事実、母は私が失敗することを恐れるあまり、成績がAマイナスより悪くなった途端、週に四日の家庭教師をつけた。喧嘩になるので、母が自分で教えようとはもうしない。それに私が習っている微積分のことが、母にはわからない。

母はよく就職面接の話をする。母いわく、失敗経験のない人間は雇われない。でも、母は私が失敗することを許さない。私が恐れているのは、失敗から立ち直る力を身につけることができなくなること。なぜって、これまでそうした状況に陥ったことがないからだ。母は私に失敗の機会を与えようとはしない。

一方で、母はついに私がバイオリンをやめるのを受け入れてくれた。母は五歳のときにピアノを始めた。母の家には、アップライトのピアノがあった。ベトナムを出るとき、母は切手のコレクションを持って逃げた。でも、ピアノはあきらめた。だから、私にはバイオリンを習わせた。つまり、持ち運びができるから。おかげで家族旅行に出かけるときには、バイオリンを持っていくことができた。どこへ行こうと、練習できた。私がバイオリンを弾きはじめたのは、あごと肩の間に楽器を挟んで支えられるようになってすぐの頃。最初のバイオリンは、大人用の一六分の一の大きさだった。長さにして、たった二三センチ。大きくなるにつれて、八分の一、四分の一、二分の一、四分の三、八分の七、そして最後はフルサイズの楽器を、母は買ってくれた。今でもすべてクローゼットにしまってある。母は後々私に後悔させようと、古い楽器は売ればいいと意地悪に言っていたけれど、そうはしなかった。
何度も喧嘩を繰り返したあげくに、バイオリンをやめさせてはくれたものの、私が母と同じような強い不安を心のなかで感じていないことに、母はとても困惑している。難民が抱える心の不安が、子どもに伝染しなかったことに感謝するどころか、母は私が不安を感じないことが不安なのだ。

少しも不安を感じないおかげで、休みの日にテスト準備をしたり、真面目に宿題をする習慣がない。母と私の大きな違いは、母が感じる不安だ。母は私にもストレスを感じるようになってほしいと思っているが、私はなにも感じない。毎日学校から帰ると、部屋に母が来て、ベッドの上でコンピュータに目を向ける私を見つめる。その晩七時間もかけて私が宿題をしなければならないという事実に、少しも動じた様子を見せることもない。母は私がしなければならないことをすべて把握している。それというのも、テストの結果が出るたびに、母の携帯には通知があるからだ。あろうことか、微積分のテストでBプラスをとったときには、私よりも先に知っていた。

次の日までの提出物の有無を確かめようとする母に、私が肩をすくめて見せるのが、母には気にくわない。不安を感じない性格なので、宿題が出てもすぐに始める気にはまったくならない。母にはこれが不思議で仕方がない。なぜなら母が高校生だったときには、学校の勉強に打ち込んでいたからだ。私のやる気のなさは、母には面白くないし、受け入れられない。

私の学年評点が五点満点中四・六であることが、母には自慢だ。微積分の選抜クラスや特別クラスだけではなく、統計学などほかの科目でも選抜クラスや特別クラスに出席していることにも満足している。良い成績を取るためにやさしい授業に出ようとは思わない。でも、母がどうして私の学年評点がそんなに良いのかをわかってくれないのは気になる。ほかの生徒たちがもっと一生懸命勉強していることを思えば、私には相応しくない成績だとはわかっているけれど。

一三歳になるまで、私は母と同じベッドで寝ていた。ベトナムでは、年齢や性別に関係なく、家族は一緒に寝る。クイーンサイズのダブルベッドがある自分の部屋で、壁にかかった絵やポスターに囲まれて私が寝るようになると、母はひどく傷ついた。母にはなぜ私がそうしたのか、まったくわかっていなかった。今でも、母はベッドの右半分だけを使って寝ている。まるでいつかまた私が戻ってきて、ベッドの左側で眠れるように場所を残しているかのようだ。

私が住むのは、雪玉の世界。内側から見る母は、かすかに光る細い月の破片のよう。空からぶら下がるタツノオトシゴのよう。

第三章

難民として生きる（ラン）

ベトナムを脱出した家族とアメリカで再会してからというもの、私はバージニア州にあるフォールスチャーチという町で、色あせた苦しい生活を送っていた。フリッツおじさんとマーガレットおばさんという先導役を失い、誰の助けもないままに、ごく当たり前のことにもどうして良いのかわからずにいた。フォールスチャーチという名前は、ママス&パパスがカバーした、マーサ&ザ・ヴァンデラスの名曲「ダンシング・イン・ザ・ストリート」（"Dancing in the Street," 1965 / 1966）で聞いたことがあっただけで、なにも知らなかった。曲では、フィラデルフィア、ロサンゼルス、ボルティモアといった説明無用の大都市の名前がシャウトされたあとに、無名のフォールスチャーチが茶化されるように出てきた。フォールスチャーチ、とリードシンガーが叫ぶと、バックコーラスが「それはどこ?」と聞き返した。

そこはスターアップル、サポジラ、スターフルーツ、ランブータン、マンゴスチンなどの熱帯性の果物が育たない場所だった。私たち若い世代の難民が祖国の古い歴史から身を離すことを学び、暗黙のうちに別の目的地に向かうことになった場所でもある。たとえその結果、両親や親戚とは縁遠くなろうとも。

難民ならではの理屈から、両親はアメリカの首都に近い町を移住先に求めた。刈り込まれた芝生に囲まれた家々が整然と並ぶ郊外の町が、私の新しい故郷になった。未来永劫変わることのない故郷という幻想。もっともサイゴンはこんなにきれいで整った町ではなかったけれど。どんな町でも故郷になり得る。どんな世界だろうと。たとえそれが月であろうと。

加えて、フォールスチャーチはワシントンDCにつながっているようなものだった。だから、安全だった。二〇人以上から成る大家族にとって、充分に安全な場所だった。家族では最年長だった母方の祖母が、名目上の家長だった。年功序列では、私の両親が祖母に続く。母は祖母の四番目の子どもだったが、生き延びた兄弟姉妹のなかでは最年長だった。祖母には、信頼のおける「使用人」がいた。何十年にもわたり世代を越えて私たち家族のために働いてくれた人たちだった。私たちは祖母と同じくらい彼らを大切にしてきた。

祖母にはふたりの息子がいた。五番目と七番目の子どもで、私たちはそれぞれ六番目の父、八番目の父と呼んだ。六番目の父には妻と九人の娘がいた。すでに孫も生まれていた。八番目の父には妻と娘がいた。私が五番目の父と呼ぶベトコンだった叔父の息子にあたる従兄弟もいた。彼には妻とふたりの子どもがいた（ベトコンの叔父は、戦争に勝った側だったので、当然ベトナムに留まっていた）。そして、戦争が終わる一年前に従軍した、私の兄トゥアンが一緒だった。

英語が一番上手かったのは、兄のトゥアンだった。だから、アーカンソー州のフォートチャフィーにあった難民キャンプから、安全なフォールスチャーチまでこの大家族を連れてくるのは、兄の仕事だった。フリッツおじさんが書類を整え、家族全員の身元引受人になってくれた。私たちが首尾良く新生活へ移行するにあたり、全責任を負うと約束してくれた。この大家族に欠けていたのは、三番目の父の三人の娘たちだった。伯父が地雷除去中にぞっとするような死を遂げると、母親に連れられて、彼女たちは私たち家族の生活から離れていった。

私の両親は魂の抜け殻のようになっていたので、アメリカ生活を切り盛りするには、少しも助けにならなかった。家族全体がこのように押しつぶされることは、以前にはなかった。ベトナムにいたときには、充分な広さの家と、表面的な落ち着き、それに上品な生活をする余裕があった。ときに傷つけ合い、深い傷を負うこともある大人たちにとっては、互いに距離をとって暮らすことが大切だった。でも、アメリカでは、もはやそんな余裕はなかった。

父はラオスのヴィエンチャンで、小さな店を営む家に生まれたひとり息子だった。商人は、儒教が定める四つの階級、学者、農民、職人、商人の最下層にあたる。父がラオスを離れたのは、ベトナム系少数民族に対して暴力が振るわれるようになったからだ。そして、ベトナムで母と出会い結婚した。母が最初の夫と離婚したすぐあとのことだ。母と最初の夫の家族は、ともに地主だった。どちらの家もクメール族の盗賊によって、メコンデルタの領地の大半を奪われ、家を焼かれた。しかし、その後も以前同様、大地主と見なされていた。

一方、隣国ラオスの貧しい家庭の出身だった父は、流れ者のしがない二等軍曹だった。両親は理性を失ったかのように、禁じられた恋に落ちた。世間の仕来りにことごとく逆らう恋だった。母方の家族はこぞって結婚に反対し、母を勘当した。ようやく母を許し迎え入れたのは、父が南ベトナム軍で出世したあとだった。家族がつねに安息の場とは限らない。家族ですらが、というより家族だからこそ、失望するときがある。

そして、皮肉ではあるが、一九七五年にこの大家族がそろってベトナムを脱出できたのは、父の地位とコネのおかげだった。

八番目の父と彼の母親との関係も、ひどくもろいものだった。祖母の命令で、八番目の父は、生まれるやいなや家族から追い出された。事実上、消されたといってもいい。なぜなら、八番目の父は不吉な年の不吉な時間に生まれたので、家族全体に悪運をもたらすと見なされたのだ。八番目の父は、遠縁の親戚に育てられた。もしくは雇いの庭師だったかもしれない。本当の家族のことを知ったのは、大きくなってからのことだった。八番目の父は三度も自殺を試みた。三回目のときは、ほぼ成功だった。死体安置所に遺体は運ばれた。私の母と母の七番目の弟が遺体の確認に行った。葬儀屋が遺体の入った冷蔵庫の扉を開けると、八番目の父はまだ生きていた。その動く姿に、誰もが驚いた。

それ以来、家族の団結のため、そして誰もが古い儒教道徳を重んじていたがために、八番目の父は自らの暗い記憶を封印し、子どものひとりとして家族に忠義を尽くしてきた。ただ、真に家族に溶け込むことはなく、自らの母との関係も尊敬の念を示しつつも、どこかよそよそしいものだった。離れて暮らしていたことで、なんとかやっていけた。

しかし、一九七五年。過去と未来が現在によってではなく、悲しみによって結びついた。儒教の教えに従って、私たちは誰もが傷つけあうことを避け、ひとつの大家族として身を寄せあって暮らした。父いわく、生き残っていくためには、記憶に残すべきことと、すぐに忘却すべきことを理解する必要があった。過去を振り返らない。過ぎ去ったものを追いかけない。あきらめる。このアドバイスが苦しみを本当に和らげてくれるのか、それとも見せかけだけのものなのか、私にはわからない。でも、それを受け入れることにした。あるのは今という時間だけ。「いつも」という言葉に実体が伴わないのは、そのためだ。

母は正反対のことを言った。過去のない未来など存在しない。何事も憶えておくことが大切。

私たちは動物のように脱皮しているだけなのだと、自分自身に言い聞かせた。人生ではよくあること。爬虫類は脱皮の達人。それを真似すればいい。一九七五年、誰もが小さな家のなかで、秩序のない生活をともにした。悲しみと喪失の間を行き交いながら姿を変え、人目につかないように自分自身を大切にした。暫定的な自由のなかで得られた、これまでとはまったく違う新しい人生を、厳しい未来に向けて言葉少なに歩みはじめた。家族が負った古傷はすっかり癒え、非日常的な感情が収まり、他人に会えば陽気に振る舞った。もちろん、戦争のことは忘れようとした。アメリカ人がベトナム戦争と呼び、戦いに勝った北ベトナムがアメリカ戦争と呼ぶ戦争のことだ。ここフォールスチャーチの人々は、それをただ「戦争」と呼んだ。

とても狭い場所で大家族が生活していたので、家をきれいに整えるのは大変だった。それでも、母はなんとかしようとした。すべてがあるべき場所にあった。引き出しを開けたままにしておくことなど、もってのほかだった。

室内履きのスリッパやサンダルは、部屋の隅にきちんと並べられた。どこになにがあるのかわかっていたので、真夜中でも灯りをつける必要などなかった。整理整頓は、最低限の礼儀作法でもあった。

アメリカに来てはじめて通った学校は、バージニア州アーリントンにあるスワンソン・ミドルスクールだった。一九七五年五月のひと月間だけのこと。その一ヶ月はとても短くもあり、とても長くもあった。アメリカ式のやり方を学ぶにはあまりに短すぎたし、とんでもない戦争の結果ここに来た子どもが村八分にされるには、あまりに長い時間だった。物言えぬ私は、まるで見世物の動物のようだった。座っているときも、立っているときも、どうすればいいかわからなかった。困惑した動物のような姿が、好奇心と笑いを誘った。

腕っ節が強いわけではなかったので、ロープを登ることもできなければ、ソフトボールを投げることもできなかった。一塁やホームランがなんのことかもわからず、先生が話すワールドシリーズのことが理解できなかった。春の明るくまぶしい光のなかで、クラスメイトは私が言葉につかえては、間違いを繰り返すのを唖然《あぜん》とした様子で見ていた。チーム選びでは、私と組にならないように思案するキャプテンの前で、いつも最後まで選ばれずに立っていた。授業のあとには、奇妙な儀式があった。「シャワーを浴びなさい！」体育の先生が叫ぶ。なんのことだかわからない。服を脱いで、石けんをつける。みんなに裸を見られる。それでも、こうした悲劇的出来事に取り乱したくはなかった。あとにまで引きずりたくもなかった。大事ではないと思い、心のなかの小さな箱にしまい込んで忘れようとした。「野球のゲームなんてばからしい。サッカーやワールドカップとは違う。ほかの国が参加しないのに、なんでワールドシリーズだなんて呼ぶのかしら。」しかし、こうした屈辱的な毎日のせいで、心に突き刺さるような喪失感が強まることになった。南ベトナムを失ったことによって、喪失感が二重化して映し出された。両親のように人生に失敗した難民を見ることで、その感覚はさらに増幅した。夢は欲しかったが、アメリカンドリームは完全には実現しない神話のようなもの。私の手には届かない。アメリカは勝者の国。でも、私たちは敗者だった。

幼い頃の私は、国の内側を色分けしなければならなかった。同じように今、私は注意深く、境界線を守っている。それはとても重要なことだった。いかなる感情も線の向こう側に漏らすわけにはいかなかった。ひどく感傷的な内面を見られてはならなかった。

学校では、牛乳を飲むことすら大変だった。カフェテリアではじめて牛乳パックを手に取ったとき、注ぎ口を見つけて開こうとした。最初は向きを間違えた。次に正しい方向で開こうとしたけれど、それも上手くいかない。クラスの女の子が、それを見てクスクス笑っている。私が着ていたベトナム風の刺繍《ししゅう》が施してあるサテンシャツを見て、笑っていたのかもしれない。ベトナムを出国するとき、母がスーツケースに入れてくれた大切なシャツだった。それとも、牛乳パックを相手に手こずる、私のことを笑っていたのだろうか。誰かの真似をしようと、あたりを見回した。まずは先端を両側に開いて、折り目をしっかりつけてから、内側を手前に引き出して注ぎ口をつくる。パックに印刷してある矢印を見る。「ここを開く」。簡単そうだ。でも、先端はしっかりのりづけされていて、なかなか開かない。強く押してみる。上手く注ぎ口がつくれない。それどころか、シャツに刺繍されたきれいな赤い花の上に、ミルクが派手に飛び散った。

毎日が新しいことへの挑戦だった。私たち家族はすし詰め状態の家で、バージニアでの新しい生活が表向き平和にスタートしたかのように振る舞っていた。ただ、家の外に出てアメリカ的現実に飛び込んでいくのは、子どもたちの役割だった。母はその務めを果たせなかった。アクセントの強い一時しのぎの英語のせいで、母の立場は小さくなっていった。

母は強い人だった。そして、大家族にはほかにも強い母親がいた。家族を中心にして、物事が進行する。ベトナム人はほとんどが仏教徒で、それ以外にカトリックや神道、儒教を信じる人々もいた。ともあれ、ベトナムの家ではなんらかのかたちで祖先に祈りを捧げる。祖先に対する敬虔な態度を、儀式的に表現することになっている。バージニアの家でも、親子関係を神話化し、永続化するためにつくられた場所があった。ラッカー塗装の艶々した赤いマホガニー材で、巧みにつくられた木彫りの祭壇だ。そこには、死んだ祖先の写真が飾ってあった。自分たちの命と先祖や両親、祖父母、曾祖父母らの命が結ばれる。祖先の話は世代を超えて受け継がれていく財産だ。家族のカルマは、DNAに等しい。

ベトナムで最も有名な仏塔《パゴダ》は、聖なる場所として母親たちに捧げられている。若者は親世代を敬う。父も母も親ならば、子どものためにどんな犠牲でも払う。幸福はこの犠牲を通じて得られる。

アメリカに来てからも、両親の子育て方をほぼ反射的に受け入れ尊重した。父や母が私に抱く期待に疑問を投げかけることもなかった。親が子に期待するのは、当たり前のこととして認められていた――古き良きアジア風の子育てモデルが、アメリカに移植された。

親の言うことを聞く
親に話すときは、礼儀正しく
先生の言うことを聞く
先生に話すときは、礼儀正しく
教育はなによりも大切なこと
一生懸命に勉強すれば、成功する
いつでも宿題をしてから遊ぶ

ベトナムで有名な詩に、親と子の関係と、子が親に負う見えない借りを詠ったものがある。幼稚園に入る頃までに、ベトナムの子どもは誰でもこの詩を暗唱するようになる。英語に訳すと、その詩的な言葉の動きが鈍くなり、説教じみて野暮ったくなってしまう。加えて、英語には訳しようがない言葉もいくつかある。だから、どんなに上手く訳そうとも、不正確な訳になってしまうのだが、およそこんな詩だ。

Công cha như núi Thái Sơn
Nghĩa mẹ như nước trong nguồn chảy ra
Một lòng thờ mẹ kính cha
Cho tròn chữ hiếu mới là đạo con

これをざっと訳すと——

父の行いは、中国の山、泰山ほどにも大きく偉大だ
母の徳は、源泉から湧き出る清水のよう
心の底から母を崇め、父を敬う
そうすれば子どもの未来は、丸く収まる

日々の生活で、なにをするにも子は両親に多くの借りをつくっている、という意味を表わす。ポイントは、「なにをするにも」というところ。親であるという点が兎にも角にも大切。親は子に命を授ける。まずこれがなにより も重要な点。そして、親は子を育てる。二番目に大切なところだ。子育ては完璧であるどころか、充分である必要すらない。その恩を返す行為は、なにがなんでも借金を返さなければならないのと同じこと。老後の世話をするのが最低条件として含まれる。これについては、議論の余地もない。

その後ベトナムに戻り、契約論の講義を大学でしたときのことだった。法理論の信義誠実の原則と契約強制執行

のことについて教えた。すると、ベトナムの法学者がアメリカの損傷計算方について感想を漏らした。その学者は薄ら笑いを浮かべて言った。「契約を執行する最善の方法は、誠意をもって執行するとわかっている相手と契約を結ぶことですよ。裁判所で契約違反を訴えるには、とてもコストがかかるではないですか。」私はうなずいた。確かに強制執行にかかる費用を含め、取引にはコストがかかる。「契約を守る相手かどうかを見極めるのには、どうすればよいかおわかりか。」その学者はこう問いかけると、私に答える間も与えずに続けた。「相手がまず最初の義務を果たしているかどうかを見極めることです。つまり年老いた親の世話をしているかどうか。人生で一番大切な契約なのですから。」親には恩を返さなければならない。これを怠るのは人生の汚点となる。

ベトナムの歌で誰からも深く愛されているのは、母の愛について詠った曲だ――母の愛は大海原ほどにも広く大きく、渓流の音にようにやさしい。母の声は稲穂をそよぐ風のように穏やかで、満月の光の影で母が詠う子守歌は……。英語に訳すと、ちょっと大袈裟で感傷的すぎるが、ベトナム語ではとても美しく響く。親子関係が重んじられ、愛と調和の模範として理想化される文化のなかで、ベトナムの子どもたちは育つ。

この子育て論なり育児法は、私たち家族固有のものではない。ベトナムの文化的風習によるもので、我が家にもすっかり浸透していた。もちろん、個人の成長が重要なことは確かだ。しかし、そこには例外もある。アジア的な教育は、子ども一人ひとりに合わせるのではなく、文化的基準に則る。それは鋼《はがね》の鋳型のように頑丈なものだ。ベトナムの子育てでは、親の権威は絶対だ。両親は私が良い成績を取ることを期待していた。より正確に言えば、人生のすべてを失った今、父と母が求めていたのは、私が良い成績を取ることだけだった。良い成績とはオールAのことで、Bがあってはならない。そう言われたわけではない。しかし、それは明白だった。それというのも両親の生活は、いつでも私の宿題を中心に回っていたからだ。勉強が一番だった。ベトナム文化では、一番大切なことは決して言葉に表わさない。たとえば、両親から愛していると言われたことはない。おしゃべりは慎み、行動で表現するのがベトナムの慣習だった。

アメリカに来て最初の半年というもの、私たち大家族は鋭い直感と、それに伴う正確さをもって突進した。すべきことは山ほどあったが、まずは運転免許を取る必要があった。最初に試験に通ったのは、父だけだった。だから、父は家族の専属ドライバーになった。六番目の父と八番目の父は何度も挑戦したが、合格しなかった。八番目の父は小柄で、私よりも背が低く弱々しかった。運転席に座ると、やっと頭がハンドルの上から見えた。だから、父がすべて運転をこなした。

フリッツおじさんの助けで、母は町の外れで食料品店を始めた。いつの時代でも難民がしてきたことだ。どこに住もうと、故郷の食事は忘れない。ただし店の仕事が、私の勉強に優先することは決してなかった。宿題を完璧にこなすためには、図書館へ行かなければならなかった。それも近所の図書館にではなく、必要だろうとなかろうと、蔵書量が多くて勉強がはかどる中央図書館へ行くようにと父に言われた。父が車で私を図書館へ連れて行くときには、母はタクシーを呼ぶか、仲間の車で仕事場へ向かった。週末には店で母を手伝うよりも、本に囲まれて一日を過ごす私の姿を両親は好んだ。

両親にはT・S・エリオットや「J・アルフレッド・プルフロックの恋歌」のことはわからなかった。しかし、私が余計な仕事をするよりも、どんなものでも良いから本を読むことを歓迎した。私はエリオットの詩に悲しみを感じていた。「さあ、私たち」というなんでもない言葉……。私たちは……。「さあ、行こう、君と僕。」「君と僕」という言葉がもつ奇妙な響き。私には手の届かない世界。唯一思いつくのは、父と私の関係。ただ、父はもはや私の成長ぶりを理解していなかった。

両親は図書館で私がしていることを、正確にはわかっていなかった（私は戦争のことを調べていた。そして、どうしても見つからないものに気づいていた。それはベトナムのベトナム人のこと。継ぎ接ぎだらけの歴史。切って貼っての繰り返し。私たち難民は、誰かがつくる的外れな戦争記録の犠牲者になっていた）。父や母にしてみれば、私が図書館にいるだけで充分だった。週末に子どもを公園に連れて行くようなものだったのだ。書架の間をうろうろしながら、当てもなく本を探す。そして、見つけたのが詩のコーナーだった。

繰り返すが、言うまでもなく教育が第一だった。

儒教由来の教育を信奉するベトナム人の気質を、私は受け入れていた。伝統的な価値観だった。しかし、アメリカに来た両親が改めて悟ったのは、教育がまるで宇宙の掟でもあるかのように、なくてはならないものだということだった。私は文句ひとつ言うこともなく、それに従った。アメリカ人になりきらないまでも、難民でなくなるためには、長い時間が必要だろう。私は練りに練った日課をつくり、規律正しく、秩序だった毎日を過ごした。計画的に時間を区切る。宿題をするための時間。授業中に教わらなかったことを調べる時間。教科書に隠された秘密の情報から出される予想外の質問に備えるためだった。単語の学習には、とくに熱心に取り組んだ。よく使ったのは、『必修一〇〇一語』という単語の教科書。シェヘラザードが自分の命を守るために語った『千夜一夜物語』を思い出す。シェヘラザードの一〇〇一の話のように、この本で学ぶ一〇〇一の新しい英単語が私の命を救ってくれる。増えた語彙のおかげで、小説や詩が描く世界に接することができるようになるからだった。

私の英語は、工作キットのようだった。つまり道具の寄せ集めということ。文法をはじめとする様々な不安を解消するには最適な教科書『英作文の基礎』で、しっかりと勉強した。この本に書かれている規則や禁則事項から、英語という言語の基本的な感覚を身につけた。とくに慣用的な語法や作文の基礎が役に立った。この本に忠実に、決してそこから逸脱することがないようにした。この訓練のおかげで、苦労から抜け出せた。

あれから随分時が経ち、今度は娘のハーランが高校に入学した。そこで、まずはこの教科書を一緒に読もうと娘を誘った。ともに過ごす時間を増やそうと、娘の曖昧な言葉遣いをいちいち注意するのはやめることにした。しかし、上手くいかない。ハーランは次第に逃げ出すようになった（「お母さん、私、宿題で忙しいのよ」）。だから、ハーランが使うナイトテーブルの上に、大切にとっておいた私の教科書を置いて、娘の気を誘おうとした。数ヶ月もの間、本は同じ場所に置かれたままだった。やがて、表紙にできた黄色いシミに気がついた。娘は本をコースター代わりに使っていた。

頭の良い人間はいくらでもいる、というのが父の口癖だった。これにはどうしようもない。ただ、人一倍努力することはできる。父は子どもを決して褒めそやしたりしない。その意味では、典型的なベトナムの親だった。頭の良さは自らがどうこうできることではないが、努力は自分の力でできる。高校時代の私は、つねに自分の限界を感じていた。だから、ルールを決めてそれに従った。遊ぶ前に勉強する。何事も先延ばしにしない。不意の出来事に備えて、勉強には充分な時間をあらかじめ取る。テストに失敗したときのために、日頃余分に課題をこなすようにする。

母が心配したくらいだから、きっと私は重く受け止めすぎていたのだろう。よく母に言われた。なくなったペンのキャップやタッパーウェアの蓋をいつまでも探し続けるのはやめなさいと。鉛筆をどこかに置き忘れることもあれば、本をなくすこともある。でも、そうなったら代わりで充分なはず。「いつまでも探し物を続けていると、かえって時間を無駄にしてしまう。」母の言うことはもっともだった。ただ、母には私が感じている緊急性や、正確に物事を実行していきたいという気持ちが理解できていなかった。たゆまぬ訓練と揺るがぬ決意。アメリカに来て受けたショックの結果、私が培ったものだ。ベトナムでの私は、自由気ままな魔法の世界に生きていた。勉強中心の生活ではなかった。両親はサイゴンにあるエリートたちが通う、フランス語学校に私を行かせようとした。でも、私は試験に合格しなかった。誰もが見ることのできる場所に、不合格者の名前が貼り出されたときのことを憶えている。今の私からみれば、あの頃の自分はやる気がない怠け者だった。しかし、バージニアでは、儀式のように日課に従った。すべてしっかりと予定を立てて、脱線しないようにした。さもなければ、私のような人間は容易に道から外れてしまう。時間を無駄にしないようにした。それというのも、繰り返し何度でも、秩序と予見性をきちんと身につけるために、多くの時間を費やしていたからだった。

それでも、事はすんなりとは進まなかった。脇にそれたり、身をかわしたりしなければならないこともあった。でも、煉獄から抜け出すことはできた。喪失と裏切り、軍事病院での辛い記憶をあとに残し、前進することができた。なにかに取り憑かれた自分という殻を脱ぎ捨て、違う自分になることもできたと思う。ベトナムにいた頃のように想像力豊かな、もっと子どもらしい自分になることもできただろう。一〇〇一種類の魔法や、重力をものともせずに宙を舞い、高尚な行動模範に則って生きる江南七怪を信じていた頃のように。母親になった今、七人の剣術師がかつて導いてくれた自発的で陽気な自分を、ハーランに見せたいと思うときがある。日頃の厳しい自分とバランスがとれた、私のなかの軽率なくらいに陽気な部分でもある。

父も母も、私のことを真面目に学校に通う誠実なベトナムの子どもだと思っていた。両親は安定と安心を求める、ごくありふれた難民ならではの夢を抱いていた。

しかし、私には私なりの教育観があった。伝統に固執するためではなく、そこから脱し、むしろ古い習慣を打破し、自由を求めるための教育。私にとって教育は、儒教道徳の縮図を意味するのではなく、そこから逃げ出すためのものだった。アメリカ的な嘲笑や軽蔑から逃れ、脱するための手段。とまどいながらも、ベトナム的なもので固められた文化的飛び地から、正々堂々と抜け出す方法。アメリカ人が両親や叔父たち、それに叔母たちをなんとか理解しようとする様子を見てきた。見下しながら、ボディランゲージを交え、子どもに話しかけるような声で話す。一方、両親はゆっくりと言葉を選んで話すのだが、訛りがひどい。むしろ注意すればするほど、アクセントが強くなる。はっきりしゃべっているのに、店に来る人たちは両親の言葉を理解できない。父や母にとって、音調や抑揚のない英語は、ベトナム語、フランス語に次ぐ三番目の言語だった。

一九七五年の夏のある日、向かいに住むムーア夫人が、自家製クッキーで私たちをもてなそうと家に招待してくれた。ところが、母は粉をこねようと、体重を利用してミックス粉の上にしゃがみ込む。私たちのすることは、なにもかもが間違っていた。私はといえば、お腹まですっぽり隠れるジーンズをはいていた。母はびっくりするほど野暮ったく、アジア人丸出しの姿勢で深くしゃがみ込んだ。足をぴったりと地面につけ、踵《かかと》にしっかりと体重を乗せる。私も難なくできる姿勢。長時間そのままでいられる、楽な姿勢だった。しかし、しゃがみこむ母の姿をムーア夫人が見ているときに思ったのは、その姿勢がベトナムの村人たちの姿勢と瓜二つだということ。背が高く厳ついアメリカ兵がその場を行進していく。あんな姿勢でしゃがみ込むのは、地面に掘った穴をトイレに使う人々だけだった。そして彼らは、アジア系外国人を指す「グック」という言葉で呼ばれ蔑まれた。

ムーア夫人は母のからだが柔らかいことに、ただ驚いていた。でも、私には屈辱的なことだった。もちろん、そのとき母は忘れていた。私たちも彼らと変わらないということを。テレビ画面に映し出される、私たちのようでいて私たちではない顔をじっと見ていたことを。あとになって、アメリカではしゃがみ込む人はいないと母に注意すると、母は馬鹿にしたような口調で言った。「だからアメリカ人は不健康なのよ。しゃがむこともできないのね。」父はこれにうなずいた。父はヨガをする。アジア人のしゃがむ姿勢は、ヨガで足を組む蓮の花のポーズや、あるいは単に膝を曲げるのと同じ原初的な姿勢で、基礎的な力を宿す証拠と見なされていた。

両親は少しもアメリカ社会に同化しようとしなかった。私には、なぜ同化に意識が向かないのか不思議で仕方なかった。もっとも、なぜ父や母がそうなのか、理由ならいくらでも見当はついた。アメリカ的価値観に両親が無頓着なのが、うらやましかった。

父や母の不安は、外面的なものよりも内面的なものだった。家族は喪失に苦しんでいた。とくに裏切りを原因とする負の感情が、家族全員にしこりを残していた。ほかのベトナム人が家に来れば、祖国を失った辛さと、どうしようもないやるせなさ、それに仲間意識を土台に、強い友情が育まれた。楽しい夕食の間、声を落とした会話が続く。そして、他人を責めては、自らの失敗を悔やみ悲しむのがつねだった。

みんなが集まる小さな居間。私たち大家族に両親の友人たち。すべてを失い萎縮していた。それぞれが記憶のなかのサイゴンを甦らせ、その惨状に溺れ苦しむ。慣れてしまった心の痛み。部屋に人が入ってくるたびに、私は軽く会釈するよう言われていた。身を守るかのように腕は組んだまま。それが終わると、薄暗い部屋の片隅に隠れる。

ここからならば、誰にも見られずに部屋の様子を見ることができる。至福の瞬間。時折小さなノートを取り出しては、それまで気にもかけなかったベトナムの流行歌の歌詞を書き留める。でも、もう手遅れかもしれない。歌詞はとっくに忘れてしまったか、すぐにも忘れそうなものばかり。カーン・リーやタイン・トゥエンといったアーティストが歌う曲を、母はよく聴いていた。私は聴こうともしなかったけれど、知らないうちに意識のなかに染みついていた。記憶よりも、もう少し具体的な形で残しておきたかった。ベトナムの流行歌の魂が深く心に焼きつき、美しさが伝わってくることに感謝の念を抱いた。ここアメリカでは、歌を通じてベトナム語が本来のあるべき姿に戻り、私たちの心に訴える。主旋律が繰り返し弧を描きながら、やむことなく心に残っていった。

歴史に耐えられなくなるときには、いつでも音楽があった。ベトナムに残してきた古いピアノの調べが聞こえてくる。遠い時空のなかに凍てついたまま、ベトナムで奏でたあの日の音が甦る。

やかましい音。ご飯茶碗がぶつかる音。フォークやナイフ、それにスプーンを洗うときのカチャカチャいう金属音。父はあまりおしゃべり好きではなく、孤独と瞑想を好み、辛い戦場での記憶を語ることはなかった。しかし、寝室に引きあげずに、階下に留まることもあった。空挺師団の大佐を務めた六番目の父は、ボーリング場の清掃員として働いていた。繊細な八番目の父は画家だったが、地図をつくる地元バージニア州の会社で仕事に就いた。ふたりとも似たような考えをもつ友人と政治の話をするのが好きだった。南ベトナムではジャーナリストや司祭、仏僧、軍人として働いていた人たちが家に来た。

私には、冬のオーストリアで開かれていたインスブルック・オリンピックの方が気になっていた。それまでフィギュアスケートはもちろんのこと、アイスリンクすら見たこともなかった。女子フィギュアスケートのアメリカ代表ドロシー・ハミルはとても神経質だと、解説の元選手ディック・バトンが言う。ハミルはダブル・アクセルの着地を試していた。アメリカが一致団結することや、アメリカンドリームについての話が続く。

夢には様々な解釈があり得る。夢は、私たちが毎晩寝ているときに見るもの。心に取り憑き、眠りを妨げもする。

それとは違い、アメリカンドリームは繰り返し頭のなかに現れる約束のようなもの。エ・プルリブス・ウヌム。「多数からひとつへ。」ありとあらゆる雑多なものがぶつかる不協和音から、かつてアメリカに来た清教徒《ピューリタン》が探し求めた「丘の上の町」のような、光り輝くひとつの国が生まれる。

ボーコォーはいかが。スターアニスは足りてる？　レモングラスは？　アナトーのスパイスは？　ベトナム風ビーフシチューの味を確かめる。そんな人と人との距離を近づける食事中に政治の話をあからさまにすることに、誰も文句を言わない。集まりの目的は話すこと。早いペースで忘れ去られていく過去のことを、重々しい雰囲気のなかでゆっくりと思い起こす。会話のあちこちに、戦争への深い思いが垣間見える。食事のことは話さない。母と六番目の母が何時間かけて用意していようとも。

六番目の父のところの九人の従姉妹たちが来ることもあった。屋根の上に隠れて、道行く人々に水鉄砲を撃って遊んだときのことを思い出してはともに笑った。通りすがりの人々がかぶる三角帽に、石を投げつけたこともあった。犠牲になった通行人がなにを疑うこともなく、ただ驚き飛びあがるのを見てクスクス笑った。

「あれは軍事的というより政治的な考えだった。」六番目の父が言った。家では、時空を超えて話をすることがごく当たり前だった。一九六八年のテト攻勢や一九七二年四月のイースター攻勢といった北ベトナムによる大規模軍事作戦。南ベトナム軍がラオスから国内へ侵入する北ベトナム軍を狙った、一九七一年のラムソン七一九作戦が話題になった。もちろん戦争全体に関する一般的な話もした。心のなかのカレンダーは、誕生日や休日といったお祝いではなく、悲しむべき歴史的記憶によって刻まれていた。

週末の家は、歴史を紐解く場所だった。地政学的な変化を正しく認識し、紛うことなき事実や数字に基づく手堅い理論は、アメリカの常識を否定するものだった。ケネディ政権下駐南ベトナム米国大使ヘンリー・カボット・ロッジ・ジュニア、第三七代アメリカ大統領リチャード・ニクソン、ニクソン政権の国務長官ヘンリー・キッシンジャー、ケネディおよびジョンソン政権時の国務長官ロバート・マクナマラ。一人ひとり照準を当てては落としていく。それぞれの名前が示す、断片的な歴史のかけら。敵対的であり挑発的でもある。政治家たちの名前が発音されるたびに、沈黙が続く。まるでその名が残す余韻を確かめるかのように。

「どんな作戦も、アメリカの承認を得なければならなかった。」誰かがそう言うと、ベトナム人は従順な奴隷だと思われていたという話が続く。多くを理解していようとも、口を挟むことはなかったと。

「アメリカには戦略があったのだろうか。アメリカの戦略とは一体どんなものだったんだ。」

「穴を掘ってはそれを避ける?」

「同じことを繰り返しては、違う結果を求めるってこと。」戦争やアメリカについてではなく、まるで上手くいかなくなった人間関係のことを話しているようだった。

「なぜ」と、疑問の声が上がる。

「なぜベトナムなんだ。韓国、インドネシア、マレーシア。ほかの国は、みんな共産主義ゲリラから身を守ってきた。」

怒りに身を任せるのは容易だった。会って食事をすれば、いつでも同じ質問が繰り返される。なぜ?「こうなるとは思わなかった。違うか?」

「じゃあ、なにがまずかったんだ?」

誰かが話題を変えて、自分自身を見つめなおす良い機会だと言えば、賛成の声が続いた。

「俺たちには運がない。アジア人のなかで最低の民族さ。」

「とりあえず箸で飯を食う国のなかで最低ってことさ。」

「いつでも胸を張って生きてきた。それが役に立つのは、一致団結して敵と戦うときだけだった。」六番目の父は向きを変えて、吐き捨てるように言った。

別の誰かが嘲り笑うように、鼻から荒い息を漏らして言う。「俺たちは運のない、ゴシップ好きな、陰口ばかり叩いている民族さ。樽のなかのカニも同然。やっとのことでそこから逃げ出そうとすれば、すぐにほかの連中に引きずり下ろされる。」

「日本人みたいにはなれないってこと。」

もちろん、違う。日本人はいつだって首を横に振って、自分たちを蔑んでばかりいる。

すると誰かが尋ねる。といっても、本当に疑問に思っているわけではない。ただ、自分たちが共有する記憶を確かめているだけだ。「俺が桃の木を植えた年のことを憶えているか。あの年は……。」まるで穴埋め問題のよう。「うちの娘の結婚式に出されたお茶はなんだった。」質問は質問ではなく、別のことを言うためのきっかけだ。記憶が薄れないように、繰り返し確かめている。その過程で、忘れていた名前や日付を思い出す。抜けていた情報を思い出そうと、辛抱強く待っているかのようだ。たとえば本来ならばアメリカ軍将兵に授与されるべき銀星章に、父を推したアメリカ軍アドバイザーの名前を、両親が突然思い出すように。

結局、自らのことをずっと振り返り続けることを避けたいのか、話題はアメリカに戻り、その地政学的欠点を取りあげる。アメリカが一九七三年のパリ和平条約を守っていれば、なんとかなったろう。アメリカが南ベトナムを裏切らなければ、チャンスはあった。アメリカは中国にすり寄ることにした。だから、中国の脅威を抑止する必要がなくなったので、南ベトナムは見捨てられた。古いベトナムのことわざにあるように、役に立たないと見なされれば、レモンの皮と同じように、不要な積み荷は海に捨てられる。パリ和平によれば、南ベトナムが北ベトナムから身を守るために武器を必要とすれば、アメリカが軍事援助を適宜行うことになっていた。だが、そうはならなかった。共産主義者が南をあっという間に飲み尽くそうというとき、私たちは一目散にアメリカの腕のなかに逃れた。アメリカは私たちを受け入れ、そして救った。世界に向けてもう一度、アメリカは慎みと慈悲と寛大な心を具現化した存在だとアピールした。戦争終結から四年後の一九七九年、償いの証であるかのように、第三九代アメリカ大統領ジミー・カーターは第七艦隊を派遣し、海をさまよう多くのボート難民を救出した。

四〇年後、ケネディ大統領の弟ロバートの末娘で映画制作者のロリー・ケネディは、映画『サイゴン陥落――緊迫の脱出』で、南ベトナム最後の数日間に多くのベトナム人を救おうと、多大な危険を冒したアメリカ兵とアメリカ大使館員の勇敢かつ心温まる姿を映像にした。南ベトナムの様子を惜しみなく描く映画でもあった。それが救済者アメリカというお決まりの隠喩《メタファー》を、繰り返し人の心に浸透させる常套手段であったとしても。

私たち南ベトナム人にとって、アメリカとは怒りの対象であると同時に、最も大切なものでもある。

父の人生には、いつでもクーデターがあり、暗殺があった。ゴ・ディン・ジエム大統領が撃たれ殺害された一九六三年。暗殺者の軍人たちは、アメリカ中央情報局《CIA》の支援を受けていた。私はクーデターの首謀者たちを知っていた。実際に会う前から、彼らに関する記憶があった。幼い頃、近所を車で通り過ぎると、父は教会を指さしてこう言った。大統領は秘密のトンネルを使って脱出する計画を立てている。まずは大統領官邸からこの教会へ逃げる。そこから私たちの家に逃げてくるはずだった。軍隊は職務に忠実で、政治的に動くべきではないと、父は信じていた。父の空挺師団は大統領を守ることになっていた。しかし、ジエム大統領の脱出は成功しなかった。大統領が最も信頼を寄せていた司令官たちがいた。とくに仏教徒からキリスト教徒に改宗してまでも、カトリックを信仰する大統領の取り巻きになった司令官たちが、大統領を裏切り背いたのだ。答えのない大きな疑問が山積していた。大統領が暗殺されなければ、ベトナムはどうなっていたのだろうか。

より個人的な話としては、父自らが親友の手によって拘束されたのが、一九六三年のことだった。父は頭に拳銃を突きつけられ、クーデターを支持しろと命令された。同意することを拒み、即座に処刑された南ベトナム特殊部隊司令官レ・クアン・トゥン大佐と同じ運命をたどっていたかもしれない。しかし父の運は、ある意味良かった。父を捕らえるために見せかけの昼食会におびき出した父の親友は、クーデターの首謀者が処刑を命じる前に、友情から父を助ける決心をした。

両親の人生が壊れた瞬間。すべてが平常で癒やされているように見えても、その同じ場所がきしみ続けていた。

父が私に、あるいは自分自身に言い聞かせていたように、この世にあるのは今という瞬間だけ。人の心を未来につなげようとする「いつも」という言葉を信じてはいけない。

アメリカでの生活が永遠に続くと悟ったとき、私は早く大人になって、これまで大好きだったものを手放さなければならないと思った。モンゴルの砂漠で弓矢の技術を極めた郭靖の姿に見られる極めつけの魔法や、ありふれた日常のなかで見る不思議な現象のことだ。実際に失うまでは、これほど魔法や不思議な現象が好きだったとは思わなかった。自然発生的に、やっかいなことや予期せぬことばかりが起きた私の子ども時代。子どものように生きる喜びが、いかに純粋で、いかに大切で、いかに不可思議なことか。火傷治療専門の病棟とそこで見る焼けただれたからだや、経過観察病棟と切断手術を受けた多くの人々。そこから離れ、頭のなかに魔法の世界があるふりをする。現実から身を引き離し、他人のような振りをする。私が魔法のトリックを使っていることを、他人が知る必要はなかった。家の敷地の向こうにあるからこそ面白そうで、奇妙で恐ろしくもあった空挺師団のキャンプ地へと至る鉄製の扉がなくても、家の庭はとても美しかった。真夏の夜、うねるような嵐の音に混じって聞こえる兵士たちの奇妙な叫び声。忘れようにも忘れることのできない身近に迫る戦争の存在。

しかしフォールスチャーチでは、想像力を抑え、データを重視する子どもになった。アメリカ生活で学んだ新しい風習を、経験にもとづいて蓄積できるよう最大限努力した。一九七五年九月、はじめて高校に登校した日のことだ。父は私を家の近くのバス停まで送ってくれた。裾広のベルボトムのズボンを履いていたのは、私だけだった。親が付き添っているのも私だけだった。中学生だった従姉妹たちは、違うバスで学校へ通っていた。その後、私がバス停をひどく恐れるようになったのは、人間付き合いのなさが原因だった。近所に住む高校生が集まって、七時五分のスクールバスを待つ。私たちを無言で見つめるみんなの視線。鍵穴を通して見るかのような父の存在を、壊滅的ともいえるデータ点として取り込んだ。実際にそこにあるものではなく、ほかの高校生が見ている光景をのぞき見る感覚は、これがはじめてだった。そしてそのイメージが、私のなかに定着した。

それは外国人の姿。軍人のように起立しているので、屈強そうには見える。しかし、去勢された外国人であることに変わりはない。どこか居心地が悪そうで、元気良く見えない。硬直した態度で、周囲を見ながらつねに警戒心を解かないのは私と同じ。父は外国人。アジア人であり、より正確には東南アジアから来た男。体毛のないすべすべした肌。周囲とは違う身のこなし方。この夏、家にいる軍出身者を含む男たちが、アメリカでは男として見られていないことに気がついた。間の取り方が違うのだ。決して出すぎることはなく、とても礼儀正しい。女性的な身のこなし。周囲から「女々しい」と思われていることをすぐに知った。

映画『グリース』（*Grease*, 1978）に描かれる世界。寝坊したピンクレディースのひとりが、「韓国のボビーより」という刺繍が入ったバスローブを着るシーンがある。これに周囲は驚きの叫び声を上げた。「あなたったら韓国人と付きあってるの？」

父も兄も叔父たちも男らしくなかった。黒人の男たちがマッチョで危険なのとは大違いだった。幸いブルース・リーがいた。大学一年生のとき、映画『燃えよドラゴン』（*Enter the Dragon*, 1973）の大きなポスターを買った。白人俳優に劣らぬ中国人俳優を主演に起用した初期ハリウッド映画。運良く、学生寮《ドミトリー》で偶然相部屋になったルームメイトのアニーは、とてもやさしく理解がある女の子だったので、胸をはだけてヌンチャクを振り回すブルース・リーの大きなポスターに文句ひとつ言わなかった。

私たちは移民ではなく、難民だった。移民なら、きっと未来への希望と期待からどこか別の土地に移住するのだろう。難民は当てどころもなく逃げる。私たちには国がない。祖国という錨をもたない。戦争の記憶によって、輝きを失った現在。アメリカ人が忘れたがっている戦争を、いつまでも心にしまい込んでいるのが私たちだ。

私のアメリカ生活の大部分は、平日の朝、あのぱっとしないバス停で始まった。そこに私の未来がかかっていた。

アメリカ人になることが、より謎めいたものとして複雑化したのも、その場所だった。怖くて恐ろしくて、なんとももの悲しいバス停。そこにあるのは、謎の力関係と意味のないおしゃべり。のどかな通りの曲がり角に建つ特徴のない家の正面にある一見無害な場所。目印となる大きな木が一本。そこにみんなが集まった。ここが安全とばかりに、その枝が合図しているかのようだった。木には快適な避難所のイメージがある。でも私にとっては、反射的にパニックを引き起こす場所だった。冷淡で不可解なアメリカの若者が、その原因だった。バス停に近づくと、首の後ろの血管がドクドクと脈打った。

それから何十年も経って、娘のハーランが高校でいじめに遭っていることを知ったとき、母として経験した胸が痛む不吉な感覚がまさにこれと似たものだった。いじめられっ子であることはたまらないが、苦しむ子どもの母親であることはもっと辛かった。表面的には、私と娘が受けたいじめは似ても似つかない。ハーランはとても美人だし、魅力的な子だ。ファッションセンスも非の打ちどころがない。見た目では、いじめられているようには見えなかった。ハーランは人目を心得ていたし、選び抜かれた服や靴をセンス良く着こなしていた。私にはなかった美的センスや身のこなし、アメリカという国に対する生まれながらの知識、遊び友達、ひいきにしてくれる先生、それらをすべてきれいにつなぎあわせるだけの良い成績。だから、ハーランは上手くやっているものと思い込んでいた。つまり娘に問題はない。確かに部屋でひとり悶々としているときもあった。しかし、それもアメリカのティーンエージャーならでは贅沢な青春の一ページだと思っていた。ときにはいつもと違って寂しそうにしているときもあったが、それも誰にでも起こりうることだと信じていた。仮にそれが娘に固有のことだとしても、ハーランはほかの子たちとはとても違って、独特な知性と感性をもっているからだと、自分に言い聞かせていた。

パリ出身のアメリカの芸術家ルイーズ・ブルジョワの写真を、ハーランに見せたことがある。壮大ではあるものの、少し恐ろしげな蜘蛛の彫刻だった。棍棒のような巨大な足と、本物の蜘蛛より巨大なからだが、あろうことか地面より高いところから見事につり下がっている。私たちはその写真集をパラパラとめくっていたのだが、ハーランは私の手をつかむと、次のページに行くのを止めた。娘は八歳だった。とても興味があるようだった。私は作品のタイトルを娘に教えた。《ママン》（*Maman*, 1999）、つまり母親。「お母さんみたいね」と、ハーランが言う。恐ろしく、いつもそこにいる。私は喜ぶべきか怒るべきかわからなかった。蜘蛛の母親は、過干渉のヘリコプター・ペアレントのようなもの。蜘蛛の母親のように威圧的にならないように、時折ハーランには息抜きの場を与えるようにした。

その後、ハーランが高校二年のとき。ボーイフレンドと別れた娘は、数学の成績が急に悪化し、目には涙を浮かべていた。そのときになって、ようやくハーランが感じていた心の動揺と疎外感に気づいた。それまでの私は、娘を自分や、私以上に辛い経験をしてきた人たちと比べていた。つまりごく一般的な難民とか、国のためにすべてを捧げた歩兵や、アメリカンドリームというわずかばかりの希望に望みをつないで生きてきた人たちとハーランを比べていた。こういう比較をやめて気づいたことは、ハーランもカリフォルニアでは新顔にすぎないということだった。引っ越しのあと、娘は高校入学までに、新しい友達を作ってはいたけれど、ほかの子たちはみんな幼い頃からの仲良しグループだった。だから、ハーランは大切にされていなかった。そして、友達仲間やグループ間に見られる意地悪なたくらみや過激な関係が拡大されては増殖し、スナップチャットやインスタグラムといったSNSの世界に流れていた。その仕組みたるや、私にはまったく理解できなかった。

娘ぐらいの年頃だったとき、自分の孤独をどうにもできなかったように、私はハーランを孤独から救うことができなかった。それでも、あきらめなかった。そして、なんとかしようという気持ちのせいで、別の問題が生じた。それは、夜風にあたって砂浜を散歩したいと娘が思っているのを知りながら、家に帰ってコートを羽織ってこさせるようなものだった。事実、ハーランが言っていたのは、私がどうにか事を修復しようとすればするほど、状況は悪くなっていくばかりだったということ。SNSの世界から娘を救おうとスマートフォンを取り上げたのが、その良い例だった。悪事を正そうという私の気持ちは、理性的な判断にのみもとづいているわけではなかった。それは私の欲望だった。そう強く求めていたのだ。空腹を満たしたいという欲望のようなものだった。とんでもない不品行ばかりの高校生の生活を正してやりたかった。そうすることで、異なる結果を生み出そうとした。私は本当の母ではない、もっと自分に似た架空の母親に育てられた仮の自分を想像してみた。子どもの生活に積極的にかかわり、なにか問題があれば、それを正すだけの知識と方法を心得た母親。しかし結果を見れば、同じことだった。アメリカでの生活をやりくりできなかった私の両親は、なんの助けにもならなかった。それとは違うが、アメリカ生活のイロハを知っている私も、ハーランにはなんの役にも立たなかった。

　中学三年生になったとき、私はバス停に一番乗りで行き、ほかの学生が集まる場所から少し離れたところで待つことにした。邪魔者扱いされないためだ。とはいえ、よそよそしく見えてもいけないので、離れすぎないようにもした。背景に消えて行きつつも、アメリカ人とは上手くやっているように見せるのがポイントだった。しかし、四年間も同じ場所に立ちながら、ほかの子たちとろくに話さなかったことを、今でも不思議に思う。もちろん、みんなが私に話しかけることもなかった。みんなは小学校からの友達で、近所に住む仲間同士だった。私が知りもしない脱毛剤の製品だとか、髪の毛にやさしいコンディショナーや保湿用のフェイス・クリームや効果的なメイクアップの仕方に夢中になっていた。自分たちのことに心を奪われていたので、私のことには単に関心を示さなかった。ただし、「ベトナム」という言葉が非難の対象であるかのように、吐き捨てられるように発せられるときだけは例外だった。それはバス停のすぐ脇にある家の主人の声だった。雨の日になると、みんなは長く傾斜した屋根の下で雨宿りをさせてもらっていたが、私は違った。バス停で起きるこうしたことの積み重ねが、目立たないながらも徐々に、バージニアでの日常を表すようになっていった。そして、私は感情を抑えた厳しい禁欲的態度を、ゆっくりと培うことになった。四年もの間毎日のように、一日が始まる前から、早くその日が終わることを望んでいた。サイゴンに戻りたかったが、私が知っているその町は、もはや存在しなかった。新しい名前の下に、新たに生まれ変わっていた。私にあるのは、神話性を売り物にする新世界。大袈裟に将来を約束するアメリカンドリームと、多様な人々が集まるメルティングポット。それらは刺激的ながらも捉えがたく、アメリカはより一層手の届かないものになっていた。

アメリカではすでに何年間も、ベトナムがニュースになっていたが、重要な話題ではなかった。アメリカ人の多くは、ベトナムのことなど少しもわかっていなかった。一九七五年に私たちは逃げてきた。戦争に負けたからだった。アメリカに来たのは、アメリカが同盟国だったからだ。しかし、ベトコン扱いされることは珍しくなかった。バスのなかでの会話や笑い声に混じって、軽蔑的な言葉が発せられる。「あそこにいるベトコン野郎。」「あの子、変わり者よね。」こうした言葉に萎縮し脅えると、『射鵰英雄伝』の江南七怪の世界に逃げ込んでは、自分を慰めた。幸いにも、『射鵰英雄伝』はとても人気だったので、ベトナム系の営むレンタル店ではどこでも借りて読むことができた。

父がかつて教えてくれたのは、フランスのベトナム撤退にあたる交渉の席で、フランス側が独立運動を主導したベトミン、すなわちベトナム独立同盟会の司令官を日雇い労働者と間違えたという話だ。というのも、そのベトミンは熱帯の暑さをしのぐために、白い綿の服にサンダル履きだったからだ。父は訳知り顔で、フランス人がベトナム人を見る目はこんなものだったと言った。南ベトナム解放民族戦線、通称ベトコンの前身といえるベトミンに父が加わったのは、高校生のときだった。多くのベトナム人がベトミンに参加していた。ベトミンで活動したことで、父は戦うべき敵の存在を知った。そのことによって、父は忠誠を誓うべき仲間を学んだ。

この話をするとき、父はそれがより大きな話の一部であることを理解していた。戦場では空挺師団を指揮していた父は、敵の砲撃にさらされても背筋を伸ばして戦う軍人だった。ベトナム軍には兵士を訓練するために、アメリカの軍事顧問が配属されていた。父はアメリカもフランスも大して違わないと思っていた——自らの権利を主張するかのように、どちらもヌケヌケとベトナムの話に首を突っ込み、やがてそそくさと退場した。ベトナムにいながら私たちベトナム人は様々な局面で、あからさまではなかったものの、なんとなく陰に追いやられていた。

あるとき、兵士たちが敵の攻撃をかわそうと、身を伏せているのに父は気づいた。そこで左を向いて右手を振ると、部下を防御の姿勢から一転前身するように指示した。回した右肩に銃弾が当たったのは、その瞬間だった。そうでなければ、心臓を撃ち抜かれていただろう。この行動を評価したアメリカの軍事顧問は、父を銀星賞に推薦した。その推薦文には、父はキエンフォンでの戦闘で敵に撃たれながらも、「意を決して、直立不動の姿勢で行動した」と記されていた。

ベトコンというのは、私についた唯一のあだ名ではなかった。苗字をからかわれ、まるで牛の鳴き声のように「モー、モー、モー」と呼ばれることもあった。それでも、フォックという名前ではなくて良かった。ベトナム語では「恩恵」を意味するこの名前を聞くと、アメリカ人は目配せしながら「ファック」と言った。ベトナム語ではアクセントの置き方によって「美しい」とか「勇敢な」という意味をもつズンという名前も、英語で綴ると"dung"になる。つまり「汚物」ということ。

ほかのアジア系アメリカ人ですらが、救いの手を差し伸べてはくれなかった。すでにアメリカでそれなりの立場にある彼らにしてみれば、アジアの水田地帯から来たばかりの感傷的な連中とかかわりたいとは思わない。見事な民族衣装を着て現れた私たち難民の姿に、見栄え良く人当たりの良い人格を作り出そうとする意図と策略を見抜いていたのだろう。

あれは生物の時間のことだった。メアリー・エレンは私と組むのを嫌がった。「私の目がみんなと違う形」だから、顕微鏡で正確に標本を見ることができないというのだ。メアリーは別の生徒と組むことになり、先生が私の相手をすることになった。生徒たちがかかわろうとしない変な子。驚いたことに、そのときベトコンやベトミンに対するこれまでとは違う感情が芽生えた。私たち家族の多くはベトコンと戦ってきたけれど、突然ベトコンが誇りに思えたのだ。勝つことにとても飢えていた私は、地球上で最も強い国を打ち負かした彼らに興奮を覚えた。その結果、私たちもまた無残に打ち負かされることにはなったけれど。ベトコンに感じたプライドは、反骨心と自己防衛本能ゆえだった。アメリカ軍の追跡を逃れるために、彼らが掘った迷路のようなトンネルですらが自慢に思えた。

背景へと押しやられては消えていく。アメリカはこっちにお出でよと元気良く手を振るが、実際にはフォールスチャーチが私たちにとってのすべてだった。私が通う高校は、南軍の騎兵隊長だったJ・E・B・スチュアートの名前にちなんで作られた学校だった。近郊のスプリングフィールドには、ロバート・E・リー高校という名前の学校もあった。ジェファーソン・デービス・ハイウェイもあれば、リー・ハイウェイもあった。バージニアの人々は、悲しいくらい過去の遺産に忠実だった。

食べるのは好きだった。でも、学校のカフェテリアは嫌だった。先生の指図も監視もなく自由に過ごせる五〇分間のランチタイムは、仲間同士があからさまに徒党を組む、排他的な時間だった。体育会系の生徒やチアリーダー、それにクラス委員といったリーダー格の生徒が座る場所がある。卒業アルバムや学校新聞の製作委員が座る場所がその次にくる。そして、そこに入れなかった生徒たちも、お決まりの場所に座った。私は牛乳を買うと、教室に戻って息抜きをした。アメリカの高校生活は、決して思い通りには進まない。私が求めたのは孤独であり、自己の存在を消し去ることですらあった。

ふわふわと宙を浮くように、世界とのつながりが解けていくようなときがあった。昼休みに誰もいない教室で宿題をしていると、人に見られることもなく浮いているような感覚になる。次の時間の授業準備をしている先生が、背景へと後退していく。

学校にいるときには、周りから隔離された閉鎖的な状態にあることに満足していた。いつでも好きなときに、頭のなかにある私だけの世界へ入っていくことができる。そのなかでボタンを押すと、カラフルな色や音楽、詩といった美しいものが現れた。

私たちにとって、その冬フォールスチャーチを襲った最初の大雪は忘れられない出来事だった。私は毎朝六時に起きると、七時のバスに乗る。その朝は、風に吹きあげられた雪片が、窓枠に積もっていた。スノーブーツを履く。父は軍人だったので、つねに先を見越して準備する。このときも雪のなかをしっかり歩けるようにと、靴底に装着する滑り止めを買っていた。家からバス停までの道のりをゆっくりと歩く。しかし、いつもと違い誰にも会わない。それでも、美しくもこんもり茂った大きな木の下で、バスを待った。やがて、道路の向こう側の家に住む女性が出てきた。子どもふたりをバスで通わせている母親だ。私に気づくと声をかけてきた。「今日は学校は休みよ。」私がポカンとしていると、「雪だから」と空から落ちてくる雪片を指さして言った。

両親も私も、雪の日にはラジオを聴くものだとは知らなかった。アメリカ人だけが特別な情報を得られるものと思い込んでいた。だから、いつでも私は朝起きると、決まった道でバス停に向かって歩いた。なにかあれば、あの親切な女性が玄関のドアを開けて教えてくれる。「二時間の遅れよ」とか、「今日は休みよ」といった具合に。明るい声で手短に教えてくれるその声が好きだった。ときにはウィンクをし、微笑んでもくれた。

フォールスチャーチで迎えた、最初の勤労感謝《サンクスギビング》の日のことをよく憶えている。明るい太陽の丸いサフランの花のような目が、私たちのアメリカでの勤労感謝の様子を見てくれていた。秋の冷たい風に震えて、葉をすっかり落とした木の枝に、母は慣れてきていた。近くのコミュニティ・カレッジで開かれる、英語のイブニングクラスを受けるようにすらなった。その日、親戚一同は一張羅の服を着て、祖母が住む家に集まった。それは六番目の父と九人の従姉妹が住む家だった。大人たちは新たな人生を歩み出していた。人生の残り半分をまるで付け足しのように、見知らぬ国で始めていた。ベトナムで準備した、不測の事態に備える計画がまったく報われなかったのは明らかだった。だからといって、感謝の気持ちを表すのが余計なことというわけではなかった。

私たちが抱える孤独と、どこからか再び襲ってくる不安をさらけ出しながらも、勤労感謝の儀式を演じるなかで、人生の負の側面を吐き出そうとしていた。そこで近所の家の真似をして、パンプキンや切り絵の七面鳥で我が家を飾った。アメリカ人になる、アメリカ人になるのだと繰り返し大袈裟に、とはいえ真剣に言い続ける。両親と一緒になって、私は勤労感謝にまつわる言い伝えを数多く学んだ。父が私に自分の解釈を話して聞かせる。先住アメリカ人のワンパノアグ族がイギリスから来た巡礼者、俗にピルグリムと呼ばれる移民に同情し、仲間になった日を記念してつくられたのが勤労感謝の日だ。ピルグリムは感謝の気持ちを示そうと、ワンパノアグ族の人々にご馳走を振る舞った。

私たちの食卓は、多様性に富んでいた。過去と現在の良いところを上手い具合に混ぜあわせる。少なくとも食事の世界では、ベトナムを捨て去るのではなく、アメリカの良さを取り入れようとするのは素敵なことだった。これまで誰ひとりとして七面鳥を調理したことはなく、ましてやそれを食べることなど思いもしなかった。

ところが、家の向かいに住むムーアさん一家が、ターキーをプレゼントしてくれた。母はこれにとても感謝した。アメリカンドリームといえば、真っ先にムーアさんたちのことを思う。私たちをやさしく迎え入れてくれる態度。夫と妻と幼いふたりの娘たち。夫のムーアさんは、自分の家の落ち葉を掃き終わったあとには、決まって私たちの家の落ち葉を掃いてくれた。集めた落ち葉を大きな青いビニールシートの上にまとめると、私がその上でジャンプするのを許してくれた。私たちの最初の勤労感謝の日に、ムーアさんは空軍の制服姿で現れると、感謝祭の七面鳥を父にプレゼントした。「ここに来てくれてありがとう。ようこそアメリカへ!」

ベトナム人の舌にはスパイス不足で刺激の足りない七面鳥が、食べるためというよりは飾りとして私たちの食卓を飾った。やはり近所の人たちが持ち寄ってくれたクランベリーソースやブラウンシュガーたっぷりのヤムイモ、それに復活祭を祝う卵料理デビルドエッグといったアメリカの伝統的な食材が盛りつけられる。メインディッシュには、マギーのシーズニングソースに醤油や魚ソース、それにレモングラスで味つけしたローストビーフ。マッシュポテトの代わりにライスやタマネギを添えたポークチョップのグリル焼きと、パパイヤや蓮根のサラダを食べた。ライスや豚肉、それに椎茸や栗にブランデーをまぶしたスタッフィングという家庭料理も作った。春巻きには魚ソースではなく、七面鳥用のグレイビーソースをかけた。カボチャスープの代わりに、カニとアスパラガスのスープを飲んだ。サイゴンでは人気のあったフランス料理だ。デザートもフランス風。小さなシュークリームとフランを食べた。

まるで家にいるかのようだった。ただ、ここは新しい国だった。

アメリカの学校で学ぶ最初の年は、英語の時間だけが救いだった。読書は特別なものとして、私の心に訴えかけてきた。本を読むことで、新しい言語との関係を深めるチャンスができた。本と向きあう。次々とページを読み進むにつれて、感情的にきめ細やかな表現をつかみ取る。声を出して話すとき、英語はいつでも疎遠で機械的なものだった。そこにあるのは、理性的な関係だけだった。あるとき脇の下を意味する"armpit"という単語を習った。ならば膝の下なら"knee pit"、足の下なら"leg pit"という言葉を使うのが正しいように思えた。でも、これはみんな間違いだった。「あなたのことを怒っている」と言うときに"I am mad at you"と言うのなら、「あなたといると幸せだ」と言う場合には"I am happy at you"でも良さそうなものだが、正確には"I am happy with you"と言う。車のエンジンをかけたときには、"I started the car"と言うのであって、"I began the car"と言えば、なぜか失笑を買う。

言葉につかえたりどもれば叱られた。それが嫌だった。単語を組み合わせて新しい表現を実験的に試してみれば、まず間違いなく失敗に終わった。誰かがそれを繰り返すのがたまらなかった。それはどう見てもいじめだった。私は怖じ気づき、窮地に立たされた。

しかし、穏やかで瞑想的で、声を発することのない本の世界では、英語はまったく違うものだった。滑らかでやさしい言葉。不思議なくらい控えめで気取らない。物語と詩は、心を和らげる薬になった。想像力が現実から逃避する、安全な隠れ場所になった。自分の部屋にいながら旅人の装いに身を包み、想像の世界を旅して巡った。大好きな作家たちが描く登場人物のことを知り、ときにはその身になりきることもあった。高校二年、三年のときには上級クラスで、ヘンリー・ジェイムズやヴァージニア・ウルフ、ジェイムズ・ジョイス、それにドストエフスキーを読んだ。興奮した口調でまくしたてるかと思えば、急にたじろぐ人物たち。愛と心の痛み、それに憧れが詰め込まれた大きな鞄を抱えている。そうした感情が言葉として表現されることもあれば、そうではないときもあった。授業を担当するヘレン・マックブライド先生は、教えることへの情熱に溢れた人で、私を小説の世界へと導いてくれた。とくに英語で執筆するアイルランド人作家ジョイスが書く小説は、子どもの頃に過ごしたベトナムで大好きだった物語の世界に、私を再び結びつけてくれた。すぐにのめり込んだのは、小説『若き日の芸術家の肖像』(*A Portrait of the Artist as a Young Man*, 1916) だった。小説の登場人物たちに自分のことを知られることなく、彼らの世界に入っていくことができるのが嬉しかった。現実逃避ではなかった。異なる人生へと、変わったやり方で没入していったのだ。

私が好きだったのは、物語とそれが醸し出す雰囲気だった。主人公スティーヴン・ディーダラスの頭のなかで起きていることのすべてが好きだった。彼が見ているもの、色、匂い、味覚、子ども時代の感覚、いじめや突然の怒り、悪口、物思い。クラスでついたあだ名の意味を考えることもあれば、おとなしく人に従うこともある。心を打ち明け、周囲に合わせて生きることもあれば、そうでないときもあった。雨に濡れた学校の建物、汚れた下水、腐ったキャベツ、サッカーボールをドスンと蹴る音。政治と宗教、家族の生活や喧嘩。あまりに宗教的なアイルランドという国のこと。まるで戦争ばかりのベトナムの話のようだった。ベトナム人家族の間には、喪失と裏切りが奏でる暗く愁いに満ちた響きが充満していた。物語を通じてスティーヴンの心と魂が揺れているのが感じられ、この先彼がどこへ向かっていくのかがわかった。神聖なる彼の内なる空間のなかで、スティーヴンはつねにスティーヴンであり、ユニークな存在だった。国籍や言語、宗教や家族にすら縛られることなく生きている。そう、家族にすら影響されない。

私はアイルランド人のカトリック教徒。私はスティーヴン・ディーダラス。こうして私は再び魔法を見い出した。孤独のなかで喜びを感じながら、自分自身を物語という拡張した意識の世界に没入させ、他人の殻を着て、堂々と人生を歩む。小説の中身が豊かであればあるほど、異なる国を隔てる違いや特徴にもかかわらず、私たちが心に抱く永遠の希望や夢がとても似通っていることを知った。物語や詩が行くべき道のりを示しているかのようだった。ときには安心して眠りにつける囲いのなかに連れて行ってくれることもあった。

もうひとりの英語の先生は、私の心に訴えかけるような詩をまとめて紹介してくれた。私だけのためにだ。W・H・オーデンの「難民ブルース」("Refugee Blues," 1939)。「失う術を学ぶのは、決して難しいことではない」という文章で始まるエリザベス・ビショップの「ワン・アート」("One Art," 1976)。エミリ・ディキンソンの「私はノーバディ、あなたは誰?」("I'm Nobody! Who are you?" 1891)。

私は英文学を勉強したかった。しかし、文学は贅沢すぎる道楽のように思えた。夢のような世界で、現実的ではない。難民の両親が、家で休む間もなく精一杯働いているときに、その選択は難しかった。父は認めてくれた――フランス文学の修士号をもっていたからだ。ただ、そんなことをするほど勇気があるだろうか。アメリカンドリームに賭けてみようとでもいうのだろうか。アメリカ人にはなりたかった。たぶん。でも、夢みることは無理だった。一生懸命働く――夢を追ってはだめだ。

対照的に数学の時間は、いつも悲惨だった。勉強ができなかったからではなく、ふたりの一番怖い先生が担当だったからだ。カンター先生は口ひげの濃い小柄な先生で、ニヤニヤ笑いが特徴だった。先生に会ってすぐに気づいたのは、ブロンドの女性モデルが大好きだということ。大きな黒板の上には、シェリル・ティーグスとファラ・フォーセットのポスターが貼ってあった。xやy、それにルート記号が雑然と書かれた黒板を見るたびに、レイヤーカットの豊かな髪と、あの笑顔が目に飛び込んでくる。スーパーモデルの時代。ファラ・フォーセットの代名詞ともいえる有名な赤い水着《スイムスーツ》。シェリル・ティーグスも同じ。授業ベルがなるまで、先生の机の真後ろに貼ってある「ピンクビキニ」のポスターの前には、いつも同じ男子生徒が大騒ぎしながら、肩肘張りあい集まっていた。いつも先生を囲むようにして。ひょろっと痩せこけた男の子や、ニキビ顔でぽってりした男の子などほかの生徒たちは、どんなに早く来ても、この特別な集団のなかに割って入ることはできなかった。先生に質問すらできずに、自らが意味のない小さな存在だということを知るばかりだった。

しかし、私にとって致命的だったのは、別の数学の先生だった。三年生のときに教わったウェンデル先生だ。四年制高校の二年目で、私は五〇〇人を超える生徒のなかで一番になった。それを知らせるニュースレターを受け取った父は、私の名前が目立つように、誇らしげに定規を使って赤い線を引いた。私は輝かしい自分の姿を学校で示すことができ、父はそのことを喜んでいた。

だから、相変わらず友達はいなかったが、三年生になった私は自信に満ちていた。そのはじめての登校日、ウェンデル先生が授業中クラスで出席をとった。そして、私の順番になったとき、目を大きくしてわざとひどく混乱した表情を見せると、芝居じみた大袈裟な態度で言った。「チン・チョン？」

アメリカの市民権を得る際に、父は私の名前を本名のランに似たアメリカ人らしい名前、たとえばラナに変えることを提案した。確かにファルーク・バルサラは自らフレディ・マーキュリーと名乗り、魅力的なロックバンド、クイーンのリードボーカルになった。でも、ラナと言えばブロンドのセックスシンボル、色気たっぷりのラナ・ターナー。痩せてガリガリの黒髪の子どもに相応しくない。私の髪型ときたら、ココナッツの実を頭にかぶっているかのように格好悪い。それに無表情なアジア人の顔。帰化したものの、周りの人たちとは違い、みんなを不安にさせる。それでも、ちゃんとした名前と衣装さえあれば、つまりアメリカにきちんとあった選択をしていれば、流行の先端を行くこともあり得たのかもしれない。

結局、私は名前を少しだけいじってカオ・ティ・フォン・ランからラン・カオにした。短く発音しやすくしたのと同時に、ベトナム語の語順を欧米風に変えて、名前を先に苗字を後ろにした。フォンはベトナム語では、大切な部分だったが、アメリカ人は発音につまずいた。ティは女の子であることを示した。ただ、それがあると名前が冗長になるのに加え、英語発音だと「あなた」を意味する文語のザァイの音に近くなる。だから、私はフォンとティを省くことにした。でも、今ではフォンをなくしたことを後悔している。「ラン・カオ」という名前は、ほかにもよく見るからだ。だから意図したわけではなかったが、ハーランにベトナム語の名前「ナム・フォン」を与えることで、かつて私が恥じた自分の名前の一部を復活させた。かつて私が恥じた名前の一部が、娘の名前のなかに甦った。

ただ、短くわかりやすくしたランという名前ですらが、チン・チョンになった。ランは蘭の花のこと。違うイメージで見ることもできるのだと、まるで神話を作り出すような意気込みで自分に言い聞かせた。私の名前の元となった花は繊細である一方、適応性に優れていることから多くの種類があり、赤道付近の熱帯地域だけではなく、北極圏のツンドラでも見ることができる。アメリカでは外来種の名前だが、どんな困難からも立ち直る神話的な、あるいは超自然的な力を暗示する。私は顔を上げた。喉がヒリヒリする。そして、ウェンデル先生の刈り込んだ頭をじっと見た。ベトナムでチューインガムをくれて、ロック音楽を聴かせてくれたアメリカ軍兵士たちのいかめしいクルーカットを思い出した。ハッと息を呑む生徒がいる。でも、多くはクスクス笑っていた。「ディング・ドン？」先生が続けた。教室のクスクス笑いが大きくなる。アメリカの歴史において、中国人はもちろんのことアジア人がどのような道のりをたどってきたのかは知らなかった。しかし、これは笑ってはいけないことのはず。「チャイナマン」と教室の後ろで誰かが言った。

スポーツに優れているといった特技などなかった。ジョークで人を笑わせるのが上手いわけでもなければ、チアリーダーになって外国人ならではのぎこちなさを払拭することもできなかった。毎日教室では、先生の目に留まらないように、目立たないようにしていた。ところが、ちょっとした間違いなのに、ひどく減点されたテストが戻ってきた。そこで、放課後にその説明を求めるほかなくなった。決定的だったのは、同じような間違いをした別の生徒は、ほとんど減点されていなかったということ。小さなネズミのように心のなかでは震えていたが、先生のところへ向かった。とにかく、成績を維持し、平均点を上げなければ。

ベトナムでは、先生は絶対的な存在だ。ベトナム人の親が子どもの味方をして、先生に逆らうことなど滅多にない——いや、絶対にない。先生が公平でないとしたら、それには理由があるはずだ。親に向かって先生への不満は口にできない。実際、後に母親になったとき、自分の娘が先生への不平を口にすると、文化的伝統が侵されるような気がした。もちろん、娘の話は聞いた。そうやってハーランが気持ちをすっきりさせるのは良いことだと思う。それでも、両親が私の心に植えつけた皇帝の話を思い出さざるを得なかった。村の狭い道を歩いてくる教師と出会った皇帝が、乗っていた馬を降りて道を譲った話のことだ。教師と官僚は、皇帝よりも高い身分にあった。

だから、数学の先生に話をするにも、私は恐怖とためらいの気持ちでいっぱいだった。先生にお辞儀をしなければ。尊敬の念をまずは示そうとした。忍び寄るようにして静かに恭《うやうや》しく、先生がいる部屋に入った。戦いに身構えひずめを鳴らす動物のように、先生は靴でコツコツ音をたてて顔を上げた。

「テストの採点に間違いがあると思うんですが。」危険な状況に立っていることを意識して、消え入るような声で言った。

先生は私を見ると、強い調子で言った。「間違いはない。」

まるで当たり前とでも言わんばかりに断言した。「君のような学生を、J・E・B・ステュアート高校の首席として卒業させるわけにはいかない。」

できるだけ感情を表に出さないようにしながら、先生を見た。私は再起のチャンスを求めてこの国にいる。でも、アメリカンドリームは遙か彼方に見える地平線のようだ。近づいたと思うと、すぐに後退していく。

その日の午後、家に帰ると部屋に引きこもった。そして、音楽の音量を上げて叫んだ。ただし、誰にも聞かれないように、ラジオから聴こえるフランキー・ヴァリが唄う「グリース」（'Grease,' 1978）よりは大きくならないようにした。まとまりのないライデル高校が大胆に変化していく様子を描いた映画の主題歌。母が言っていたとおりだ。痛みは音楽を通じてからだを通り抜けていく。

「一生懸命に勉強する」という絶対的なルールを除けば、両親は多くを望まず、私の好きなようにさせてくれた。つまり誰にも詮索されることなく、隠れていることができた。両親もまた苦しみを抱えていた。だから、私が夕食に現れないことで、はじめてなにかがおかしいと気づいた。望みなくどうすることもできずに、ついに私は両親の助けを求める決意をした。台所では母が折りたたみ式の机にのったお皿を片づけ、プラスティック製の食器をしまっていた。なにが起きたのかと懸命に確かめようとする父の顔を見た。ただ、父はアメリカという国で得られる可能性にひどく楽観的でもあった。懸命に努力すれば、必ずや報われると確信している（つまらない抜け道など使う必要はない）。食卓で私が宿題をしていると、父はなんの助けにもならないとわかっているときでも、私のそばに居続けた――とても不安を打ち明けられるような状況ではなかった。だめだ。両親を助けられないなんてあり得ない。それが私の義務なのだから。これ以上ふたりをがっかりさせてはいけない。

ドラマのような単純な世界観を、父には持ち続けてもらいたかった。だから、痛みは自分だけのものにした。アメリカという不思議な罠を頑固に信じる父と母を守ることにした。

周囲ではゆっくりと、しかし確実に、ベトナム難民の小さなコミュニティが形成されていった。それは私たちが経験した脱越と離散に対する、解毒剤のようなものだった。記憶と感謝の気持ちを軸に、その見取り図が描かれた。つまり逃げ出した祖国ベトナムの記憶と、私たちを受け入れてくれたアメリカへの感謝の念が中心にあった。釈然とはしないが、私たちを共産主義者から救ってくれたのは、結局アメリカだった。敗戦と喪失という戦争が残した爪痕が、残っていたとしても。

ウィルソン大通りに始まり、次はリーズバーグ・パイク、さらにセブン・コーナーズと、小さな店がショッピングモールのように群れをなしていた。ベトナムという国も、難民と一緒にここに来たと信じようとする私の両親のような人々を納得させることで、慰めとなるはずだった。あちこちに見られるちょっとした仕掛け。どんなに小さく薄っぺらなものでも、見かけさえ良ければ充分だった。窓際に置かれたプランターに植えられた、プラスチック製のバナナの木はその一例だった。

蛍光灯の光に照らされた、私たち家族が営む食料品店は、あまり明るいとはいえない場所にあった。小さな駐車場を備えた、この辺では唯一ベトナム難民が営む店だ。隣に並ぶふたつの店は、徐々に客を失っていた。それでも母には充分だった。多くのベトナム退役兵がフォーの材料を探し求めにやって来た。彼らは両親や、時折店に出る兄のトゥアンと話をした。「ケサンにいたことがある」とか、「ビエンホアに駐屯していた」といった言葉で会話は始まり、一時間以上話し込んでいくこともあった。とくによく憶えているのは、来るたびに「俺の名前はジョンだ」と繰り返していた退役兵のことだ。まるで私たちの方が、過去を忘れてしまったかのようだった。見た目は普通だったが、アメリカ人といるより私たち難民といるほうが心が落ち着くというのだから、そんなわけはない。別のベトナム系の店と同様、私たちの店は多くの退役軍人たちにとって、アメリカではすでに間違いと見なされていた戦争からの避難所だった。歴史によって冒とくと見なされる戦争。祖国にいながらも、軍人たちもひどくボロボロの生活に苦しんでいた。

トゥアンはいつも夢見心地に、夜明け前まで何時間もじっと座ったままギターをつま弾いていた。くわえタバコを吹かしながら、歌をうたいビールを飲む。両親同様、古い記憶を大切に思い出す。戦場での経験と傷痕をもつ父は、計り知れない喪失と失敗を抱えていた。首をはねられた死体の間をさまよい、ヒルに血を吸われた記憶に苛まれていたのは母だった。そして、私。こうした家族は珍しくはなく、実際例外ではなかった。数年後、ニューヨークの街角を歩いていたときのこと。どこか別の土地から来たと思われる難民らしき人たちがいた。地球上に存在する多くの難民同様、彼らはからだの内に戦争の残骸を抱えていた。私には戦争の傷痕を知らない人々が、どこか浮世離れしているように思えた。

故郷であるとか、心の内の平穏であるとか、両親が欠いているものを知っていたので、学校で私に生じた問題は秘密にしておこうと決意した。そうすることで、両親がアメリカでの生活に馴染めればいいと思った。

勉強のことや心の負担は、感情を押し殺して自分でどうにかしなければならなかった。アメリカ的なやり方で、充分な知識をもって落ち着いた気持ちで、自分の権利を求めて闘おうとした。勇気を振り絞って、校長先生に話す決心をした。ただ運悪く、学校は教員ストの最中だったので、校長先生は私の抱える小さな問題に手を貸す暇がなかった。「ある先生が私にBをつけるので、成績平均点と成績順位が下がってしまいます。」学年トップの座から滑り落ちるや、父は私の順位に下線を引くのをやめた。

翌週、別の数学の先生が、放課後に私の勉強を見てくれると言ってくれた。毎日必要なだけ相手をしてくれると。アガザリアン先生。彼女は私にとって天使のような存在だった。

私が校長先生に会おうとしていることを知り、ウェンデル先生は数ブロック離れた自分の家から私の家へやって来た。それは運命の定めとかではなく、単なる偶然だった。ただし偶然とはいえ、先生は近所に住んでいた。先生は、私たち家族を国外追放にするつもりだと言った。私たちが住んでいたのは、フェンス超しに玄関がある、小さなスキップフロアの家だった。家をもてば少しは安心して暮らせるだろうと、フリッツおじさんがローンの保証人になってくれた。ウェンデル先生は玄関先にいた私を見つけると、芝生の上を横切ってきた。厚かましい態度で指を突き立てながら、私たちが国外追放になるか、難民キャンプに閉じ込められることになるだろうと警告を発した。第二次世界大戦中の日系人のように。

「でも、先生。私たちは同じ戦争を戦った仲間です」と、私は言った。おとなしく沈黙するか、それとも果敢にも抵抗の姿勢を示すかの選択を迫られ、私はどっちつかずの立場をとった。そんな卑屈な態度をとる自分が嫌だった。次に家に来たとき、先生は持っていた雑誌を開くと、悪名高いロアン将軍の写真を指さした。テト攻勢の際に、路上でベトコン捕虜を即座に処刑した国家警察のトップを写した誰もがよく知る白黒写真だ。この写真を撮ったのはエディ・アダムズ。引き金が引かれ、捕虜の顔がゆがむ死の瞬間を捉えた。アメリカ人にとって、ベトナム戦争の時代を見事に写した写真は、ほかにあまりない。アダムズはこの写真でピューリッツァー賞を得たが、そのせいで後悔の念に苛まれながら生きることになった。というのも、アダムズいわく、写真は銃殺の瞬間だけを切り取ったがゆえに、ほかの事実をなにも伝えなかったからだ。処刑されたベトコンの連隊長は、ロアン将軍の友人の妻と六人の子どもたちの喉を掻き切って殺したばかりだった。

ベトナムへ帰れ。ウェンデル先生は言った。でも、この言葉を先生だけの発言として、すべて責任を負わせるのは不正確だし誤りだろう。なぜなら、それはよく使われる言葉だったからだ。近所にあるジャイアントというスーパーマーケットで、両親は「黄色いニガー」と罵られた。黒人同様に受ける差別。辞書で調べるまでは、ただ訳のわからない言葉だったが、こうした言葉にはある種のセンセーショナルな響きが伴う。心の奥底に突き刺さる特別な意味がある。

帰れ。校長に文句を言うだと？　この国にいられることに感謝すべきだろう。

チンク、スラント、グック、イエロー。アジア人差別の侮蔑の言葉。理解できない日常的な中傷表現。私たちが知っているのは、もっと形式的な英語だ。「アー・ハー」がイエスで、「ン・ンー」がノーだとわかるのにだって時間がかかった。当時、私が聞いたことがある軽やかで打ち解けた英語と言えば、ビートルズが唄う「シー・ラヴス・ユー・イエー・イエー・イエー」だけだった。

英語は私の母語ではない。最初に習った外国語でもない。今でもロックやポピュラー音楽の歌詞を理解するのに苦労する。何年もかけて、英語をすっかり理解したと誇れるようになったあとですら、シンディー・ローパーの歌う曲が「ガールズ・ジャスト・ワナ・ハヴ・フォー」に聞こえた。本当は「ファン」なのに。間違いに気づいても、誰にも言わずにいた。結局、私たちには聞きたい言葉しか聞こえてこない。それで気分が良くなる場合にはとくに。

もちろん、「ベトナムへ帰れ」と言われることはしばしばだった。洗練された口当たりの良い別の言葉を使って、エリート政治家も同じ感情を表した。今では有名政治家のひとり、アメリカで最もリベラルな州といわれるカリフォルニアで知事を務めたジェリー・ブラウンも連邦政府に反対し、ベトナム難民や戦争孤児の受け入れを拒んだ。カリフォルニアが難民で埋め尽くされるのを恐れてのことだった。「一〇〇万人の人々が職を失っているというのに、さらに五〇万人の人々を受け入れろというのは、いささかおかしな話だ。」ブラウンはそう発言すると、サンフランシスコ近郊のトラビス空軍基地に、難民を乗せた飛行機が着陸するのを妨ごうと、更なる手段を取った。

アメリカの良いところのひとつは、新聞が至るところで発行されているということだ。その頃までには、私も魔法の空飛ぶ絨毯や武術が助けになるとは信じなくなっていた。一方で、情報はどこでも手に入る。魔法に頼る代わりに、私はリサーチに徹した。

ブラウンと同じようなことを主張する政治家に、ジョー・バイデンがいた。「平和主義者」のジョージ・マクガヴァンやフェミニストのエリザベス・ホルツマンもそうだった。マクガヴァン上院議員の口ぶりといったら、まるで私の数学の先生と変わらなかった。「難民の九〇％は自国に戻った方が、良い暮らしができるだろう……すでに共産主義政権は虐待をやめるように指示を出している。難民が速やかにベトナムに戻れるような政策を、まずは考えるべきだ。」

こうしたことを知っていたのは、資料を読みあさっていたからだ。私は知識や事実、情報に飢えていた。多くの時間を図書館で過ごした。数学の先生は例外ではなかった。社会や政治の世界に広まる言葉を、先生はただ繰り返していた。

次の土曜日も日曜日も（そしてその後の週末もずっと）、父と兄のトゥアンは開店したばかりの、どことなく薄汚い食料品店へ行く前に、私を図書館まで送ってくれた。そこで長い時間をかけて読んだのは、第二次世界大戦中の日系人収容のことだった。カリフォルニア州オークランド在住だったフレッド・コレマツ。二三歳のときに政府の命令に背いて、強制収容キャンプに出頭しなかった人だ。二世だけで編成された第四四二連隊戦闘団についても知った。戦争に志願し、アメリカ史において最も多くの勲章に輝いた。昼になると父が戻ってきた。店で良いことがあった日には大盤振る舞いで、バーガー屋でローストビーフサンドを注文した。私は父に図書館で勉強したことを話した。父は日系人のことを知っていた。ベトナム人も国外追放になったり、強制収容されるのかしら、と私が尋ねると、父はそれをきっぱり否定した。

この間、母は仕事に悪戦苦闘していた。知りもしなければ理解もできない細かなルールに悩まされていたのだ。家族経営のビジネスは、惰性で転がっていた。母が外国から取り寄せた食材には、思っていたより多額の関税が課されることになった。母が過失を認める書類にサインし罰金を払うまで、物品は政府の倉庫に保管される。

このときも、フリッツおじさんが来て助けてくれた。私たち家族は、フォールスチャーチのスリーピーホローという静かな町で暮らしながらも、決して順調とはいえなかった。『ピンク・フラミンゴ』(*Pink Flamingos*, 1972)のような映画で描かれる光景や、プラスチック製の小人たちが住む世界のことじゃない。どちらも平和な郊外の町に調和していた。しかし、母が菜園で育てるレモングラスやゴーヤ、赤ジソ、ベトナム・バジル、コリアンダーは、きれいに刈られた芝生が並ぶ住宅地では、歓迎されざるものだった。母は定期的に菜園の手入れをしていた。小枝を切って、ハーブの形が丸く整うようにした。寝る前には水をまいて、適度に土を湿らせた。まるで草木をやさしく寝かしつけるかのようだった。

私が外で働きはじめたのも母の考えだった。母には良い友達がいた。タイソンセンターというショッピングモールで宝石店を営む、裕福なフランス人と結婚したベトナム人女性だ。その友人が私をマジックパンというレストランのマネージャーに紹介した。彼女が私を実際より二歳年上だと支配人に話したので、すぐに雇われた。私が任されたのは、トイレ掃除とサラダ作り。バランスが悪い組み合わせに見えるかもしれないが、それが私の仕事だった。

最初の数日はトイレ掃除に気持ち悪くなった。しかし、マネージャーは大切な仕事だからと念を押した。「トイレが汚いレストランで食事をしたいと思う？　すべてはあなたにかかっているのよ。」日頃から父には、昔ながらの義務感や礼儀作法を植えつけられてきた。今回も最高の仕事をするようにと言われた。それにはまず粘り強さと勤勉であることが重要だ。綿棒を使って便器の縁についた頑固な汚れを落とした。すると、マネージャーはこんな見事な仕事は今まで見たことがないとほめてくれた。二週間おきに、時給二ドル六五セントで働いた給与の小切手を母に渡した。

ある日、家から数キロ離れた集合住宅に引っ越さなければならなくなったと両親が言った。家を売って間借りしなければならないのだ。スリーピーホローに住む六番目の父と六番目の母、それに九人の従姉妹とは近所ではなくなってしまう。

従姉妹の家に気軽に行けなくなると思うと寂しかった。子犬のように一緒に遊んだのが、昨日のことのように感じられる。引っ越して良くなるのは、学校が近くなること。つまり、バスに乗らなくて済む。それにあの数学の先生の家からも遠くなる。新しいアパートには庭はなかった。おかげでブラインドを閉めて、母が大切に育てるハーブに散歩中の犬がおしっこをかけるのを、家から見えないように気遣う必要はなくなった。

最終学年。数学の担当は、同じ先生だった。スクールカウンセラーのところに行って、クラス替えを求めた。カウンセラーは眉間にしわを寄せ、口を尖らせながら甲高い声で言った。「生徒には先生を選ぶ権利はありません。」カウンセラーはボールペンをいじりながら、小指を立てる。五分以上そこで話をしたのは、そのときだけだった。カウンセラーは大学入試の手伝いもしてくれるはずだった。しかし、一度たりともそこで大学のことや応募の仕方について、説明を受けたことはなかった。フリッツおじさんとマーガレットおばさんがいなければ、大学進学適正試験の詳細について知ることもなければ、大学受験をなんとか乗りきることもできなかっただろう。

ある日、マーガレットおばさんがセブン・シスターズという呼称をもつアメリカ北東部に位置する伝統ある七校の女子大学のことを、何気なく教えてくれた。巨人アトラスと海の妖精プレイオネの間に生まれた娘たちがセブン・シスターズだった。私には、子どもの頃に読んだ剣術使いの小説の続きのように思えた。江南七怪のことだ。ただ、セブン・シスターズは女性戦士の集団で、それぞれが異なる武術に長けているといった感じだった。蟷螂拳《とうろうけん》や白鶴拳《はっかくけん》、それに鷹爪拳《ようそうけん》。白鶴が翼を広げて横から驚くべき力で強打する。上空から急降下する鷹が、ただ一発の攻撃で敵を仕留める。女闘士が一人ひとり、無駄な動きを排した本質的な動作を習得する。力に任せることなく機敏に、そして手際よく器用に動く。気の力を使って技を磨く。生き残りの術。存在の為せる技。

両親は私を近くの大学に進学させようとはしなかった。私を信用し、アメリカという世界に進み出させてくれた。私が求める目標を妨げようとはしなかった。

ハーランの大学進学時期が迫ってくるにあたり感じるのは、それとまったく同じ思いだ。ただ私と違って、娘は謎めいたアメリカンドリームを追求する切迫感に駆られてはいない。夢をもち、それを追求するというある種の信念は、すでにハーランのなかに宿されている。

私にはそういう感性がなかったので、大学に進むという感覚はまるでなかった。だから、家の郵便受けに大きく分厚い封筒が入っているのを見つけたときには驚いた。実際に受け取る入学許可。イエスの連続。結局、アメリカの女子大学では最古のマウント・ホリヨーク・カレッジに進学することにした。あのエミリ・ディキンソンが通っていた大学だ。それにフリッツおじさんとマーガレットおばさんの家から車で行ける距離にある。ただ、私がこの大学に決めた理由は別にあった。応募にあたって提出しなければならない小論文が一本で良かったのだ。スミス・カレッジには二本出さなければならなかった。

アメリカで最初の住処となったバージニアから、私はまさに離れようとしていた。

第四章

母との生活（ハーラン）

バージニアで幼児教室に通っていた頃。ベンという名前の男の子がいつも私のあとについてきた。トイレについてくるベンを追い払おうと、その子の目の前で思いっきりドアを閉めたときのことを今でもはっきり憶えている。お楽しみ会でその子は、私に向かって歌をうたうと一〇分間もアイコンタクトをとり続けた。みんなの前で私を口説こうとしたのだ。ベンが毎日着ていたピンクのラルフ・ローレンのポロシャツのこともよく憶えている。母がここぞとばかりに、「男の子の色とか女の子の色なんてない」と私に教え込もうとしたからだ。

ある日、ベンと頭をぶつけた。母が急いで駆け寄ってきた。私とベンは地面の上で額をさすりながら、芝の上を泣きながら転げ回っていた。母はベンの様子を見ると、すぐに彼を抱きかかえた。私にはそれが気に食わなかった。母が言うには、ベンの額からは血が流れていた。私にはこぶができただけだった。じきに私にもその意味がわかるようになった。母はいつも私のことを気遣ってくれていたけれど、もっと大切なのは力を培うこと。ただ泣きながら座り込んで、誰かが助けてくれるのを待っていても人生は始まらない。母は知りもしない子どもにかかりきりだった。いつも母がよその子に対して取る態度だった。私にはなにも言わないくせに、いつもほかの人たちには愛想を振りまいてばかりいた。

今でも、誰かに寄り添って抱きしめてもらいたい。今までそうした経験が充分になかったからだ。代わりに生きる力ならつけてきた。抱きしめられて、ただ一言大丈夫と言ってもらいたいだけ。なぜそうならないのだろう。いつだって、励ましの言葉ほど安っぽいものはないと言われてきた。でも、私にはそれが価値のあること。それというのも、これまでそんな言葉を聞いたことがなかったから。

三歳のとき、母は私をマイのところへ連れて行った。母が一〇歳の頃から知っている、姉妹のような友達だ。当時の私にはまだ見知らぬ女性にすぎなかったマイに私を預けると、母は縄跳びを教えてほしいと注文した。ふたりは昔仲良く縄跳びをした仲だった。そして、私にもその教えを引き継いでほしいと言わんばかりに、飛び方を教え込もうとした。

私はその場に座り込んだ。手には熱いミルクの入ったマグを持って。カールした髪の毛が頬に触れてくすぐったい。紫色の猫が自分の尻尾を噛みながら、私をじっと見る。私も見つめ返す。ほかの人には、私がシミひとつない壁の一点をじっと見ているようにしか見えなかっただろう——でも、私は薄紫色の霞と懸命に競いあっていた。つまり、幻覚に無事打ち勝つことができるかどうかの瀬戸際だった。

マイは決してあきらめない人だった。飛び縄を持っていなかったマイは、高校の先生だったので、二時間もその場に座ってゴムバンドを結わくと飛び縄をつくった。

別れた幼なじみと三〇年後に再会すれば、こうなるのだろう。週末をつぶしてまでも、大切な友達の子どもに縄跳びを教えようと最大限尽くす。

最大のショックは、縄を跳ぼうとするときにやって来た。跳べるかしら。それとも赤ん坊の頃、ハイハイができなかったのと同じようにごまかすのかしら。私には跳べなかった。だってまだ三歳だったから、と言いたいところだけれど、今でも縄跳びができない。一七歳にして、ハーラン・マーガレットは指を鳴らすこともできなければ、側転もできず、スケートボードに乗ることもできない。口笛も吹けないし、縄跳びもできない。

一五分もすれば、マイはあきらめると思った。彼女は部屋を出ると、顔を洗いに行った。きっと洗面台に顔をつけたまま死にたいと思ったのだろう。自分だって、私みたいな子になにか教えるはめになれば、同じように感じるだろう。

マイが戻ってきた。私は肉づきのよい丸々した手で、彼女の腕を引っ張った。

「私が縄跳びの仕方を知っているとでも思って」と、マイにささやいた。

「試してみましょうよ。」

あのときほど自分のことを誇らしく感じたことはないと思う。木の床の上に縄を置くと、その後ろに少し下がり、走り出す準備を整えた。

そして、文字通り縄の上を跳んだ。きっと縄はその場で困惑していたと思う。この子はやり方をごまかしてまで、なにをそんなに力んでいるのだろうかと。

この世の定めなのか、縄跳びの先生は六歳の誕生日に、再び私の生活に戻ってきた。両親を手伝い、私を育てあげるために。

母とマイがつくった共同子育てシステムは、一〇代の私にとっては拷問そのものだった。ベトナム人の母親ふたりに育てられる。ふたりとも辛い子ども時代を過ごしてきただけに、私のことを過剰に守ろうとした。自分たちの子ども時代が滅茶苦茶だったがゆえに、私の人生を防弾ガラスで囲い込む。まるでスノードームのなかに私を押し込めるかのように。

ふたりは信号が黄色になると、赤信号であるかのように行動した。私にはイライラの連続。一体どれだけ予備の行動計画があれば気が済むのだろう。私の用意が足りないように見えるけれど、実際にはなにもかも上手くいかないと恐れる極端な妄想に、ふたりが取り憑かれているだけ。

父は黄信号になると、ときには赤信号のときだって、スピードを上げる。後ろ手に迫るパトカーのサイレンの音が大きくなれば、逃げる合図だと思い、そのリスクを過小評価した。きっと、父の性格が遺伝したのだろう。なぜって、私と母の喧嘩の少なくとも五分の一は朝の六時四五分に始まる。黄信号で車を停める母に、一時間目の授業に遅れることにイライラして、私が大きなため息をつくからだ。

「ため息でもなんでもすればいいわ。あなたの不満は、みんな私のせいよ。一〇分起きるのが遅いくせに、あなたときたら誰かがその失敗を取り返してくれると思っている。信号を無視して死んだ人がどれだけいるかわかってるの。ハーラン、お願い。頭を使って。」

「これっぽっちも息なんて吐いてないわ。ここは自由の国よ。私がため息をついたかどうかなんてことより、もっと大切なことを考えたらどう。とにかく、お願い。お母さん、パニックになりそうなときに、こんなことやめて。」

「なら、みんなあとにすればいいわ。わかった？」

「どういうこと？」

「私が宿題にした単語の意味、覚えたかしら。」

「したわよ。スマホのなかに入ってるわ。」

「なら“salubrious”〔健康的〕の意味は？ “inveigh”〔非難する〕と“inveigle”〔説き伏せる〕はどう意味が違うのかしら。」

車内で続く沈黙。

「それがなんだっていうの。ていうか、ハリー・ポッターの魔法薬みたいな言葉を使って自分を印象づけようとするのって、一体どういう人たちなの？ 言葉を上手く使えるのは大切なことよ。でも、お母さんはそれを私に無理矢理押しつけようようとしているの。」

「どういう人たちって、私には意味がわからないわ。誰に対して強い印象を与えられるかってことかしら。」

「もう降りるわ。あとは歩く。」

子どもの頃の車内は、教育現場そのものだった。学校帰りには、かけ算の暗唱を一から一三までさせられた。忘れられないのは、首都ワシントンDCまでの車内でのこと。毎週末のことだった。私は後部座席に座り、窓に頭を押しつけると、息を吐いて窓ガラスを曇らせた。そして、指を使って蜘蛛の巣を描く。膝の上には分厚いノート。表紙にはベトナム人歌手の写真。蜂の巣のようにカールした彼女の髪の毛と強烈なグリーンのアイライン。それは割り算のノートだった。すべてのノートは仕分けされていた。表紙に大きな赤い花のノート。鉛筆を持ちながらにっこりと笑う、肌のきれいなアジアの子どもたちの写真が貼ってあるノート。私の興味をかき立てようと、楽しく見えるようにしてあった。馬のステッカーが貼ってあるバインダーには、小学五年生用の算数の問題がぎっしり詰まったルーズリーフが何百枚も挟まっていた。その頃、私はまだ五歳になったばかりだった。

ある雨の日、私は車の屋根の上にそのノートを置き忘れた。もちろん、わざとではなかった。ノートは無事だった。その三時間のドライブで、前の日に母が書き込んだ問題をすべて解く。後部のチャイルドシートに座る私は、運転席の母とノートのやりとりをした。母が勉強の進み具合をチェックするためだった。

一時間半ほど経ったときのことだった。目的地までの中間地点にあるマリオットホテルの前で、母は運転するミニバンを停めた。もう我慢がならないところまできていたのだ。私には、ただ短気としか思えなかったけれど。母はシートベルトを外すと、私がいる後部座席に乗り込んできた。そして、運転をマイに任せた。同じ種類の問題で同じ間違いを五回繰り返した私を、母は放っておけなかった。

「ハーラン、繰り返し教えたはずよ。」

「ごめんなさい。」

「頭が悪いの。それともただ聞いてないの。」

「わからない。」

「あなたの頭は悪くないわ。ということは、ちゃんと聞いてないのよ。あなたは私をイライラさせているのよ。」

この世に母親を苛立たせたいと思うような子どもはいないと言ってやりたかった。実際、まともな神経の持ち主なら、私のような目に遭いたいとは思わないはずだ。

そして、今日もまた私は自問する。「ハーラン・マーガレット。頭が悪いの。それともただ聞いてないの。」

おかげでより良い選択ができるようになった。頭は悪くないのだから、つねに注意深く人の言うことを聞かなければいけない。少なくともほかの人たちがどういう人なのか注意しながら、なにがきっかけで行動しているのかに注意を向けなければいけない。さもなければ、またあの頃みたいに車の後部座席で追い詰められてしまう。

一方で、母を怒らせないように注意しなければならないのは、おかしなことだと思った。本来ならば私の成長を助けてくれるべき人なのに、いつ怒らせてしまうのかと恐れている。まだ幼かった私は、母自身の子ども時代と、母の教育法が深く関係していることに気づいていなかった。

父と母が大喧嘩になったことがある。原因は幼い私の歯磨きの世話をどちらが見るかだった。母は父のやり方がいい加減だと思っていた。今振り返ってみれば、なによりもおかしいのは、ほかの子たちが自分で歯磨きをするようになっていた時期に、私はまだ両親に面倒を見てもらっていたということ。私が最初に覚えたベトナム語のひとつが「レ・フェ」。つまり「やる気がない」ということ。母は「やる気がない」のをなによりも嫌がっていた。その言葉をしょっちゅう使っていたので、ほとんど意味がなくなっていたくらいだ。仕事に一〇分遅刻する庭師も、追い越し車線を制限速度内で走っているメルセデスベンツも、「やる気がない」のだ。

私は歯磨きが嫌いだったので、父の味方だった。父が磨くと、三〇秒ほどで終わるのだから。ところが、母だと五分はかかる。しかも、歯磨き粉を吐き出したかを確認するために、口を大きく開けさせられた。

私には幼児からティーンエイジャーに成長していく感覚がなかった。幼い頃に、町を走り回っていた記憶がある。子どもの頃に、プールに放り出されたのも憶えている。でも、次に来るのは一五歳になって朝起きると、ドラッグストアでコンドームを探している自分だ。かつてゴムバンドで飛び縄を作ってくれた女性によれば、性に目覚めたことを自覚して、身を守る必要があった。「性に目覚める」という表現はあまり好きじゃなかった。本当は罪を犯していることを私に悟らせるために、大人が使う遠回しの表現に聞こえた。それに、やたらリアルな感じがする。幼い頃、「身を守る」といえば、自転車に乗るときにヘルメットをかぶることだったのと同じだ。

きっと母も子どもからいきなり大人になる経験をしたと思う。でも、それは私とは違った。母の場合、なんでも自分のために人がしてくれる貴族的な生活から、学校から帰ると家族のために毎日奴隷のように働く生活へと変化した。ほかの子たちがするみたいに、私はウェイトレスのアルバイトをする必要がない。仕事がないのは、仕事をしたくないからだ。母と私の違いは、母には選択の余地がなかったのに対して、私は選ぶことができるということ。勉強しなくても、テストでAを取ることだってできる。なぜって私は母と違って、高校に入るときには英語を知っていたから。

母の両親は、こんなにも長い間アメリカで暮らすことになるとは思っていなかったようだ。それというのも、ベトナムの共産主義政府が崩壊するのを期待していたからだ。庭用に作られたプラスチック製の椅子を家具に使っていたくらいだ。すぐにも共産主義政権が倒れて、元通りの上流階級の生活に戻れるのだから、それ以上のものを買う意味がないと思っていた。

母はレストランで働いていた。毎朝店に行くと、大きな入れ物に入ったトマトソースを冷蔵庫から出す。するとそこにはゴキブリがいる。ご馳走にありつく最高の場。レストランのオーナーは、ゴキブリをつまみ出すよう母に言う。あとはそのまま店に出せばいい。毎日、五〇人ものお客さんがそのトマトソースを食べた。

母はトイレ掃除も担当していた。私ぐらいの年で、母は床に足をつくと、綿棒を使ってトイレの縁をきれいに掃除していたのだ。

私ときたら、いまだに漂白剤の使い方すらわからない。

サイゴンでの子ども時代、母は怠け者だった。それが変わったのは、アメリカでの高校時代だ。母はかつての自分だったベトナムの少女の話をしてくれた。毎朝、その子の母親は使用人にマッサージをしてもらいながら目を覚まし、父親はボディガードを雇ってその子を学校へ通わせた。友達の家に行くにもボディガードが一緒だった。そして、その子とサッカーをさせるために年上の男の子たちにお金を渡し、わざとゴールを決めさせた――細工などせずにその子にシュートを決めさせてあげればいいだけの話だったと思うけれど。

その後アメリカに来ると、その子は毎晩枕の下にラジオを置いてニュースを聴いた。英語を学ぶためだった。クラスでは一番ではなかったけれど、成績優秀で卒業した。一番でなかったのは、人種差別主義者の数学の先生がその子にBをつけたからだった。「君みたいな人間」には成功させないとまで言われて。

その子の頭のなかは、箱のように区分けされていた――少なくとも母親として振る舞う箇所は、そうなっている。その箱のなかには瓶がいくつも並んでいて、その一つひとつに私の欠点が記されている。「怠慢」とか「不注意」とか。あるいは「怠け者」とか「失礼な子」といった具合に。

なかでも一番嫌なのは、自分では存在すらしないと思っている私自身の欠点のこと。それを取り出して、紫の猫と一緒に木材粉砕機に放り込んでやりたい。紫の猫ときたら、時折現れては、不機嫌そうに私を見つめる。仲間というより寄生虫みたいに。

私の人格のすべてが、その箱のなかに詰まっている。でも、どれもこれも決して自慢すべきものではない。まるで自分が壊れたおもちゃみたいだ。壊れた部品がそれぞれ別の箱に入れられている。

母の子育てには、三つのステップがある。まず、母は私のどこがいけないのかを分析する。このこと自体、すでに問題だと思う。なぜなら私には、母の分析の半分は納得がいかないのだから。次に母は見つかった問題が、どの箱に属しているのかを判断する。一角獣《ユニコーン》のマグをコーヒーテーブルの上に一日中置きっぱなしにしておけば、それは「不注意」の箱に入る。最後は、いつものようにソファでからだを丸めた母が、柿をかじるのをやめてその問題点を指摘する。

「ハ、ー、ラ、ン」

なんで私が二階の部屋で昼寝をしているときに呼びつけるわけ。

コーヒーカップをテーブルから片づけなかっただけのことで、生活を滅茶苦茶にされたくないので、私も叫び返す。

母は返事をしない。だから私はブランケットを投げ捨て、勢いよく階段を降りる。なぜって、自分が巻き込まれるべきではないトラブルに巻き込まれているのがわかるから。前回これが起きたのは、キッチンシンクに置いてあったボールに、私のスプーンが入っていたときだ。口論は三〇分も続いた。

母はマグの一件を、自分の頭のなかにある瓶に分類する。そして、それを正そうとわざわざ取り出す。

マグをほったらかしにすることは、単にマグだけの問題ではない。私が元々あった場所にものを戻すことができないということ（つまり一角獣のマグの場合には、自分の部屋にある、私と等身大の一角獣のぬいぐるみの隣に戻さなければいけない）。ここから母は、私がさらに厄介なトラブルに巻き込まれる潜在的危険を察知する。たとえば、オーブンの消し忘れが原因で死んでしまうといった具合に。

そんなことはないと取りあわないこともできる。実際、そんなことはあり得ないのだから。でも、母が言いたいこともわかる。母はどんなことでも、教育に結びつけようとする。私と同じくらいの年の頃、母はなんの教えを受けることもなく、それでも上手くやってきた。母いわく、私は教えてもらいながら、なんでもかろうじて乗りきっているにすぎない。

ついでに言うと、私にとっての上手くやることと母にとっての上手くやることとは、並行する二本の線路を競争しながら走る列車のように、決して出会うことがない。

幼い頃、母はイソップ童話を読み聞かせてくれた。「アリとキリギリス」と「ウサギとカメ」が定番だった。加えて母は、母自身が父親から教わった勤勉さが美徳であることを教えるベトナムのことわざをよく引用する。

　母は私を公立の小学校に通わせた。毎朝、七時四八分になると湖のほとりの停留所でバスを待つ。バスにはふたつルートがあった。私が住んでいたキングスミルという住民専用地区《ゲーテッドコミュニティ》を通る道と、町の反対側のトレイラーハウスが並ぶ地域の子どもたちが使う道だ。

　キングスミルには、家に四台の車があるような大きな家が並ぶ。レンガ造りの家の前庭には柳の木が植わり、車庫に向かう私道にはバスケットボールのゴールリングが置いてある。父親たちは、息子たちがゴルフという金持ちの道楽に取り憑かれるように育て、母親たちは毎年催しを開いては、ブランド物の服を着た子どもたちに食事を振る舞う。河岸に接した近所の家には、四つの入り口にひとりの割合で守衛が立つ。そこには大きなウォータースライド付きのプールがふたつあって、専用の水泳指導員がいる。有名伝統校に通う男の子たちが着そうな服を売るギフトショップもある。

　そこに住むのは最高だった。

　町の反対側に住む人たちの生活も知っていた。別ルートのバスで学校に通う友達もいた。でも、家には遊びに来なかった。私はいつもバイオリンの練習や習い事で忙しかったし、上級クラスに留まるための家庭教師もいた。

　母は活動的な親たちのひとりだった。クラスのボランティア活動に参加し、いつも学校に寄付していた。先生たちのキャビネットに、ボディクリームでコーティングしたお金持ち好みのフワフワのティッシュをいつも入れていた。先生たちに全色揃ったクレヨンのセットも配っていた。

　四歳のとき、母の心に住みつく悪魔の存在に気づくようになった。トラウマによる悪魔。母の心に巣食う別の人格、シャドウだ。

　発作はとても激しく、母の人格は想像がつかないくらい不安定になった。床の上をのたうち回り、自分の首を締める。生き延びるために体内の魔物を絞め殺そうとしていた。

問題は、自分自身を傷つけずに悪魔だけを退治できないことだった。母は胸に内出血を起こした。オリーブ色にからだが変わり、発作が起きて二〇分もすると、胸の血管が炎症を起こした。まるで噴火した活火山のマグマが、それまで平和だった場所を飲み込んでいくかのようだった。そしてまた、もうひとり別のシャドウが母に代わって現れた。彼女は私が自分の心の内の瓶のなかにしまい込んできたものを暴露するという。私にはその瓶の蓋を決して開く気はないというのに。そもそも行儀良くしなければ、目の前で自殺すると言って娘を脅す母親って一体どういう母親なのかしら。たとえそれが本当の母ではなく、母の内に宿るシャドウなのだとしても。

この暗いエピソードが終わると、母は元に戻って再び柿をかじりはじめる。私はといえば、またこれが起きるのを待つ。そうすることで、母の内に存在するいろいろなシャドウと話をする。母と私の関係が刻々と変化する。なぜって、朝と昼とではまったく母との接し方が異なるからだ。

母も私も自分以外の誰ともかかわらないときがある。そうかと思えば、抱きしめあって、すべてを分かち合おうとするときもある。それぞれ部屋の両端に座って、相手に向かって懸命に声を発するのだけれど、それが上手くいかないときもある。結局相手の声は聞こえない。

サイゴン陥落直前のベトナムの学校では、子どもたちの席が一つひとつ空になっていった。徐々にみんながいなくなる。手遅れになる前に、誰もが逃げ出そうとしていた。ただ、密告を恐れて、それを友達に打ち明ける子どもはいなかった。今では体面を繕う術を心得ているが、当時の母はただ風変わりな子どもだった。いつもきれいに仕立てた服を着ていた（カラフルなリネンのパンツに似合うチェック模様の襟付シャツ、白いレースが入った靴下に特製の革靴）。服の色は毎日異なり、髪の毛は短くカール、それに無邪気な視線。幼い頃の母の写真を見ると、思いっきり抱きしめたくなる。でも、母は普通ではなかった。友達をつくることもできなかった。誰も母になにも教えてくれなかった。母とベトナム戦争中に空軍最高司令官のひとりだった父親との関係からわかることは、特別であることには、つねに代償が伴うということだ。

　昔の母は特製の革靴で学校へ通う、小さな女の子だった。ほかの子たちはといえば、誰もがスニーカー履きで、親が運転するバイクで登校していた。母の家には召使いがいた。祖母は毎朝召使いのマッサージを受けながら目を覚ました。もちろん、母の朝食を作るのは召使いの仕事。母はその代償を払って生きていた。

　母が欠かさず言う言葉があった。「ハーラン、あなたは真珠なのよ。豚に真珠を与えてはだめ。」

　母のように真珠であることを私が望まないとしたらどうなるのだろう。真珠のように生きるってどんな感じだろう。ひとりぼっちで孤独にさいなまれながら、貝のように口を閉ざしてじっとしている。仲間外れには様々な場合があるけれど、精神的にみんなから孤立するのは、母と私がともに経験してきたことだ。母と私はあまりに違うから、母と似た点があるとは思っていなかった。けれど、私たちは始終会話を続けながらも、互いに聞く耳をもたない親友だった。

　母の話を聞くかぎり、一三歳になるまでの母と私はとても似通った生活を送っていた。

　テト攻勢の戦場の近くにあった大きな家。その頃、母はまだとても小さかった。でも、その顔は今と変わらない。祖母ゆずりの唇、そばかす、そして表情。祖父ゆずりの頬骨と物腰。大金持ちだけが乗れる高級車に乗って毎日学校へ通っていた。学校の外でボディガードが待機している間、母は算数や英語を学び、ほかの子どもたちが遊んでいるのをじっと見ていた。軍関連の重要な催しや、アメリカ・ベトナム両国の著名な政治家や軍人が出席する晩餐会へ行った。そして、部屋の隅に座ってじっとすべてを観察した。祖父を尊敬し、祖母との親しくも奇妙な関係をなんとかこなしていた。

　そして、バージニアの高級住宅地にある大きな家。私もとても幼かった。でも、その顔は今と変わらない。母ゆずりの唇とそばかす、それに表情。父ゆずりの癖と笑い声。母が見守るなか、富裕層だけが持てる高級車で毎日学校へ通う。五歳の頃、週末になると母は私にノートを持たせ、割り算を覚えるように公園へ連れて行った。周囲で遊んでいる子どもたちを遠くから見る。学会に連れられていき、アメリカ・ベトナム両国の著名な政治家や学者が出席する晩餐会に出席した。父を尊敬し、母との親しくも奇妙な関係をなんとかこなした。

母方の祖父は、軍での地位のおかげで、戦争で引き裂かれた国から家族全員を連れ出すと、アメリカ東海岸に来ることができた。普通の仕事で働く親をもつ子どもたちは、すし詰めのボートに乗って、当てもなく真夜中の海をさまよった。戻る場所もなく、海賊か嵐に襲われ死ぬことを恐れながら。

母方の祖母は、祖父と出会う前に一度目の結婚をした。夫が暴力を振るうので別れた。けれど、祖母は家族に勘当された。それというのも、ベトナムの神様は、女性が暴力的な結婚から逃げ出し、愛を求めて再婚することを禁じていたから。とくに二度目の結婚が、ラオスから来たどこの誰とも知れないベトナム人が相手の場合にはそうだった。そのどこの誰ともしれない男が軍で出世すると、家族は祖母を許した。軍曹だった祖父は、戦時中のベトナム共和国の軍隊では、歴代ふたりしかいない空軍最高司令官の地位に昇り詰めた。空挺師団員として五三の戦闘に加わり、アメリカ軍から表彰された。家族は祖母を家族のひとりとして連れ戻すことにした。

本当の家族は、必ずしも血でつながるものではない。はじめて通う学校で、途方にくれる自分にそっと手を差し伸べて助けてくれるのが、あるべき家族の姿。

一九七〇年、まだ幼かったラン、つまり私の母は、通いはじめたばかりのベトナムのアメリカンスクールでマイ・レと出会った。マイがひとりぼっちの母に気づいて、自己紹介をした。インドから来たジュビア・アリという名前の男の子がこれに加わった。アリはふたりが大好きだった。だから母の言うことなら、〇×テストのカンニングも含めてなんでもした。マイは母にとって、姉妹のような存在だったのだと思う。でも、一三歳のとき、母はマイを残して学校を去った。その後、母がマイに連絡することはなかった。マイは高校時代をベトナムで過ごし、共産主義者による弾圧を耐えしのいだ。マイの家族は上流階級で、貧しい人々が憎むべき国賊と見なされていた。マイは一八歳になる直前に、ボート難民として国を脱出した。そして、カナダ西部ブリティッシュ・コロンビア州の都市バンクーバーにある大学に通った。その頃、母はバンクーバーとは反対側の東海岸にあるマウント・ホリヨーク・カレッジに進学していた。

二〇〇三年のこと。四〇歳になったマイはカナダの自宅にいた。高校で教鞭を執るマイは、数学のレポートの採点に追われていた。そのとき、友人からもらったベトナム系アメリカ人作家のリストにふと目をやった。するとそこにあったのは、母の名前だった。カオ・ティー・フォン・ランからラン・カオに変わってはいたけれど（母が名前を変えた理由は、高校時代に無知なアメリカ人生徒たちにベトナム語の名前をいじられて、ひどいいじめにあったからだった）。母の小説『モンキーブリッジ』（Monkey Bridge, 1997）が、そのリストにはあった。そして、ふたりは再会した。

私はバージニアのあの大きな家で、五年間、両親と暮らしていた。二五〇坪もある巨大なお屋敷。馬蹄形のドライブウェイにディズニー映画のような階段。成長するにつれ、うちの家族はよそとは違うことに気づくようになった。ほかの子どもたちはもっと小さな家に住んでいて、母親がいつも家にいる。私が遊びに行くとクッキーを焼いてくれた。逆に友達が家に来ると、自分の部屋へ連れて行き、まずは注意から始める。床から天井まである壁一面の大きな窓ガラスに鳥が突っ込んで、悲劇的な死を遂げる危険があるからだ。地下室の隣にはガレージがあって、バイクや車が何台もあった。その脇にある父のトレーニングルームは、ホテルのジムみたいに大きかった。ただ、ビリヤード台やテレビに囲まれた、雑誌で見るような豪華な部屋ではなく、まるで防空壕のようだった。

私が五歳のとき、マイが越してきた。理由はわからなかった。ある日、マイは来た。そして、私はそれを受け入れた。生きているだけで嬉しい年頃だった。誰とでも親しくできたし、疑いの気持ちなどなかった。ただ、母はきっと、私にもっと用心深くなってほしかったのだろうけど。マイは画家だった。大きなキャンバスに華やかな色遣いで、顔や建物などの絵を描いた。それが仕上がると茶色を上塗りし、その上に木の枝を描いた——まるで蜘蛛の巣のように細く込み入った線を使って。枝には雪が積もっていることもあれば、雨が降る光景の絵もあった。仕上がった絵は、すべて壁にかけていた。私のお気に入りは、たった一枚だけの木の枝がない絵だった。エドワード・ホッパー風のぼやけた絵。表情のないふたりの人間の顔が窓の外をじっと見つめている。黄色に光る街灯が並ぶ、ひとけのない道。

そして、ある晩。七歳の誕生日の少し前。数ヶ月前から母が予約していたバレエの公演に出かける三〇分前。私はマイの部屋のあたりをうろうろしていた。部屋につながる廊下の壁には、彼女が描いた絵が立てかけてあった。両親はその絵をマイのために、きれいな額に入れて飾っていた。突然部屋のなかから、なにかを引き裂くような音が聞こえてきた。

私は足音をたてないように、注意深く部屋に近づいた。すると跪いていたマイがしゃがみ込んで、薄暗い緑色の作品に覆い被さるようにしている。手にはハサミ。それを使って、絵を殺すかのように突き刺した。キャンバスが身をよじるようにして飛び跳ねる。開いた穴からは血が流れ出し、まるでどうすることもできずに、生気を失っているかのようだった。私は壁に立てかけられたほかの絵を確かめた。まだ無事だったものの、殺される順番を待っている。

「一体どうしたんだ」と、注意しながらその場に来た父が言う。困惑と恐怖で眉をひそめながら……。

母は急いでマイの肩を引き寄せ、部屋のドアを閉めた。ふたりの話し声が聞こえてくる。大人同士の会話。大声を上げながらも、狂気を隠すかのように低い声でささやく。父は私の手を取って言った。「ハーラン、立派だったね。」私は誇らしげに微笑み返すと、足を前後に動かした。フワフワのベルベットドレスが膨らみ、特製の革靴が床の上でカタカタと大きな音をたてた。しばらくすると、部屋のドアが開いた。

「ハーラン、いらっしゃい。」私の手を取り、母が言った。

「マイはどうしたの」と、口ごもる私。

「マイは家に残るわ。」

私は母の手を離し、マイの部屋に小走りで戻った。そして、ドアの隙間からなかをのぞき込もうとした。「マイ？」と、ささやく。マイは座っていた。跪いて、片手にはハサミを持ったまま。開いたハサミは二本のナイフのようだった。緊張で張り詰めた額を、もう一方の手で押さえていた。

「なんの用？」

「私の大好きな絵を殺さないでね。」私はマイに約束してもらいたかった。マイはなにも言わなかった。その夜家に戻ると、一本だけぽつんと立つ美しい街灯の絵が壁から外されていた。きっと殺されたのだと思った。だからその絵に描かれた、街頭が見える窓辺で寂し気に立っていた人たちの死を悼んだ。

マイの心が乱れていたのは確かだった。見ていて痛ましかった。それは明らかに自己嫌悪からくるものだった。同時に自傷行為でもあった。父が教えてくれた。世の中には、内面の問題を解決できずに、激しい行動をとる人たちがいることを。マイは絵を描くとそれを飾る。ところが数ヶ月後には、その絵を外して上から別の色を塗る。私にはトラウマが原因で、おかしなことが起きているとは思えなかった。原因がなんであろうと、マイは決してそんな兆候を見せなかった。マイは落ち着いていた。ただ、ちょっとしたことで傷つくことがあった。大抵は母が原因だった。見ているかぎり穏やかではあるけれど、極端な行動をとる人だった。穏やかというのは、マイの発作は私たちには影響を及ぼさなかったからだ。それが母とは違うところだ。マイはタバコをやめた。ただ、完全にやめる前に、裏のデッキでしばらく吸っている時期があった。タバコばかり吸って、一日中口をきかない日もあった。でも、マイが絵にハサミを向けるとは思いもよらなかった。

その夜、気が動転し怒りを抑えながら、私は足をドタバタさせて自分の部屋に戻った。そして幼い頃から母に押しつけられていた、電動歯ブラシで歯を磨きはじめた。丸々二分もこれを使うのが嫌で、少しでも早く終わらせようと、洗面所のシンクの前に立つ。ベルベット地のふわふわしたバレエ用ドレスはまだ着たままだった。母が後ろに近づいて来た。どこか母の様子がおかしい。

「ハーラン、セシルは二分間しっかりと歯磨きするわ。あなたもそうすべきよ。」母が言った。

「セシル、あなたのそばかすが好きよ。」そう言うと、私は母の顔に手で触れた。鼻の周囲にできた茶色のそばかすを確かめる。母のからだではあるが、母ではない。母のシャドウだ。

「ラ、ラララ」と彼女は口ずさむと、向きを変えて自分の歯ブラシを手に取った。

「名無しさんとはお話ししたの。」口のなかの歯磨き粉をゆすぎながら、私は尋ねた。こんなことを訊く理由は、名無しのシャドウは残酷だったけれど、母のからだを守ってくれていたからだ。

「いいえ、名無しは自分が好きなだけよ。」セシルがくすくす笑う。「でも、私は彼女が好きよ。だって、私たちを守ってくれたから。一九六八年にセシルが防空壕にいたとき、名無しが彼女を抱きしめてくれたから、私は——つまり彼女は——安心していられたのよ。」

私はセシルにうなずいた。言っていることの半分くらいは理解できた。そのとき、母たち家族は家から逃げ出し、祖父が勤める軍本部にある防空壕のなかにいた。

次の瞬間、母の表情が変わった。セシルが消える。しばらく無表情の状態が続いた。そして、そのまま立ち続けるのか、力なく倒れるのかを決めかねるように、母のからだは前後に揺れて、最後は倒れた。すでに小さくなった母のからだは弱々しく、床の上に倒れた姿は力なく見えた。

「お母さん？」つま先で母の肩を突っつきながら、そっと呼んだ。

母の目が大きく開く。そして、震え出した。心のなかで始まった震えは腕を伝い、足へと向かう。それから口元へ。ピンクの唇が開いては閉じる。空気を求める魚のように。

「お母さん？」

私は膝をついて、母が着ていたシャツの襟を引っ張ると折り返した。首元と胸のあたりをよく見るためだ。いつものやり方だった。

胸のあたりに赤い蜘蛛の巣状のものがあった。すべての毛細血管が内側から出血しているかのようだった。それが黒ずんでいくのがわかった。ピンクの枝が赤くなる。私は目をしっかり開けて、小指で母の額を触った。母に触れるのがこわかった。

母のからだが震える。節だった母の指は襟元に伸びると、シャツを引き裂こうとした。私は悲鳴を上げた。シャツのすき間から、大小の血管が見えた。青筋が黒くなり、ピンク色が赤になる。

可愛らしいそばかす顔から、悪魔のようなせせら笑いに変わった。「セシルだと思っているの。セシルは逃げた。ネズミみたいに逃げ出した。お馬鹿さんね。こんなのもうたくさん……。チャンスがあったときに、みんな殺しておけばよかった。」彼女は吐き捨てるように言った。

私は少し後ずさりした。

「お母さん、なんでそんなことを言うの。」

「お母さんなんていない。」

そのとき、誰と話しているのかがわかった。名無しのシャドウ。

「なぜ?」私は甲高い声で言った。その存在を引き出そうとして。

「私がいなかったら、あの子は死んでたわ。誰も私のことをわかってないのね。あの子は弱いのよ。あなたみたいに。あのお馬鹿なセシルみたいに。」

「あら、セシルは馬鹿じゃないわ。私の親友よ」と、私。

「なぜってあなたたちときたらふたりともお馬鹿さんですもの。」

こう言われても動転することはなかった。私には母と名無しのシャドウの違いがわかっていた。名無しは生きていることを悔やんでいた。

私はとても落ち着いていた――驚くほどに落ち着いていた。頰に涙が流れるのを感じた。まるで窓ガラスに激しく打ちつける雨粒のように。でも、心のなかは平穏だった。これが普通じゃないことはわかっている。でも、私はとても繊細な子どもだったけれど、なにも感じないようにするコツを習得しはじめていた。

「わかったわ、名無しさん。気分はどう？」

「気分ですって」と、また吐き捨てるように言う。

「ええ、そろそろお母さんを返してくれるかしら。」

すると、名無しのシャドウはなにも言わなくなった。目を堅く閉じて、からだはじっとしたまま。というか、硬直していた。

私は金切り声を上げた。鼓膜が破れそうになる。聞こえるのは、大きな足音だけ。最初に現れたのは父で、そのあとにマイが来た。

「警察を呼ぶ？　それとも救急車かしら。」マイが大声で言う。

父は静かに母を揺すって目を覚まさせようとしたが、母は動かない。父は脈を取ると、ベッドに母を運んだ。

翌朝、目を覚ますと、母が戻っていた。朝食の用意をしている。

マイは私とよく遊んでくれた。自転車の乗り方やサッカー、それに速く走る方法を教えてくれた。母が一日中仕事で、私がこの大きな家でひとりぼっちのときに、そうしてくれた。

子どもながらに、こんなことを見てきたことをどう思っているのかといえば、よくわからない。家族で話しあったことはない。私の苦しみを気にかける大人はいなかった。誰かと遊びたいときに、セシルが現れることがあった。でも、実際に起きていることをきちんと説明してくれる人がいないので、どうやって自分の気持ちを確かめればいいのかわからないままだった。こんなことが起きてはすぐに終わり、そしてまた起きた。

マイの部屋とは反対側の翼棟にある部屋で、母は父と大きなダブルベッドで寝ていた。私が八歳になる頃までは、家族三人一緒の寝室だった。その後、父は入退院を繰り返すようになった。私が自分の部屋で寝るのは、学校の友達を家に泊まりがけで誘うときだけ。裏庭のデッキと白鳥が来る湖に面した大きな窓のある自慢の部屋には、フワフワの枕がある大きなベッドと特製の刺繍が入ったお手玉があった。

この広い世界に、私にはひとりだけ友達がいた。親友のローレンだ。よちよち歩きの頃からの友達だった。カールした長い黒髪のローレンは、クルミ色の肌と美しい唇が目立つ女の子だった。いつもふたりだけで話をした。学校へ行くバスでは、毎朝隣に座った。私は窓ガラスに頭を傾げ、ローレンは通路側に足を突き出していた。

なにをするにもふたりだった。一緒に家出をしようと説き伏せて、三キロほど離れた近くのレストランまで行ったこともある。母が警察を呼び、近所の人たちが総出で私を探した。四時間後、警察が私たちを連れ戻した。水曜日のピアノのレッスンをさぼってパトカーに乗るなんて、私にはスリル満点だった。ローレンは困って心配していたけど。

なにをそんなに怖がっているかしら？　私は心のなかで思った。怒られるのは私なのに。

母はまず愛情を込めて抱きしめてくれた。それから息を大きく吸いこむと、私のお尻を叩いた。次に二時間半の映画を観させられた。ふらふらと家を出た男の子が、幼児虐待者にさらわれ、手足を切り落とされる話だった。

ローレンとは、その後二度とこの冒険のことは話さなかった。それというのも、私たちが引き起こした大惨事に、ローレンは凍りついていたから。

母のことはローレンにも言わなかった。母が発作を起こし、万一目を覚まさない場合に備えて、誰かに話しておきたかった。でも、誰にも言ってはいけないとわかっていた。両親にもそう言われていた。世間体が悪い。よその人にはわかってもらえない。日頃からとても尊敬され、高く評価されている私たち家族。知られて良いことなどない。

裏庭のデッキにある日よけ用の屋根にかかっている札には、「ハーランとセシル専用」と書いてあった。父が私と親友のために彫ってくれた木の札だ――親友というのは、つまり家のなかでの話。ローレンは家の外での親友だった。

だから、札にあるセシルというのは従姉妹の名前だと、みんなに説明しなければならなかった。でも、本当は四〇年前の母のこと。六歳のときの母の姿だった。一九六八年当時、母はまだ六歳だった。永遠の六歳。セシルとは母自身のこと。祖母がつけたあだ名。自分のからだをもたない存在。セシルの精神年齢は、長く生きた人間のように成熟している。でも、子どもみたいに言葉を間違えるし、欲しいものが手に入らないと地団駄を踏んで怒る。

母は、私には表現の仕方すらわからないものを見てきた。

母が六歳のとき、とても恐ろしいことが起きた。祖母に連れられて行った病院で見た光景なのだろう。だからそのときの母の一部が、そのまま残っている。それとも、サイゴンの家の裏庭へ通じる南ベトナム軍空挺師団本部で見たものかもしれない。その後、母はそれを忘れようとしたけれど、その一部がいまだに甦ってくる。肉体的には過去に残してきたものが、心のなかにはまだある。セシルは天才だし、私には奇跡のように思えた。

マイが私たちと暮らす理由は、これだと思っていた。母とマイは互いの経験を理解しあえる唯一の存在だ。

マイは高校時代、北の共産党政権がベトナムを掌握したために自由を失った。

毎日放課後になると、南ベトナム時代の上層階級向けに開かれるセミナーに出席しなければならなかった。そこで共産党幹部の講義を聴かされた。自分たちが貧しい人たちから贅沢品を取りあげる罪を犯したとんでもない盗人だったと教わった。一日でも欠席すれば、一週間の食料がもらえなくなった。

旧上流階級出身者に手作業を教えるために、ホー・チ・ミン派の幹部はマイが通う女子高でも訓練を行おうとした。共産党は労働者と農民から成る組織だった。

マイが墓地での仕事のことを話してくれたことがある――ピカピカの墓石にきれいな花が飾ってある、そんな墓地じゃなかった。その泥だらけの場所には、バラバラになった足や指、頭が埋められていた。ハンセン病患者の墓だった。ハンセン病にむしばまれた人々のからだ。マイたちが命じられたのは、そのバラバラの死体を一つひとつ掘り起こすことだった。

マイは手袋をしようとしたが、教師にそれを取りあげられると、地面に放り投げられた。そして、「手作業が不名誉なことだとでも思っているのか」と、唾を吐きかけられた。

漁船に乗っての一〇日間の逃亡はすさまじいものだった。タイの海賊に襲われレイプされるかもしれない。ベトコンに捕まり収監されるかもしれない。あるいは、嵐に巻き込まれ、溺れ死ぬ危険もあった。実際、妊娠中の女性が船の上で産気づき、ひどい水不足に悩まされた。

乳幼児や老人が乗った別のボートが、脱出に失敗することもあった。毎日、新たな死体が岸に打ちあげられた。それでも、毎日より多くの人々がベトナムをあとにした。

戦争で足やまぶたをなくし、皮膚を失った男たちを母は見てきた。マイは地面からバラバラになった死体を掘り出し、海賊に襲われた。だから、ふたりは互いにわかりあうことができた。父がどんなに完璧な人でも、母が経験したことを理解することはできず、想像するのも無理だった。私はできるかぎりのことを母のためにしてきたけれど……。

すべてを自分だけに留めておくことは難しかった。秘密にしておくには、あまりに痛ましく、辛いことでもあった。なぜなら、次第にそれは劇薬《アシッド》のように私の心をむしばむことになるから。でも、必ずしも秘密というわけでもなかった。家族としては恥じるべきことだったかもしれないけれど、学校に行けばクラスメイトに話してしまうこともあった。ただ、母は私にとってなによりも大切な人だった。いつも私の面倒を見てくれるし、養ってくれるし、守ってもくれる。どういうわけか妹のようでもあった。母は誰にも代えがたい存在だった。

母とマイとの関係は、とても深かった。それというのも、母の兄とマイの妹が付きあっていたことがあるからだ。私が七歳になるまで、マイは私たちの家に一緒に住んでいた。その後、近所に小さな家を買った。そこで絵を描いたり、私と遊んでくれた。そのことを、あまり特別に考えたことはなかった。ただ、ときどき休み時間になると、先生たちが母とマイとどちらが本当の母親なのかと訊いてきた。母に仕事があるときには、マイが代わりに私を学校へ送ってくれたからだった。

というわけで、制服を着た幼い私は校庭で、母とマイが双子の姉妹ではなく仲が良い友達であることを、そして時折スポーツカーで送ってくれるのは私の父であり、祖父ではないことを先生に説明した。父が私を送ってくれたのは、八歳の頃までだった。ある日、母とマイと一緒に家まで歩いて帰る途中、買ったばかりの父のジャガーが道路脇の川に突っ込んでいるのを見つけた。動けなくなった車を見て、私たちは父に運転をやめさせることにした。きっと父はとても残念だったと思う。

でも、マイがただの親友だとすれば、どうして大人三人が揃いも揃って新学期前の保護者会に来るのだろう。ローレンのお母さんの親友は、一緒に来ない。来ていいのは生みの親だけだ。だから私にはその理由を訊かれても、答えようがなかった。目をぎょろぎょろさせて部屋を見回し、困ったように首をひねる。まるでみんなの質問が聞こえていないかのように振る舞う。すると大抵の場合、誰もが追求をあきらめる。

マイの別れた夫の話が出てくることもある。私はその話にとても興味があった。マイの結婚のことを隅々まで知りたいと思った。なんで別れたのか理由を知りたかった。マイは、「ただ上手くいかなかっただけ」と言うけれど。

「でも、なんで」と、私。

「そうね」と、マイが笑う。

その後私が一四歳になったとき、マイは男の人より女性に興味があることに気づいたからだと、そのわけを教えてくれた。だから、マイと元夫は喧嘩もせずに別れることができた。ふたりは今でも良い友達だ。

なんでそのことをもっと早く話してくれなかったのかしら。七歳になる頃には、「レズビアン」という言葉の意味なら知っていた。ウディ・アレンの映画『マンハッタン』は、メリル・ストリープ演じるブロンドの美しい妻に捨てられてノイローゼになった男の話。妻が女の人に走ったことで、夫は男のプライドをひどく傷つけられた。
マイは母のことを独り占めしようとしていた。私にはわかる。誰も私が気づいているとは思っていなかったけれど。

四年生になった頃の私は不安定で、男の子に対しとても攻撃的になっていた。ささいなことに急に腹を立て、暴力を振るうこともあった。ジョーダンという子のすねを蹴ったのは、ピンクのポロシャツを着ていた子をゲイと呼んだからだった。

こうした出来事は、マイが私にタフに生きるように教えてくれたことと関係があったのかもしれない。自転車から落ちたら、起きあがるのよ。男の子がいじめてきたら、泣きたくても泣かないで立ち向かうのよ。それで私は喧嘩をした。でも、だからなんだっていうの。私は幸せだった。ただ、とても怒りやすい子どもだった。穏やかに振る舞っていたけれど、家では厄介なことに耐えてきた。

カリフォルニアに移り住んでからは、タフではなくなった。誰も味方してくれないと知っていて、立ち向かうのは辛いこと。私は誰からも相手にされない、奇妙な転校生だった。

第五章

転機（ラン）

両親は青いシボレーにドミトリーで使う生活用品をいっぱいに載せて、私を大学まで送ってくれた。出発前、さよならを言いに来てくれた人がいた。退役軍人のジョンだ。ジョンは両親の食料品店に、憩いの場を求めてやってくる常連客のひとりだった。はじめて会ったとき、ジョンは半袖のTシャツを着ていた。右の前腕部に「ハイウェイ1A」と刻まれたタトゥーが見える。兄のトゥアンが話かけた。「ドンハにいたのですね。」質問というよりは、断定的な口調で。そして、ジョンの答えもそうだった。強く、はっきりとしたイエスだった。ジョンは私に別れのハグをすると、ベトナムでの兵役を今でも誇りに思っていることをわかってほしいと言った。「ベトナムは俺にとって価値あるものだった」と。

ジョンの訴えが胸に響いた。彼の言葉が忘れられなかった。だから、バージニアのアパートを出るときにも、そのことを思い出していた。大学は、私にとってはじめて本当の意味で、アメリカ生活に順応する場だった。そこでは両親も親戚も、みんなの声もベトナム化が進むフォールスチャーチの町もなく、ベトナム的なものはなにもかも生活風景から退いていった。ベトナムは私の記憶のなかのものになった。最後にベトナムにいた瞬間。ひときわ大切なとき。光と影が交差する記憶のなかの引き波のように、ただひとつ寂しくもはっきりと見えていた。

よくある話だが、私にとってこの出来事は、新たなる光景とともに始まった。勇敢な旅路の第一歩をキャンパスで踏み出したとき、まず感じたのは心の平穏だった。ただ単にあからさまな危険を感じることがなくなっただけではなかった。この素敵なキャンパスは、古く優美な建物や水しぶきを上げる滝、湖、屋外円形劇場、森林に囲まれたジョギングルートなど魅力的で美しいものばかりがある不思議の世界だった。

運命のいたずらで、灰色にくすんだ高校という順応社会から逃れることができたように思えた。家の代わりとなるドミトリーは、キャンパスの端に建ち並ぶ建物の一角にあった。ここでは英語が私の母語だった。ベトナム語から英語への移行はスムースだった。時折見るベトナム語の夢も、途中で英語に変わった。現実生活ではベトナム語しか話さない人たちが、夢のなかではきれいな英語を話した。ベトナムの思い出までもが、英語で再現される。チョロンの近くのサッカー場も、英語に置き換わって戻ってきた。

私と言語との関係はいつでも微妙なものだった。言語のせいで、家と世界が対峙する。ベトナムにいた頃には、フランス語が家族間の特別な言語として、使用人に知られたくないことを話すときに意図的に使われた。もちろん、ベトナム語が母語だった。母乳のように、慣れ親しんだ心の言語だった。英語の世界に飛び出して行かなければならないアメリカでは、ベトナム語は家族の言葉だった。しかし、私が学校で良い成績を修めるようになると、ベトナム語はその地位を失った。家にいるときでも、英語が幅をきかせるようになった。英語は私にとっての聖域だった。両親に代表されるベトナム的な世界から、私を守ってくれるのは英語だった。おかげで両親が引きずる過去という不自由な世界から逃げ出すことができた。

ここマウント・ホリヨークで、私はかつてなく自由になった。

ドミトリーにある四階の私の部屋には、キャンパスにあるアッパー・レイクと呼ばれる湖に面した出窓があった。広大な湖水は、まるで夢の世界につながっているかのようだった。使い慣れたスミスコロナ製のタイプライターは、父からのプレゼントだった。カバーに入れたまま、いつも枕元に置いていた。オハイオ州のロッキーリバーという町からきた、陽気な性格のルームメイトと一緒になった。名前はアニー。スヌーピーの漫画に出てくる赤毛の女の子のように、真っ赤な髪の毛をしていた。軽く乾いた空気。喪失の記憶や使い古された過去、高校時代の暗い思い出に引きずられることもなかった。ただし、心のなかの暗く狭い場所に潜むシャドウは、新しい生活に馴染もうとするさなかにも、いまだ私のなかでうごめいていた。

両親が涙ながらに去っていった最初のひとりぼっちの夜。出窓にある作りつけの椅子に座ると、夜の風景がゆっくりと灰色から紫に、さらに漆黒へと変わるのを待った。

まさに約束された通りだった。私だけの時間！　夢のようなテンポで進む生活。希望の光を灯し、二度目の人生を約束するキャンパス。私は幸せな気持ちでそれを受け入れた。大学の宣伝文句は、「マウント・ホリヨーク、飛躍への挑戦」。私たちに与えられたのは、飛躍のためのきっかけだった。

知りうるかぎり、ベトナム人は大学にも町にも私だけだった。フォールスチャーチのように、町の人種構成を脅かすようにベトナム系難民が集まる居住区はなかった。アメリカ的な鷹揚さが、町には溢れていた。

新しい食生活も始まった。食堂で働く女性たちは、私たちを名前で呼んだ。私も彼女たちを名前で呼んだ。無駄のない身のこなしで働く彼女たちを見ているのが楽しかった。私はアルバイトつきの奨学金を得た。新入生のときには、ドミトリーの食堂で働いた。ある日、同じ階に住む二年生のクリスと一緒に、朝食の用意をしていると、「食堂を開ける前にベーグルを食べましょうよ」と、彼女が言う。

「ベーグルってなに？」

「ベーグルよ。クリームチーズを載せるのよ」と、素っ気ない返事。ベーグルを見たことがないと私が言うと、「冗談でしょ、本当？」と、クリスは驚きの叫びを上げた。

大きなトースターのスイッチを入れ、ふたつに割ったベーグルを放り込むと、焼けるのを待った。熱く焼きあがったベーグルの艶やかな表面をまじまじと見つめながら、急いでお皿に移す。クリスはクリームチーズという名前の白い塊にナイフを刺すと、焼いたベーグルの上にたっぷり塗った。私は全神経を集中してこれを食べた。噛みごたえはあるが、粉っぽくはない。すごく美味しい。最高に美味しい。クリスがユダヤの食事だと教えてくれた。両親からユダヤ人は仲間意識が強い、とても頭の良い人たちだと聞かされていた。それで以前からユダヤ人の真似をしてみたいと思っていたので、より一層ベーグルが好きになった。

美味しいアメリカのお菓子もたくさんあった。信じられないようなおかしな伝統に甘んじることになった。それは夜な夜なミルクとクッキーを食べること。俗に言うM&C。Mはミルクで Cはクッキーの頭文字。でも、クッキーどころの話ではなかった。桃《ピーチ》の焼き菓子コブラー。シナモンと砂糖をまぶしたスニッカードゥートル。ピーカンのキャラメルクッキー。プリンセスバーの愛称をもつラズベリーのクランブルバー。なかでも、一番の好物はキャロットケーキだった。あの濃厚な味は忘れることができない。とても贅沢にチーズがまぶしてある。言うまでもなく、体重は増えた。フレッシュマン10《テン》！　新入生になると一〇キロは増えると言うけれど、まさにその通りだった。それまで太ることなどなかったし、太るとは思いもしなかった。アニーは体重を気にしてダイエット飲料しか飲まなかった。米、野菜、クレソンやトウガンなど野菜のだし汁から作るベトナム風スープのカインチュアなど、私は生まれてからというもの低カロリーの食事ばかり取ってきた。そもそもダイエットという概念がなかった。

何気ない日常という、人々にとって当たり前のものが、私にはわからなかった。飾り気のない滑らかなクリームチーズもそのひとつだった。そのときからベーグルを食べるたびに、私は「ここ」にいて、「あそこ」にはもはやいなかった。ほとんど毎朝、焼いたベーグルにクリームチーズを塗って食べた。家から遠く離れてベーグルを食べることで、新たな自分が生まれた。穴だらけの過去から身を引いて、歴史に対して、より正確に言えば私たちを粉々に打ち砕いてしまった歴史に対して、身構えることもなく。犠牲や苦しみが当たり前になり、さらなる犠牲と苦しみを生み出していくなかで、難民家族が次々と子どもたちのために自らを犠牲にする姿を見る必要もなかった。

食事はドミトリーの食堂で食べた。同じ階に住むアニーたちと一緒だった。モーリーンという私たちを担当する三年生の学生アドバイザーと一緒に食べることもあった。彼女の部屋は、私の部屋のはす向かいにあった。モーリーンの仕事は、ドミトリーの四階に住む学生が仲良く、ひとりぼっちで塞ぎ込まないようにすることだった。みんなを仲良く指導する役割だった。

同い年のアメリカ人と食事をするようになったのは、アメリカに来てはじめてのことだった。フリッツおじさんの家族を除けばアメリカ人と食事をすることなど、これまでにはなかった。

ドミトリーは仲間意識や友情、それに愛情を育む場所だった。一階には共用スペースがあり、区分けした空間で勉強したり、集まって会話をしたり、なにもせずにただいるだけのこともあった。毎日が特別だった。勉強量がとても多かったので忙しかったけれど、ここで過ごすのは楽しかった。そこから長く続く友情が生まれた。

スペースの一角には、立派なグランドピアノがあった。驚いたことに、どのドミトリーにも必ず一台ある。みんなが授業に出ている午後が、私のピアノの時間だった。その場を独り占めにして、母が昔よく唄っていたベトナムの曲を演奏した。暗譜していた曲もあれば、耳で音を拾っていくときもあった。フォールスチャーチに来て二年ほど経ったとき、両親はカワイのアップライトピアノを買ってくれた。ベトナムに残してきたのとよく似た黒塗りのピアノだった。でも、私にはまだそれを受け入れる準備ができていなかった。

大学に入学して家から離れたとき、マックグレガー・ホールにあるピアノに引き寄せられた。そして、ピアノとともに時間を過ごすようになった。曲が自然に浮かんできた。深夜を過ぎても勉強していることがあった。街灯に美しく照らし出されるピアノのそばで、静かに日付けが変わる。そこで一休みすることもあれば、ピアノの横で勉強を続けることもあった。

この新しい世界で授業になんとかついていこうと、手探りで進んでいた。宿題の読み物がとても難しく、怖じ気づくときもあった。先生やほかの学生がなんの気なしに言及する必要事項について、まったく知らないときもあった。たとえばゴヤ――アートの授業ではなくて、英語の授業だった。当然、知っていることとして扱われる。心の慰めと安心を求めて、ピアノに向かう時間が増えていった。次第にドミトリーの仲間が集まってくるようになった。私が奏でる旋律に、手の上にあごを載せて聴き入っている。母が好きな曲だった。喪失を克服するというよりは、そこに浸るかのようなベトナムの曲。みんなはそれを知らない。美しいと思うだけ。

ドミトリーでは、友達作りも簡単だった。ときには秘密を打ち明けることもあった。ホールの片隅には、イラン出身の学生がいた。シーア派の宗教指導者が国王の体制を転覆したときに、テヘランから家族とともに逃げてきた。そこにハッサンという名前のイラン人男性が来ては、いつも四階の共同スペースで勉強していた。中近東を専門に勉強しようという二年生の子と付きあっていた。

イラン人やイスラム教徒と知りあったのは、これがはじめてだった。ふたりの顔立ちはひどく異なっていたので、同じイラン人とは思えなかった――女の子の方は、ミラノのファッションモデルのような北イタリア風の顔をしていた。男性は浅黒い褐色の肌をしていた。彼女が彼を見る視線は、ベトナム人が高原地帯に住む肌の色の濃い民族やラオスの人々を見るような感じだった。父がベトナムに来たときには、そうした目で見られることが多かったらしい。というのも、父はラオスの首都ヴィエンチャンの生まれだったからだ。ゆったりとしたソファや快適な椅子がある共同スペースに夜遅く集まる口実には、熱い政治議論が使われた。ハッサンは穏やかながらもきっぱりと、アメリカのイラン関与に対する厳しい批判ともいえる見解を披露した。ただ、事実関係としては概ね正しいように思えた。ハッサンが教えてくれるまで知らなかったけれど、ベトナムの政権を転覆させる一〇年前に、アメリカ中央情報局はイランの政権を倒していた。ベトナム以外で起きていることは、なにもわかっていないことを実感した。だから、いくらかぼやけて見える世界のことが、はっきりわかるようになるまでには、しばらく時間がかかると思った。

ハッサンはコーヒーテーブルの横にじっと座ったまま、イランで起きたことを話し続けた。

大使館での人質事件は、まだ続いていた。毎晩、私たちはアメリカ人の仲間と足を踏みならしながら、カーター大統領が準備を整え、行動を起こすのを待っていた。ラジオでは、ビーチ・ボーイズがカバーした名曲「バーバラ・アン」("Barbara Ann," 1965) がかかっていた。「バーブ、バーブ、バーブ、バーブ、バーバラ・アン」という繰り返しが、「ボム、ボム、ボム、ボム、イランをぶっ放せ」に聞こえる。

「たとえどの国のものであろうとも大使館が侵犯されるなんて、とんでもないことだわ」と、ベーグルの食べ方を教えてくれた勉強仲間のクリスが言う。

「これはつまり……」と、ハッサンが口を挟もうとすると、クリスが首を振ってそれを遮る。

「これを正当化することはできないわ」と言って、クリスは目を閉じた。

「わかった。しかし、他国に入って、ただ気に食わないからといってその国のリーダーを排除することは正当化できるだろうか。」

モーリーンは好意的にうなずいた。

誰もハッサンに国へ帰れとは言わなかった。彼の英語には外国訛りのアクセントもあった。ハッサンはモーリーンに微笑み返す。クリスも同意したかのように笑みを浮かべた。会話はあちこちと脇道に逸れる。目がくらむようだったけれど、様々な意見や議論に接して、気分が高揚した。キルスティンという名前の女の子が、自分は数世代続くノルウェー出身の家系だと言った。モーリーンはアイルランド系だと言う。誰も自分がアメリカ人だとは言わない。私のような人間はアメリカ人になりたいと思っているのに、アメリカ人であることが揺るぎない学生たちは、アメリカ国外から来た先祖のことを強調したがっていた。これもアメリカンドリームの一部なのだ。過去に戻り、それを主張する。現在や未来を生きるために、過去を放棄したりはしない。

ある朝、アニーと私が目を覚ましてドアを開けると、部屋の入り口にテープで新聞紙が一枚大きく貼ってあった。

妖精の季節の始まりだった。二年生の妖精ふたりが私たちにプレゼントをくれる。妖精たちは謎めかして「ミー&T」と名乗った。授業が終わり部屋に戻ると、豪華な贈り物があった。アトキンス・ファームというスーパーマーケットで買ったリンゴが一袋。多くのメッセージが詰まった小物入れ。アニーと私は妖精の正体を突き止めたくなった。やがて、この美しい妖精は隣部屋のバーバラとドナだとわかった。ふたりが私たちにプレゼントを贈ることにしたのは、私たちが入学したばかりの頃、バーバラたちのおかげでとても楽しく過ごすことができたことを知っていたからだった。「ミー&T」とは、シェル・シルヴァスタイン原作の絵本『おおきな木』(*The Giving Tree*, 1964)に出てくる、主人公の男の子とリンゴの木の関係を指していた〔訳註・「ミー」は「私」[me]で「T」は「木」[tree]の頭文字〕。見事につくりあげた秘密の正体をついに明かした夜、バーバラとドナはその本をプレゼントしてくれた。当時の私はシェル・シルヴァスタインはおろか、マザー・グースのことすら知らなかった。

次に来たのは山の日だった。授業が休講になる特別な日だ。一九世紀初頭、この大学を開いた創設者はメアリー・リヨン。その名を冠した講堂の鐘が響き渡る。キラキラした美しい一日。赤やオレンジ色に紅葉した木々の葉がぴんと張る。ベッドからゴソゴソ起きると、休みを楽しむ準備を整える。マウント・ホリヨークの山に登るもよし。休日をのんびり過ごす学生もいた。

M&Cや妖精の季節、それに山の日といったしきたりのおかげで、仲間との関係は和やかになっていった。大学での日常の陰でうごめいてはいたものの、歴史は確実に過去のものへと後退していった。階段を上って自分の部屋に戻るとき。ステンドグラスやきれいに塗られた木製の書棚、見事な形状の天井壁のある図書館のなかをうろうろするとき。自然に囲まれ美しく活き活きと育つニューイングランドの木々に囲まれた小道のある、アッパー・レイクの湖畔をひとりで散歩するとき。いつでもどこでもそよ風を感じた。それは決して強くはないものの、心に触れては人生のなかの素晴らしい瞬間へと私たちを導いてくれた。夜遅くや明け方に、ルームメイトのアニーが私の眠りを邪魔しないように忍び足で部屋を出入りするのもそうだった。彼女は部屋の灯りをつけることなく、手探りでベッドにたどり着いた。

　美しさといえば、そもそも大学そのものが美しかった。飾り気のない、途切れることのない美しさが確かにあった。タマリンドの木こそなかったが、威風堂々としたキャンパスが好きになっていた。荘厳なブロンズ色のブナの木。元気そうな木には、四方に伸びる枝があり、太い幹が伸びる地面からは、根が勢いよく突き出していた。サウス・ハードリーの町は小さく、ヴィレッジ・コモンズと呼ばれるショッピングセンターも小規模なものだったが、気にはならなかった。体力に余裕があるときには、歩いて買い物に出かけた。

　それだけで充分だった。その美しさが私たちにも影響した。あるとき、自分が美しさとは無縁の存在だと思っていることに気づいた。私は美しいのかしら。それとも……。キャンパスには、美に深く囚われている人はいないように思えた。江南七怪の怪人のように愛らしくなれるのかしら。卓越した女性に成長しているのかしら。卒業生のひとりウェンディ・ワッサースタインが書いた劇作『卓越した女性』（*Uncommon Women and Others*, 1977）のことなら、誰もが知っていた。大学に伝わる伝統の一部だった。

　私たちはマサチューセッツ州にある美しい大学町で暮らす卓越した女子学生だった。サウス・ハードリーには、オデッセイという本屋が一軒あるだけだった。その名前がホメロスの書いた有名な詩を指すということすら、私は知らなかった（高校での教育がなんともお粗末だった。少なくとも英語に関しては充分だと思っていたけれど、ギリシャ文学の素養には欠けていた）。町には小さなレストランが数軒あり、シャンティクリアという店はキャロットケーキの専門店だった。もっと賑やかなノーザンプトンやアムハーストの町まで足を伸ばそうとは思わなかった。美しく落ち着いた環境に囲まれたサウス・ハードリーとマウント・ホリヨークで充分幸せだった。

　なにはともあれ、大学に来てこれまでと違ったのは、隣の席が空席ではなくなったことだった。ひとりぼっちで食事を取ることがなくなったこの場所に、感謝の気持ちを深めていった。

マウント・ホリヨークには多くの履修要件があったので、学生は異なる科目群からいろいろな授業を選ばなければならなかった。それまで勉強するとは思ってもみなかった授業を取ることもあった。そのひとつは政治学の授業だ。「女性と仕事」というテーマに惹かれた。仕事をすることの意味を問い、仕事と女性の関係を探求する内容に興味をもったのは必然だった。

その授業では、聞き慣れない新しい考えに触れることになった。情熱と熱意。自分に素直になること。そして、自己発見。

授業の担当は、学生たちがペニーと呼ぶ伝説的な教授だった。みんなはただペニーと呼びかける。教授とか先生とは言わない。キャンパスのなかの、あまり美しいとはいえないドミトリーの共同スペースで授業は行われた。車座でする授業では、ペニーが先生ではあったものの、教卓から見下ろすような位置にはいなかった。私はソファーに沈み込むように腰かけると、先生と向きあった。やさしく気さくな先生の姿に驚いた。妖精のような先生の頭は、こざっぱりとしたボブの髪型だった。飾らない服装は、実に快適そうに見えた。毎時間愛想良く授業を始めると、にこやかに笑いを浮かべながら、ときどき大きな笑い声を上げることすらあった。学生の発言を肯定的に理解しようとした。そして、少し頭を傾げては、にこやかな視線で挑発的な質問をした。授業ではスタッド・タケルの『ワーキング』（*Working*, 1974）や、ルイーズ・カップ・ハウの『ピンクカラーの労働者』（*Pink Collar Workers*, 1978）を読んだ。議論は有益かつ刺激的で、挑発的でもあった。ときに痛烈で生々しいことすらあった。

レポートには厳格なルールがあった。「綴り間違いが二ヶ所あったら読むのをやめます」と、ペニーは警告した。「レポートは採点して返します。」間違いは誰にでもあること。しかし、不注意による間違いは避けることができる。

私はもはやおとなしくもなければ、恥ずかしがりもしなかった。ペニーは私の意見を聞きたがっているようだった。私を励まして、それまで当たり前のように静かにしていた私を変えようとしてくれた。私は腕組みを解いて、リラックスした姿勢をとるようになった。環境や期待されているものが変わり、別の行動パターンを学んだかのように、私はこれを受け入れ、頻繁に授業で発言するようになった。思い切った発言を繰り返すようになった。たとえ本当は違っても、生まれながらの社交家のように、みんなと仲良くするようになった。授業の一番良かった点は、議論のあり方だった。学生たちは法曹家ではなかったが、人権用語に通じていた。

私たちは幸福に暮らす権利をもつ。
仕事は幸福をもたらす。
やりたいことをする。
幸福になれることをする。

おかげで自分に言い聞かせるようになった。「ラン、心配しないで。ここはお母さんが行くことを許してくれた場所。あなたが進む道は、親にすら予見できない。」
ただ、こうした考えは、私には馴染みのないものだった。アメリカでは、独立宣言で幸福の追求を基本的な理念と見なしているから、驚くようなことではない。しかし、幸福であることは、ベトナム文化では本質的なことではない。公民の授業では、正しい行動をとるように教えられる。たとえば、借金は必ず返さなければならない。借金とはお金のことだけではなく、もっと広い意味をもつ。人に親切にされれば、それは借りになる。だから、親切にしてくれた人、もしくは別の誰かに、なにか親切なことをして、それを返すことが期待される。人間関係ですら、貸し借りの概念で捉えられる。正しい行動をとることが義務となる。行動は感情だけに導かれるべきではない。なぜなら、感情というのは元来一過性のものであり、予測不可能であるばかりか、夢のようなものだから。まるで猫の鳴き声のようなもの。行動は原理原則に導かれるべきで、原理原則とは幸福を最大化するとか、悲しみを最小化するといった感情や欲望に依拠すべきものではない。

だから、正しいことをしようと努めてきた。そうしたいと思うときだけではなく、むしろそう思わないときにこそ。

ベトナムでは歌ですら、幸福ではなく喪失や悲しみ、はかない人生のことを唄った。

マウント・ホリヨークでは、幸福が基本理念であることを知った。それは単なる感情ではない。そこで母のことを思い出した。「ラン、誰もが期待されていることをすべきと言うけれど、あなたには自分が幸せになるようなことをしてほしい。」母はつねづねそう言っていた。清廉潔白であることを奨励し、正しく均整のとれた人間関係を良しとする儒教道徳の世界においては、やさしくも独特な考えだった。母が言っていたのは、自分ができなかったことを、私にはしてほしいということ。それでも時が経つにつれて、私の夢を形作るのは、母の声ではなく儒教の教えになっていた。

ペニーは驚くような、ショッキングな質問をした。そして一歩後ろに引いて、私たちが考える時間を設けた。ペニーの質問には多くの刺激を受けた。けれど、決まった考えを押しつけられることはなかった。手を合わせ、天を見あげながら、その後の議論を見守る。私たちの答えを待っているのだ。

「ほかの国に住む女性はどういう状況なのかしら」と、誰かが言う。

私だけが外国出身の学生だった。

「ベトナムの女性は、みんなが思っているほど差別されていませんでした」と、自信をもって言う。とはいえ、このことをしっかり調べたことなどない。それでも私が言うことには信憑性もあるし、いくばくかの知識もあった。政治は個人から始まると、授業で習った。私の個人的な経験では、女性は男性と、女の子は男の子とほぼ対等だった。

「私の祖父はメコンデルタの地主でした。中国古典の教育を受けた高級官吏でした。時代遅れのように聞こえるかもしれません。でも、女の子が生まれることを望んでいたし、すでに息子がふたりいた祖父母は揃ってお寺に行くと、娘を授かるようにお祈りをしました。」

大きく目を見開き、注意深く聞いていたみんなの反応から、ベトナムと中国を混同しているとわかった。「ベトナムでは、女の子が生まれても殺しはしません。纏足《てんそく》の習慣もありませんでした。祖父ははじめて女の子が生まれると、とても可愛がりました。金《ゴールド》のジャケットを娘のために注文したほどです。」私は威勢よくつけ加えた。「祖父は母の姉妹を教育するために、一流のフランス系寄宿学校に入れました。」

なんとも言えない沈黙があとに続いた。学生たちが失望しているのがわかった。それというのも、彼女たちは違う結果を予測していたからだ。彼女たちの歪曲された想像の世界では、東洋は西洋よりも文化的に劣っているはずだった。そこで西洋人好みの東洋に関する扇情的で、より説得力のある話を付け加えた。西洋の近代性に対し、非＝西洋世界の遅れと紋切り型の異国情緒を結びつけ、東洋は欧米のフェミニスト思想によって是正されるべきというお決まりの筋立てだ。同化の規則に従えば、人に脅威をもたらさないかぎり、文化的差異は魅力的なものとして受け入れられ歓迎される。一方、いかなる差異でも悪いものならば、同化の規則によって矯正されなければならない。アメリカ人の他者に対する共感や救済の概念は、これに立脚する。

「とはいえ、ベトナムの女性が困難に直面していないというわけではありません。アメリカの女性たちよりも辛い立場にあります。」私はその違いを言い続けた。「祖父には多くの妻がいました。最初に結婚した本妻、つまりビック・ワイフが、私の祖母にあたります。ほかの妻たちはリトル・ワイフと呼ばれます。」みんなの関心が集まってくるのを感じる。「母は結婚する際に、処女検査を受けました。恐ろしく屈辱的なものでした。」母が経験したことを説明した。夫ははじめての夜、ベッドの上に白い布を敷いた。妻が出血しなければ、村の慣習に従って夫家族はすでに妻が汚れていると見なす。その場合、妻は耳を切り落とされた豚とともに、台車に載せられ家へと送り返される。屈辱的なことだが、要求に合わないものは突き返すことができた。

当然のことながら、クラスの仲間たちは唖然としながらも、私の話を注意深く熱心に聞き入っていた――東洋が迷信深い、時代遅れの世の中であることを示す話をさらに聞きたがっているようだった。授業のテーマは仕事だったが、その内容は理論的なものもあれば個人的なものもあった。また、あらゆる文化において女性のセクシュアリティが管理されてきたことなど、関連する別のトピックについても話しあった。ペニーは私たちに辛く悲しい話ばかりをさせなかった。そうした体験を歴史的かつ批判的な文脈のなかでどのように理解すべきかを学び、アメリカやほかの地域の女性が置かれた状況を明確にしようとした。

私はベトナムの歴史がもつ意味を理解するためにも、歴史や個人の体験にまつわる事項を集めて、さらに詳しく説明した。母も承諾していたし、決して両親に強要されたわけでもなかったが、いわゆるお見合い結婚が母を苦しめた。母の最初の夫は、嘘をついていただけでなく、虐待もした。それでも、母の家は夫の家がもつ社会的地位を尊重した。母が祖母から教わったのはChịu đựngという言葉だった。Chịuは「従う」という意味で、đựngは「含む」あるいは「適応する」という意味だ。つまり、あきらめて慣れるということ。母はあきらめて、夫が与えるわずかなものを受け入れるほかなかった。

私の父との二番目の結婚は、純粋な愛によるものだった。その結果、母は生涯働き続けることになった。つまりは、「家の外」で働くということだ。こう表現することで、「家のなか」で働きながらも、それに対する対価を受け取ることがない女性の存在をしっかりと認識することになる。家を掃除し、子育てをし、料理もすれば皿洗いもすることは、働く女性であることと一緒なのだから。

こうした教育を受ければ受けるほど、両親が私に歩ませてくれた道のりは、父や母には想像もつかないものであることがわかってきた。

母が食料品店を閉じたことは知っていた。新しい夢や別の道で幸福を追求しようというのではなく、単に儲からなかったからだ。両親は失敗や過ちから引き返さなければならない状況にあった。このままではすべてが沈んでしまうので、最初からやり直さなければならなかった。そして、失ったものの残骸を改めて整理する必要があった。

母は六番目の弟、つまり私から見れば六番目の父と、その六番目の父の長女とその夫とともに、小さな一歩を踏み出した。清掃業を始めたのだ。まずは試しに自分たちの間で仕事をしたあと、政府系の事務所やビルでの契約を取りつけた。それというのも、入札価格が一番安かったからだ。順調に仕事は伸びていき、従業員を雇わなければならなくなった。多くはベトナム人を雇用した。兄のトゥアンもこの新しい家業に手を貸すことになった。ベトナム系はフォールスチャーチに新しい難民社会を築きはじめていた。そこには、今では人気のネイルサロンもあった。

ネイルのビジネスは、女優ティッピ・ヘドレンが、カリフォルニア州にある米軍基地キャンプ・ペンドルトンに収容されていたベトナム系難民の身元引受人になったことから始まった。ヘドレンは難民のために仕事を見つけようとした。そして、難民女性二〇人を集め、彼女のネイリストだったダスティ・クーツ・ブテラにネイルの技術を教えさせた。ダスティは難民社会では、今でも有名な存在だ。ネイリストとして最初に名を挙げた女性で、シングルマザーとして奮闘しつつも、カリフォルニアに住むベトナム系女性二〇人に仕事の秘訣を伝授した。

この間、多くのベトナム人がすし詰め状態のボートに乗って国を逃げ出し、困窮生活を脱して新たな人生を歩み出そうと、必死にもがいていた。移住する野生のガンの群れや、太陽あるいは水面に向けて羽を広げるオオカバマダラのように、その行動は危険で辛いものだった。世界は彼らのことをボート難民と呼んだ。海賊の襲撃や嵐、ときには食糧不足から生じる共食いの危険を生き延びた者たちは、マレーシアや香港、フィリピンにたどり着くと、さらにオーストラリア、ヨーロッパ、カナダ、アメリカを目指した。

戦争の敗者にとって、和平にはなんの意味もなかった。和平と戦後の共産主義という二重の悲劇を逃れて、多くの人々がフォールスチャーチに来た。新しい難民の道しるべとなるには、すでに充分な大きさのコミュニティになっていた。住む場所もない呪われた人々が、この新たにできつつあった社会で仕事を探した。ベトナムでは、「街灯ですら、足があれば逃げ出すだろう」という言葉が、逃げ出せずにいる人々の間で流行っていた。

家族には、ただひとりベトコンとして活動していた五番目の父がいた。その叔父を私が好きだったことを知る母は、一九七五年以降サイゴンの叔父から受け取った手紙を私に転送してくれた。手紙にはホーチミン・シティのほかいくつもの消印が押されていた。それというのも、当時アメリカがベトナムに課していた経済制裁のため、手紙はまずパリの友人に送られ、そこから私たち家族が住むアメリカへ転送されていたからだ。悲しい内容の手紙もあった。五番目の父は助けを求めていた。アメリカから石鹸《せっけん》、シャンプー、薬を送ってほしいと懇願する手紙もあった。それを闇市で売って生活費にするためだ。なによりも痛ましかったのは、五番目の父が私たちのことを恐れていることだった。

手紙には謎めいたメッセージが数多くあった。ある友人の家を訪ねようと考えていると記されていることもあった。当たり障りのないことのようにも思えたが、実はその友人とは、共産党政権の再教育キャンプで三年間の監禁生活を送ったあと、一九七八年にボート難民として脱越した人だった。五番目の父は、その友人が元気に暮らしていると書いていた。牛のように強靱なスタミナや体力をもつ別の友人と、何気なく比較することもあった。しかし、その友人はからだが弱く、つねに病に苦しんでいることを私たちは知っていた。五番目の父は、母の故郷ソクチャンにある「広々とした家」で暮らしていると記していた。ただ、その家は何年も前に盗賊によって焼き払われていた。

共産主義者が勝利したあとのベトナムの状況は、悲惨なものだった。ハノイ政府の指揮で、軍はカンボジアに侵攻し、中国とは国境線で小競り合いを繰り返していた。

廊下のブースに置かれた黒い電話機が、週に一度バージニアの両親と、そして両親を通じてベトナムとつながる臍の緒の役割を果たしていた。

新しい本を読むたびに、私は知識を広げ、思考を磨いた。そして、両親の人生とは遠く離れていった。それは両親が望んでいることだった。ただ、父も母も私が道に迷い、元に戻れなくなるとは思っていなかった。

貪欲に自分の想像力に火をつけるようななにかを、あえて求めることもできた。あるいは、フォールスチャーチの大家族のもとに帰ることもできた。郷愁が交差する町。そこではいまだに歴史のなかで宙ぶらりんになった両親が、まるで歌をうたうかのように英語を話す。ベトナム語の六つの声調を用いて上り下りするように。

冬休みに両親と再会したとき、失敗した食料品店は清掃会社になっていた。両親はアメリカが今や自分たちの国であり、途中立ち寄る中間地点ではないことを理解していたと思う。毎晩のように、母は寝る前になるとワインに手を伸ばした。父は相変わらず瞑想に励んでいた。夫の帰りをむなしく待ち続けて石になってしまった女性のことをうたう有名なベトナムの歌のように、両親はまるで石のように、硬直したまま身動きひとつとれなくなっていた。待ち続ける人生がもたらす副産物だった。

バージニアでの毎日で、私はベトナム語を使い両親の世界へ戻ろうとした。子どものように、自分が想像する両親のイメージを投影するのではなく、大人の視点から、ありのままの両親の姿を理解し愛するようになった。母とともに、ときには従姉妹たちも一緒に、フォーだけを作るどこにでもありそうな飾り気のない店へ、朝食や昼食を食べに出かけた。おしゃべり好きな人たちやひとりぼっちの客が、噂話や打ち明け話をしにやって来た。フォーのだし汁を作る大きな釜のある、いるだけで心癒やされる場所だった。噂ではこの店の経営者は、タイを拠点に活動する抵抗勢力のリーダーだった。ベトナムに侵入し、共産党政権と戦うための組織のことだ。確かな情報はなかった。でも、バージニア州北部に住む難民の多くが店に来ては、この目的を間接的に支持するには充分な噂だった。

昼食が終わると、年上の従姉妹たちは仕事に戻った。母は清掃業関連の書類に悪戦苦闘していた。母は数学が苦手だった。フランス系カトリックの学校に通っていた娘時代には、級友にフランス語を教え、その代わりに数学を教えてもらっていたくらいだ。しかし、バージニアでは母が会社の会計係で、給与課の責任者だった。これが大きなストレスの原因だった

数字が並ぶノートに取り組む母の姿を、私は黙って見ていた。

どういうわけか、家にいると涙が出てきた——たとえどこであろうと、私にとっては両親のいる場所こそが家だった。その家で、涙を止めるのにとても苦労した。

あるときアニーが家族と話しているのを、偶然耳にしたことがあった。アニーは繰り返し両親に「愛している」と言う。それには驚いた。「愛している」という言葉が出てくることに驚いたのはもちろんだったが、気軽にそれを繰り返し言うアニーの様子にも驚いた。家では両親が私に愛しているということなどなかったし、私も言ったことがなかった。私たち家族がひどく気難しいからだと思っていた。でも、それだけではなかった。ベトナム語は沈黙の言語。少なくともあまり多くを語らない。結局のところ、犠牲の言語は言葉少なでなければならない。両親は私たちのために、すべてを捨てて人生を一からやり直さなければならなかった。同様に、感謝の言語も口数が少ない。私たち子どもはこのことを知り認めつつ、親世代の犠牲に一生懸命勉強することで応えた。たとえ日頃多くの心配からやさしく振る舞うことを忘れ、窮状に追い込まれながらも静かに生きる両親の姿にひどく苛立ちを感じていたとしても。それでも言語の奥底に暗く潜む、気味悪い沈黙を理解することができた。結局のところ、これが私たちの母語なのだから。

ベトナムで一番有名なことわざの最後にくるのは、子どもたちに両親を敬うことを教える言葉だ。畏敬と感謝の念のなかで、宗教的ともいえる調子で表現する。ベトナム語固有の言葉遣いに満ちたこの表現を、英語に訳すことはほぼ不可能だが、大まかに言えば、子どもはまごうことなき一本の道をたどり続けなければならないということ。両親の助言に従い、尊敬と感謝と畏敬の念をもって、そして信念をもって行動する。

ベトナムのことわざの美しさは、大きな声で言うときに一番よく理解される。流れるようなリズム、技巧に満ちた言葉遣い。言葉一つひとつがよく選び抜かれているだけではなく、隣りあう言葉の音が見事に響き合いながら重なっていく。

アメリカという新しい国での生活で、一番辛く困難で負担が大きいのは、両親の犠牲にかかる部分だ。それが至るところにある。

両親に向かって、「愛している」とか「ありがとう」とは言わない。それが不自然に思えるからだ。親と子どもは一心同体なのだ。

だから、家に戻り両親が不安気にふさぎ込んでいるのを見ると、両親を喜ばせるために、生活上の不具合をどうにかしようと気を引き締めた。私は一生懸命に勉強した。邪魔になるものはすべて放棄した。まずは、一九七五年に書きはじめた日記を処分した。また、当時まだベトナムにいた両親に宛ててコネティカットで書いた手紙が、数年後フリッツおじさんの家に戻ってきたことがあった。どうやら崩壊寸前のベトナムには届かなかったらしい。フリッツおじさんとマーガレットおばさんは、それが大切な思い出の品になると思ったのだろう。戻ってきた手紙をバージニアの私の家にまとめて送ってくれた。これも処分した。

なぜって、古い自分から脱皮して、新しい生活を始めるために。

アメリカでの新生活を古い手紙と一緒に始めようとは思わなかったのだろう。かつて父は言った。生き続けるためには、過去を思い起こさせるようなものは忘れることだと。


一九八〇年四月は、大学に入って二学期目の折り返し地点だった。一九七九年から一九八〇年にかけて、私のキャンパス生活は悪い方向に向かっていた。一九八〇年は戦争終結からちょうど五年目にあたる。五年おきにアメリカは戦争をかえりみる。そして、私は自分たち家族の居場所をかえりみる。不幸にも、ベトナムが再び新聞の一面を大きく飾っていた。戦争があったことを思い起こすべく、歴史が戻ってきた——大好きなこのキャンパスにも。

大学にある郵便局の掲示板には、マサチューセッツ大学で開かれる「ベトナム戦争終結から五年」と題する二日間のカンフェレンスのポスターが貼ってあった。私はあえてその危険な場所へ行ってみることにした。

その大学のキャンパスは、背の高いコンクリートの建物から成る小さな都市のようだった。信号機がある大通りがキャンパス内を走る。私はバスを降りると、時間に間に合うように会場まで走っていった。

会場では壇上の真ん中に、男性が立っていた。歴史の探究を始めるかのようにプログラムの紹介をしている。三〇歳後半ぐらいだろうか。白人の年齢はわかりにくい。デニムのジーンズはカミソリの刃のように細く、ところどころすり切れた部分から肌が見えていた。プログラムの冊子を見ると、パネルごとに説明があった。アメリカの外交政策、とりわけその軍事関与を巡る非正当性とそれに追随した南ベトナムに焦点を当てるものもあれば、戦争における略奪行為とアメリカの戦争犯罪を問うものもあった。さらにアメリカ国内で起きた反戦運動やアメリカ軍が戦った重要な戦闘に関するものなど。壇上の男はしわがれた声で挨拶すると、反戦にはつきものの決まり文句をベトナム戦争の文脈に合わせて見事に披露した。

その後に続いたことは、決して忘れない。「今日、僕たちが集まったのは、ベトナムとベトナムの人々がもつ勇気と勝利を讃えるためだ。」私は辺りを見回し、この言葉に対する聴衆の反応を確かめようとした。拍手と芝居がかった怒号が、聴衆の誰もが知っているキーワードに見事に呼応して起きた。ケント州立大学銃撃事件、ウッドストック、自由の夏《フリーダムサマー》。壇上の男はベトナムの人々がいかに耐え忍び、絶対的に不利な形勢を逆転したのかを説いた。アメリカという国への不安のなかで繰り広げられるお祭り騒ぎ。勝利をもたらしたヒッピーたちの力を自画自賛する。

ベトナム人の勝利ですって。戦争が失敗に終わったからこそ、私たちはアメリカにいる。戦争を正面からではなく、裏から見つめなおす。

私は戦争に負けたと思っていた。だから逃げてきた。国は滅茶苦茶に壊された。多くの人々が危険を犯してまでボートに乗って、所構わず逃げてきた。

でも、心配しなくていい。これが平和なのだ。戦後に起きたことは、良いことなのだ。

壇上では、人々が感情を込めて話していた。ソンミ村の虐殺が話題にのぼる。スライドに映し出されるイメージ。

テト攻勢の際に、捕らえられたベトコンが処刑された瞬間を捉えた悪名高いあの写真。数学の先生が私の前に突きつけたのと同じ写真だ。枯れ葉剤、ナパーム弾と次々に映し出されるスライド。

父は前線で戦争を見てきた。一方、母と私は戦争が落とす影の姿を見てきた。共和国病院で見た負傷した兵士たち。それがベトナムだった。私の子ども時代は、病院で見た光景に集約される。榴散弾《りゅうさんだん》による傷と引き裂かれた皮膚に止血帯を当てる母。消毒し、包帯を巻く。お腹から内臓が飛び出している兵士。ガラス玉のように動かなくなった目。死体のように固くなったからだがストレッチャーの上に横たわる。負傷兵や死んだ兵士たちの年齢が気になった。母に尋ねると、「若いわ」と短い答えが返ってきた。

少し離れた席に座っていた女性が、私の方に近づいてきた。苦悩する私の様子に気づいたのだろう。「ひどい戦争だったわ。」そう言うと、私を見て目を上下させた。

「はい。」逃げることもなく、じっと座ったまま私は答えた。

「どこから来たの。ベトナムかしら。」

言葉を失った私は、しぶしぶうなずいた。

「素晴らしいイベントね。あなたたちの美しい国には申し訳ないことをしたわ。爆弾を落とすなんて。でも、あなたたちは耐え抜いた。」女性はさらに身を寄せると、私が座る椅子の腕に手を置いて、声に力を込めた。シミのある白い肌に、血管が青白く浮かびあがる。「あなたたちに必要なのは平和だわ。私は反戦運動に加わった。」女性は誇らしげに付け加えた。「私たちの世代はみんなそうよ。」

彼女は振り向くと誰かを探しながら言った。「ちょっと待って。」

「いいえ、その……」と、私は穏やかな声で、逆らわないようにしながら言葉を返した。ここにいる誰もが、私たちベトナム人がこの国にいることに賛同していないことを理解していた。

「でも、友達に会ってもらいたいのよ。彼はベトナムに行きたがっていたわ。」女性は私の手首をつかむと、首を伸ばして友人を探し続けた。彼がいないことに、少しイライラした様子だった。

頭がクラクラした。早くこの場を切り抜けたかった。私は詐欺師。人生を剽窃し、沈黙を保つことでアメリカ人に気に入られようとしていた。あなたたちが尊敬するようなベトナム人とは違う。そう彼女に言いたかった。アメリカ覇権主義の犠牲者。あなたにはむしろ相手にもされないタイプ。でも、なにも言わなかった。こびへつらいながらも気持ち良く人を喜ばせる。ハリウッド映画ではお馴染みの出っ歯のハウスボーイのように、アメリカ人との衝突を避ける。アメリカでやっと手に入れた、しみったれた中国人役を守るのと同じこと。

存在がかき消されるのは、ときに自分のせい。認められるよりも、その場から居なくなりたいという衝動の方が強いこともある。

大学に戻って勉強しなければならないという口実で、私はやっとその場から逃れることができた。そして、シャトルバスに乗ったとき、記憶のなかで起きる異なる意見の衝突を改めて感じた。途切れてズタズタに裂かれた物語りの筋《ストーリーライン》。南ベトナムの同盟国だったアメリカが、間違ったことをしていたのなら、そもそも同盟とはなんなのか。アメリカが私たちを助けようとし、結局それをやめたならば、アメリカの政策とは一体なんだったのだろう。それは信頼できるものだったのだろうか。どうすれば頭のなかの議論に終止符を打つことができるのか。語るべき物語が、最も語りづらい物語であることもある。

その後、大学での専門《メジャー》を決める時期がきた。そして、戦争や歴史、権力の欺まんにかかわる政治学に惹かれていった。

先生たちのほとんどは、ベトナムを自らの体験と見なしていた。人生の通過儀礼であり、幻滅への導火線であり、世界観やアイデンティティを決するものと考えていた。そのベトナム像を、私にも受け継いでほしいと願っていた。すでに私は、自分ならではの喪失感を培っていた。そこには両親の影響があった。過去を忘れるものは、その過ちを繰り返すと、大学では教わった。ただ、先生たちの言うことは、アメリカ的な戦争の記憶を私が受け入れ、腹話術のように話すことだ。一方、私はいまだ自分なりに、戦争の意味を見い出そうとしていた。

ロンアン省で第五三空挺師団の攻撃に参加した父のことを思い出した。父はその攻撃の陣頭指揮を執っていた。しかし、父からこのことを教えてもらったことはない。私から質問でもしないかぎり、父は戦争のことは話さなかった。このことを知ったのは、フリッツおじさんに渡された箱のなかに、父に授与されたアメリカ軍の勲章に関する書類を見つけたからだ。人生経験豊かな母のことを思い出すときには、古い記憶がふるいにかけられては、再度集められては違うかたちに組み合わされていく。ソクチャンの美しい緑色の田園地帯の村から始まった生活が、反乱する暴徒によって焼け落とされていく。日本軍に略奪された別の村からの逃亡がそれに続く。さらに、まるで水に浮かぶ死体のように目を閉じ手足を伸ばして、切断された頭や膨らんだ遺体が浮かぶ川を下ってフランス軍から逃れた。分割直前のベトナム国内を北に向かい、次に南へ逃げ帰る。一九五四年の出来事。その後サイゴンで暮らしたものの、一九七五年には脱越を余儀なくされた。

あたかもなにもなかったかのように家族が暮らす姿を見るのは、どんな気分かと自らに問いただすようなもの。バージニアに移り住んだ最初の年、フランネルのシャツを着た兄のトゥアンは、屋根の上に昇ると大工の仕事を得ようと、従兄弟とともにベトナムでかやぶき屋根を作る仕事をしていたふりをした。

過去を思い出しては、それを記憶として蓄えてきた。平静を保ち、幸せの瞬間を捉え、アメリカ生活の不思議な日常に身を沈めて楽な道を歩もう。私はそう決意した。秋の木々の神々しいまでに美しい枝葉。雪嵐の清らかな美。深い暗闇を覆い隠す表面の輝き。

ほかのベトナム系難民が生きる厳しい日常に比べれば、私の話など取るに足らないものだった。戦争中の小さな国での小さな人生のことを、周囲の人々はアメリカ的な経験と見なし、ベトナム人のものとは考えていなかった。

政治学の授業は好きだったけれど、高校の頃のように自分の存在が小さく思えた。それというのも、包み隠さず事実をありのままに話す気持ちにはなれなかったからだ。嘘や偽り、それに沈黙を使ってごまかした。天性の笑顔に優等生ぶりを発揮して、戦争に関する周囲とは違う意見のすべてを沈黙で封印した。悲惨な結果をもたらす衝突を回避する術を心得ていた。

両親が大切にした自己を律する力と、控えめな態度を受け継いでいるのだと、自らに言い聞かせた。弱さを避ける手段だと思うようにした。武道、とりわけ合気道の精神をもって、自らのやり方を正当化した。真っ正面からぶつかりあうのを避けて、代わりに身を逸らす。必要なときだけ対決し、相手の力を利用して敵を倒す。

何年もかけてアメリカ人が描いてきた集団的記憶と、それに派生する物語に自らを合わせようとした。

現実的な悩みが尽きない政治学の世界を離れ、小説や詩や演劇から成る英文学の世界へ足を踏み入れることもできたのかもしれない。私には言語の才能があるのだろうか。シェヘラザードの荘厳な世界にあえてもう一度戻ることができるのだろうか。しかし、たとえ英語に長けていたとしても、難民の外国人であることには変わりない。英文学を専攻すれば、古典の世界に足を取られることになるだろう。古英語で書かれた『ベオルフ』（*Beowulf*）や、難しい中世英語のチョーサーの作品を読まなければならない。「いかにも（"*for sooth*"）」だの「古代の竪琴（"*lyre*"）」、それに「いにしえの（"*erstwhile*"）」、「本当に（"*verily*"）」、「しばし（"*oft*"）」といった古い言葉や、宮廷や貴族の世界、農民の日常など、まるで別の言語で書かれたかのような不思議な言葉が編み込まれている。「夜明け前の不安」、「間違った考えに固執《こしつ》する人」、「前後に振る」、「噂ばかり話す人」など。だから、英文科の校舎を出ると、その後二度と文学を専門にしようとは思わなかった。

政治学科に戻ると、ベトナム戦争の壮絶な光景とアメリカ側から見た歴史に加え、内面の苦しみが明らかにされ、強い意見が交わされた。すでにベトナムは至るところに潜んでいた。ある特定の学問分野だけではなく、サイゴン陥落から五年という歳月を振り返るなかで、私自身そのなかにどっぷり浸かっていた。一方で、世界の列強にとって大きな関心事ではなくとも、ベトナムは戦争である前に、ひとつの国だった。

しかし、一九八〇年のアメリカでは、無残に痛めつけられたベトナムは、大講堂のスクリーンに繰り返し投影される超現実的な映像スペクタクルにすぎなかった。同じドミトリーに住む仲間たちは坂道を上って、滝のそばに架かる木の橋を渡ると、その先の丘を越えて映画を観に行った。ドキュメンタリー映画『ベトナム戦争の真実』(*Hearts and Minds*, 1974) が上映されたとき、私はその内容をある種の情報として受け入れようと、席で身を縮めながら薄目を開けて観ていた。はっきりと直接的に語るナレーター。映像はなにかしら意味を込めて選択されていたが、それはつまりすべてにそもそも意味がないということだった。真っ赤な閃光と爆発。青々とした水田。美しさの影には数多くの痛みがあった。真実のベトナムは、写真には写せないところにある。そして、隠喩として描かれるベトナムは、占領された姿を意味した。映画『戦場の記憶』(*The War at Home*, 1979) では、アメリカ的救済という永遠のテーマが、力強く描かれていた。反戦運動家の活動は、徴兵反対のためではなく、ベトナム人というアメリカ軍兵士が遠く離れた国で殺そうとしていたアジアの人々を救うためということになっていた。私は自分自身を慰めた。これが終われば、戦争復興一〇年を記念する次のイベントまで、ベトナムもそこで奪われた人々の命のこともしばらくそっとしておいてもらえるだろう。

映画が終わると、質疑応答の時間があった。平和運動家で歌手のジョーン・バエズは、反戦運動の隊列から外れると、戦争に勝った新ベトナム政府にその残虐行為を非難する書簡を送った。それは、アメリカ国内での反戦運動の正当性を大胆にも問いなおす行為だった。さらにバエズは、仲間たちにも公開書簡《オープンレター》を送り署名を求めたばかりでなく、その公開書簡を多くの新聞に掲載した。その行動の結果、一九六〇年代を戦ったジェーン・フォンダやデビッド・デリンジャー、アビー・ホフマン、トム・ヘイデンといった著名人から即座に非難を浴びることになった。ジェーン・フォンダはこの行動に加わることを拒絶し、バエズのあからさまな皮肉を否定した。とくに「共産主義は死にも劣るという、アメリカにこれまで蔓延してきたきわめて視野の狭い誤った考え」にバエズがはまっていると、威勢よく切り返した。質問者がバエズの公開書簡のコピーと思われるものを掲げると、聴衆は冷笑した。

アメリカの責任だと信じているからこそ、アメリカ人はベトナムの苦しみを気にかけていた。つまりベトナムは永遠の犠牲者であり、アメリカは永遠の覇権主義者だった。生かすも殺すもアメリカ次第なのだ。

聴衆の反応を見ようと周囲を見回すと、後方にフォンがいた。互いに物知り顔で、悲しげな視線を交わす。ふたりとも周囲の調子に合わせる術を知っていた。このフォーラムが、ベトナム救済とは一切関係ないことは明らかだった。私を除けば、フォンだけがキャンパス内で唯一のベトナム人だった。彼女は難民の子どもの立場や義務をよく理解していたので、両親の言うままに化学や物理といった理系の分野に向かっていた。私の両親は、とくに母が私に自由な選択を与えようとしていた。だから、最初の二年間というもの、私は興味のある科目をあちこちに求めていた。どんなことに熱意を傾けていいかわからなかった。母の願いは、私が自ら望む人間になることだった。

私は質疑応答が終わるのを待たずに、静かに会場を出た。最後までいるべきだったのかもしれない。そうしたかったのだと思う。でも、そうしなかった。

その後、私が泣いていると、アメリカがベトナムに侵攻したことに動揺していると勘違いした学生が寄ってきた。彼女は私に腕を回し、共感の念を示した。私は心を内に閉ざした。

子守歌が聴きたかった。ジョーン・バエズがアルバム『ダイアモンド・アンド・ラスト』(*Diamonds and Rust*, 1975)で歌う、物憂げな一曲でよかった。自分の部屋に戻る途中、ふたつの感情の板挟みになっていた。ベトナムの記憶は振り返るべきだとしても、私にはそれを忘れる権利がある。ベトナムは私にとって、悲劇であると同時に救済でもあった。

一九七九年、カーター大統領は第七艦隊を派遣し、ボート難民を救出しようとした。一九七五年には希望と信念を胸いっぱいに抱いていた南ベトナムの反戦活動家も国を逃げ出すと、パリ、ワシントンDC、トロントへと向かっていた。私はドーン・ヴァイ・トアイが書いた本を読んだ。ドーンはベトコンを支持していた——もしくは、反政府派の大学生だっただけかもしれない。ともかく、一九六〇年代のサイゴンで起こした抗議行動のおかげで、ドーンはアメリカの反戦運動家の間で英雄扱いされていた。ベトコンだった五番目の父同様、ドーンは戦争が終わるとベトナムに残ることが愛国者としての使命だと感じていた。一九七五年、愛国主義者だと思い込んでいた共産主義者を恐れる理由など少しもないと固く信じ、ドーンは国が和解することを期待してベトナムに残った。しかし、ハノイ政府の政治・経済政策に口を挟みすぎるとの理由から投獄された。とくに土地改革と称して行われた領地没収には、あまりに首を突っ込みすぎた。

ドーンの著書『ベトナムの強制収容所』（*The Vietnamese Gulag*, 1979）を二日で読みあげた。驚いたことに、アメリカの大手出版社から発刊されていた。感動のあまりカリフォルニア州の電話交換手を通じて、彼の自宅番号を調べて電話した。その晩、ドミトリーの部屋で始まったドーンとの会話は、その後彼が死ぬまで三五年以上続いた。

投獄されたとき、ドーンの手足はつながれ、米と砂と水が与えられた。労働者を搾取し抑圧してきた囚人の罪深き人生を象徴し、ご飯には必ず砂が一握り混ぜられていた。守衛は「告白せよ」と命じた。食事が与えられるのはそれからだった。ドーンにはなにを告白すればいいのかわからなかった。ともあれ告白内容を整理した。守衛は彼をもてあそんだ。その答えは間違いだとか、だいぶいいがあと一息だ、といった調子で。的外れの告白をしたという理由で、いつもの倍の砂を混ぜられることもあった。

収容所へ通じる門には、ホー・チ・ミンの有名な標語《スローガン》「自由と自立ほど尊いものはない」と書かれた巨大な看板がかけられていた。相矛盾することではあったが、ソビエト指導者の肖像が、郵便局や市庁舎といった公共の建物に飾られていた。

彼の方が年上だったので、私はドーンをトアイ兄さんと呼んだ。

中央機関の幹部だったマイ・チ・トーが収容所を訪れ、囚人を集めて背筋が凍てつくような演説をした。「ホー・チ・ミンは悪い男だったかもしれない。ニクソンは偉大な男だったかもしれない。アメリカには大義があったのかもしれない。我々にはそれがなかったのかもしれない。でも、ベトナムは勝利した。アメリカは負けた。なぜなら我々はホー・チ・ミンこそが偉大で、ニクソンが殺し屋だということを人民に納得させたからだ。アメリカは侵略者だったのだ……大切なのは、どうやって人民をコントロールし、彼らの意見をまとめるかということだ。マルクス・レーニン主義だけが、それを可能にする。」空虚な言葉だけがドーンの心に残り、ごまかしだらけの戦後世界のことを思うと眠れない夜が続いた。

ドーンは、ベトナムがたどった歴史の重みを積極的に推し量ろうとした。控えめに言っても、彼がかつて取った反戦姿勢や反政府的な態度を知る難民は、ドーンのことをあまり好いてはいなかった。私たちが交わした週一度の会話は、意味あるものだった。ドーンはつねにやさしい言葉をかけてくれた。「いつでもカリフォルニアに来てください。会いましょう。」

西側の記者や人権運動家がキャンプを視察に来ると、ドーンはほかの囚人と一緒に別の場所へ移された。牢屋には、ベトコンの兵士たちが代わりに入れられた。

しかし、不安定な心理状態のせいで、授業ではこのことは一切話さなかった。そう、話すわけなかった。私は二重の意識を自分だけのなかに隠し、失った祖国のことについてはなにも打ち明けなかった。アメリカがつくりあげたベトナムが未来に向けて姿を現すなかで、私が知るベトナムはどんどん後退していった。

泥のなかで太陽に向かって育つ蓮の花のように、今この場所で私は花を咲かせたかった。仏教徒的な視点で見る蓮と同時に、アメリカの詩人シルビア・プラスの墓碑に刻まれた言葉を思い出していた。「燃えあがる炎のなかでも、黄金の蓮は育つ。」しかし、とても忙しい大学生活では、たったひとりでいる静かな時間でも蓮の境地にはなれなかった。ほどけた紐のように、心が乱れていた。英語の力は充分だった。成績も良かった。きちんとした身なりのおかげで、目標に向かって真剣に取り組む姿勢が相手に伝わった。表向きには成功した人生だった。でも、私が望んでいたのは、自らをさらけ出し、内面を直視することだった。それは、手足を失った物乞い、軍事病院、義足の兵士、テト攻勢の爆撃から身をかくまった防空壕、裏庭に通じる軍事キャンプ、さらには吠える若者の姿といった薄れゆく過去から思い起こされる奇妙にも互いに響きあう記憶を、戸惑いや苦しみ、疎外感といった奇妙な感情に、意図して混じりあわせることだ。

すでに思い出すことができない記憶もあったが、どれもよくわかっていることばかりだった。

昼も夜も悪夢ばかりだった。相反するイメージが次々と重なり合い、夢のなかで繰り返し現れては、私を罠にかける。ベトナムには、一〇年、一三年、一五年、さらにはそれ以上の間、牢屋で過ごす人々がいた。ボート難民は海で溺れていた。一体私はなにに心乱されていたのだろう。自分の不安さえはっきりと認識することができなかった。漠然となにかに取り憑かれていた。そのあまりのひどさを見るに見かねて、ジョアンという先生が私を自宅のゲストルームに泊めて、監視した。通常の教育ではあり得ないことだった。先生はなにかに気づいていたのだろうか。ウディ・アレンの映画にあるように、まるで魔法のように自分から飛び出して、この物語をやめるにはどうすればよいのだろう――壊れてしまった私の心と身体が、あろうことか本来の私とは違うもうひとつの現実をつくり出すのをやめさせるには、どうすればよいのだろうか。大学生活を続けることができないほど、私は混乱していた。すべてを我慢したあげく、突然続ける意志がなくなってしまった。代わりにあるがままの状態で、すべてがバラバラになるまで放っておきたくなった。生徒思いの教務担当の先生の許可を得て、私は一学期間休学すると、一度は逃げ出したいと思ったバージニアの家に戻った。そして、そこで待つことにした。

家で過ごした一学期間のおかげで、気づいたことがあった。キャンパスをあとにしたことで、というかむしろ単に大学を去りたいという強い気持ちの結果、落ち着かないフワフワした感覚でさまよっていたがために、家での自分はさらに目立たない存在になっていた。私という存在が家族に対してだけでなく、自分自身にとっても不可思議な存在に感じられる。私は家庭内の社会的秩序を乱し、儒教的な決まりを揺るがし、親子の関係を崩した。ただひたすら時とともに気分が良くなるのを待った。やがて人生で大切なのはスタミナだと気づき、徐々にではあったが、できるだけ早く大学に戻ろうと思うようになった。そのタイミングで、ジョアンが私に大学のカウンセリングセンターへ行くように背中を押してくれた。

それが私の治療《セラピー》の始まりだった。のらりくらりと曲がりくねった道のりだった。麻酔もなしに、熱い炎が皮膚の表面を通じて、傷の奥深くを焼き切ろうとするかのようだった。もっとも、麻酔が効いて意識がなければ、治療の意味はないのだが。イギリスの作家トマス・ハーディは、「回復への道があるとすれば、まずは最悪の事態を直視する必要がある」と言った。そもそもが矛盾しているのだが、治療は決められた時間に行われる。その正確に仕切られた診療時間のなかで、シャドウは運命の世界から出てくると、魔法のごとくその姿を見せた。シャドウにも名前があった。「名無し」だったり、「セシル」だったり。幸せそうなときもあれば、怒っているときもある。シャドウの人格を説明するのは難しかった。それというのも、彼女たちは暗い夜空の片隅から現れる。私にとっても見慣れない不可思議な存在なのだ。それでも、ごく簡単に説明すれば、シャドウとはときに怒り、ときに楽しむ子どものような私の分身だ。

後に、著名なメキシコ画家フリーダ・カーロの《ふたりのフリーダ》（*The Two Fridas*, 1939）という絵を知った。四年生のときに図書館で画集を見ていたときのことだった。古いフリーダと新しいフリーダを描くふたつの自画像。どちらのフリーダも、服の上から心臓が透けて見える。古いフリーダの心臓は壊れ開いている。手術用のハサミで血管は切られ、血が白いドレスの上に滴り落ちている。ふたり目のフリーダの心臓は壊れることなく完全な状態で、腕から浮かびあがった血管を通じて、古いフリーダの心臓につながっている。ふたりの表情からは痛みを感じない。なぜなら痛みは粉々になって、ふたりから引き離されているからだ。

フリーダは子どもの頃に培った、想像上の友達のためにこの絵を描いた。その後、寂しさから生まれた絵だとも言った。私はこの絵を見て、フリーダが瞬時の創造力で想像上の自己をつくりあげたのだと思った。魔法のように手をつなぐことで、自らが抱える悩みごとをもうひとりの自分に転嫁することができる。そのために、私には「名無し」や「セシル」がいる。「エ・プルリビス・ウヌム」「多数からひとつへ」という意味をもち、アメリカ合衆国の多様性を示すラテン語の成句。その意味のように、私は治療を通じて私に宿る異なる自分と一体となり、ともに生きることを学ぶことになった。

「痛みなくして意識化されるものはない」とは、心理学者カール・ユングの言葉だ。彼はまた、「外を見るものは夢を見る、自己を見つめるものは覚醒する」とも言った。

「ニーハオ。」多くの場合は白人だが、それ以外の誰もがすれ違いざまに声をかける。路上で冷やかし声《キャットコール》を浴びせられる女性のように、私は見知らぬ人が発する「ニーハオ」という言葉に身構えた。みんな私を中国人だと思っていた。すべて笑顔だ。悪気はないのだろう。でも、私はただひたすら面倒から逃れたかった。あまり深く考えていないとはいえイラッとくる陳腐な挨拶に、必要以上にうろたえていた。

アメリカに来て、私はアジア人になった。ちょっとしたきっかけで、アジア出身であることをひどく意識するようになった。アメリカの歴史では、アジア人とは中国人を意味する。歴史上、アメリカでは中国人が最も成功したアジア人だった。それを受け入れ、エキゾチックな自分を見せるために中国人のイメージを利用することもできた。アメリカではそれが手っ取り早かった。サイゴンの隣町、中華街のチョロンで育ったので、中国には古くから立派な文明があったことを知っていた。中華料理は、世界中どこへ行っても人気だ。それでも中国人だと思われるのは、ショックだった。その理由は、過去に中国がベトナムへの侵略と占領を繰り返してきたからというわけではなかった。

私は歴史上の問題を、個人の感情とは分けて考えるタイプの人間だ。もちろんベトナムにいた頃には、学校では中国人のことを見下し、「バ・タウ」、つまり「三隻の船」と呼んでいた。中国人はベトナムに船で来た。持ち物も船で運んだ。ベトナムに着くと、決められた三つの地域に住むことが定められた。

たぶんこの問題に対する私のイライラは、ビンセント・チン事件が原因だったと思う。中国系アメリカ人エンジニアのチンは、自動車製造工場を解雇されたふたりの白人労働者によって、バットで殴り殺された。男たちはデトロイトの自動車産業が衰退していくのを日本のせいにしていた。チンは日本人と間違えられて殺された。微妙な計算の上に成り立つ世界で、中国人であるのと日本人であるのは、どちらが安全といえるのだろうか。

「私は中国人じゃない。」イライラして答えることもあった。

「じゃあ、どこの出身だい。」

アメリカ的なアイデンティティの世界にはまり込んでいたので、その謎かけの言葉がもつ意味はよく理解していた。アメリカ人であることはパフォーマンスであり、言葉の問題であり、思い込みでもあり、挑発ですらある。私が自分のことを「アメリカ人」だと言えば、そのままでは済まされない。その結果、いくつもの質問があとに続くことはわかっていた。想定内のつまらない質問ばかりだ。「そうではなくて、実際君はどこから来たんだい。」好奇心と自己満足がまぜこぜになった、私の気持ちをくじく質問。アメリカンドリームにはいつだって、少なくともふたつの面があった。「さあ、おいで」という明るく輝かしい部分と、「さっさと出ていけ」という暗い部分だ。

質問者を苛立たせようと、なにを訊かれているのかわからない振りをして、私は答える。「バージニアです。」そんな瞬間が楽しいときもあった。うんざりするときだってある。それというのも、相手は意地になって同じことを聞き返すから。「そうではなくて、君の両親のことだ。」

さらに意地を張るなら、言葉を濁すかあからさまな嘘をつくしかない。「両親もバージニア出身です。」そんなことを言おうものなら、相手はイライラを抑えることができずに喧嘩腰になるだろう。必死になって自らの無邪気な好奇心にすがり続けるに違いない。だから、次から次へと質問が続く。「いや、つまりだ。君の祖先はどこから来たのかを聞いているんだ。」もしくは私が譲歩して、実はアメリカ出身ではないことを認める。そうすれば、相手も落ち着いて納得顔で言うだろう。「やっぱりそうだ。」

出生証明書やパスポート、帰化申請書にはアメリカ人であることが正式に記載されている。しかし、アメリカンドリームは魅力的でも、アメリカ人になることなど実際には到底無理だというメッセージは、奇妙にも世代を超えて受け継がれていく。

悪気のない質問者に向かって、テーブルをひっくり返すような質問をしてみる。「では、あなたはどちらの出身ですか。」そして、相手の顔をじっくり観察する。すると驚いた様子で、ひどくおとなしくなる。これまで自分の祖先をじっくり考えたことなどないのだろう。イタリア人やギリシャ人、あるいはドイツ人だって必ずしも白人だとは言えないにもかかわらず。肌の色が濃く周囲と調和しない新しい移民と区別するために、ラテン系やドイツ出身の人々が白人の仲間だと認められるようになったのは、歴史的には比較的最近のことだというのに。

しつこく訊かれて、「両親は中国出身です」と嘘をつくこともあった。俗にいうＡＢＣということだ。アメリカン《American》・ボーン《Born》・チャイニーズ《Chinese》。つまりアメリカ生まれの中国人。モデルマイノリティと呼ばれるちょっといかしたアジア系アメリカ人だ。高校で、私のようにかっこ悪いアジアからの新参者を無視した連中のことでもある。

「両親は日本から来ました」と、答えたこともある。気分次第で根拠もなく、私は答えを変えた。ただ、いかに考え直そうとも、いかに飾り直そうとも、「ベトナム出身です」とは言わなかった。こと自分については、目立たないほうが安心だった。

つまり文化的に、ベトナム人は自己主張が強くない。英語の一人称の主語「私」は大文字で綴られ、他者から独立した個として独り立ちする。ベトナム語にはないことだ。ベトナム語の「私」は、他者との関係を通じてのみ表現される。会話相手の属性によってつねに変化する。その違いはとても細かく分けられていて、叔父や叔母を指すときにも、義理の叔父や義理の叔母のときは別の言葉を使い、父方か母方かによっても異なる。ベトナム語では、

「私」と「あなた」は関係性によって決まる。英語の「私」は、決してかたちを変えない。だから、とても厚かましく思える。

たったひとつの出来事が、マウント・ホリヨークでの学生生活をすっかり変えてしまうとは、なんとも不思議だった。一年生の学年末、アニーは私に代わって新しいルームメートを迎えようとしていた。みんなが別れて、それぞれ別の場所へ向かっていくことが期待されていた。それでも、ひどく傷ついた。実験や体育の時間、相手を見つけることができなかった高校時代に戻ったかのような気分だった。そうした状況で、新たに歩みはじめる力をなんとか培っていた。

私はヴィッキーに誘われ、彼女のルームメイトになった。

そしてくじの結果、運良く一番人気のドミトリーを選ぶことができた。ワイルダーホール。キャンパスの中央にある魅力いっぱいの古いドミトリーだ。とても美しい建物だった。

ヴィッキーも政治学を専攻していた。私たちは学科の友達を増やしていった。ロリもそのひとりだった。ニューオーリンズ出身で細身の締まったからだの持ち主。肌の色は褐色だった。私の心は遠く理解の及ばない別世界に惹きつけられていった。岩だらけで、すぐにも足を滑らせてしまうような驚くべき世界。まるで歴史の裏側へと、深く飛び込んでいくかのようだった。アメリカに来てからというもの、私の世界はいつでもアメリカとベトナム、戦争と平和、白人とアジア人の対立から成立していた。黒人の存在を考えたことはなかった。ベトナムでも、ローリング・ストーンズの曲を教えてくれたアメリカ人兵士はみんな白人だった。

ベトナムには、チャム族という少数民族がいた。ベトナムはその国を滅ぼした。チャムの人々は色黒く、真っ黒な目に長いまつげが特徴的で、肌は褐色に輝いていた。大人になるにつれ、周囲の人々が咳払いをしながら、ここだけの秘密の話といった調子で、チャム族について話すのを聞く機会が増えていった。有名な人気歌手チェ・リンはチャム人だった。しかし、リンは特別視されていた。ハイノスという会社が宣伝する有名な歯磨き粉の広告が、市内の至るところにあった。きれいな白い歯の口元を強調する、黒く輝く笑顔の宣伝だった。サイゴンには、カンボジア人もいた。彼らの肌はとても黒く、それが理由でベトナム人よりも低く見られていた。

それでも大学でロリに出会うまで、肌の色は私にとって歴史や個人を測る基準ではなかった。「黒人の国歌ってどういう意味なの」とロリに尋ねたことがある。彼女がその言葉をはじめて何気なく口にしたときのことだった。アメリカという新世界の年代記を紐解いてみると、そこには耐え忍ぶ黒人たちの歴史があった。テレビ番組『ルーツ』（*Roots*, 1977）を観たり、フリーダムライダーのことを本で読むことと、この壮絶な歴史によってつくられた過去を背負う友人をもつことは、まったく別の次元の話だ。私はロリの家族の歴史が知りたくなった。私たちのようにアメリカに来たばかりの新しい難民とのつながりを知りたかった。奴隷船、焼き印、むち打ち、リンチ、小作農、大移動、ジム・クロウ、教育の分離、公共施設の分離、すべてが分離、警察犬、教会爆破。わかったことは、私を迎え入れてくれたアメリカは、公民権運動で黒人たちが大変な努力をしたことによってすでに大きく変化していたということだった。

奇抜な発想をすれば村八分になるかならないかの瀬戸際に追い込まれるように、周囲といくらか違う視点から社会を見れば、仲間外れになる。反移民社会のステレオタイプに苦しんできた善良な市民が、黒人たちのレッテル張りに走るのは珍しいことではない。私たち家族の友人には、サイゴン陥落前の駐米南ベトナム大使を務めた人がいた。アメリカのことをよく知るその人が、私に穏やかな調子で注意したことは、ユダヤ人を真似ること。そして、黒人とは距離を取った方が良いということ。あたかも黒人であることが、伝染するかのような言い方だった。私たちのような社会の新参者にとっては、偏見は母乳のようなもの。砕けてしまうくらい弱々しい私たちは、好奇心と憧れに満ちてはいたが、心の奥底では反射的に白人社会に同化しようとし、ほかの人々を崇めもすれば見下しもした。孤独ながらも、すべて自力で成し遂げたかのように、個々の勝利を祝した。身も心もバラバラの幽霊のような存在になっていたにもかかわらず、黒人社会のなかで生きるアフリカ系アメリカ人のこととなれば、「奴らは怠け者だ」ときっぱりと言い切る人々もいた。

神様、どうかお助けください。

アメリカの過去を知るベトナム系難民は少なかった。

アメリカ人が私たちに向かって「役立たず」と、やんわりと言うのも奇妙なことだった。「奴らが戦争に負けたのは当然だ」とも言われた。このとんでもない作り話を平然と繰り返し言い続ければ、いずれ事実として受け入れられ、アメリカは歴史の重圧から解放されることになる。

第六章

引っ越しとはじめてのベトナム旅行（ハーラン）

一〇歳のとき、生まれ故郷を離れて引っ越した。別に抵抗はなかった。なぜって、カリフォルニアには良い印象があったし、そこへ行けるなんてすごいと思ったから。寂しくなるとは想像もしなかった。ニューヨークで見た、仲間外れの奇妙な鳩みたいになるとは思いもしなかった。ヴァンの白いスニーカーに、可愛らしい青いドレスを着る女の子たちの隣で、私はフライのブーツにレザーのジャケットを着て立っていた。

カリフォルニアでは、なにひとつ思い通りに進まなかった。

バージニアでは、全身黒の着こなしは知的でクールだと思われていた。カリフォルニアでは、黒いブーツやジャケットはゴシック風で、知的であることは高慢だと見なされた。

バージニアからは、母が運転するホンダのグレイのミニバンに乗ってアメリカを縦断した。後部座席に座る私の足下には、愛犬がいた。

カーステレオからはカイン・リーの歌声。タバコのせいでかすれた声は美しかった。ベルベットのように重厚でいて、雲ひとつない晴れた青空のような歌声だった。

数日後、父が合流した。大学を退職してから一年が過ぎていた。今思えば、退職の日は父の人生で、最も辛い一日だった。泣いている父を見たのはあの日だけ。前日、父は階下の書斎にこもり、一晩中パイプを吹かしながら最終講義の準備をした。母は小さな豆が詰まった特製の大きな枕を買って、パイプの煙が部屋に入るのを防ごうと、ドアと床の間にできた隙間の前に置いた。

一年後、父は脊椎側湾症《せきついそくわんしょう》と狭窄症《きょうさくしょう》、それに脊髄の痛みを治すための手術を受けた。でも、自力で歩けなくなるだけだった。それでハッピーメドウズというリハビリセンターへ通った。こういう場所には、いつだって明るい名前がついている。まるで幼稚園に通っているかのような錯覚を起こさせるために。

母にとっては、私よりはるかに多くのものをあとに残しての引っ越しだった。私と母の違いは、母にとってはこれが三度目の引っ越しだということ。私ははじめての引っ越しだった。

母の二度目の引っ越しは、ウォール街の仕事を辞めて、ニューヨークから父がいるバージニアへ移ったときのことだった。父が教える大学で教鞭を執り、私を産んだ。当初、母には政府が発行する婚姻証明書を取る気がなかった。でも、私が生まれて気が変わった。私には本当の父親が必要だと思ったのだ。

母には、勤めていたウィリアム・アンド・メアリー大学で、私より二歳年上の息子をもつ友人がいた。母がその友人を説得して、その子も私と同じテコンドー教室に通うようになった。似たような境遇だったおかげで、母はその子の母親と仲が良かった。ふたりには年の離れた夫がいた。母たちにとって夫はパートナーというより、背負うべき責任へと徐々に変わっていった。

その男の子は、私の友達だった。食べ物にやたらうるさく、彼のお母さんは一日に四回も台所で料理していた。パスタに使うバターの量に気を遣い、食べやすいように肉を切り刻むといった調子。はじめてその子の家で食べた夕食がきっかけで、帰りの車のなかで、母から講義を受けるはめになった。

「ナンシーは良いお母さんだわ。でも、あの息子は少しどうにかできないかしら。」母が言う。私がチャイルドシートに座っているかを確かめようと、運転席から後ろを振り返りながら。たまに私はチャイルドシートを抜け出して、その隣に座ろうとすることがあった。

「どうにかってどういうこと」と、私は甲高い声で聞き返した。

「ハーラン、それは人の行動を正すってことだよ――」父が説明しようとすると、母がそれを遮った。私をもっと躾けるべきだと母が思っていることを、父はわかっている。

「そうよ、ビル。サイゴンの強制収容所では、コオロギを見つけて食べるだけでも幸せだったっていうのに。」

「強制収容所ってなんのこと」と、私がまた甲高い声を上げる。

「ナンシーはあの子にもっと大きくなってもらいたいのだと思うわ。年のわりにちっちゃいでしょ、あの子。だから、ちゃんと食べさせて……。」

「ラン、わかった」と、父が説明し直そうとする。

「ビル、前に話した友達のことを憶えているかしら。政府が私有財産を不法化して、それで、なにもかも売り払わなければならなくなったのよ。雨戸まで売っていたわ。子どもたちは虫を捕まえて食べていた。」

「不法化ってどういう意味なの」と、大人の話に入り込もうと私は訊いた。

「ところがあの子ときたら、食事のことで文句を言って。それでもナンシーはなにもせず、叱りもしない。」

カリフォルニアに引っ越してきた年、私にできた友達はただひとり、テイラーだけだった。彼女は背が高くてスリムで、長髪でブロンド。モルモットを一五匹も飼っていた。一〇歳のとき、テイラーは家の屋根でウズラを飼い始め、部屋のなかでは五世代のモルモットと同居していた。かごのなかには鳥もいた。その鳥には、名前は忘れてしまったけれどプラスチック製のパートナーもいた。テイラーは格好良い白色のヘルメットをかぶり、ハイカットの青いスニーカーを履いて、淡いイエローの自転車を乗り回す女の子だった。

「あなたって変。」テイラーが私に言ったことがある。

「そんなことないわ。」

「だって、モルモットに親友みたいに話しかける。」

「少なくとも私はうっかり窓から、動物を放り出したりしないわ。」

「ハーラン、あれは事故だったのよ！　それも一回だけの。」

テイラーは道端で拾ったパイプをハムスターの檻に入れていた。毎日そのパイプを掃除すると、ベランダで吊るして乾かした。問題はハムスターがそのパイプのなかに隠れていないことを確かめずに、テイラーが掃除を始めることだった。

ある日、ちゃんと確かめたと言い張るテイラーは、パイプをベランダの端に斜めに置いた。ところが次の瞬間聞こえてきたのは、プラスチックを引っ掻く爪の音と、必死に叫ぶ甲高い鳴き声だった。その日、アールという名前の生まれたてのハムスターが危うく命を失うところだった。テイラーがその後もハムスターを、無事飼い続けているのが不思議でしょうがない。

まるで赤ん坊がお気に入りの毛布をいつも引きずっているかのように、学校に行くとテイラーは私を連れて歩いた。サッカーボールの投げ方やスケートボードの乗り方、それに側転の仕方まで教えようとした。どれも私にはできなかった。だからテイラーが七種競技のトレーニングを始めると、私は家に帰ってバイオリンやピアノの練習をするようになった。夕方、バッハ作曲の三つのメヌエットを階下で練習していると、母が後ろから間違うたびに声を上げた。「そこはソのシャープよ。」

それに宿題の作文。先生はときどき私の文章を授業でお手本にした。カリフォルニアの女の子たちが私を嫌うのも無理はない。私は先生のお気に入りだった。話し方も違ったし、ファッションも違った。ちょっと可愛くても関係なかった。

だから、気まずかった。引っ越すときに、テコンドーもやめていた。それはつまり、母が取れなかった黒帯を、私も取れなくなるということ。そのせいで、音楽をやめるわけにはいかなくなった。

「やめるとあとで後悔するわ。」練習しなさいと言われると表情を曇らせる私を見て、母は毎日のように言った。やるべきことをやらないのは、まるで人殺しをしているかのようだった。人間には選択の自由があることを謳う、アメリカ合衆国憲法修正箇条「権利の章典」が家の壁を覆いつくすように貼られているというのに、なにかをしたくないと言えば、母に間違いを指摘されるのはどこかおかしかった。それが私の家だった。

バイオリンも学校と一緒だった。練習しなくても、上手く弾くことはできた。本一冊をさっと読み飛ばして、作文を仕上げる。新しい曲をバイオリンの先生と通しで弾けば、一晩のうちにどういうわけか上達する。自分が「天才」だと気づいてからというもの、練習する気も興味もなくなっていた。

高校に入ると、音楽もやめた。ただ、バイオリンをやめるときの罪悪感は、どこからともなく来るものではなかった。もっと早くやめなかったのには理由がある。まずなによりも、母がいつもバイオリンを弾きたがっていたこと。私が母のためにバイオリンを弾くのを、母はいつも楽しみにしていたし、これまで私が弾いてきた大小すべてのバイオリンを、小さな宝石のように母は大切に保管していた。

でも、歴史と愛は一緒じゃない。歴史が現実にあってないと思えば、それを捨てることもある。

私が母の味方につかないようなことがあれば、母は自分への忠誠心が失われたと感じる。理性的ではないと思われることを、母はとても嫌う。たとえば運転中、ほかのドライバーに向かって悪口を言うとき、母は私を味方にしようとする。母の車の前に横入りするドライバーが人種差別主義者ではないと指摘しようものなら、とんでもないことになる。

多くはキャデラックのSUVのように大きな車がきっかけで始まる。その車のドライバーは、産気づいた妻を病院に送る途中なのかもしれない。でも、そんなことは関係ない。なぜって問題は大きなSUVが、母が運転するオレンジ色のミニクーパーの前に割り込んだことにあるからだ。助手席の私はからだを小さく丸めて、車外から見られないようにする。母は割り込んできた車の横につけると、助手席のウィンドウを下ろして叫び声を上げる。

「周囲からどんな風に見られているかわからないの」と、私は言う。

「横入りしたのよ！」母は叫んで、怒りを正当化しようとする。明らかに幼少期のひどいトラウマがその背景にはある。母だけがそれをわかっていない。

すべてのレベルが引きあげられる。運転中の嫌がらせが、個人をターゲットにしたヘイトクライムになる。一〇代の頃の母はいつでも床に叩きつけられていた。それは確かに個人攻撃であり、ヘイトクライムだった。

母に当時と今とでは状況が違うことを示そうとすれば、毎日のように大喧嘩になる。私は母に忠実ではない。だから水泳大会へ向かう途中、そんなつまらないことにエネルギーを使わないでと、母に向かって言えるのだ。

私には、母がベトナム系コミュニティを本当に好きなのかすらよくわからない。だから混乱する。母は私をフォーのレストランへ連れて行く。けれど、それはサランラップに包まれたデザートがたくさん入った冷蔵庫や、ソイというベトナムの餅が入った発砲スチロールの箱が、店内に列をなして並んでいなければの話だ。

白人客が多いアメリカのベトナム料理店のオーナーの方が、ベトナムのレストランの店主よりも美意識に劣るのは、なんとも皮肉なことだった。「安い」レストランに行けば、花売り娘と軍人のロマンティックな恋愛を歌う古くさい音楽に合わせてダンスするスターたちのショーがテレビ画面に流れる。しかも、音楽はダンスにちっとも合っていない。死の影を伝える曲に合わせて出てくるのは、紫の派手なアイシャドウを塗った女性と、巨大なメロンの上でドラマチックに踊る彼女の孫といった調子なのだから。

高校に入ったときの緊張感といったら、降り注ぐ酸性雨のようにきつかった。というのも、テイラーがオレゴン州へ引っ越して友達を失った私には、悪い評判だけが残っていたから。

そして家に帰れば、毎日機嫌の悪い母がいた。まるで水揚げされた魚のように、あっちこっち飛び跳ねる。捕まえようにも上手くいかない。

六歳の夏、私は母に連れられてベトナムへ二ヶ月の旅に出た。湿気た空気に香るドリアンの匂い。そして、建物。新しいビルまでもが、誇らしげでありながらもどこか悲しげに見えた。築四〇年以上の建物は人々の苦しみを見てきた。その悲しみは、町を近代化しようとする新政府の努力によって削り落とされていった。それまで私が培ってきた母に関する知識、つまりどんな人でどこから来たのかということを、サイゴンで小さな箱のなかにしまい込んだ。そして、風が悪いことを吹き飛ばし、良いことだけを運んでくるのを待った。

夏休みだったので、学校は閉まっていた。そこで、私は一言も英語を話せない子どもたちが集まる保育園に預けられた。トイレには扉がなく、屋外にある洗面台には、私たちが使う歯ブラシがかけられていた。昼寝の時間があった。けれど、背中に竹のマットがチクチク当たって眠れなかった。

はじめてその保育園へ行った日、私はテントみたいに大きく膨らんだスカートをはいて、猫の頭の形をしたバックパックを背負っていた。ベトナム語では、猫のことを「ニャオ」という鳴き声を模して、「コン・メオ」と呼ぶ。早速、私は好きな子とそうでない子の選別をした。鳥に石を投げつけた男の子とは仲良くなれない。でも、長い三つ編みに眼鏡をかけた女の子は、歯ブラシの場所を教えてくれた。この子とは仲良くしよう。毎日保育園が終わると、その女の子は雨に濡れないようにポンチョをかぶり、迎えのお父さんのバイクに飛び乗った――今考えれば、あれはポンチョではなくゴミ袋だったと思う。

ご飯を残す子どもは、ほかの子たちの前で恩知らずと罰せられた。いつもは髪をとかして、おでこにキスしてくれる先生が、中庭でその子たちの手のひらを定規で叩いた。それを見てからというもの、私は毎日冷めた卵のおかゆを最後の一粒まで残さず食べるようにした。そのせいで吐きそうになることもあった。

保育園には、ゴミ箱がなかった。子どもたちがお皿を片づけるときに、食べ残しがないよう確かめるためだった。食べたくないからといって食べ物を捨てるのは、いけないことだった。ある日、茂みのなかに昼ご飯を捨てようとした男の子がいた。その子がどうなったかが気になって、午後の授業がほとんど耳に入らなかった。男の子は昼寝の時間になって戻ってきた、腫れた手のひらをもう一方の手でさすりながら。

先生たちは、私たちが手を洗うのを監視していた。しかも、私たちに見られていることを意識させようとしていた。だから子どもたちは爪の間まできれいに洗い、使い終わった石鹸を元の場所にきちんと戻した。二分半の歯磨きから逃げ出すこともなかった。こんな場所にいることに困惑した。たとえみんなのことを思ってのことだとしても、監視下にある人間がどうなるのかがよくわかった。さらに驚いたのは、先生が洗面所についてきて、私がトイレをきれいに使うのを確かめようとしたことだった。

保育園のことで一番はっきり覚えているのは、一番悲しい出来事だった。通い始めて一〇日目のこと。昼寝の時間だった。先生と視線を合わせまいと横向きになって、ひとつだけある扇風機のブーンという音に耳を澄ませていると、「寝なさい（Đi ngủ）」という先生の声がした。

「床の上でなければ、眠れるかもしれないのに」と、心のなかでつぶやいたのを憶えている。

そのとき誰かに肩を叩かれるのを感じた。私は相手にしなかった。するとまた叩かれた。それでからだの向きを変えると、眠れずにいた同じクラスの男の子がいた。黒い髪を短く刈ったその子は私を見ると、数回まばたきをした。それから突然、あれを出した。はじめて男の子のモノを見た瞬間だった。

私はそれに注意を払わなかった。正直なところ、ただ混乱していた。元の方向にからだの向きを戻し、じっと床を見つめた。床板の端で小さなトンボが、一生懸命飛ぼうと羽をパタパタ動かしていた。

「お母さんがいないのね」と、独り言を言った。小さな孤児アニーのように。

その日、私は一〇分間ほど外に出て座ると、地面の上で奮闘するトンボを見ていた。地面から飛び立とうと、必死の努力をしている。心臓がドキドキした。トンボには、家族がいなかった。アニーが出てくる映画と同じ。誰も飛び方や生き方を教えてくれない。ほかの子たちはトンボを見ている私のことを見ていた。私がなにをしているのかと噂している。しばらくして、男の子がひとり来た。

その子の服装は、今でもはっきり憶えている。なぜなら痛めつけて殺してやりたいくらいに、憎しみを感じたのはそれがはじめてだったから。その子の足が、迷うことなく小さなトンボを踏みつぶしたとき、黒い麻の半ズボンと青いTシャツがぼやけて見えた。この小さな生き物が、命を一瞬にして奪われた瞬間だった。それはこの子の母親がちゃんと子育てをしていなかったからだ。からだが小さいからというだけの理由で、男の子はトンボに思いやりの気持ちを向けることができなかった。

ジョーダンのすねを蹴ったときのようにつまらないかんしゃくを起こしたのを除けば、幼い頃の私がよその子をぶったのは、それが後にも先にもはじめてだった。このベトナム人の男の子より、私は少しだけ背が低かった。遠くから見れば、褐色の長い髪をした変な白人の女の子が、痩せて頼りないアジア人の男の子をげんこつで叩いているようにしか見えなかっただろう。その子のからだにパンチを浴びせるたびに、小さなトンボが一羽ずつ救われていくような気がした。

保育園に通った最後の日、私は七歳になった。みんなはケーキを用意して、バースデーソングを歌ってくれた。私が殴りつけた男の子も歌っていた。その子は離れて立っていた。そして、私をあまり見ないようにしていた。

その後、あの保育園には行ったことがない。ミントチップアイスのような緑色の建物の内側に入ったのは、あの日が最後だった。あの頃、ただ暴力的にしか思えなかったドアのない洗面所も、今では恵まれた環境で育った自分が周囲の人々へ感謝の気持ちを育むきっかけになったように思う。

ベトナムにいても、バイオリンを習うことができた。アメリカで白人の先生から習ったことを繰り返し練習できるように、週二回、母が見つけたバイオリンの先生が来た。私はバイオリンケースを引きずりながら税関を抜け、セキュリティゲートも通過し、機内に生活に必要なものをすべて持ち込んでいた。バイオリンの先生は長い黒髪で、ハリー・ポッターのような丸眼鏡をかけていた。最後のレッスン日まで、あまり先生には関心がなかった。お別れの日、私は裸足のままアパートのエレベーターホールまでついて行くと、先生を抱きしめた。先生の腰にやっと肩が届いた。先生がいなくなると、通りまで追いかけた。夏の雨が降り注ぐ。先生の髪の毛は濡れて光っていた。先生が天使のように見えたのは、そのときがはじめてだった。青白く滑らかな顔にえくぼが表れた。そして、微笑むと私の濡れたおでこにキスしてくれた。先生が発する言葉は、私にはわからなかった。あれから一〇年。サイゴンにいた時間が短かったことを悔やんでいる。もっとベトナム語を勉強するチャンスがあればよかった。なんとか会話がわかるようになっていた。会話を組み立て、悲しげなベトナムの歌を聞き取れるようになっていた。
毎日のように私が口ずさんでいた唄がある。兵士に恋い焦がれる女の子の歌だった。

Nếu em không là người yêu của lính
Em sẽ nhớ ai Chủ Nhật trời xinh

あの人の彼女でなかったら　寂しい日曜日
ひとりで過ごす寒い夜　誰か私に花束をもってきてくれるのかしら……

ララ……

アメリカの音楽は、ベトナムの曲に比べてどこか変だ　ベトナムの歌は悲しげで、それでいて何度も聴きたくなる。寂しいときに、もっと寂しい気持ちになりたくて聴く。すでに涙目なのに、わっと泣きたくなるときに聴く。歌詞のすべてがわかるわけではない。でも、そこに表されている気持ちならわかる。悲嘆にくれる女たち。彼女たちの声の向こうから、雨の響きが聞こえてくる。心を打ち砕くような喪失感。私も一緒になにかを失う。

今になってわかるのは、ベトナムの歌に隠されていたのは、一〇代になって私が経験したことだった――男の子に恋い焦がれ、母だけを心から信頼し、父を失うこと。

一五歳になって、ベトナムに戻った。母とマイとほかに母の友人が三人。ホイアンで、母は私をオートバイに乗せると、一〇分間の教習を受けさせた。そして、街に出た。私はみんなの後ろについた。怖くはなかった。その日、町外れにある海岸まで行った。帰り道、モンスーンに襲われて、土砂降りのなか道端にオートバイを停めた。激しい雨が弾丸のように地面に打ちつける。雨水でできた水たまりに、トランプが一枚落ちていた。拾ってみるとダイヤの九だった。ベトナムでは、数字の九は最上の幸運を意味する。その理由はひどく迷信じみたものだったけれど。そのカードを財布のなかに入れて持ち歩いた。部屋に忘れれば、その日一日が台無しになる。

一緒にいた母の友人たちはベトナムの文化を愛していたが、観光客向けのことばかりに興味を示していた。もっとも、本人たちにはその自覚はなかった。結局、シクロという自転車が引くタクシーに乗ることになった。私の漕ぎ手が一番年を取っていた。愛嬌のある人だった。ただ、誤解しないでほしいけれど、ほかの漕ぎ手に比べて、あまり頭が良い人ではなかった。なぜって、完全にコースから外れて、母たちとはぐれてしまったから。みんながきれいな街路を走っている間、私は路地に迷いこみ、おまけに雨まで降り出した。

シクロの漕ぎ手はみんな年寄りで、誰もが南ベトナムの退役軍人だった。そして、いまだに軍人だった過去から、心理的に抜け出せずにいるようだった。母はチップをはずんだ。チップというには、あまりの大金だった。

周囲の人は、ベトナムにある種の親近感や、強く惹かれるなにかを感じるかと私に訊く。家族の歴史やラン・カオを母にもつからだろう。ときどきそう感じることもあるというのが、私の答えだ。六歳のときには、なんのつながりも感じなかった。でも、二度目に行ったときには、なにか感じるものがあった。ありきたりの感覚とは違う。人々や町並みに愛着を覚え、野良犬や街灯に親しみを感じた。きっと小さい頃に、戦争について母が教えてくれたことと関係があるのだろう。「街灯に足があれば、一緒に逃げ出していた」と、母は繰り返し言っていた。私が一五歳になってから一週間後、母は五六歳になった。母がベトナムで誕生日を迎えるのは、一三歳のとき以来のことだ。

家には帰りたくなかった。サイゴンにいると、カリフォルニアが醜く見えた。アメリカに戻って、高校へ行くのが辛かった。高校生活一年目はあまり上手くいっていなかった。大切なものを小銭のようにばらまいていた。そして、その放り投げた小銭が大きな重荷となって、私の足かせになっていた。引きずり倒され、溺れそうだった。私のなかの一部が、悲しみにくれ困惑していた。そして、私が酸欠状態になって動けなくなることを望んでいた。悲しんでいる自分がどこかに消え、そんなことを気にもかけない自分に取って代わっていた。高校に戻るということは、無関心になることを学ぶことだった。降りかかる痛みを吸収するのではなく、無感覚になる必要があった。成長するにつれ、私は母の人格を現代風に、かつ希薄化したかたちで受け継いでいた。

私はハーランであり、ランであり、それ以外の誰かだった。

第七章

法科大学院とベトナム帰還（ラン）

家では、生まれた順番ではなく名前で呼ばれる。それは私が家族の一員として認められていないからだった。はっきり言われたわけではないが、家族という心で結ばれた大きな共同体からはみ出していた。三番目に生まれた私は、四番目の姉と呼ばれることで、家族のなかに収まるはずだった。実際、兄のトゥアンは三番目の兄と呼ばれていた。

家族とは親しみと良心のなかに、温かく包み込まれているものだ。そのおかげで、寂しさが和らぐ。しかし、居心地の良さはときに過剰に演出され、本来とは違う目的で使われる。実際、それは膨張したり縮みあがったりしながら、別の悲しみを生む。結果として、非難の気持ちを内側に向けることになる。家族からはじき出されたがために、私は自由になった。そして、より一層他人と距離を取るようになった。当てどころもないアメリカでの生活や、家族としての義務など様々な状況が組み合わさった結果、私は大学を卒業するとフォールスチャーチに戻った。そこにいる人々はいまだすべてを、郷愁の念という曇ったレンズを通して見ていた。

ほんの数ブロックしかない小さなベトナム系コミュニティで、今や失われた黄色地に三本の線が入った南ベトナムの国旗が、寂しく悲しげに空高くはためき続けていた。ベトナムは一九五四年、北緯一七度線を境に半分に分割された国になった。そして一九七五年、私たちの住む南側の半分が死に絶えた。しかし、フォールスチャーチでは違った。

それはフォールスチャーチだけではなかった。アメリカの至るところで、サンノゼやウェストミンスター、ガーデングローブといったカリフォルニア州にある多くの都市で、あるいはテキサス州ヒューストンやルイジアナ州ニューオーリンズで、ベトナム難民はこの国に自分たちの居場所をつくろうとしていた。土地を所有するという昔ながらのアメリカ的なやり方で、アメリカの風景に自らの姿を刻み込む。かつてのイタリア系移民やユダヤ系移民、アイルランド系移民や中国系移民と同じように、小さなコミュニティをつくりあげた。そして、アメリカの一部となってフォーやバイン・ミーといったベトナム料理の店を都市の街角に出すと、その美味が伝統的な中部アメリカでも人気を得た。そのおかげで、寂れた町を再生することにもなった。

他人をも魅了する特大の夢が存在するのだろうか。祖国からアメリカに来る移民や難民は、誰もがハングリー精神に満ちたアメリカ的目標を必ず信じている。私たちはこれを何気なく同化と呼ぶ。あたかもそれが無害で、なんの面倒もなく、ちょっとした規律があれば達成できるかのように。為すべきことは、誰にとっても同じだ。まずは自力で始め、次に周囲に溶け込む。

このフォールスチャーチという仲間が集う聖域が、とても誇らしく感じられる瞬間があった。小さな家族経営の店が集まる、外の世界から孤立した社会、文化、経済。レストランもあれば、開業医や歯科医、弁護士や会計士が構える事務所もある。私のような人間が多く集まる場所で、誰もが周囲に溶け込むためにひたすら必要な役割を果たそうとする姿に、大きな不満を感じるときもある。もちろん、そうではないときも。医者や技術者、それに弁護士になるのは良いことだ。ほかになにか良い職業は？　多分ない。勝利あるのみ。クラッシュして燃え尽きることは許されない。自らが成功することで、親世代のアメリカンドリームを叶える。

ただし、イライラはつきない。両親がキラキラしたアメリカの夢ばかりをこっそり抱え込み、アメリカで歩むべき道として子どもたちに売りつける。この夢にこそ望みがあるとばかりに誘い込み、それを目指すように仕向ける。

それでいて、私たちがアメリカ的になりすぎれば、怒り傷つく。外ではアメリカ人のように振る舞おうとも、家のなかでは許されない。

家での私は、小さな部屋の片隅から家庭内のゴタゴタのすべてをじっと観察するだけだった。夜になると、外の社会から切り離された部屋で、父と私は偏った狭い考えにどっぷりとはまった。そこには、行き場のない絶望の空気が漂っていた。ただ、父も私も過ちには慣れていた。ふたりともほとんど言葉を発しなかった。ひたすら本を読んだ。沈黙と遠慮のなかで、互いに深く感情で結ばれていると知っていた。私から訊かないかぎり、父は歴史の大きな流れのことにも小さな出来事のことにも、一切触れなかった。だから、ときどき父に質問しては、答えをノートに書き留めた。万一のために備えて。

父は養蜂家になっていた。新たに引っ越したタウンハウスの小さな庭に、養蜂箱を置いた。私が家にいない間に始まったゴタゴタのひとつだった。肩から背中にかけて負った傷のせいで、父はからだに痛みを感じていた。膝にも傷があった。蜂の毒は、その痛みを和らげた。父は素手で数匹の蜂をまさぐると、腕や足にこすりつけて、わざと刺させた。私は蜂の死骸をティッシュペーパーで集めて捨てた。父は紅茶に鎮痛剤を二錠入れて飲むこともあった。

毎日が退屈な時間のなかで過ぎていった。明日が来ては、今日になる。そして、今日は昨日に。同じことが単調に繰り返される日々に、ときどき人生が寂しく感じられた。家にいると、自分が嫌になる。ベトナム語が母語なのに、すでに語彙が足りなくなっていた。一九七五年以来、たいして使わないベトナム語は、錆びついていた。英語の影に隠れていた。それが後ろめたかった。過去の勝利に対する郷愁の念にいまだ囚われていた難民社会と同様に、父も身動きできずにいた。ベトナムにはベトナムの輝かしい歴史があった。誰もが一目置く偉人もいた。徴《チュン》姉妹しかり、趙氏貞《チェウ・ティ・チン》や陳興道《チャン・フン・ダオ》将軍など、中国やフランスの侵略者を打ち負かした歴史上の人物たちだ。しかし、私たちは負けた戦争に翻弄されながら生きていた。あるとき暗く静かな部屋のなかで、父は一九七五年四月にコンホア病院の主任医師タイン博士から、致死量の毒薬を処方してもらったことを、何気ない様子で語りはじめた。子どもの頃、母に連れられて行った病院だ。そのとき共産主義者の勝利はすでに決まっていたと、父は言った。父と母は毒薬を飲む寸前だった。しかし、一九六三年のクーデターで、父を捕らえ処刑しようとした主犯格の人物が、また父を捕らえようとしているという噂を知り、父は大統領に辞任届を出した。大統領はそれに署名した。おかげで毒を飲まずに済んだ。そして、バージニアにやって来た。この話を聞いたのははじめてだった。その後、サイゴン陥落から二〇年後にタイン博士から直接話を聞いたという南ベトナム出身の軍人が書いた本を読むと、同様の記述があった。

父をじっと見る。父は毒を飲まなかったことを後悔しているのだろうか。私にはわからなかった。父がなぜこの場に及んで、この話を打ち明けたのかもわからなかった。私は父に向かってうなずいた。しかし、このことをあまり深く考えないようにした。というのもベトナム系難民社会には、もっと悲惨な話が山ほどあったから。家の外に出れば、祖父母と両親、それに私のような一・五世代の子どもやアメリカ生まれの二世がレストランなどで一緒にいるのを見かける。一見普通には見えるけれど、殻を割れば見えてくる、年取った世代の難民が抱える困難な人生や深い傷のことを想像してしまう。

両親は生きる術を失っていた。外の世界へ向くと、その喪失感が露わになった。つまり、ごく普通の日常生活でも、父と母が口を開き、英語を話す瞬間にそれは明らかになった。一音一音に、ベトナム人であることが表れた。あの頃の私は「アメリカ的」という言葉について考えていた。一体それはなにを意味するのか。辞書を引けば、「アメリカに住む人々固有と思われる気質、あるいは広くアメリカで尊ばれているもの」と記されていた。実際のところ、それは雑誌『ピープル』（*People*, 1974-）でフォーカスされるロバート・レッドフォードのような白人にしか当てはまらない。「金髪、青い目、アメリカ的な端正な顔立ち。」

大学時代に手に入れた最も大切なものに、黒人女性詩人マヤ・アンジェルーの自筆サインが入ったスケジュール帳があった。かごのなかで自由を求めてさえずる鳥の姿に意味を求めていた私。マヤと彼女の兄は貪欲なまでに本を読み、シェヘラザードのごとく言語と文学によって救われた。私の卒業後の一年は、宙ぶらりんの時期だった。その間、読書にふけった。地位ではなく自由を求めた。履歴書の見栄えが良くなるような努力はしなかった。母から見れば、時間の無駄だった。ビデオ店で働いた。ごく平凡な仕事だった。学位がなくても、家を離れてわざわざ良い成績を取らなくてもできる仕事だと、母は嘆いた。確かにそうだった。母も私も卒業後の進路について、話し合おうとはしなかった。コカ・コーラのような大企業に就職した知り合いの子どもの話を母がするとき、それが母の願望だということを私が理解していた点を除けば。

ただビデオ店の仕事のおかげで、プレッシャーを感じることのない自由を得た。戦略を練って、目的に向かって邁進する必要もなかった――この儒教の教えに背くような生活に、密かなる魅力を感じていた。店内に整然と並ぶ赤いＶＨＳサイズのビデオカセットテープが好きになり、少し小さめの黒いベータ型テープが棚を占める様子を見るのが心地良かった。なんとも遠くまでやって来たものだ。ベトナムを出てからここまで。ディスカウント店が並ぶ人もまばらでパッとしないショッピングモールにある、目立たない店構えのありきたりの店にたどり着いた。母が嘆いたことだった。でも、私は声を出さずに喜びを噛みしめていた。車で店に通うと笑顔で客に接し、ビデオをアルファベット順に並べるだけ。店に並ぶテレビモニターで、鳴り響く音楽ビデオを観る余裕さえあった。

仕事は簡単だったので、本を読むこともできた。とくにまだ充分理解できていないアメリカの物語。書いたのは、私みたいに孤独や疎外感に苛まれてきたアメリカ人だった。ただし、物語の内容は異なる波長をもっていた。はじめてバージニアに越してきてからの数年間、私は小説を読むと、好きなページがあれば書き写した。握りしめた鉛筆から、親しみとつながりを感じた。同時にそれは実践的なことでもあった。というのも英語の構造や文法を理解するために、私は文章を図式化していた。まるで混沌を整理するかのような作業だった。

一方、この宙ぶらりんの時期に読んだ本は、アフリカ系アメリカ人が書いたものばかりだった。歴史の節目やひだのなかに織り込まれた痛み。内と外の間に生じる争いが原因のややこしい問題。人種がアイデンティティにもたらす身を引き裂くような影響。エルドリッジ・クリーヴァーの『氷の上の魂』(*Soul on Ice*, 1968)、ラルフ・エリスンの『見えない人間』(*Invisible Man*, 1952)、トニ・モリスンの『青い目がほしい』(*The Bluest Eye*, 1970)。自分を変えた本だった。宙ぶらりんの一年は、脱線ではなかった。倒れてくる木に押しつぶされそうな瞬間もあった。死にはしなかった。でも、強いショックがあった。道に沿って歩きながらも、もはや同じ自分ではない。なぜなら、これらの作家たちの消え入ることのない人生の灯りに、しっかりと照らされたのだから。惨めで不当な人生によって貶《おとし》められ、消されそうになりながらも生き延びていった人々がいた。私が見つけたアメリカの英雄だった。

私は成長し、本来のベトナム人としての自分よりも、もっと大きく異なる人格になっていた。分裂した自己が、きれいに融合された結果だった。

ちょうどビデオ店で働いていた頃、初代大統領ジョージ・ワシントンの誕生日を記念してつくられた三日間の連休があった。両親は私に、土曜日から月曜日までの連休を休みなく働いて、熱心さを店にアピールしたらどうかと提案した。数日後、私は店長室に呼ばれた。連休中にお金がなくなったのだという。会社は三日間を通じて出勤した従業員を調べていた。該当者は限られていた。徐々に狭くなっていく廊下を歩いて、店の裏手にある窓のない部屋へと向かった。そこには店長、副店長、それに警備員がいた。面接の目的を強調する言葉に脅えはしなかった。「告発するわけではない。」「三日間とも出勤したからといって、君がなにかをしたというつもりはない……」高校時代に戻ったような気分だった。それが終わると、ポリグラフにかけられた。嘘発見器とは言わないので怖くはなかったが、同じことだった。両親には本当のことを言うように言われた。いいえ、私は盗んでいません。そう答えた。いいえ、誰がやったのかわかりません。

最初の質問については、本当のことを話したという結果が出たようだった。しかし、二つ目の質問については曖味だった。両親は私が誰かをかばっているのか知りたがった。

その後、召喚状が届いた。横領の罪に問われた店長の裁判で証言するためだった。法廷に出向いた。数年前、アメリカ市民になるために行った法廷のことを思い出した。

そんな調子だった。そして、一瞬の思いつきで法科大学院に行く決心をした。両親がとても喜んでくれたので、私も嬉しかった。父は弁護士が良い職業選択であることを、いくつも理由を挙げて論理的に説明した――手堅く堅実な仕事は、「私たちみたいな人間」にとって、とくに魅力的だと。秀でた法制度は弱者や外部から来た人間を守る。紛争解決にも、戦争ではなく法に従った方が良い。一方で、私は弁護士を小馬鹿にした弁護士ジョークなるものがあることを知っていたが、父は知らなかった。

大学で先生が言っていたのは、不公正な社会が長続きするには、少数派や女性を弁護士として取り込めばよいということ。少数派がシステムのなかに入れば、物事の両面を見るような教育を受け、どちらの側も首尾良く擁護するようになる。顧客が描く狭い世界の利益に配慮し、社会全体のことは考えなくなる。医者はミスをする。でも、医者が病気の味方をするとは誰も思わない。弁護士は違う。仮に変化が起きるとしても、その速度は遅く、注意しながら徐々に進む。法は和解を求めるが、システムを脅すことはない。そんなジョークだった。

父は法のこうした側面を理解していなかった。でも、私は知っていた。ただし、私自身移民として、社会のありとあらゆる側面に共感できる弁護士になる必要はなかった。私はそれを裏切り行為だとは思わなかった。単なる取り引きに思えた。

＊＊

法科大学院で迎えた最初の学期。私が通うイエール大学では、女性を中心とする事務職員のストがあった。教員は秘書の主張を支持し、彼女たちがキャンパス内で張るピケを破ろうとはしなかった。だから、授業は教会の地下や映画館、アイスクリーム・パーラーといった教室の外で行われた。授業によっては、毎回場所が変わることもあった。イエールの良いところは、最初の学期はクラスが小さく、コミュニティとしてまとまっていて、サポートが得られやすい点にあった。成績の付け方にも関係していて、一学期目には単位がつかず、そのあとは合格、準合格、そして合格者からは優等生が選ばれた。ところがストが影響して、約束されていた小さくまとまった大学コミュニティは存在しなかった。というのも、学生は散り散りになっていたからだ。法科大学院には、みんなが集まるような場所がなかった。当時はインターネットもなかったし、研究はオンラインではできなかった。図書館はなくてはならないものだったので、授業用の資料を探しにブリッジポートの図書館まで車で行く必要があった。

ただし、安心材料もあった。「小グループ」と呼ばれる一五人ほどのコアメンバーが、クラスからクラスへまとまって移動した。入学初年度のカリキュラムに従って、誰もが必修の授業——不法行為、憲法、民事訴訟法、契約法など——を取らなければならなかったからだ。私たち小グループは、大人数の授業にもまとまって出席した。混乱と分裂の一学期目だからこそ起きた現象だった。

「スミスさん、『ゴールドバーグ対ケリー』の訴訟について説明してください。」民事訴訟法の授業でのことだった。法科大学院ですぐに気づいたのは、「コールド・コール」と呼ばれる、先生が発するビジネス的な冷たい呼びかけだった。感情を排した、素早く理性的な反応が求められる。法科大学院ならではの緊張する場面だ。先生が教室全体を見回す間、生徒は先生と目を合わせないように下を向く。先生の目は生徒の座席表に向かう。生徒の名前と顔写真が載っている名簿だ。そしてなんの理由もなく、また予想すべくもなく、名前が呼ばれる。指された生徒はちょっとした質問に答えるだけのこともあれば、先生と組んでタンゴを踊るように、その時間中延々と答え続けることもある。質問が次から次へと繰り出される。生徒たちはそれに答えようとする。答えが正しいのか間違っているのか、滅多に確認されない。というのも、ひとつ答えれば次の質問が続くのが通例だからだ。生徒たちはこのプロセスを自ら理解しなければならなかった。

問題から答えを見つけ出すのは私たち学生だった。先生が繰り出す曖昧で不確かな質問から、真実を導き出す。ソクラテス式問答法と呼ばれるこのやり方に、武道との親近性を感じた。なかでも酔挙《すいけん》というこれといった特徴をもたないかたちがあった。師範の動きがあまりに不可解で予測しづらいので、効果的な対抗策が見い出しにくいかたちだ。真偽が相対的に決まる世界では、つまりイエール大学法科大学院の授業のことだが、正解というものが存在しない。ただ、どういうわけか、そこにも間違いはあった。私たち生徒の答えがそうだった。「裁定はどうなったのですか。」「法とは一体どういうものなのでしょう。」あるいは「結論はなんですか。」こんな質問をすれば、自分が表面的なことしか理解できていないことが明らかになる。なぜ「裁定」のみに関心を払うのか。「裁定」の結果は明らかだ。もっと気の利いた質問をしなければいけない。どうして裁判官はその「裁定」にたどり着いたのか。法のプロセスについて考えなければいけない。その結論を導いた法理論について考えなければいけない。政策的含意、その問題にかかわる模範的選択、事件の最終的な判決について考えなければいけない。さらに、もし答えがないとしたら。まるで禅問答のよう。怖く恐ろしくも、決して犯してはならないものだった。

しかし、最終的には、謎を避けて答えを見つける方法があった。俗にコマーシャル・アウトラインと呼ばれる参考書だ。ソクラテス式問答法を繰り返したあと、本屋に駆け込むと、なくてはならないこの本を買った。先生たちにはひどく評判が悪かったけれど。

違う先生が教えていた別の民事訴訟法の授業では、次から次へと別の訴訟に話が進んでいた。しかし、私たちの授業では、「ゴールドバーグ対ケリー」の訴訟に集中していた。先生はこの事件をとても大切に扱った。私たちをけしかけては、この事件の判決とそこに至る理由をじっくり考えさせようとした。

スミスだろうと誰だろうと、運悪く指名された学生はつまずき転びながら、この事件により一層はまっていく。途中、先生が割って入る。本質的とはいえない事実の要約に、わざとイライラした様子を見せながら。この時点で先生は、スミスなる学生がどういうタイプの人間なのかを見抜いていた。勉強不足を理由に授業から放り出そうとも、キャンパスで出くわせば先生はこの学生に声をかけるだろう。別の学生が手を挙げた。先生はちらっとその学生を見たが、冷たい声で別の学生を指名した。先生には先生のやり方があった。いつも先生が指すのは、名前がわかる学生だった。だから、私は安心だった。次の質問が飛ぶ。「行政を司る州の責任とはなんだろうか。」「この訴訟と『ブラウン対教育委員会』の訴訟に見られる関係性はいかなるものか。」誰もが答えを知っているという前提で出される質問だった。私は素早く考えを巡らした。そして、下を向いて隠れた。

とても長い時間がひとつの事件に費やされる。法律については初心者だったが、学生だって「ゴールドバーグ対ケリー」の訴訟が重要な裁判として扱われるような事件ではないことを知っていた。ジョン・ケリーは障がいがある社会保障受給者だった。社会福祉士によって指定された福祉受給者用のホテルから別の場所へ引っ越した際に、ケリーが受けていた福祉手当は打ち切られた。先生はこの事件の細部をていねいに解きほぐしていく。そのやり方といったら素晴らしかった。法に基づく適正手続きを争点とする判決は、とても単純なものだった。この事件の場合、憲法によって定められた法的適正手続きに則れば、社会保障等の公的受給者は、行政府による支給停止措置に先だって、適正なヒアリングを受ける権利がある。法が人々の生活に及ぼす影響は多大だ。この事例が示すのは、官僚国家においては、行政府は国民に対する責任を負うという前提だと思う。判決文を書いたウィリアム・J・ブレナン判事は憲法前文を引用している。「公的補助は、単なる慈善行為ではない。『国民、および後世の人々に対し、一般福祉を促進し、自由の恩恵を保証』する手段である。」ベトナムでは、反体制派の人々が壁や歩道に「自由の権利を認めよ」と殴り書きをしていた。私は法が大好きになった。

ほかにも授業はあった。そのなかで、映画館で行われていたがゆえに、とりわけよく憶えている授業がある。夕暮れどきのように部屋がいつも暗かったせいで、プラトンの洞窟にいるような気分だった。先生は動く影。あちこち歩きまわる。そして、からだを失った声だけが、先生の影について響き動いた。先生は自分自身に話しかけ、学生に向かって話しかけ、特定の学生の目を見ながら話しかけることもあった。興奮しているときもあれば、怒り気味のときもあった。時折、郷愁の念に浸りながら、法的支配のあり方に無念さを感じているようなときもあった。

ある日、先生は分厚い本を持ってきた。『民事訴訟に関する連邦法』（*The Federal Rules of Civil Procedure*）という、連邦裁判所の実際的運用を定める法律に関する本だ。そして、その本を放り投げた。「くずだ。まったくの役立たずだ。」かたちばかりの馬鹿げた法律のことなど、誰が気にするだろうか。正義はどこにあるんだ。この事件に公正さはあるのか。機関銃のような速さで、先生は質問を繰り出した。俊敏で的を得た短い答えを期待しているようだった。ゆっくりと考えながら、ためらいがちに話す学生のことは相手にしなかった。つまり、女子学生のほとんどは相手にされなかった。女性には大袈裟に話すタイプは少ない。ゆっくり考えることの方が多い。積極的に自分を売り込んでくるタイプの学生を先生は指した。自信に満ちた態度で手を真っ直ぐに挙げ、ほかの学生が指されても手を下ろさないような学生。だから、謙虚で目立たない女子学生は無視される。授業中、指された男子学生の多くは、授業後も先生の周りに集まった。快活に早口でしゃべりまくる集団。女子学生が指され、柔らかい物腰で遠慮がちに発言しても、先生がそのことに言及するのは、仮にあるとしてもごく希だった。すぐに次の学生へ。大抵は男子学生に移る。その学生が同じようなコメントをすると、善かれ悪しかれ先生はそれなりの反応を示す。謙虚さや慎み深いことは、ここでは二流扱いされた。

そして、これが来る日も来る日も続いた。私の目の前で、誰かが繰り返し無視され、それが当たり前になっていくのは驚きだった。とくに三人の女子学生が、発言しようとするたびに沈黙を強いられた。彼女たちの発言は冷淡に扱われ、関心を引くことはなかった。私のグループの学生ではなかったが、数週間後にはほかの女子学生と一緒に、彼女たちの仲間になった。そして、仲間が発言するときには、決して先生に無視されないようにしようと結託した。最初の発言に対して、誰かが反応すればいい。

その甲斐あって、私も手を挙げるようになった。振り絞った勇気が、ゆっくり蓄積していく。大切な切手コレクションが増えていくのと同じことだ。私と同じ小グループにいたジェーンは、みんなの前で話すことの大切さを教えてくれた。弁護士になろうというのだから、ほかの学生を遮って発言することすら重要なのだと。これには深い心の葛藤があった。目立つのは嫌だった。でも、私は弁護士になるために法科大学院に通っていた。

私が入る小グループの先生は憲法が専門で、フサフサとカールした金髪の持ち主だった。慈愛に満ちた人で、かすれた声はロッド・ステュアートに似ていた。授業ではアメリカ憲法史上において最も重要とされる、「マーベリー対マディソン」判決を読まなければならなかった。司法審査の原則を打ち立てた記念すべき事件だ。この難しい事件の複雑さを理解するために、私は過去五〇年間に出版された最も引用件数の多い論文のひとつを読んだ。デューク大学法科大学院教授ウィリアム・ヴァン・アルスタインが書いた古典的研究「『マーベリー対マディソン』判決解釈」だ。

アメリカでは人生は選択によって決まるのであり、偶然の産物では決してない。しかし、その一五年後にビル本人と出会ったのは、まさに偶然だった。運命のいたずらで、私がデュークで教えることになったからだ。もちろん、ふたりで子どもを作ることにしたのは、選択の結果だったけれど。

法科大学院で最初に書いたのは、憲法修正第一条に定められた自由活動条項と国教樹立禁止条項に関する論文だった。寝室の隅に敷いた布団の上に座り、タイプライターを叩いた。研究するには、実に興味深いトピックだ。ただ、私には法学論文の書き方がわからなかった。考えたことを、ただタイプするだけだった。関連事件の判決を論理的にまとめあげ、自分の考えと結びつける。アーミッシュ族は熱烈な宗教支持者だから、ウィスコンシン州の公的教育制度に参加しなくてもよいのだろうか。最高裁は宗教的自由を理由に、これを認めていた。では、どのような人でも、宗教上の理由なら同じことができるのだろうか。一九八六年の「ゴールドマン対ワインバーガー」判決。宗教的自由を行使できるという見解から、任務中のユダヤ人将校が伝統衣装の帽子キッパーを着用することを認める例外規定を、空軍は設けなければならないのだろうか。訴えを起こした将校は、彼の自由を妨げるに値する正当な公共の利益は存在しないと主張した。最高裁は非軍事的目的には認められていた修正第一条による個人の権利が、軍隊には適応されないとの考えを示した。軍隊には規律と統一、そして忠誠心を維持するために、規則を定め運用する権利がある。

では、公園にキリストの生誕像を置くことはできるのだろうか。世俗的、もしくは非宗教的な理由がある場合には、政府が国教樹立禁止条項を侵犯しているとはいえないとの見解を最高裁は示した。特定の宗教を支持したり禁ずるのではなく、政府と宗教の間に密接な関係がなければ問題ない。一九八四年の「リンチ対ドネリー」判決。キリストの生誕像は宗教的アイコンなのか、それとも世俗的な展示物なのか。イエス・キリスト生誕の瞬間を世俗的なものとして表現するとなれば、宗教を冒とくすることにならないだろうか。サンタクロースとトナカイを含むなど、宗教性と世俗性が混在する場合にはどうなのか。トナカイがたくさんいれば、憲法の規定をすり抜けることができるのか。「トナカイの例外」と非公式に呼ばれるものだ。

私の小グループをサポートする補助教員《ティーチング・アシスタント》が、私の論文を読んで図書館の授業関連資料に加えた。驚きだった。彼のコメントには、論文は非の打ちどころがなく、文章は天から降ってきた恵みのようにしっくりまとまっていると書かれていた。グループの仲間が惜しげもなく褒めてくれた。入学初日、法務研究科長が私たちに向かって、周囲のことに充分な注意を払うようにと助言した。そして、ここから多くの学生が脱落していくと警告する代わりに、みんなが揃って成功すると励ましてくれた。みんな仲間なのだ。お互いを助け合い、協調していくようにと勇気づけられた。

法科大学院が好きだった。ベトナムが話題になることもあったが、あくまで法解釈の上でのことだった――権力分立、戦争権限法、立法府と行政府の綱引き。政治とは違う。南ベトナムの崩壊といったことも論じられない。罪悪感や共謀関係といったことを思い出す必要もない。顔を背けない。あるのは法的なこと、憲法上のこと。だから、なんとかなった。

嬉しかったのは、『千夜一夜物語』に摩訶不思議な人物が登場するように、判例にも記憶に残る滑稽でおかしな人物が現れることだった——おせっかいな介入者と呼ばれる存在だ。法的義務がないにもかかわらず、他人の利益のために働き、その見返りを要求する人たちのことを指す。本当はなんの権利ももたない！　裸の侵入者は、本当に裸なわけではない。裸と言われるのは、所有権保持者に対していかなる権利義務も持ちあわせていない事実を示すためだ。単なる侵入者にすぎず、招待者のような高次の存在とは異なる。

契約法には、「毛深い手」と呼ばれる事件があった。一九二九年にニューハンプシャー州であった「ホーキンス対マッギー」判決のことだ。入学一年目に受講した、専任の女性教授が教える唯一の授業だった。事件の愛称だけでも興味がわいた。その判決を読みはじめると、最初からわからないことだらけだった。小グループの仲間も理解していなかった。「単純契約」や「訴訟の取り下げ」、そして「令状」といった専門用語。すぐにブリッジポートの図書館まで送ってもらい、『ブラック法律辞典』を手に取った。この訴訟では傷で損傷した手を治療する医者が、「一〇〇％完璧に良くする」と約束していた。しかし、胸から皮膚を移植したがゆえに、患者の手は毛深くなった。その毛深さに、思わず私たちは失笑してしまった。金銭的に判断して、完璧に治すことができた場合の値段はいくらになるだろう。それに対して、傷が残った毛深い手の値段はどうなるのか。患者は、法律の世界でいう「予想損害賠償」を受け取った——約束されたものと、実際の結果の間に生じる価値の差額だ。

このような人物たちは、わかりにくい法律用語を埋めあわせるような役目を果たした。法律には「上記原告」や「上記契約」、「従前の」、「前記の」、「下文の」といったおかしな表現がたくさんあり、負担だった。ただ、私にはこれがむしろ楽しく、新しい言語を学んでいるような気分になった。法科大学院には独特の儀式や慣習、言語や文化があった。ソクラテス式問答法以外にも、退屈でつまらないがゆえに誰もが恐れるブルーブックというものがあった。青色の表紙で、本や論文、インタビューやテレビ番組から文章や発言を引用する際の、ひどく滑稽な規則がすべて記載されている。目がくらむような事細かな内容。文字にイタリック体を使う場合や、下線を引く場合、太字を用いる場合。著者のファーストネームを記して良いときと、そうではないときの違いなど。私は一流の研究ジャーナル『イエール法学』誌に論文を投稿しようとしていた。だから、ブルーブックが必須なことはわかっていた。似たような研究誌は、イエール以外の法科大学院ではレビュー誌と呼ばれていた。ここでは研究ジャーナルという位置づけだった。イエールでは、ほかとは違うことが重要なのだ。イエール大学法科大学院では、GPAと呼ばれる成績評価点がなかった。代わりに、法律学における最新のトピックに関する「課題論文《ライティングオン》」を提出することで、研究ジャーナルのメンバーになれる。だから、引用のルールを学ぶことはとても重要だった。私は高校時代に英文法を学んだのと同じやり方で、これを習得した――一〇〇%の努力をもって。

私は「ノート」と呼ばれる文章を書いた。教授や研究者のみが「論文」を書くことが許されていた。私の「ノート」のテーマは、女性の人身売買についてだった。RICO法と呼ばれる特定の法律が、この問題をどのように扱っているのかがテーマだった。『イエール法学』のメンバーになるには、これで充分なのかわからなかった。イエールでは、模範たり得る理論的なスタイルが好まれると聞いていた。つまり、抽象的で捉えどころがなく、ひどく哲学的で、少しも実践的ではない文章が良いというのだ。私の書く文章は、月並みで平凡なものだった。そして、実践的な解決策を提案していた。それでも、私のノートは編集委員会から充分な評価を得た。そして、私は『イエール法学』のメンバーになった。成功するための基準をなんとかクリアした。さらに驚いたことに、そのノートは『イエール法学』誌に掲載されることになった。

私は『イエール法学』の文化にどっぷり浸かった。研究好きの学生と一緒にいるのは楽しかった。一方で、議論を好む学生は、模擬裁判に明け暮れていた。私は論文の下に埋もれ、法科大学院図書館の書架の陰に隠れていた。アーチが入った通路や大きな木製の書棚、複雑な模様が刻まれた天井、ふたつに別れた読書スペースを繋ぐようにぶら下がる巨大なシャンデリアがある立派な図書館だった。

『イエール法学』誌の編集委員として認められるのは、不思議な気分だった。知らない先生たちまでもが、祝福してくれた。法曹研究の世界では、学術的業績によって研究者としての価値が定まることを知った。教育での貢献は、それほど関係なかった。

二年生、三年生は私たち一年生に向かって、二年目の授業の取り方について、よく冗談を言った。必修科目を取ったあとの先生の選び方のことだ。「三階に研究室がある先生の授業を取った方が良い」と、クスクス笑いながら上級生が言う。

「なぜですか。」

「なぜって、二階に部屋がある教授たちよりも、授業の準備ができているからさ。三階から階段を降りてくるということは、その分授業準備の時間が増えるじゃないか。」

先生たちには、授業準備の時間がない。このことが示すのは、論文を出さなければ、クビになるということだ。面白いことに、法学誌の編集者は学生で、先生ではなかった。二年生の編集委員には、先生の書いた論文を評価する仕事が課されていた。そこにはほかの法科大学院に属す教員の投稿も混じっていた。知らないことについて書かれた論文の諾否を決めることもあった。なんとも不思議だ。学生も編集の仕事や引用文献リストをつくる作業をしていた。編集委員であることは、専任職に就くようなものだった。専用の事務所があり、そこには間仕切りされた個人用のスペースがあった。ラウンジもあったので、そこでミーティングを開くこともあれば、たむろして過ごすこともあった。

二年生の編集委員が携わる仕事の多くは、実質的なものではなかった。だからといって、私たちの仕事がさまつだと思ってはならないと諭された。繰り返し言われたのは、むしろその重要性のこと。論文が優れた洞察を示しているかを判断するのは、三年生の仕事だった。私たちには、それだけの充分な知識がまだ備わっていなかったと思う。二年生の役目は、研究ジャーナルに掲載されることが決まった論文の入った袋を渡され、一本ずつ注意深く読むことだった。書式のチェック、文法やスペルの見直しなど、ブルーブックが定めるルールが正確に守られているかを確かめた。万一間違いを見つけることができなければ、怠けているか、不注意だと見なされた。そして、そのどちらも許されることではなかった。

夢のようなコミュニティだった。まるでオアシスのなかにあるオアシスのようだった。

しかし、休むわけにはいかなかった。自分のなかでの議論、私が自分相手にのみ交わすことができるソクラテス式問答は続いていた。とにかく勝つことがなかった。なにか決定的なことがあったわけではない。前後に続く強弱の瞬間。後ろから強い動きがくれば、前進として評価できる。危機的状況ではないものの、なにかが欠けているような感覚が心から離れなかった。地球上には、もっと苦しんでいる人たちがほかにいるというのに、あえてそんな感覚を抱くこと自体が甘やかされている証拠であり、自分の境遇に感謝していないからだと自覚していた。

そんなある日、ハイウェイで運転中、時速一〇〇キロ以上のスピードで街灯に衝突した。とくに原因はなかった。晴れた日だったので、天候のせいではなかった。疲れていた。きっととても。

車は廃車になった。私は重傷だった。でも、死ななかった。一年生が終わったあとだった。夏休みにリハビリができた。だから秋に大学院が再開し、二年生になる時期には間に合った。

私は『イエール法学』誌の仕事に没頭した。目前にある仕事以外のことは避けるようにした。ついには、父が繰り返し言っていたことがわかるようになってきた。思い悩まないこと。すべてを忘れ、過去を蒸し返さない。辛うじてつながる現在があるだけ。そこで上手くバランスをとって、平衡を保ちながら、細心の注意をもって勉強に取り組む。

これが法を学ぶ学生として、研究ジャーナルの編集委員として、法科大学院生として、弁護士として、私が送る生活がやがて落ち着く先だった。土台の上に壁ができ、それに家具が組み合わさって家が完成するのと同じだ。あるいは植林された木が、新しい土地で根を張って育つのと同じこと。木が新しい土や気候に馴染むには時間がかかる。でも、それは時間の問題にすぎない。

ただし、授業中目立たないでいれば、輝くような推薦状で私を次のステップに進ませてくれる先生たちと、縁遠いままになる。遅まきながら、イエールで成績評価をしないのは、ほかの法科大学院と比べて推薦状がより一層重要な意味をもつからだと気づいた。西洋人は推薦状がつくる人脈を好む。中国語でいうグワンシー、いわゆる「コネ」のことだ。ただ、推薦状はただの紹介状ではない。品定めをする。つまり西洋では、法という規則によって決められた、透明性が高い環境のなかですべて事が運ぶ。それ以外の場所、たとえば中国では、もっと曖昧でわかりにくい状況のなかで、人間関係を元に人々は行動する。互いに親しい人間関係があってこそ、利益が得られる。

もちろん、法科大学院では法を習った。だからといってグワンシーが一切ないわけではない。上手い具合に隠しているだけだと思う。成績での競争がないのなら、推薦状というきわめて洗練されたやり方が、なによりも重要だ。

民間企業からの求人は数多くあるけれど、研究者の世界や法曹界の仕事では、コネや師弟関係が重視される。法科大学院での暗黙のルールを知らなければ、気がつかないことだ。クラスには親が投資銀行やヘッジファンドに勤めていたり、大きな法律事務所の共同経営者であるパートナー弁護士や、法科大学院の教授として働く友達がいた。入学初日から彼らはコネ作りを始めていたと思う。きっとこんな感じで。先生に顔を覚えてもらい、オフィスアワーを狙って頻繁に研究室を訪ねる。レポートの課題に選択肢がある基本的法原則の授業を履修し、定期的に先生と会うようにする。補助研究員か補助教員になるように頑張る。ただし、その相手は連邦判事や、狭き学問の世界で顔が利く有名教授でなければならない。法科大学院流の秘密結社にあたるアメリカ憲法研究会とか、フェデラリスト研究会といった研究サークルになるべく早く加わる。そして、その中心メンバーになるように努力する。それというのも、研究サークルでは著名なゲストを招いては、講演会を開くからだ。中心メンバーともなれば、ゲスト相手に食事もできる。私が法律事務所で実入りの良い夏休みのアルバイトをしている間、多くの級友たちは米国連邦検事補事務所で無給、もしくは最低賃金でインターンをしていた。大学院が修了したあとに、無事仕事が得られるようにするためであり、さらにそこからお目当ての一流法律事務所へとステップアップするための道づくりだった。そうやって資格を積み重ねていくことで、やがてはパートナー弁護士へと登り詰めていく。

そんな王道の歩み方を示してくれる師匠のような存在が、私にはいなかった。受話器を取って連邦判事に電話を入れ、私を推薦してくれるような先生もいなかった。法の裏側を知ることができる、秘密の水飲み場があることを知らなかった。ただ、連邦弁護士を目指していたわけではなかったので、それも大した問題ではなかった。ニューヨークやワシントンDC、ロサンゼルス、サンフランシスコといった人気の都市で働きたいとも思っていなかった。法科大学院授業料という多額の借金を抱えていたので、給与の安い政府関連の仕事をする余裕はなかった。

それでもイエールで学位を得るのは、意味あることだった。イエールでは毎年二〇〇名しか法科大学院に入学しないので、誰もが巨大な法律事務所に就職できた。だから、差別されることのない評価と機会を得て、ニューヨークの大手法律事務所で働くことになった。つまり、ほぼ九万ドルに達するという巨額の初任給で定職に就いた。連邦判事の下で働く機会があれば、これに最低一万ドルのボーナスがつく。一九八七年のことだ。

すぐに高層ビルが並ぶニューヨークという街が好きになった。都会ならではの喧噪。ざわざわした感じ。無限の可能性。不老不死の街がいつでも目の前にある。ベトナムを失って以来、はじめて新しい故郷を見つけた。美しく咲いてはいても、湿地に浮かび決して根づくことのない蓮の花とは違う。この街が私の根となった。アッパーイーストに素敵なアパートを借りた。けれど、そのアパートが家なのではなく、街そのものが家だった。私はこの街に住む市民のひとり。街にプライドを感じていた。なんて素晴らしい場所なんだろう――高まる動悸、そして誰をも受け入れる街の鼓動。地元生まれのニューヨーカーだろうと、外国人だろうと、よそ者だろうと、難民だろうと、移民だろうと、はみ出し者だろうと、誰もが集まり交わり、アメリカを故郷だと主張する。群れをなしながらもたったひとりであり、ひどい孤独に苛まれながらも誰かとともにいる空間。ニューヨークは私に人とのつながりと、ひとりでいることの両方を与えてくれた。その街のいたずらに大きな心が、私にいつでもどちらか好きな自分を選ぶ権利を与えてくれた。他人とつながることか、ただひとり孤独でいることか。どちらかを選ぶように無理強いされるのではなく、私が選ぶのだ。

ウォールストリートの法律事務所で働くことを決めたのも私だった。異常なくらいせわしなく動く世界。一か八かの張り詰めた空気。それが法律事務所の仕事だった。ウォールストリートの魅力に屈してしまったのかもしれない。コンクリートの建物のなかの波瀾万丈の世界。世界一の大都市で弁護士を務める。しかし、この幻想もそう長くは続かなかった。同じ大手法律事務所でも、夏のインターンシップで働くのと、正規で働くのとでは大違いだった。インターンのときは、正規の仕事に応募するためだった。事務所も新入社員を求めていた。ル・ベルナルディンのような高級レストランで特別なランチがあり、私はパートナー弁護士や顧客と席をともにした。ネットワークを築きあげる絶好の機会。ブロードウェイ演劇の入場券や、エリス島や自由の女神を巡るサンセットクルーズ、セントラルパーク動物園のカクテルパーティー。上手くいけば、夏の終わりに正式なオファーを得ることになる。ただ、それが人を釣るための単なる餌だったかというと、そうでもなかった。その後親しくなったパートナー弁護士によれば、インターンを食事に連れて行くときには、レストランの給仕にわざとオーダーミスをさせて、実習生の反応を確かめることもあったらしい。これがオファーを得るか否かの重要な要素になる。混乱したり、慌てたりすれば失格になる。

法の定める規則が本質的に正しいとの信念から、私は訴訟を専門にした。そして、夏のインターンで働いた法律事務所に就職した。J・E・B・スチュアート高校をなんとか卒業したのだから、今度は世界金融の中心地ニューヨークのウォールストリートで、訴訟の世界でも生き延びられることを自らに示したかった。毎朝身につけるストッキング。皮膚はかゆいし、すぐに伝線する。でも、履かないわけにはいかない。素足だとクビになる。ハイヒールに、長すぎても短すぎてもいけないスカート。キリッとした髪型。高額のデザイナースーツ。男だったら、周囲とは一味違うカラフルな有名ブランドのネクタイ。誰もが基本的には同じような服装なのだけれど、弁護士として自分を引き立たせる。

複雑に折り重なったピラミッド型のランク。パートナー弁護士、その補佐にあたるアソシエイト弁護士、事務業務にあたるパラリーガル、そして郵便物担当をはじめとするサポートスタッフ。証拠法や民事訴訟法による制限があるにもかかわらず、棄却申立て、略式判決を求める訴え、証拠排除申立てといった山のような申立ての数々と関連事項についてのリサーチメモなど、訴訟の多くは複雑かつ混乱をきわめ、ややこしく神秘的ですらあった。典型的な弁護士のイメージとは一線を画したかったのかもしれない。つまり、請求に請求を重ね訴訟を勝ち取るために、あえて細部を無視して突き進むマッチョな男性弁護士の群れとは違う姿勢を示したかった。アメリカでも有数の名高い弁護士事務所では、どの弁護士もバランス良く人生を送ることはできない。男だろうと女だろうと、仕事と家族をきれいに割り振って生きることなどできない。法はビジネスではないという免責事項に覆い隠された薄い化粧板のようなプロ意識にもかかわらず、ウォールストリートの法律事務所では、とくに一か八かのような訴訟の世界では、うなり声を上げてわめき散らすのが当たり前の文化がまかり通る。そこでは、弱者は決して日の目を見ず、高いコンサルタント料を稼いで、訴訟に勝とうとする意気盛んな欲望の持ち主だけが支配する。大空にも届こうという高層ビルに構えるきらびやかなオフィスでは、いつだって微笑みの陰で罵声が飛び交っている。法律だけが問題なのではない。強い主張を繰り返しては威張り散らし、これ見よがしにひけらかすことが重要なのだ。毎晩、私たちアソシエイト弁護士は、神経質に手を揉みながら相手を脅す毎日を楽しみにしつつも、座礁した船のように身も心もボロボロだった。

法律事務所の顧客は世界中から集まっていた。だから危険な仕事だろうと、些細な仕事だろうと、あるいは気まぐれな仕事だろうと、ミュンヘン、東京、ロンドンで現地時間の朝九時に出された要求は、たとえニューヨークが何時だろうとすぐに対応しなければならない。弁護士は、とりわけ若い弁護士ならば、顧客の興味をかき立てるためにも、深夜の仕事でもひるんではならなかった。ひとつの仕事のために、三日三晩寝ることもなく事務所に詰めていたこともある。四八時間を経過すると、時が折り重なるように感じはじめ、時間が不協和音をたてるなか、眠気も消えていった。ただ、一生懸命仕事をしようという前向きな気持ちや、ひとつの案件に費やす時間の長さについては、あらかじめ結論を下すべきではない。感情のバランスを取ることにせよ、どんどん積み重なっていくコンサルタント料にせよ、なにか特別なものを指し示しているわけではなかった。迷宮のような法律事務所の世界と、曖昧模糊としたその文化では、出世や将来に関する明確な約束など存在しないからだ。報酬が目当てだったのかもしれない。しかし、そこに至る道のりはコネや適切なアドバイスでもないかぎり、とてもわかりにくいものだった。問題なのは、そう簡単には良いアドバイスなど得られないことだった。すべてがすさまじい速さで進んで行く。それと同時になんの動きもなく滞ってもいた。こうした矛盾が心をむしばむようになっていた。

事務所の顧客は大企業ばかりだった。合併、買収、拡張、売買、株主還元、減益、破産再生、スクラップアンドビルドといった、大企業ならではの案件ばかりだった。資本主義が為しえる最善のこと。それは創造と成長に続く創造的破壊の繰り返しだった。毎月、私は両親に一〇〇〇ドルを送金していた。良いことをしているような気持ちになれた。両親は、故郷南ベトナムの中華街チョロンから逃げてきた中国系の友人と再会していた。彼らの助けで、ニュージャージーでドライクリーニングの仕事を始めた。私のように両親もフォールスチャーチの小さなベトナム系社会から抜け出し、自立していた。父はクリーニング業の細々としたルールを学んだ。兄のトゥアンは精神的に孤立し、父を助けることができなかった。実は、兄の行方すらわからなかった。私たちがアメリカで着々と生活の基盤を築く一方で、兄は取り残されていた。なんの音沙汰もなくさまよいながら、私たちにはわからない生活を送っていた。父は兄の不安定さを嘆いた。母はその不安定さを、妊娠時に自らが経験した恐怖のせいにした。

一方私はといえば、プロ意識が強い弁護士生活に必要な一途な気持ちとスタミナが、自分には充分でないことに気づいていた。法律事務所と私を結びつけていた鎖の金メッキは、すぐに剝がれはじめた。法科大学院を修了したことで得られる生活は、以下の通り。就職後数年間は、一ページも欠けることなく数千ページにも及ぶ書類が順番通りにホッチキス留めされていることを確かめ、スペルミスもなければ文法間違いもないことを確認し、パラリーガルや秘書、それにコピー取りに至るまで、ありとあらゆるすべての仕事が正確に行われていることを確認する。少しでも間違いがあれば、それはすべて私たちの責任になる。

ここで起きることはすべて、苦虫を嚙みつぶすようにして受け入れなければならなかった。

深夜二時を回るまで仕事をしてから帰宅することも少なくなかった。出入室記録にサインすると、数分前に事務所を出た別の社員のサインがあった。一時五五分退社。無機質に為された仲間のサイン。即座にガートルード・スタインの言葉を思い出す。「そこにはそこがない」。深夜二時まで働くような生活を望んでいたわけではなかった。ロンドンや東京、北京にいる顧客の時間に合わせて働く生活。この仕事を始めた頃、宅急便の集荷は午後八時が最後だった。つまりそれまでに仕事が終わらなければ、帰宅して翌朝早く出社すればいいかった。しかし、ファックスが普及すると、仕事を中断する理由がなくなった。どんなに遅くなろうとも、海外にいる顧客にファックス送信を済ませるまで、仕事を続けなければならなくなった。

株式の新規公募を準備する際には、マンハッタン南端のヴァリック・ストリートにある印刷所に出向き、報告資料と目論見書を用意して証券取引委員会に提出した。これは徹夜作業だった。途中、ロブスターやステーキ、アーティチョークにアイスクリームの晩餐を挟んで、夜を徹する生気を養う。ときには三日以上寝ることなく続く仕事もあった。ぼんやりと長時間にわたり我慢していると、本来創造的なはずの弁護士業務や訴訟関係の仕事にまで影響が及ぶほどやる気が失せてくる。表面的には、法学と創造性は相容れないように思えるかもしれない。創造的な訴訟などありうるだろうか。そんなものはない。はっきりわかりやすいのが一番だ。裁判官が「弁護士先生、それはとても創造的ですね」などと発言しようものなら、お世辞とは言えない。それにもかかわらず、優れた弁護士には創造性があった。訴訟開始の冒頭陳述に、優れた語りの技術を垣間見ることがあった。また、弁護士は言葉を使って新しい言語を産み出したり、既存の言語を再解釈する。その過程で、すでにある言葉や、きまりきった言い回しに法の力を織り込んでいく。「セクシャルハラスメント」や「言論の自由市場」、「ポイズンピル」、「ゴールデンパラシュート」、「ジャンク債」といった言葉は、女性の権利、憲法修正第一条、会社法といった様々な分野のあり方を変えた法的創造物だった。

しかし、私たちの徹夜作業は、鋭い分析技術や論理的思考を必要とする重要な仕事ではなかった。正直、その三日間なにをしていたのかすら憶えていない。ただ、機械的にカンマを適切な場所に入れたり、数字の桁の位置を間違いないか確かめる。九万ドルもの年間所得を就職一年目で得ていたのは、いつでも働けるように準備を整えているためだった。ローンで借りた法科大学院の高い授業料を返済するには、九万ドルは魅力的だったが、時給に直せばそうでもなかった。

逃げる場所などなかった。トイレにいるときですら、呼び出される。私の名前は意味を失った言葉でしかない。「カオさん、ラン・カオさん、電話に出てください。」作家ハーマン・メルヴィルが描く短編小説の主人公バートルビーを思い出す。罠にはまって動けないかのような感覚。典型的な鬱《うつ》の兆候だ。仕事を命じられると、バートルビーのように「どちらかというとやりたくないのですが……」と答えたくなる。もちろん、想像のなかでの出来事だ。実際にはすぐにトイレを飛び出して、仕事が済んでないことに不満を言う顧客の電話を取る。金曜日に課された新しい仕事を、週末までに終わらせる熱意がなければクビになる。

地下室で大きな音で音楽を聴きながら、大量のコピーを取る連中に密かにやっかみを感じる私。これが一体どういう意味をもつのかあれこれ考えるのにも嫌気が差していたので、やる気を装うのも大変だった。

そこで少し静かに暮らそうと、当てもなく職場を離れた。すると、とくに探していたわけでもなかったのに、法科大学院で学んだ頃から尊敬していた連邦判事が、事務職を求めていることを偶然知った。コンスタンス・ベイカー・モトリー。連邦判事に任命された初のアフリカ系アメリカ人女性だ。モトリー判事の人生は、公民権運動の重要な時期と見事に一致していた。そもそもは第二上訴合衆国裁判所の職に任じられたのだが、南部民主党の激しい抵抗に遭った。これに妥協するかたちで、ジョンソン大統領は彼女をニューヨーク南部地区連邦地方裁判所裁判官に任命した。

モトリー判事は、アメリカ史に新たな解釈と変革をもたらした人でもあった。アフリカ系アメリカ人として初の最高裁判事になったサーグッド・マーシャルを知る人でも、彼女のことはあまり知らないかもしれない。しかし、モトリー判事は、私の法律に対する考えを変えた無二の人だ。西インド諸島ネービス島からアメリカに移民した両親の下に生まれ、全米黒人地位向上協会初の女性弁護士を務めた。そして、連邦最高裁判所で言論を闘わせた初のアフリカ系アメリカ人弁護士として、ミシシッピ大学に黒人学生ジェームス・メレディスの入学を認めさせた。一九六二年のことだ。全米黒人地位向上協会法務防衛基金に二〇年にわたり在職する間、一〇件もの訴訟を最高裁で担当し、そのうちの九件で勝利した。南部の学校制度、バス等公共交通機関、レストラン等飲食店での人種差別撤廃に努力した中心的な法曹家だった。バーミンガム市では、マーチン・ルーサー・キング牧師を弁護した。彼女の黒人女性弁護士としての堂々たる出で立ちは異端と見なされ、アラバマ州では夜になるとマシンガンで武装した男たちが、身辺警護にあたった。差別撤廃の仕事は困難をきわめた。モトリー判事はミシシッピ大学を人種統合するために行なった自らの弁論を、南北戦争最後の闘いと称した。南部を旅したときの思い出を、含み笑いをこぼしながら話してくれたこともある。その頃、彼女はすっかり痩せこけていた。それというのも、南部のレストラン経営者は白人ばかりで、黒人の彼女に食事を出す店はひとつもなかったからだ。

モトリー判事はがっしりしたからだつきで、威圧的ですらあった。アメリカ第二の独立革命ともいえる公民権運動での彼女の経験から、私は歴史の授業では学び得ないかたちで、勝利と敗北、上昇と下降、理想と現実といった荒々しく対立する二重の価値観を理解した。法はいつだって相対立するふたつの価値観にかかわる。モトリー判事は活気に満ちた人だった。語るべき多くの経験をもっていた。彼女の事務所で経験した弁護士修業は、法を学ぶだけではなく、アメリカ史の深奥を知る機会でもあった。目を輝かせながら、モトリー判事は私と同僚のスコットに語った。イエール大学があるニューヘイブンの町で、ひっそりと家政婦として暮らしていたときのこと。ある白人の篤志家が学費の援助を申し出てくれた。そのおかげで大学へ進み、その後は法科大学院で学んだ。生まれてはじめてジム・クロウ法による差別を経験したのは、北部から大学があるナッシュビルへ向かう列車でのことだった。途中下車した停車駅のプラットホームで、それまで乗ってきた列車に錆びて老朽化した車両がつながれた。彼女は乗ってきた新しい車両に戻ろうとしたが、駅員に止められた。駅員は「黒人車両」と書かれたプレートを指さし、古い車両に乗るように指示した。そのプレートを彼女はさっと外して持ち帰ると、後日両親に見せた。

法科大学院へ進む決心をしたとき、モトリー判事の母親は美容師になった方が良いと思っていた。父親は彼女がそんな考えをもっていることに驚いた。父親はイエール大学では悪名高い秘密結社スカル・アンド・ボーンズのコックをしていた。家族はイエールのおかげで得られた生活に、とても感謝していた。アメリカンドリームに対して、私が感じた気持ちと似たようなものだった。

モトリー判事が全米黒人地位向上協会に職を求めると、サーウッド・マーシャルは彼女を雇うことを即断した。顧客が女性弁護士に仕事を依頼したがらないことを口実に、法律事務所が女性を雇おうとしなかった時代だ。スコットと私は、モトリー判事に連れられて週に何度か、連邦裁判所近くのリトルイタリアや中華街へ昼食に出かけた。彼女のあとを追いかける私たちの姿は、まるで子ガモのようだった。モトリー判事はいつも大きなバッグをスコットに預けた。スコットはそれを嬉しそうに肩にかけた。通りすがりの人たちが浮かべる笑いを無視して、スコットは私と一緒に彼女に遅れないようについて行った。モトリー判事は意志の強い人で、決して意見を曲げない。たとえば、一九八〇年代には黒人を指すには「ブラック」という言葉を使うのが一般的だったが、彼女は「ニグロ」と言い続けた。歴史的には正しかったとはいえ、私たちの世代には古めかしく思えた。また、判事を呼ぶのに「ミセス」ではなく、既婚者にも未婚者にも等しく使える「ミズ」を使うことを提案すると、判事は頑なにこれを拒んだ。彼女が若い頃には、白人女性を呼ぶときにはいつでも尊敬の念を込めて「ミセス」と言っていたからだった。当時、まだ若かったモトリー判事は「女の子」とか「モトリーのところの娘」と呼ばれていた。出世した今、判事は「ミセス」と呼ばれることを強く主張した。

ただし、彼女はアンチフェミニストではなかった。連邦判事だった一九七八年には、アメリカ大リーグに対し選手のロッカールーム取材に女性リポーターを認めるべきだという判決を下した。

モトリー判事は、黒人公民権運動になくてはならない存在だった。しかし、彼女の生い立ちには、移民としての経験もあった。モトリー判事の人格には、それがはっきり表れていたと思う。過去に対する特別な思いがあるからこそ、判事と私はしっかりと結びついていた。カリブ海に浮かぶネービス島は、イギリスの植民地だった。砂糖の生産を奴隷制が支え、島は発展した。その島から来た判事の両親が話す英語は、英国式教育で磨かれたイギリス訛りだった。彼女の母は居間にあるアップライトピアノで、イギリス国歌を演奏した。ニューヘイブンで家族が通った教会は聖ルカ監督派教会だった。自由黒人により設立された教会だ。イギリス的伝統をもつキリスト教徒であるがゆえに、判事の一家は人種差別を避けることができた。しかし、きっと他人は西インド諸島から来た移民を生意気だと思っていると、彼女は意識していた。男たちはしわひとつないパリッとした白いワイシャツにネクタイを締め、ジャケットを着て出かけた。

判事の物腰は、確かに被害者というよりは自らの優越を示すものだった。貴族的ともいえる姿勢には威厳すらあった。事務所内で私たちが世間話をし、判事が大好きなメントス・キャンディーをほおばっているときですら、判事の存在感は絶対的だった。人種とアイデンティティの問題について判事が鋭い指摘をすると同時に、その不安な行く末について語るとき、私にはそれがよく理解できた。判事の父親は、自らをアメリカ黒人とは思っていなかったらしい。つまり、アメリカ黒人が抱える未解決の歴史を、一歩引いた立場から見ていた。

時折、モトリー判事が母親のように思えることがあった。立ちあがって行動しなさい。窮屈に思わず堂々と、小さくなる必要などないのだから。そう励ましてくれた。ある朝、世間からの孤立を深めて落ち込んでいく兄のことを心配していたときのことだ。判事は、心臓の鼓動が感じられるくらい気持ちを込めて強く抱きしめてくれた。私が身を離そうとするまで、判事は抱きしめたままだった。難民としての経験やベトナムのこと、あるいは戦争のことについて、判事の側から話を切り出すことは一切なかった。判事の職場では過去を忘れる権利が、文句なく認められていた。おかげでいつも安心だった。自分から言わないかぎり、ベトナムが話題になることはなかった。

私は幅広く民事訴訟と刑事訴訟を扱う連邦レベルの弁護士として、重要な結果につながる裁判等の複雑な仕事に従事した。書類を見直し、間違いのチェックをし、完璧な「法務調査」を遂行するために、書類の山と格闘することはなくなった。書類を通じてではなく、法を現場で見るようになった。関係者が中立を行うとき、なにが起きるのか。判事はどのように判断を下すのか。すべてが裁判所で決まることもあった。これまでにない問題であるとか、よほど複雑な問題でないかぎり、私たち弁護士が資料にあたる時間の余裕などなかった。原告・被告の双方が提出する中立を見なおす必要があるときには、両者の口頭弁論を聞き、法律を調べ、判事が確認できるように提案の下書きをする。願わくは、それが裁判で認められるように。ひどく忙しい毎日だった。スコットと交代で事務所に残って調査をすると、判事のためにメモを作成し、より複雑な中立に備えた。被告が自力で起こした未処理の中立に目を通すこともあった。そうした中立は、判事の目にはほとんど届かないからだ。必ずひとりは、判事に同行し出廷した。

弁護士修業のハイライトは、一一週間に及ぶ陪審員裁判だった。その中身は、殺人、恐喝、陰謀、さらには州境を超えての盗聴を含む。RICO法と呼ばれる連邦法にもとづいて裁かれる刑事訴訟だった。被告はイタリアのジェノバ出身の犯罪者家族《マフィア》で、一族がかかわるギャンブルとヤミ金融に絡んだニューヨークの私立探偵殺害、および彼の同僚への殺人未遂の嫌疑だ。州裁判所で行われた二度の裁判では、陪審が評決に至らず、連邦政府が介入してR

ＩＣＯ法による裁判になった。殺人事件は州裁判所で裁かれるのが慣例で、連邦裁判所の管轄ではない。しかし、今回の殺人および殺人未遂は、恐喝組織が州境を超えて起こした事件だと見なされた。よって、私たちが担当すべき事件であり、連邦裁判所の管轄となる。

スコットと私は陪審員への説示を用意した。モトリー判事の評価はこの上ないものだった。「上出来よ。ＲＩＣＯ法での説示で、これほどのものを見たことはないわ！」

連邦裁判所での三回目の裁判で、ついに有罪判決が確定した。

モトリー判事と私は、仕事以外のプライベートな時間をともにすることもあった。一年間の弁護士修行が終わりに近づく頃、コネティカット州チェスターにある判事の別荘に招待された。彼女の夫がパンケーキとワッフルを作ってご馳走してくれた。その味に、サイゴンのアメリカ軍駐屯地の売店で、はじめてＴボーンステーキとセットで買って食べたパンケーキのことを思い出した。判事は私が知らないアメリカの話をしてくれた。判事との思い出は、いつもアメリカの歴史と結びついている。その話のひとつ。かつて黒人たちが自由に暮らし、自分たちでビジネスを営む豊かで美しい町がオクラホマにあった。学校もあれば、自治会もあった。ベトナム系難民社会リトルサイゴンのような、黒人だけのコミュニティだ。

次に、モトリー判事はディック・ローランドのことを話した。一九二一年、一七歳の白人少女サラ・ペイジを襲った罪で訴えられた、靴磨きで生計をたてる一九歳の黒人青年のことだ。ローランドは逮捕され、怒る白人の群衆が裁判所の外に集まった。リンチの噂が広まり、暴動が起きた。タルサ市内の黒人居住区グリーンウッドの多くが焼き払われた。そこは当時アメリカで、最も豊かな黒人コミュニティだった。黒人のウォールストリートと呼ばれていた。グリーンウッドには輝かしい歴史があった。白人社会への同化よりも、黒人の経済的自立と独立を望んだ黒人教育者ブッカー・Ｔ・ワシントンが推奨するモデルに従いつくられた町だった。この活況を呈す黒人コミュニティには、映画館やナイトクラブ、食料品店、新聞社、病院、歯科医院、弁護士事務所といった黒人が営むビジネスがあった。オクラホマ国家警備隊やクー・クラックス・クランが、白人居住区を守るべく招集された。黒人居住区は火の海になった。爆弾が空から投下された。黒人を雇っていた白人家庭も、白人暴動者に挑発され襲われた。暴動後、一万人もの黒人が家を失った。コミュニティは燃やされ破壊された。

忙しかった一日の仕事が片づいたあと、静かな部屋で私と判事はしばし話し込むことがあった。ソファーに座る判事の夫が辛抱強くこれに付きあう間、判事は私の質問が尽きるまで答え続けた。「アメリカの残虐な起源や、それに続く闘争、さらにアメリカが同化や平等、市民権を約束してきたことをどう評価しますか」と、私は尋ねた。判事はアメリカの善意を信じていた。彼女の人生の物語や経歴は、ビル・クリントンがその後一九九三年の大統領就任演説で述べたことを想起させるものだった。「アメリカには本質的に間違ったことは存在しない。すべての悪は正義によって正される」。ことわざのように、ありふれたこととはいえ深い真実を示す言葉だ。自由の女神を見つめる難民ならば、誰もがそう思うだろう。誰だってそう思いたいだろう。いや、改めてそんなことを言う必要すらなかった。作者のない物語のように、原案者がいない思想のようなもの。変化を求め、その変化が起きることを待つ。そして、その変化はきっと起きるという信念があった。

しかし、約束が守られない場合、そこにはどんな意味があるのだろう。太極拳では、尊敬すべき師匠や従順なる弟子、それに高名な賢人の個人としての資質は、約束が守られたか否かで決まる。守ることができない約束は、裏切りと同じではないのか。

答えはノーだ。なぜなら、約束には成就するのに長い時間を要するものもある。約束が叶えられるまで、しばらくじっくり待ってみてはどうだろう。約束がないよりは、あった方が良い。愛する祖国が掲げる理想と約束を、改めて求めてみることは大切だ。国を愛するのは、そこに受け入れられているからであり、安全な居場所を与えられているからだ。夢や歴史を共有できる場所だからだ。一筋縄ではいかないことかもしれない。でも、すでにベトナムよりも長く暮らすこの国は、自分の国になっていた。アメリカは私の祖国。「帰りたい」と思える国は、ほかにない。

弁護士修業が終わり、私は渋々法律事務所に戻った——とはいえ感謝もしていた。人生は夢を追い求めることだと信じる、理想主義の私は失望していたと思う。しかし、法科大学院授業料のローンはまだ返済できていなかった。利息だけでも年率一二％ほどになる。充分かつ安定した収入が必要だった。それを与えてくれるのは、ウォールストリートの巨大な法律事務所だけだったのだから、再び私を受け入れてくれた事務所には感謝した。ただ、それは長時間にわたる不安と雑役が、割り当てられることを意味する。だから、そこに戻ると私のからだは、恐怖のシグナルを発しはじめた。すぐにもまた逃げ出さなければいけないと思った。行ったり来たりの繰り返し。数年間ここで働くと、次の数年はよそへ行く。間もなく、それなりのリズムができてきた。平衡感覚を伴う静かな内的リズム。事務所がそれを許してくれたのは、運が良かった。

翌年はニューヨークとバージニアに住む母の間を行き来した。母は心臓発作を繰り返し、すっかり麻痺状態になっていた。クリーニング店を営むためにニュージャージーへ引っ越したあと、両親はバージニアに戻っていた。父がスチームプレスによる事故で被った火傷もあって、そそくさと店を閉じた。もう充分だった。アイロンかけもスチームプレスも。

金銭的にも肉体的にもダメージを重ね、母は小さくなっていた。不安は増大し、ついには麻痺してしまった。最初の発作が起きる直前のことだった。母はベトナム脱出の際に、私に隠し持たせようとしたゴールドとダイアモンドの話を蒸し返し、私が拒否しようとしたことを、半ば愉快そうに叱りつけた。その宝飾品は、長い間クローゼットにしまってあった。ベルベットのスリーブについた小さな穴にブレスレットや指輪、それにネックレスが留められていた。でも、私は宝石を身につけるようなタイプではなかった。だから、やんわり要らないと断った。本当に馬鹿な子ね。母は激しく非難するように言ったが、半分笑っていた。次に、まるで幽霊に出くわすかのようにあったのは、父からの電話だった。母が心臓発作で動けなくなったという知らせだった。

だから、母と私の間で最後に交わした中途半端な会話は、なんとも私が馬鹿だったということ。発作後、母は話せなくなった。リハビリに通って、丸い輪のついた釘を手に取り、穴に入れる練習をした。もはや左右がわからなくなっていた。しばらくして動けなくなった。そして、一年後に息を引き取るまで、意識を失ったままだった。

その頃の母に、私たちのことがわかっていたのかは定かでない。見舞い客は、最小限に留めるようにした――家族と親しい友人のみが、部屋を訪れた。とても心温まる感動的な出来事もあった。カリフォルニアに住む母の旧友が、仕事を辞めてバージニアに来ると、ほぼ一年間母の看病を続けてくれた。家族の近くにいられるように、私はニューヨークのアパートを引き払い、ワシントンDCに引っ越した。事務所のワシントン・オフィスへの転籍が認められたのだ。唯一母のために良いと思えたのは、ベッドサイドに座り、氷を食べさせてあげることだけだった。

ゆっくりと、日毎に母は消えていった。体重が減り、からだが小さくなっていく。そしてついに六六歳でこの世を去った。そのとき、私は三〇歳だった。

母が死んですぐに、私は家から逃げ出した。ゆっくりと壊れていく兄のトゥアンを見たくなかった。父のことは、五〇人以上の親戚家族が住む、ベトナム系コミュニティのなかにいるのだから大丈夫だと信じるようにした。兄はいつも母の一番近くにいた。母が乗るバスが手榴弾の攻撃を受けたとき、兄は母の胎内にいた。トゥアンの大切な記憶には、いつも母が一緒だった。兄にとって、母は分身のようなものだった。母の死後、トゥアンは母の着物をどこに行くにも、一週間だろうとひと月だろうと持ち歩いた。四〇歳で死ぬまで、兄は仕事を変えては方々を渡り歩く生活を送った。

母の形見の宝石を、父は私に渡そうとした。しかし、宝石をつけたベルベットのスリーブはまるごとどこかに消えていた。父も私もそれがどうなったのか、少しも見当がつかなかった。

＊
＊

それから一年も経ずして、私は再び無給休暇を取って事務所を飛び出した。中国に詳しい専門家をパートナーに、フォード財団から控えめな額ではあったが助成金を得たのだ。新興国市場経済と、共産主義計画経済の束縛から脱却し市場経済を試そうという移行経済について調査するのが目的だった。歴史が示すのは、政府が市場をコントロールすれば、経済は非効率化し貧困に陥るということ。加えて、個人の自由も制限されることになる。ある格言を思い出していた。「ソビエトでは、許可されていることも含めて、すべてが禁じられている。」

計画経済から市場経済への移行を促進するのに必要な法律とはなんだろうか。鉄のカーテンは崩れ、ソビエトとその同胞国は大きな変革の道をたどっていた。国家主導の経済を解体し、民営化を進める。つまり、国家所有の資産や企業を個人に売却する。残念なことに、国家が大切にしてきた財産を買うのは外国人だった。その動きは素早かった。共産主義官僚に権力を取り戻させないためだった。ただ、拙速に海外の資金が流入したため、予想外の問題が起きた。違法取引、ダンピング、汚職。ベトナムや中国といった別の共産主義国では、試験的に市場経済を導入し、経済分野の解放が政治に及ばないように注意していた。国家所有の企業は民営化されたものの、国が大株主として残り、企業経営の決定権を保持した。

貧困にあえぐ国の経済的発展を法律が促進するか、あるいは妨げるかを研究することは、私にとっても重要なことだった。私のなかには、理性的かつ知的な法律的側面と、感情的かつ情緒的なベトナム的な部分があった。このふたつをつなぐ試みが今回の研究であり、自分自身の殻を破ることでもあった。コントロールしにくい感情的な部分から出発し、規則や論理へ向かう。一年の多くをニューヨーク大学法科大学院でのリサーチに当てた。大学では弁護士会からきた弁護士と、議論に明け暮れた。

研究のためにベトナムに戻る。過去を掘り起こし、現在へとつなげる。ただし、法と論理という安全な領域のなかで。一方で、心のなかでは母の死という生々しい現実をいまだ引きずっていた。

タイのバンコックに、旅客機が降りたのは夜だった。ホテルに泊まる金銭的余裕もなく、入国を済ませたあとは乗り継ぎ便待ちのエリアで夜を明かした。空港の禁煙ゾーンの片隅に椅子を見つけたが、多くの喫煙者でいっぱいだった。

サイゴンに到着すると、途端に不安を感じた。父の恐怖が私に乗り移っていた。父はなにかよからぬことが、私に起きるのではないかと心配していた。というのも、ベトナムは私たちにはすっかり謎めいた場所になっていたからだった。サイゴンという都市の名称は、ホーチミン・シティに変えられていた。その威圧的な響きには、差し迫った恐怖を感じた。ただ、空港を指す省略記号は、サイゴンを指すＳＧＮのままだった。おかげで少し安心した。とはいえ、一九七五年以降自分自身のためにも、こっそりサイゴンを愛する気持ちを忘れようとしていた。サイゴンが好きだったことなどないと、私は自分自身に言い聞かせていた。サイゴンだって私を好きだったわけじゃない。ここは古傷を癒やせる場所ではない。

事実、私たち難民はそこから逃げたのだ。そして、アメリカに着くと、サイゴンに似た偽物の町をつくって、その空白を感情的に埋めあわせようとした。古いベトナムがいかに美しかったかを語ることで、逃げたことへの後悔の気持ちを和らげようとした。かつてのベトナムの美しさを、繰り返し話してはこなかったろうか。

それでも、サイゴンの町は私のことを忘れていなかった。私の肩に触れると、巧みに引き寄せていく。まるで町と私は絡みあう二本の木のようだった。タマリンドの木かもしれないし、バニヤンの木かもしれない。広く枝を伸ばす大樹。隣りあう枝が絡むようにして成長する。町は私を誘いながら、上手くコントロールする。古い街路を一歩、そしてまた一歩と歩いていくと、ついに私のなかのベトナム人の声がこだましはじめた。英語をかなぐり捨て、心臓がからだから飛び出し、あたかも自らの力で鼓動を打つかのように。この町が奏でる音を忘れたことなど、決してなかったことに気づく。これからも決して忘れないだろう。私を愛してくれるこの町が、心に取り憑いたまま離れない。夕暮れどきに鳴くコオロギ。けたたましく耳障りなクラクションを鳴らす三輪タクシーや車、それにバイクが歩行者を威嚇しながら、無秩序に動き続ける交通の流れに割って入っていく。霧がかったバックダンハーバーに悲しげに響く警笛の音とともに日が暮れる。どこへ行こうと、やかましくひっきりなしに聞こえてくるのは、日銭を求める物乞いの声。

深い郷愁の念とホームシックが折り重なるなか、敵が勝ったことへの恨みや多くの人々が苦しんでいることへの哀れみの気持ち、祖国を逃げ出したことへの良心の呵責、さらにはどう表現してよいのかすらわからない感情が沸き立ってくるのを感じた。解くことができない複雑な感情があることだけは確かだった。この町を単にストレートに愛したかった。

今にも壊れそうな頭のなかで、ついには、ここにいるのは誰もが仲間なのだと思えるようになった。私もそのなかのひとり。それを認め、受け入れ、親しみを感じる様々な瞬間があった。ただ、そうではないときはむしろ、金色に日焼けしたこの人たちは誰なのかと自問した。物欲しそうに、つかみかかってくる。絶望した様子で、足を引きずっている。嘆願しつつも、巧みに人の裏をかこうとする。そしてなによりも、耐え忍んでいる。きっと彼らは彼らで、私のことを同じように思っているのだろう。ベトナムに帰ってくるこの連中は何者なのだと。残していったものを取り返しにきたのかと。一体いくら持ってきたんだ。アメリカではどれぐらい稼いでいるんだ。家はいくらぐらいするんだ。差し出がましい質問に思えるが、ベトナムに戻ってくる私のような脱越者に対する彼らの視線を見れば、それはごく普通の疑問のようだった。

サイゴンでは、母の親友だった三番目の小母の家に泊まった。一九七五年以前には、タイガーバームに似たハーブ油の工場を経営していた中国系ベトナム人の起業家だった。ペパーミントやミルラ、カメリア、クチナシを混ぜたフルーツ油を作るニー・ティエン・ドゥオンという有名ブランドだった。政府は工場を、ゆっくり時間をかけて没収した。小母によれば、ある日支配人がクビになり、新しい支配人が着任した。ビジネスの経験がまったくない男だった。北ベトナムの小さな村で水牛を飼っていたのだという。その後、工場の鍵がいつの間にか替えられていた。

幾度となく断ったにもかかわらず、三番目の小母は私に自分の寝室を使わせた。壁に灰色の水疱が入った、エアコンが使える唯一の部屋だった。ベトナムの慣習としては格別の過度なもてなしだった――三番目の小母は私の母と同世代で、つまり私よりはるかに身分が上だった。その小母と、やはり中国系だった私の乳母が、一九七五年以降一緒に住んでいたことがわかった。彼女もベトナムを離れることを望んでいなかった。

身分を越えて三番目の小母の寝室に入り、ましてやその部屋を使うのはとても気が引けた。しかし、アメリカでは明確な境界も、ベトナムのような国ではぼやけて見える。ベトナムには境界がないというわけではないものの、サイゴンでは公私の間に引かれた線は異なるものだった。料理だろうと、洗濯だろうと、食事だろうと、遊びだろうと、すべてが家から街路にはみ出していた。外の空間が内の空間と結ばれていた。だから誰をも、たとえ血がつながっていなくても、小父とか小母と呼ぶのだろう。誰もがつながっていた。すべてが状況次第で文脈任せだった。そこには不可侵の境界などなかった。正反対のものですらが、陰と陽のシンボルのように互いに絡みあっていた。

だから、三番目の小母が繰り返し寝室を使うように言ったとき、私はそれに屈し、最後はありがたく受け取った。そして、多くの時間を小母の寝室で過ごした。熱い国で快適に過ごすには、エアコンは欠かせなかった。時は一九九一年だったが、私はベトナムにいた子どもの頃と同じように過ごした。時間を超えて世界の外側にある秘密の場所にこっそり忍び込むと、いとも簡単に子ども時代に戻ることができた。過去を思い出しながら乳母と昼寝をした。三番目の小母が一緒のときもあった。はしゃぎながらエアコンから吹き出す冷風に顔を近づけることも。それでもひどく暑い外の空気が部屋のなかに入ってくるのを感じた。小母たちはアメリカでの生活のことや、とりわけ母のことを知りたがった。

ストレスがたたったのね、とふたりは言った。母の心臓発作のことを話したときのことだ。

エアコンが効いた部屋は、とんでもない暑さから逃れるために集まる場所だった。こんな暑いところで、よくも放課後にサッカーや卓球ができたものだ。この町で経験してきたこと、笑ったり泣いたり、生死の瞬間を見てきたことは忘れようがない。

乳母は私たちのことを知りたがった。外向けの仮面を剝いで、私たち家族がアメリカで歩んできた道のりを整理してみた。見せかけだけの結果の数々。彼女に言ったのは、私たちが上手く過ごしてきたということ。

少なくとも今までのところは。

乳母が知りたがったのは、たとえ祖国を失っても、アメリカに行く価値があったのかということ。私のことを称えようとしているようだった。良い学業成績のことや美味しいベーグルサンドのことなど懐かしい思い出を話すたびに、彼女は目を閉じて言った。「でも、大変だったでしょう。」

はじめて三番目の小母の部屋に泊まった翌朝。目を覚ますと、寝室につながる浴室の浴槽には、すでになみなみと水が入っていた。外はとても暑かった。部屋のなかではあったけれど、水浴みをしたくなった。そこで、浴室の床に一滴たりとも水をこぼさないように注意しながら、そっと浴槽に浸かった。すぐにふたつある蛇口がどちらも壊れていることに気がついた。髪を洗うには、浴槽に頭を浸けるしかない。シャンプーをつけて、もう一度浴槽に頭を浸けて洗い流した。

あとから、浴槽の水は生活用に貯めてあったことを知った。家で使う一週間分の水だったのだ。からだを洗うときには、浴室のタイル貼りの床の上で、水を汲んで流す。ひとすくいの水が大切だった。からだごと浴槽に浸かることなどあり得なかった。ポンプの水圧が弱く、蛇口からは水が出なかった。水をもう一度貯めるために、三番目の小母は若者を数人雇って、階下から浴室がある四階の部屋まで、バケツに入れた水を何度も運ばせた。

困ったことは、これだけではなかった。三番目の小母は私の朝食用に、特製のベトナムコーヒーを買ってきてくれた。コンデンスミルクが入ったフィルターつきの小分けの品だ。ただ、これが甘すぎて、私には飲めなかった。コーヒーそのものは苦すぎた。もはやベトナム風の味は口に合わなかった。それでも、これを拒むわけにはいかない。飲まないのは失礼だし、恩知らずだった。だからこっそり部屋を抜け出すと、飲めるだけ飲んでトイレで流した。水圧が弱いのは、浴室だけではないことに気づいていなかった。トイレも水の流れが弱かった。一気に流せず、跡が残った。その場でこそこそしながら、何度も水を流した。それから数日というもの、トイレに残るコーヒー豆のビターな香りと砂糖の甘い香りが混ざった独特の匂いのせいで、秘密がばれてしまうのではないかと気が気でなかった。

ベトナム滞在中、食中毒にならないように、とても気を使った。食事には火が通っていることを確認し、果物は自分で剝いたものだけを食べるようにした。今や外国人も同様だった。私の体内器官は、ベトナムのバクテリアにはもはや対応できなかった。それほど注意していたにもかかわらず、お腹をこわした。振り返ってみれば、街頭で買った冷えたココナッツジュースのせいだった。ココナッツではなく、ストローが原因だったらしい。三番目の小母によれば、街頭売りはストローを使い回すことがあるという。

おかげで数日間家から出られなかった。ある晩、三番目の小母が、私のベッドのそばに来るとしゃがみ込んだ。そして、床のタイルを一枚剝がすと、その下からラジオを取り出した。ＢＢＣに選局してあった。「政府が民間ビジネスを認可するようになってからは、すべてが上手くいっているように見えるけど、私たちは今でも注意しているの。ほかの国で起きていることを知るにはこれしかない。」そう言って、ラジオを指さした。「政府のことを他人に話してはだめ。良いことでも悪いことでも。タクシーの運転手が政府への不満を言おうが、政治家の悪口を言おうが、黙っているのよ。表情ひとつ変えてもいけない。」そう注意された。

三番目の小母は言う。表向きは上手くことが進んでいるように見える。ビジネスを始めることもできる。私企業はもはや違法ではない。水牛などの家畜を殺す人はもういない。かつては、個人所有物を国有化する政策の一貫として、政府に家畜を献上した。それが嫌で、家畜を食べることもあった。

私はベトナム弁護士会の人たちと頻繁に会った。ベトナム政府がドイモイと呼ぶ経済開放政策について、様々な側面から論じるためだった。ファックスが発明されて、しばらく経っていた。私がベトナムに来たことを心配する父に手紙を書くと、三番目の小母が近くの店からファックスで父に送ってくれた。

しかし、ベトナムに戻った最大の意味は、五番目の父と再会することだった。ベトコンだった叔父は、当然のことながら戦後、ベトナムに残ることを希望した。叔父がついた側が、戦争に勝ったのだ。家族は五番目の父の存在を隠していた。私にとっては、はじめての「秘密」だった。叔父のことを話すのは、家族といるときだけ。父にとって、五番目の父は謎のような存在だった。敵とはいえ家族の一員であり、ベトコンが企む父の暗殺計画をこっそり教えてくれるほどの仲だった。

五番目の父は痩せこけ、疲れているように見えた。ソクチャンにある小さな村からホーチミン・シティに出てくる旅のせいだった。再会したとき、叔父はペプシのロゴが入った野球帽をかぶっていた。長い時の迷宮を抜けて、叔父とその息子に会った。叔父の息子は後にアメリカに来た。ハーランがバ・ハイと呼んだ、南ベトナム軍の特殊部隊で働いていたあの男だ。そのふたりが折り重なる影のように見えた。親子であるにもかかわらず、互いを敵として戦った戦争を経て、並んで歩いていた。

ためらいはあったけれど、叔父と昔の家を見に行くことにした。見て見ぬふりをする小旅行。見えているようでいて、実はなにも見えていない。通りの名前はすっかり変わっていた。というより、変えられていた。南ベトナム時代の名称で今も使われているのは、ベトナム侵略を繰り返す中国にはじめて反乱を起こしたチュン姉妹など、歴史的英雄の名前がついた通りだけだった。それ以外の道は、ベトナム共産党指導者の名前に変えられるか、共産主義革命に関連する名称に改められていた。たとえば、子どもの頃よく遊びに行ったサイゴン市内の目抜き通り、「自由」を意味するテュードー通りは、今では「一斉蜂起」を意味するドンコイ通りと呼ばれる。
南ベトナム時代の通りの名前を知るタクシー運転手がいた。その運転手に連れられ、かつて住んでいた家の近くまで行った。強く惹きつけられはしたものの、あたりの様子は今やすっかり変わっていた。子どもの頃、私の頭文字を刻んだタマリンドの木はもうなかった。家の向こうにあったサッカー場もなかった。警察署もなければ、近所にあったフォーの店もなかった。五番目の父の手を取り、懐かしの場所を訪ねることはもはやできなかった。しかし、消え去った場所の痕跡を確かめることはできた。心のなかでは、すべてが見えていた。人情味溢れるかつて住んだ町なかで、喜びと郷愁の念、それに失望と悲しみがからだの奥底で混ざりあった。抑圧された記憶と郷愁の念に頭がくらくらする。そんななか、目印になるようなものはなにも残っていなかったけれど、はじめて買ってもらったアイスクリームがコーンから落ちて、路上で溶けた場所を見つけた。

旅客機が飛び立った。上空からベランダや屋根の上に立つアンテナを見下ろす。空から見るサイゴン。蛇行するサイゴン川。蜘蛛の巣のように張り巡らされた通りのなかから、かつて私たちが住んでいた場所を見つけようとする。

急にナップザックにしまったペンを手に取りたいという衝動に駆られた。物語の始まりだった。文章が溢れるように浮かんでくる。想像上の本の出だしと終わりが、私の内から湧いてくる。時系列とは関係なしに、邪魔されることなく現れるのを待っている。ずっとあとになって、このとき飛行機のなかで私に起きていたことは、創作のプロセスだったと知るようになった。

ベトナムから逃れることは一生できない。事実、数年後に再び戻ってきた。思い切ってハノイにも足を延ばした。法律と法学についてもっと深く学ぶためだった。しかし、それはこの町に行くとか、あの町に行くといったことではなかった。なぜなら、私に取り憑いていたのは、町の風景や雑踏ではなかったからだ。そうしたものは、意識的に捨て去ることができる。私に起きていたのは、繰り返し現れては消え、現れては消える感情だった。柔らかに浮かびあがっては待ち伏せるかのように、私の息を詰まらせることもあれば、救ってくれるときもある。今でも「ベトナム」という言葉が聞こえれば、顔を上げる私。普段の会話だろうと、ちょっとしたささやきだろうと、あるいはニュースのヘッドラインだろうと。

第八章

高校生活（ハーラン）

死んだ人間の心臓の鼓動のように落ち着いている私。一七歳にして、すでになにも恐れるものはない。ウーバーを待ちながら、母ならレイプ魔の車だと言いそうな怪しげな白いワゴン車に寄りかかる。やたらこだわりの強い人間に成長したけれど、決して病的ではない。まともではないにしろ、受け入れられる範囲での常識外れの人間だった。いつも重い病気を患っているのではないかと不安に思っていただけじゃない。若くして無残な死に方をすると確信していた。乱暴に刺し殺されるとか、木材粉砕機に放り込まれて、パルプ状になったからだが湖で発見されるとか。そう思い込み、それを静かに受け入れた。五歳で家出したのは、母が私に観させた映画が原因だったと思う。幼い男の子が次々と誘拐されて、足を切り落とされていく映画だった。それとも、私がおかしかっただけかもしれない。わからない。

頭のなかで奏でる音楽。でも、音は聞こえない。心の奏でる交響曲《シンフォニー》は、ミュートボタンで封じ込められていた。周囲に対する注意が充分でなかったのは、路上でホームレスの男にずっとつけられていたのに、三〇分も気がつかなかったことからも明らかだ。

それでも、渋滞中のルート四〇五を走る車内から、窓の外に見える茂みのなかに小さなシマリスがいるのに気づいた。滑らかな動きで、小枝の間を出たり入ったりする。一〇分ほどじっと見ていると、やがてどこかに走り去っていった。あのリスがなにをしていたのか、一日中気になるに違いない。

私が落ち着きのない人間だという事実からは、なんとなく目を背ける。私の心理状態をグラフにすれば、救急車のサイレンのように見えるだろう。ただ、その救急車に意識を向けようとすると、不安が頭をもたげて、それを抑え込む。内なるハーランが頭のなかの音なき音楽の音量を上げて、救急車のサイレンが聞こえないふりをする。

ただし、これまでずっとこんな調子だったわけじゃない。心のなかの不安に取り乱したこともあった。高校に入って、それが変わった。高校時代に経験した心理的混乱と社会的混乱のせいで、人がなにを考えているのかを心配するのは時間の無駄だと悟った。そのことでなにかが変わるわけじゃない。だから、次第に気にしなくなっていった。

人間よりも動物の方が好きだ。怒りや恨みといった否定的な感情が原因で起きる周囲の状況をどうにかやりくりするために、私は人を動物に喩えることがある。人は誰でもオオカミかクマかヒョウだった。母はクマだ。私はヒョウ。オオカミとは上手く付き合えたためしがない。

オオカミは付きあう相手を選り好みしない。ただ、一度群れになれば、その絆は誰にも引き裂くことができないほど強い。オオカミは残虐で、仲間しか大切にしない。

クマは強いけれど、群れにならない。寒く過酷な季節を冬眠で凌ぐ、とても思慮深い動物だ。でも、クマ固有の世界に引きこもっているので、ほかの動物のことは理解できない。

ヒョウは陰気で、いつもひとりぼっちだ。オオカミとクマが混じりあったような存在だと思う。ほかの動物とは違うと思って生きているので、自力で生活する。

はじめてデートの誘いを断ったとき、その男の子は鳥を殺すシーンを撮影したビデオを送ってきた。なんの脈絡もなかった。一一秒間の残虐な振る舞い。今にも飛び立とうと地面の上で羽を広げる鳩に、背後から気づかれないように近づくと銃で撃った。抜けた羽がはかなく宙を舞うなか、地面には死骸が落ちていた。それがビデオの終わりだった。この男の子は完全にオオカミだった。

はじめて好きな子ができたときのことだった。相手の子は私のことを好きじゃなかった。一四歳の私は、黒ずくめの服ばかり着る小柄で、どこか落ち着きのない高校一年生だった〔訳註・日本では一四歳は中学三年生だが、アメリカでは中学が二年で終わり、高校に四年間通う〕。相手はうぬぼれた無作法な子で、感じが悪いうえに気遣いというものがなかった。もっとも彼ときたら、相手を思いやるふりはしていたけれど。私が犯した間違いは、大切なものすべてを一ヶ所に集めてしまったこと。この男の子のことだ。彼を愛してしまったがゆえに、払わなければならなかった代償はとても大きかった。彼には繰り返し裏切られた。

この出来事のあと、私は自分のことを大切にしなくなった。数日おきに、繰り返しひとりで考えた。「ひどい一週間だったわ。誰かが代償を払うべきよ。」そして、償う者がいた。それは自分だった。わざと自分で自分の邪魔をした。自分を高く評価しようとした。「私に恋する人がいれば、結婚してあげる。なぜって、私を失う苦しみを味わわせるのは嫌だから。私ってすごいのよ。」でも、それから数時間後には、道の真ん中に座り込んで、大型トレーラーに轢《ひ》かれるの待っている自分がいた。

部屋に入るなり、みんなの注目を集めるのが、私の望みだった。四歳になった頃から、私は人目を惹きつけたいと思っていた。誰もが見ているところでダンスをし、歌をうたった。周囲の関心を集めようとした。でも、それは違った。

オオカミは至るところにいる。毎朝八時、母の車から降りると、校門の前にはたむろするオオカミがいた。私は図書室がある一番上の階のバルコニーまで一気に昇っていく。そこから校庭を見下し、オオカミを見た。野球チームのユニフォームを着ているオオカミがいれば、ドレスでおしゃれするオオカミもいる。

スラット・シェイミング――性的逸脱を理由に女の子をいじめること――には、いつだって興味があった。世間では男の子が女の子をけしかけると思われているけれど、本当は女の子が中心だ。インスタグラムにヌード姿でポーズを取るような女の子と、家にいるだけでなにもしないその子たちの母親に、私はこき下ろされていた。なんでそうなるのか、私にはその理由がさっぱりわからなかった。唯一あの子たちにしたことは、相手にしなかったことぐらいだ。高校入学以来、ずっとそんな調子だった。それは学校を退学する日まで続いた。

彼女たちのパーティーには行かなかった。陰口をたたくこともなかった。人を好きになって、それが上手くいかなかったことが、なぜ女の子たちの関心を引くのか理解できなかった。

この学校に通い続けることはできないと思った。唯一できることは転校すること。だから、二年生の途中で退学した。そのときになってわかったのは、私が相手にしないから、みんなは気にするのだということ。最初はみんなを信用していた。人には言わなかったけれど、残忍なまでの嫉妬心に対して私はひどく無頓着だったし、過剰なくらい親切でもあった。つまりいい獲物だった。高校生活の二年間は、教室に入るなり、生きていることが気まずいと感じることとの繰り返しだった。惨めなくらいの失敗だった。そして、間違った男の子を愛したことが、取り返しのつかないことだという事実に、ずっと向きあわなければならなかった。ジャスティンにすべてを捧げた私は、あばずれ扱いされた。学校をやめるまで、私は自傷行為を繰り返した。月に何度か太股にカミソリを当てた。自分でも理由がわからなかった。泣くことすらなかった。ただ、なにかを感じたかった。母にそのことを話したのは、数年後のことだった。そのときですら、事の重大さに気づいていなかった。

自分を大切にしなかったことを、自らに謝った。そして、自分を安売りするのはやめると、自らに約束した。でも、謝るだけでやり方を変えないのは、偽りにすぎない。私のことをよく知る友達は、私を優れた偽善者だという(もちろん「優れた」というのは皮肉だ)。だから、自分で何度も練習した。そうすることで、現実から自分を守ろうとした。おかげで、他人に対しては上手く接することができるようになった。

＊＊

リーン、リーン、リーン——スマートフォンが鳴る音。

「ハーラン、どう。新しい学校は大丈夫。」

私は転校した。学期途中に転校する選択をした結果を直視すべきときだった。

「ええ、大丈夫よ。でも——ママ、ちょうど思ってたのよ。新しい学校に来て、生まれてはじめて自殺のことを考えはじめるって普通のことかしら。」

「なんですって!?」

手で顔をさわりながらささやいた。「ママ、私ひとりぼっちよ。」

「ハーラン、強くなりなさい。この一年は辛かったけれど、あなたはとても強かった。」

「無理よ。」つぶやくように話す私の声が、ますます低くなる。「あっ」と声が漏れる。驚いて胸に手を当てる。これまで名前をつけずにいたライラック色の猫が、目の前の白いシンクのなかにいる。その後ろには落書きをした鏡。猫は私を横目でにらむ。耳がピクピク動いている。

気が狂ったわけじゃない。幻想を相手に時間を潰しているのではなく、本当に猫をかわいがっているのだと思おうとした。それまでは、猫に触れようとしたり、追いかけようとしたり、話しかけようとしたことは一度もなかった。これが現実でないことは、猫も私もわかっていた。

そのとき、猫の目に私の顔が映っているのが見えた。

「そうね。私なら大丈夫。またあとで。」

「ハーラン、新しい場所での初日は誰だって不安になるものよ。人生というのは、そうした不安を避けて通ることなの。」

「わかったわ。」私は電話を切ると、蛇口をひねって水を流した。猫を溺れさせたかった。

「出ていって。」猫に言った。猫は濡れていなかった。耳が頭の上で寝ていた。

退学した高校には、金持ちばかりが通っていた。トイレでマリファナを吸うときは、着ているスウェットシャツのなかで煙を吐き出す。そうすれば、通りすがりの警備員に気づかれない。洗面台の下にあるのは、マリファナが入った小袋。トイレの見回りの時間になるとなくなり、見回りが済むとまた誰かが置いていく。

女子トイレに置かれた生理用品入れには、うんざりだった。でも、使用済みのコンドームに比べれば、はるかにましだ。半分に破れたコンドームが蓋の下に隠れていた。一度だけ同じように蓋が開いているのを見たことがある。八歳のとき、公園でのこと。あのときは風船かと思った。膨らませようとしなかったのは、不幸中の幸いだった。

クラブ活動のスポーツチームでは、新入りの男の子たちがいじめられていた。クラブはいじめの文化的象徴だった。二年生のときのクラスでは、生徒の半数がほかの学校の生徒よりもずっと進んだ数学の授業を受けていたけれど、これほどできない子たちは見たことがなかった。

転校した新しい学校は、同じ市の反対側に位置していた。高校中退の親に育てられた子どもたちが多く通う学校だった。「あなたの（your）」と「あなたは（you're）」の違いもわからない連中。でも少なくともここでは、干渉されることなく廊下を歩くことができる。誰も私のことをあばずれ扱いしない。遠く離れて立っていても、悪口を言われることもない。

でも、毒のかたまりみたいだった最初の高校をやめる頃には、私の性格はすっかり変わり、ひねくれ者になっていた。つまり、人嫌いになっていた。

ただ、誰もかもを疑うようにはなっていなかった。母とは違い、妄想に取り憑かれているわけでもなかった。

私が九歳か一〇歳になった頃から、セシルは家中の電話が盗聴されていると言い張っていた。鍵がかかった部屋にいるときでも、ベトコンが盗み聞きしていると主張した。微妙な話になると、私は母というか、セシルに三人称で話しかけなければならなかった。共産主義者の裏をかくのが、生き残りの秘訣だと母の代わりにセシルは言う。だから、私たちは「あなた」と二人称で呼びあうことはなかったし、「私」という一人称で自分のことを指すこともなかった。母もセシルも電話を盗聴するベトコンが、私たちの使う「彼女」という言葉が誰を指すのかわからずに混乱していると思っているようだった。母もセシルも自分を「彼女」と呼ぶことで、ありとあらゆる危険から身を守ることができると思っていた。

あるときスーパーマーケットの真ん中で、「あなたって呼ばないで」と母が叫んだことがある。「皮が緑色のバナナを取った方が良いと、あなたは思う」と、私が訊いたときのことだった。とんでもない経験。私の一部が逃げ出していくのを感じた。当惑した自分がドアから出て行くのが見える。公衆の面前で母があんな風に振る舞うときには、どうすればいいのだろう。オーガニック食材売り場には、私の肉体が青いバナナと黄色いバナナをそれぞれ片手に持ったまま立っていた。店中の人たちの視線を感じながら。運が悪い。

だから「シーっ」と母に言った。すると「また叫ぶわよ」と、言い返された。

日頃の会話で、「私」と言わず「ハーラン」と自分を呼ぶのが、ごく当たり前のことになった。

最初の高校では、それが原因でいじめられた。「ハーランに鉛筆を取ってあげて」とか、「ハーランはまだ用意ができてないの」とでも言おうものなら、友達だったはずのクラスメイトまでもが顔に唾でも吐きかけようかという形相で、私を狂人扱いした。半狂乱のふしだら女だと。

思春期になると、自分のことを大切にしようと、自己コントロールした。そして、男の子との関係もあとになって後悔しないように、思い切った挑戦を控えるようにした。

でも、そうなるまでに、何度か男の子とは付きあった。ときにはひどい経験もあった。母はそばでずっと見ていてくれた。母の目の前でドアを叩きつけるように閉めることもあった。男の子に騙されて落ち込みはしても、相手に立ち向かう勇気すらなかった。別れたボーイフレンドからもらった二三通ものラブレターを、どうすればいいか教えてくれたのは母だった。雨に濡れたタンポポのように泣き崩れる私を、抱きしめてくれた。

高校時代の恋愛は、デートが冗談まがいだった中学生になったばかりの頃と、大人の真剣な恋愛の中間にくる微妙な時期にあった。誰もが困惑し、誰もがセックスを求める。そして、本当はどうすればいいのかわかりもしないくせに、決してそれを認めようとはしない。一五歳にもなれば、大切な人に気持ちを打ち明けなければならない。男の子が友達を介して可愛いねと伝えてくるのはもうおしまい。実際に面と向かってデートに誘う。女の子だって、ほかの子たちと彼の噂話をするのはＮＧだ。

デートに誘われない女の子が集まり、グループになる。野球部やサッカー部、それにアメフト部の男の子たちが寄ってくるような可愛い子は、だんだんうわべだけの友情を示すようになっていく。決してその子たちが悪いのではない。人は変わるものだし、大切にすべきものも変わる。そういう子たちは、みんな似てくる。写真を撮れば、みんな同じようにスマイルするし、デートの相手も同じようなタイプの男の子ばかりだ。

そして、そんな男の子たちが私に興味を示すようになったとき、女の子たちが面白く思っていないのは明らかだった。

誰と話すわけでもなかったし、相変わらず喪に服した未亡人のように黒い服ばかり着ていたけれど、私は注目の的だった。見る気もしない写真を男の子たちが送ってくるようになったのは、私の胸が大きくなってきたからだと思う。バランスの悪い塊だった胸が、幾何学的な形状をとりはじめていた。

廊下を歩くのも嫌だったけれど、母には黙っていた。集団になった男の子たちの前を歩けば、じっとお尻を見られているのがわかる。アダルトビデオを観はじめた男の子には、女の子は誰もが獲物だった。自分を男らしいと思っている子たちがつねに送ってくる、しょうもない写真のことは、自分だけの秘密にしておいた。デートやセックスに興味がなかったわけじゃない。ただ、男の子たちの好奇心があまりに押しつけがましかったので、すっかり嫌気がさしていた。少なくともあの頃は。

母は私になにかを禁じたりはしなかった。強制的になにかを奪うことはできないと信じていた。もちろん、コカインとか暴力のようなことは別として。子どもからキャンディを取りあげると、あとになって縛りがなくなれば、たくさん食べるようになるだけだと母は理解していた。唯一の例外は、私が一四歳のときのことだった。

二〇一六年一一月八日。ドナルド・トランプが大統領に選ばれた日。その日、私はスマホを没収された。

二〇一八年二月一九日。私はスマホを取り戻した。

このふたつの日付はとても重要だ。私にとって、負のスパイラルの始まりと終わりを示している。スマホ没収の意図は、三角法の成績を上げさせるためだった——そのときのテストは七九点。学期の終わりまでにAになれば、スマホは返すと言われた。二〇一七年一月二〇日がその期限。

私は八九点でその学期を終えた。Aにはわずか一点足りないだけだった。

母とマイはスマホさえなければ、私の気が「散らない」と思っていた。でも、一年半の間、友達づきあいが原因で、私はかつてない問題に直面していた。スマホのせいだった。つまり、スマホがないせいだった。問題がどうにも解決しないことはわかっていた。母がスマホを返す気になるたびに、マイがそれをやめさせた。

それに、こと男の子の話となると、母はまったく役に立たなかった。

母の高校時代は、完璧に孤立していた。わざと他人を装って外から家に電話し、自分の両親に声音を変えて話しかけた。そうやって自分には友達がいると、親に信じこませようとした。そんな母がアドバイスなどできるはずもないし、私のことがわかるわけもなかった。

私にとって幸福とは、完全な麻痺状態を意味することが問題だった。つまり、一〇〇%痛みに鈍感な状態に、満足感を得ること。父の死のように、苦しかったことを思い出すのが、一番幸せなのだ——ただし、思い出すだけで、そこから生じる感情は遮断する。他人が撮った映像を見ているような状態――映像を見るだけで、苦しみは感じない。

自分に言い聞かせていたことがあった。なにかストレスを感じることがあれば、もう一度それを体験すべきということ。

一四歳のとき。最初に通った高校でのこと。ジャスティンに出会った。奇妙なくらいトントン拍子ですべてが進むと、天まで昇ってから急降下するエレベーターのように、あっという間に真下に突き落とされた。つまりジャスティンとの関係は最初、頑丈なロープに結ばれて宙を揺れる大切なバスケットみたいだった。ところが、バスケットが引きあげられるにつれてロープは糸になり、やがて糸はデンタルフロスになり、しまいには消えてなくなってしまった。もちろん、箱はコンクリートの地面に叩きつけられた。ジャスティンが私のバスケットだった。卵のようにもろい私の感情を、彼との関係にすべて注ぎ込んでいた。

ある日、ジャスティンを初恋の人だと確信した。でも、次の日には、彼に向かってこう叫ぶはめになっていた。「あなたに向かってとやかく言いたくない。ただ、これが友達として正しい行動でないことをわかってほしい。人として正しいことではないとわかってほしい！　そのことを私に向かってはっきり言葉で認めてほしい！　大袈裟にする必要なんてない。あなたのことでクヨクヨ泣くつもりもない。裏表のあるあなたの顔を見ているより、家に帰って受験勉強でもしてた方がましよ。」

ジャスティンは私の秘密をすべてばらした。ふたりで過ごした時間がすべて人目にさらされた……ジャスティンは、それをわざとやった。その方が、彼にとって都合が良かったから。私は涙を拭い去って、彼の声を忘れた。なぜって、もし思い出して頭のなかで反芻しようものなら、心が張り裂けそうになるから。ジャスティンが私のことを忘れてしまっていると思えば、もっと苦しくなる。彼にやさしくしてほしいと思う自分が嫌だった。

ジャスティンの唯一のやり方は、避けること。「ハーラン、君の行動はおかしい。もっと大人にならなくちゃ。

どうしたんだい。君ときたら、なにもしてない僕を責めるだけ。」

ジャスティンがわかってないのは、なにもしないのは、なにかをしているのと同じだということ。つまり彼こそ大人じゃない。彼の友達が私のことをふしだら呼ばわりしたり、私の写真が「売女」と落書きされているのを見つけたら、そんな連中を叩きのめすべきだった。一度は付きあった関係なんだから。

でも、彼はなにもしなかった。

私は泣き叫んだ。気持ちを滅茶苦茶にされたからじゃない。彼の頭が単に悪いのか、それとも非難されるのが嫌なのかがわからなかったからだ。それとも悪いということはわかっていて、それを認めたくないだけだったのかもしれない。

私は自分を大人の女と信じ込んでいた幼い少女にすぎなかった。バスケットが落ちて壊れると、自分自身が地面に叩きつけられたような気持ちになった。自分がとても小さくなったように思えた。少女というより赤ん坊のようだった。

その後、一度だけジャスティンの家へ行った。いつものように玄関で靴を脱ぐと、階段を上がった。彼の犬が足下で吠えてじゃれてくるので、含み笑いを浮かべた。彼の部屋に入るとベッドの端に座って、本棚に飾ってある飛行機の模型を見た。ハンガーにかかっていたスウェットシャツの折り目をじっと見つめた。彼の友達が来た。ジャスティンがサッカーを通じて知りあった別の高校に通う男の子だった。さらに人が集まり、小さなパーティーが始まった。さっきの男の子がやさしい声で話かけてきた。マリファナを吸っていたようだった。そのおかげで気分が良いみたいで、心なしか私より小さく見えた。

彼は私にねらいを定めると、赤ん坊のように両腕で抱きあげた。そして、私を抱いたまま、廊下の奥にある別の部屋へ向かった。その部屋にはベッドがあって、全身を写す大鏡がついたクローゼットがあった。彼は私をベッドに下ろした。やたら背の高いベッドだった。こんなベッドははじめて。

彼は私にキスをすると、シャツを脱がせた。まあ、いいわ。

でも、次に彼は私の頭を押さえると、首根っこをつかんで、強い力でぐっと押さえつけるように下にもっていった。それはだめ。

なにが起きているのか気づいた私は、懸命に彼を押しのけようとした。彼の身長は一八〇センチ以上ある。私は一六〇センチちょっと。立ちあがった彼に髪の毛を引っ張られて、力なく座り込んだ。

それでも、力を込めて彼を押し返すとドアのところまで行き、ぎこちなくドアノブをつかんだ。後ろから追ってくる彼は私の腰に手を回すと、固い木の床の上に膝から座り込ませた。どうしようもなかった。だから、アレに噛みついた。彼は大声を上げて、私を放した。そのあと憶えているのは、ゆっくり立ちあがり元の部屋に戻ると、静かにジャスティンのベッドに座ったこと。そして、母が迎えにくるまでジャスティンの隣で、彼のコンピュータを使って映画を観ていた。なにも言わなかった。男の子たちはふたりで私の魂に吸いつくと、心をこじ開けて共有した。私を滅茶苦茶にした。これって男の子のすべきことかしら？

その後八ヶ月経って、ようやくあれがなんだったのかわかった。レイプだったとは思いもしなかった。でも、『吸血鬼の日記《ヴァンパイア・ダイアリーズ》』（*The Vampire Diaries*, 2009-17）という大好きなテレビ番組を観ていて気がついた。それはセックスシーンだった。こういうのも変だけど、同意の上でのセックスをテレビで観て、あのときの私が強要されていたことに気づいた。誰もそのことは知らなかった。とても孤立した気持ちになった。彼に対する怒りというよりも、私のことを売女だと思って、本当のことを理解しない連中に腹が立った。

その後、誰も信用できなくなった。信じてほしいと言われても無理だった。自分はみんなと違うとわかっていた。でも、外からみれば、そうは見えない。私の行動の大部分は、ほかの子たちと変わらない。ただ、それは普通に見せようと努力しているからだった。もし「普通」に見える子がいれば、その子のことを理解していないだけ。

成績は九二点から九〇点に落ちた。Bになりかねない状況に、家ではアラームが鳴り響いた。母は週に一度マイと私のことで喧嘩した。親としてどうすべきか。この「壊滅的な状況」をどう乗りきるのか。失恋のせいで娘は三角法の計算ができなくなっていると、母は信じ込んでいた。唯一の解決策は、もっと練習問題を解かせること。母にはこの失恋が普通ではないことが、わかっていなかった。だから毎日、三時間目の英語の時間が終わると、母は私を迎えにきた。タイミングは絶妙だった。次の時間はジャスティンと一緒。母にしてみれば、私がこれ以上崩れていくのは放っておけなかった。噂が広まった。毎日四時間目の前に私が家に帰るのは、私が性病の治療に行くからだと。

一番記憶に残っているオオカミは、親友のジョセリンだった。彼女とは切っても切れない仲。私の母もベトナム語が上手い彼女をとても気に入っていた。ジョセリンと一緒に過ごせば、私もベトナム語が上達して礼儀正しくなると、母は思っていたのだろう。母の描く理想はきっとこうだ。数学の宿題をしながら、ベトナム語で母親自慢をするふたりが、キッチンでフォーをつくる。

ある日、誰かが私の写真に「売女」と書いて貼り出した。ジョセリンを探したけど見つからない。私は階段の吹き抜けの下で泣いていた。彼女とは正式に別れたわけじゃはない。ただ、彼女がその写真を貼った男の子と付きあっていることを知って、会うのをやめた。

ひと月もしないうちに、別の女の子に告白された。中学から一緒だった子だ。でも、ジョセリンと決別するまでは、顔を知っているだけだった。求められながらも手が届かない存在という立場が楽しくなった。母のように誰からも孤立した状態ということだ。ただし、違いはあった。母はそもそも殻にこもった隠遁者みたいだったけれど、私は本来社交的。ただ、自分を守るために隠れざるを得ない状況にあった。以前は自分を安売りしたせいで、すっかり滅入ってしまっていた。オオカミの前で膝をついて餌を与えたがゆえに、手まで噛み切られて、群れにもっていかれてしまった。あんなことはもうこりごりだった。

それでも、誰もが本当に離れていってしまったわけではなかった。私が誰かを求め、でも友達になれないでいたのか、その逆なのか。追いかけられるのが楽しかった。無視される苦しみを味わうのも楽しかった。バランスの取れた、対等な関係、つまり相思相愛になることは滅多になかった。自分ぐらいの年の子には、珍しくはないと思うけど。

その女の子とは、お互いを大切にするという点では、等しい関係にあった。でも、一緒にいたいと自分から言い出すことはできなかったし、離れていたいと言うこともできなかった。ただ、黙っていた。キスはした。ただ、どうしてそうしたのかよくわからない。そういう関係もありだと思っていたのかもしれないし、本当にそうしたかったのかもしれない。二〇一八年は、誰もが突然バイセクシャルになった年だった。私も試してみたかった。

でも、私はバイセクシャルじゃない。彼女はそうだったけど。だから、私たちはそれぞれ行くべき道を歩むことになった。私はすぐに新しい恋人を見つけた。すべてを私のために捧げてくれる男の子だった。私はその女の子から離れつつも、一緒に過ごすこともあった。

「あなたってすごく難しい。すごく残酷なときもあるし、心を患っているのかと思うときもある。でも、それ以外のときは、あなたのことが本当に好き。運命の人なのよ。だから、ありがとう。」その子の言葉だ。そのとき、私はただじっと彼女を見つめているだけだった。

私は運命の人なんかじゃない、と思いつつ。

心を患っているって、ずいぶんきついわね。

私の友情はどれもこれも、最後まで続かなかった。母は友達の作り方も、ずっと仲良くし続ける方法も教えてくれなかった。代わりに母から学んだことは、忠誠心の大切さだった。母は自分の愛情に報いてくれない人たちを決して許さなかった。

でも、母は私に恋した女の子のことは好きだった。

そして、私も母のようになっていた。徐々に友達は私の期待に応えられなくなってきた。私は自分の期待が大人っぽすぎるのだという事実に気づき、それを受け入れた。同い年の子たちへの期待としては高すぎた。結局、彼女たちを放り出すことはしなかった。先に彼女たちが逃げていったからだ。街灯に足があれば、きっと一緒に私から離れていったことだろう。

私が期待していたのは、大好きなウディ・アレンの映画で描かれるような大人の関係だった。でも、周囲はまだみんな子どもだった。クラスの半分は、自動車免許すら持っていなかった。

私はひとりにつき三ヶ月間、浮気せずに付きあうことにした。頭のなかも心のなかもベルベットからシルクに変わるまで、その子のことだけを考えるようにした。相手もそうだった。けれど、ついには失望するだけだった。私の集中力についてくる子はいなかった。

私から離れなかったのは、あまり面白くない子たちだけだった。そのなかにひとり、私のことを愛している子がいた。でも、私はすべてのエネルギーを別の誰かに注いでいた。私が新しいボーイフレンドに夢中になりはじめると、彼女の私への気持ちも高まった。私が新しい人と付きあっている間、彼女はじっと待っていた。

今や私は母のようだった。私が人を愛するのは、相手が私のことを愛してくれるから。母が教えてくれたのは、自分自身の価値を評価すること。母は自分以外で私が愛したはじめての人だった。

一年生から二年生にかけての一年間ほど、私と母の関係が深まった時期はなかった。その頃、私の人生はどうしようもないほど混乱し、壊滅的だった。だから、母との関係も不安定なときがあった。

「どう、このジーンズ？　ヒップが可愛く見えるかしら。」母に訊いたことがある。

「そうね」と、母がぶっきらぼうに答える。

「そんな目つきで私を見ないで。どうせ人目を気にしすぎているとでも思ってるんでしょ。誰かが気を惹こうって怪しんでるのね。」

「誰かがじゃなくて誰かのって私なら言うわ。」

私の虚栄心は絶頂期にあった。でも、振り返ってみれば、あれはひどく落ち込んでいたことの裏返しだったと思う。誰が私を利用しているのかすら気にならなくなっていたのだから。

その頃のことで一番よく憶えているのは、バージンを失った日のこと。失ったというよりは、捧げたって感じだった。ジャスティンじゃなかった。少し年上の男の子が相手。自分がなにか得体のしれないとてつもないものへと変化していくのを経験しつつも、彼っ、て、ク、マ、だわって思っていた。

終わると、彼は私に寄り添いながらやさしく言った。「わかってほしいんだ。僕が君のことを本当に思っているっていうことを。本当さ。」ほかの女の子なら心のなかでホッとする瞬間だろう。少なくとも相手の男の子は自分を利用したんじゃないと気づかってくれたことに感謝して。でも、あのときの私にはどうでもよかった。だから彼の言葉を切り捨てた。「そんなこと言う必要ないわ。あなたは言わないといけないと思っているかもしれないけど、そんなことないのよ。」

「ハーラン、君が恋愛関係に感情的になっているのはわかるよ。でも、僕の気持ちをないがしろにしないでほしい。さあ、シートベルトをして。」彼はそう言うのが精一杯だった。

自分自身のことを気づかうエネルギーも常識もほとんど残っていないというのに、恋愛関係を楽しむ余裕などどてもなかった。私の感情といったら、どういうわけか生まれてこの方、ずっと私のあとをつけてきた紫の猫に、足蹴にされてほどけていく糸まりのようだった。

三年生になる頃には、健全な恋愛関係というものを理解できなくなっていた。ボーイフレンドに父親の姿を求める女の子は多い。彼女たちはそれによって、関係の善し悪しを計っている。でも、だからってどうすればいいのだろう。私は父のことを本当にわかっていたのだろうか。

転校後は、マイケルという男の子と付きあうようになった。彼に出会うまでは、ただ誰かにのぼせて、それを愛と間違えるのがどう意味をもつのか、わかっていなかったと思う。マイケルへの愛は間違いなんかじゃなかった。

彼こそ私の愛を捧げるべき人だったし、それを大切にしまっておくことができる唯一の人だった。栗色の巻き毛に緑の目をした彼の口元はキリッと引き締まっていた。スポーツカーが大好きなマイケルは、数え切れないほどの靴を持っていた。彼といると安心だった。

でも、幸せは長く続かなかった。

父が死んだのだ。父が死ぬまでの一週間というもの、私の感覚はかつてなく麻痺していた。母は最期の一〇日間、父のベッドに寄り添うようにして床の上で寝た。

父は昏睡状態にありながらも、意識はあった。からだを動かすことはできなかったけれど、頭のなかはずっと動いていた。まるで砂の上に線を引いて、私の人生に美しい模様を刻み込んでいるかのようだった。父の横に座って、終わりの瞬間を待つのは、誰かを愛しながらも決して会うことのできない遠距離恋愛のようだった。

「お父さんが私にしてくれたことを、いつだって誇りに思っていた。でも、それをちゃんと言葉にしなかった。ごめんなさい。私が間違ったことをしているときにも、お父さんは私のことを大切に思ってくれていた。」

私が父への愛を言葉で伝えられるようになったとき、父は私の手をギュッと握りしめることしかできなくなっていた。

二〇一九年一月二九日。七時から始まる早朝クラスに出席しようと、早めに目を覚ました。毎日の習慣だった。寝ている父の姿を見てから出かける。活き活きとした赤い頬。父を成功に導いた熱い情熱。でも、その日の父は白かった。血の気を失っていた。

死という大理石のカウンター。白く冷たくなった死体を見ていると困惑する。でも、その死体が父のものだと、なにも感じない。なにもない。目頭に感じる痛み。頬をつたって流れる涙。心のなかは空っぽ。死んだのは父だけでなく私もだった。父のからだが死に、私の心が死んだ。

その日、私はマイケルとビートルズを聴いた。私が泣くのを見て、彼は一緒に泣いた。

私が大人になる瞬間を決めたのは母だった。一一歳になった私は、夜になると父に薬を飲ませるようになった。私は大人だった。マイが家の廊下で、残酷にも自分の絵を切り裂いたのは私が六歳のとき。あのときの私は大人だった。木によじ登ろうとする母のからだを幹から引き離し、転落するのを防いだことがあった。「今すぐ彼女を引き下ろすのよ。そうでないと、彼女が叫びだすわ。」そうわめく母の口に手を当て、周囲の人に聞かれないようにした。あのときの私は大人だった。

何度も繰り返し、名無しが名乗りもせずに母に代わって現れていたのだと思う。一〇代の頃、母と喧嘩していると、実は名無しが私を苦しめているときがあった。そんなとき名無しが出てくると、私の言うことをすべて否定した。母が過度に自衛的になって、自分を守ろうと守勢に入っているときは、大体名無しなのだとわかるようになった。でも、母が舵取りをしていようがいまいが、私は大人への道を歩んでいた。高校に入ると、からだの成長が加速した。胸もお尻も、月経もなにもかも。周りも私を放っておかなかった。男の子たちの視線が私の胸に集まる。まるで、なにかがそこにあるみたいにじっと見つめる。放課後、友達と一緒にトイレに忍び込み、個室のなかでアレを引っ張り出している男の子たちがいた。

スナップチャット——みんなが使うスマホのアプリ。でも、私がそこから得ていたものは、ほかの女の子たちの間ではまだ珍しかったもの。招かれざる性教育入門。これに参加する女の子たちはスリムで肌が白く、おしゃれだった。男の子たちも肌がきれいで、良い服を着ていた。そういう男の子たちがそういう女の子たちにアレの写真を送る。女の子たちがそれを望んでいようといまいと（大抵は望んでいなかった。ただ、わざととって置いて、あとで相手の男の子を懲らしめるのに使う場合もあった）。

最初の写真のことなら憶えている。「それで、調子はどう」って感じで声をかけてくる男の子だった。その子が頼みもしないのに、キノコみたいな画像を送ってきた。六歳のときに行ったベトナム以来、男の子のモノは見たことがなかった。アレって機能的なもので、飾りじゃないでしょ。それが私の見解だ。だから、すぐにスマホのスイッチを切った。

次の日クスクス笑いながら、母にそのことを話した。母は私の親友だった。カリフォルニアに来てから二年も経つというのに、私はまだ友達作りに苦労していた。数少ない友達も、私のことをわかっているとはいえなかった。だからといって、母が私の理解者だったわけでもない。ただ、母は私に寄り添ってくれた。でも、このときは笑わなかった。代わりにセクシャルハラスメントの講義を受けた。

その年、マスカラをつけはじめた。メイクは得意な方じゃなかった。ユーチューブを見ながら、アイラインを黒で大胆に描いてみた。ビーチには行かないので、肌は青白かった。家でウディ・アレンの映画を観たり、滅茶苦茶にピアノの鍵盤を叩いたりの生活だった。ピアノの練習をするのは、相変わらず嫌だった。

一体、なんのための練習なんだろう。練習が好きな人などいやしない。「いやー、自転車の練習しなくちゃ」なんて言う人は見たことがない。乗り方を学ぶことはあっても、それができるようになれば、あとは楽しいから乗るんだと思う。

青白い肌にマスカラを塗り、アイラインを引いて登校した。休み時間になると、ほかの女の子たちと並んで、鏡のなかの自分を見つめて時間を潰した。年齢を重ねるにつれて、そばかす顔になってきた。大きな鼻はそれだけだと格好悪い。でも、頬や目も大きかったので、上手くつりあっていた。ブラの位置を直し、デオドラントで口をゆすぐ女の子たちと一緒にいると、また写真が送られてきた。アレの写真。全体としては、上出来の一日だった。

高校一年になって二ヶ月後の大統領選挙で、ドナルド・トランプが当選した。最初は、冗談みたいな存在だった。男の子たちは「トランプ二〇一六」という大きな旗をマントのようにして、ふざけながら校内を歩き回った。でも、ヒラリー・クリントンなのか、トランプなのかという話になると、冗談とはいえなかった。

学校がどちらについているのかは明らかだった。カリフォルニア州全体では民主党支持が強いが、私たちが住むオレンジ郡では熱烈な共和党支持者が多い。「俺はトランプに入れるよ。なんてったって陽気な男だ。あの犯罪者よりましだ。」こんな言葉が普通に聞こえた。まさか本当にそんなことにはならないだろうと思っていた。トランプが大統領なんてあり得ない。トランプ大統領の国がどんな国になるのか想像もつかなかった。

でも、勝ったのはトランプだった。選挙の夜のことは決して忘れない。腰が悪い人用の特製の椅子に座った父は、CNNの選挙速報を静かに観ていた。私は床の上で取り乱しながら、しくしく泣いていた。マイは独立政党の候補に一票を投じた父のことを怒っていた。父はムッソリーニに関する本をたくさん読んでいた。そして、選挙前にはトランプの手法がムッソリーニのやり方にそっくりだと繰り返し言っていた。

「ビル、あなたったら一票を無駄にしたのよ」と、マイが言う。父はマイを見ると、捨てずに取っておいたマクドナルドのストローでジンジャーエールを吸う。父の看護師が、何度も食洗機で洗っては使っているストローだ。母の命令だった。

翌日、学校へ行くと、廊下は赤い帽子で埋め尽くされていた。からだじゅうが麻痺してくる。同時に父が可哀想になってきた。なぜって父は一生懸命働き、法律学を教え、道義的な行動をしてきた。そう、父は道義的な人だった。アメリカ自由人権協会にいた頃には、男女平等憲法修正条項を批准させるために、あのルース・ベイダー・ギンズバーグ連邦最高裁判所判事と仕事をしたこともあった。南部参政権の問題に取り組んだこともあった。それなのに、きっとトランプが父の知る最後のアメリカ大統領になる。

私が高校に入学したときには、父の死期が迫っていることが、すでにはっきりしていた。父の部屋の真上にある自分の部屋にこもって、私はアバの曲を聴きながら男の子たちのことで泣いていた。父のことは見もせずに、父の部屋の前を通り過ぎる。そして、二階にある自分の部屋で、壁や机の上に自分の思いを書きだした。でも、それを父に見せることはなかった。父は知りたがっていたけれど、決して教えなかった。

父は完璧な人だった。誰よりも優れていた。ヴァン・ゴッホの絵画のようだった——壁にかかった美しい絵のように、何度もその前を通り過ぎながらも、私はその美しさに決して気づくことはなかった。絵がなくなった今、壁にはなにもかかっていない。そして、私はすっかり落ち込んでいた。

父は道端で缶蹴りをして育った。マンガの取り合いで、兄と殴り合いをすることもあれば、木になる桃をつまみ食いすることもあった。一九四〇年代のことだ。父に気持ちを明かせるわけがない。大きくなるにつれて、ただ心がもやもやしてくるだけだなんて、どうして言えるだろう。どんどん不幸せになっていく。インスタグラムを見るたびに、水着姿のクラスメイトが男の子たちとポーズを取っている写真が上がってくる。男の子たちときたら、私のことを可愛くないとか言いながら、平気であの写真を送ってくる。腐ったスイカでいっぱいのボウルに入れられたパイナップルみたいな私。どんなに頑張ってみたところで、刺すように酸っぱい。一四歳にして、いまだに友達の作り方もわからない。

偶然、父が死んだ時期に、私の自尊心が向上した。世界で一番大切な人を失ったけれど、その代わりに自分を愛することを知った。鏡を見れば、父が私に残してくれた顔が浮かびあがる。そして、思う。私って案外きれいなのかも。おかげで以前より社交的になった。一月二八日。父が死ぬ前日、友達と一緒にビーチへ行った。そこに噂には聞いたことがあったし、幾度となく見かけたことはあったけれど、一度も話したことのない女の子がいた。名前はジュールス・ファン。その日、彼女と親しくなった。そして父が死ぬと、ジュールスが私の守護神だと思うようになった。彼女ときたらとても陽気で、人付き合いもよかった。だから、私もそうなろうとした。

マイケルと出かけることも増えた。彼は私がそれまで行ったことがなかった場所に連れて行ってくれた。家でハロウィーンのパーティーを開いて、前の高校の友達も呼ぶことにした。みんなと遊ぶのはとても楽しかったけれど、ジャスティンだけは呼ばなかった。そのせいでパーティーまでの数週間は、このニュースで持ちきりだった。ジャスティンが村八分にされたと知ると、みんなはなにかまずいことを仕出かしたのではないかと不安になった。それで仲間外れになることを嫌って、過去の言動を過剰なまでに謝るようになった。インチキな子たちってこんなもの。

ついにその日が来て、パーティーもたけなわっていうときになって、前の学校の女の子がひとりもじもじ近づいて来た。そして耳元でそっとささやいた。あのときのことは決して忘れない。

「ハーラン、あなたって……すごく可愛いわ。完璧って感じよ。それにこの家。とっても広いわ。あなたって頭も良いし。私たちのことをしょうもない連中って思っていたわけよね。」

その後、このオリーブの木がどんどん成長していくような感じで大きくなった。それでも、みんなが開くパーティーにはなかなか行けなかった。マイケルは新しいことに挑戦しようと言ってくれた。過去を埋め合わせて、この小さな旅を終わらせようと。でも、彼は彼でとても保身的なところがあった。今ならわかるけど、あの頃にはそれがどうしてかわからなかった。マイケルは私がもっと心を開くように助けてくれたけど、どこかよそよそしいところがあった。前の学校の友達が集まるパーティーには、連れて行ってくれなかった。話題にもしなかった。私と一緒にいるのを見られたくないって思っているのはわかっていた。彼の社交性が傷つくからだ（家で私が開いたパーティーは別として。私が開いたパーティーは、マイケルも手伝ってくれたので、ほかのパーティーとは違った）。マイケルは私に、週に三日は酔っ払ってるいかれた女の子たちみたいになってほしくないと言った――でも、彼はいつもそんな子たちと一緒だった。マイケルは、私が一流大学を目指していることや、将来作家を目指していることと、失望させてはいけない家族がいることにも触れた。でも、それが本当の理由じゃないことは明らかだった。

彼自身のことですら、事はすんなりと進まなかった。母もマイもマイケルのことが好きみたいだった。私も彼のことは知りすぎていたから、放っておけなかった。ビートルズの「マクスウェルズ・シルバー・ハンマー」（'Maxwell's Silver Hammer,' 1969）は、彼が子どもの頃に好きだった曲だ。ミニカー遊びが大好きだった。レゴには興味がなかったけれど、警察署と刑務所のセットを作ったことはあった。食事は、なんでも一枚のお皿の上で混ぜて食べるか、一口ずつ均等に取って食べるかのどちらかだった。お父さんが経営する不動産業を継いで、事業を大きくするのが目標だった。白や黒のポルシェ、マクラーレン、コルベットみたいなスポーツカーを集めるのが夢だった。ひどく落ち込んでしまうので、ひとりでじっとしてられないことも知っていた。

マイケルにとって私は神様からの祝福でもあれば、悪魔の呪いでもあった。彼は私をきれいだと思っていたし、一緒に昼寝したり笑ったりもした。私のことを頭も良いし、社交的だし、どこか際だっているとも言ってくれた。でも、きっと彼の知る女の子たちのなかで一番やっかいで、重たい荷物が私だった。私と出会う前のマイケルは、いろんな女の子たちと付きあっていた。私と付きあっているときにも、ほかに女の子がいたと思う。彼のことがとても好きだったから、なんとなく騙されているような感じがしても、面と向かってそれを言ったりはしなかった。彼と一緒のソファーに座っていても、なにも言わなかった。どうせマイケルは言いわけするし、満足のいく答えなんて返ってこないとわかっていたから。だから、その場を立って洗面所に行くと、水を流しながらしくしく泣くこともあった。私に飽きているような気がした——退屈なのではなくて、どこか怒っているような気がした。クリスマスは、うちの家族と一緒に過ごした。食事代は全部母が払ってくれたし、彼にはプレゼントをごまんと買ってあげた。それでもマイケルは夜になって家に帰ると、別の女の子にメッセージを送っていた。私がそのことを知っているとは思わなかっただろうけど。でも、私は知っていた。

とはいえ、初恋の人として、マイケルはほぼ完璧だった。ある夜、彼に電話した。正式に別れてから二ヶ月が過ぎていた。今にも失明しそうなので、家に来て助けてほしいと頼んだ（スマホのやりすぎで、目が過敏になっていただけだった）。マイケルは来てくれた。そして、私を抱きしめると、四時間も一緒にいてくれた。彼はよく物事に気づくすぐれた直感をもつ男の子だった。こんな子は今まで付きあったことがない。いつでも私の味方だった。

でも、彼は私のことをわがままで、上辺だけの人間だとも言った。男を見る目がないと批判もされた。マイケルに出会う前に、私が付きあってきたのはひどい男ばかりだと。頭は良いけど、生きるのは下手だとも言われた。反応すべきときには黙っていて、そうでないときにやけになるって。だんだん母親に似てきている。すべて当たっていた。

マイケルと出会ったのは、私が書くことに興味をもちはじめた頃だった。マイケルと付きあったおかげで、私は社交的になれたし、自信や勇気も芽生えた。この本を書くにも、その影響は大きかったと思う。創作するときの集中力や、母と母の裏の人格との複雑な関係、最初の高校のときに抱え込んだ重荷、悔やみきれない父との関係などすべてが、マイケルとの関係に影響した。そして、私たちは親しくなった。彼にしてみれば、大変なことだったと思う。重荷だったこともあるだろう。でもどこかで、この先どうなるにしろ、マイケルは私といる価値があると思ってくれたんだろう。だから、彼のことはこれからもずっと好きだと思う。違う大学に進んで、別の道を歩むことになっても。

ある賢人から聞いた話に、愛する人が喜びの涙や悲しみの涙をもたらすことがないのなら、それは時間の無駄だというのがある。彼との関係は、絶対に時間の無駄なんかじゃなかった。

こうして社交的に成長したにもかかわらず、私はまだひどくこだわりがある人間だった。細かいことが気になる性格は、日に日に悪化していったように思える。月経が不安定になり、かかりつけの医者に相談すると、鉄のサプリを勧められた。

「どこで買えるかわかるわよね」と、先生が訊く。

「はい、スーパーに行けば買えるかと……だから、ハーランにもわかると思います。」そう答えると、先生は困惑した表情で私を見た。私は咳払いをした。

「それで、私のおっぱい……じゃなくて胸なんですけど。触るとなんだかしこりがあるんです。」

「それで乳がんを疑っているのね。」不機嫌そうに先生が言う。

「ええ。そうです。」

「ハーラン、あなたまだ一六歳よ。」

「がん患者の一割は一〇代です。だから、その一割のなかに入ることもあり得るかと。」そう言いいつつも、自分でなんだかおかしな気持ちになってくる。

「しこりを見せてちょうだい。」

シャツを上げて、左の胸だけを見せた。そして、油性のマーカーでつけた大きな印を指した。

「あらっ……」そう先生は言うと、手袋をして触診を始めた。

胸の膨らみを先生が無言で一〇秒ほど触る。私はその間検査台の上から足をぶらぶらさせていた。検査台はきちんと掃除してあるのだろうか。患者が代わるたびに、紙のシートを交換しているのだろうか。私は尋ねた。「な……なにか感じますか。」

「なにも」と、頭を横に振りながら、先生は言った。

私は眉間にしわを寄せた。「きっと印の場所をしっかり触っていないからだと。一週間前に感じはじめて以来、毎日確かめています。」

「しこりを毎日あやしてるってわけね」と、先生が笑う。私を小馬鹿にしているわけではなかった。そうではなくて、私自身これが奇妙な言動と自覚していることを見破っていたからだ。だから私も笑った。なぜってそうすべきだと思ったから。

笑い終えたとき、自分の行動がおかしかったことに気づいた。私はがんになりたかったのかしら。先生が大丈夫というからには、大丈夫なのよ、ハーラン。心のなかでつぶやいた。

「あなたはがんじゃないわ。」先生は手袋を外しながら、はっきりと言った。私は肩をすくめ、耳鳴りのことを尋ねようとした。それと幻覚のことも。でも、やめた。

「胸が重いのはどうしてですか。」突然言葉が口から飛び出してきた。それで、恥ずかしくて身を丸めた。

「わからないわ。そういう人もいるし、そうでない人もいる。子どもを育てる準備をからだがしているのよ。」

「遺伝でしょうか。」

「その場合もある。でも、背中が痛くなったりはしないでしょ。」と先生。

「いいえ。でも、とっても重いです。というか、重かったです。でも、今となっては思い出せないような……」

「重かったのね。」

「はい。それぞれ交互に。右と左で違います。いつも左の方が大きく感じていたので、そっちを気にしていました。」

「そうね……」

「どうもありがとうございました。パドナー先生。」

「さようなら、ハーラン。お母さんによろしく。」

「はい。伝えておきます。」

そう言って母がいる待合室に戻った。きれいに日焼けした黒髪の小柄な女性。口元が可愛く引き締まっている。

「おかあさん」と、微笑む私。良い日だ。乳がんではなかった。もっとも先生に安心させられたのは、これがはじめてではなかったけれど。

母は私を見ると唇を噛んだ。不満そうな表情。私が外で待っているように言い張ったからだった。母と、とりわけしょっちゅう機嫌が悪くなる母と一緒に検査室に入って胸を診られるのは、もうこりごりだった。もっとも母ときたら、ドアがしっかり閉まっている浴室《バスルーム》に、頼みもしないのに平気で入ってきては、私の胸を何度も見ていたけれど。

「どうだった」と、いつもの調子で母。

「クソ良かったわ。」

「ハーラン、やめて。」

「ごめんなさい！　がんじゃなかったの。だから……」

母は目を丸めて、私の後頭部をコツンと叩いた。「だめよ、病院でそんなこと言ったら！　それは閉まっておいて。」

「了解……」

「あなたに役立つ記事を何本か送っておいたでしょ。アイビーリーグ系の大学が志願者になにを求めているのかをまとめたものよ。読んだかしら。」

この種の質問が嫌なのは、私が読んでないことを知って母が訊いているから。

「まだよ。」

「まあ、いいわ。でも、これがあなたの生きている世界なのよ。私たち家族の世界よ。そうでしょ。私が送る有益な情報を無視するっていうのは……ところで、あれはニューヨークタイムズ紙に出ていた記事よ。」

「家に帰ったら読むわ。」

「私のためじゃないわ。あなたのためよ。」

「ありがとう、お母さん。」

「マイケルと遊んでばかりいるわ。彼のことは好きよ。本当に。とても良い子よ。良いボーイフレンドね。でも、あなたの未来とは代えられない。」

「そんなこと言ってないわ、私。」

「あなたのやっていることが、そういうことなのよ。」

「あら……」

「言いたくないけれど……」車のエンジンをかけながら母は言う。「あなたの出版計画と、すぐれた作文能力は認めるわ。でも、それを別にすれば、成績評価が満点で大学進学適正試験でトップグループに入る子はたくさんいる。一歩抜け出すには、しっかり勉強して準備すること。それと戦略を練ること。」

「サッカーをして、根暗なチェスクラブにも入って、引き取った子犬を散歩させて、ディベートクラブでリーダーを務める子たちが、すべて大学進学のためにやっていることぐらい、誰だって知ってるわ。やりたいことに集中するより、よほどおかしなことだ思うけど。やりたいことっていうのは、私の場合は芸術作品を創り出すことなの。」最後に言ったことは、ちょっと生意気だとわかっていた。でも、嘘ではなかった。母の反応を見たかった。私は良い気分だった。母はそれをぶち壊しにきた。

「そういう子たちはなんでもできるのよ。なにもおかしくなどない。」母は言った。

「わからないわ。だって、やりたいことがあるのは良いことだから、どんどんやりなさいって言われるのに。実際、それをやってみると……一六歳にして回想録を書くのはそういうこと。それなのに、ほかの子たちみたいにしないと良い学校に行けないとか言われて。やりたいことがわからないようにしなさいってことかしら。でも、私にはわかる。それを追求することもできる。大学へ行って、小説を書いて、いつかは映画の脚本なんかもやりたいとか言いつつ、チアリーディングにばかり時間を費やしてたとして、どういう意味があるのかしら。ヒトラーは野望をもっていた。大きな野望だった。困ったことにユダヤ人を憎んでいた。それで、この地球上でなにができるかをじっくり考えた。『若き日のアドルフはユダヤ人を滅亡させることを望みつつ、時間があれば人類の平等を唱えていた』なんて書いてある歴史書なんてないわ。」

しばらくの間、車内で沈黙が続いた。そして、母は言った。「一体なにが言いたいの。わからないわ。ヒトラーになりたいとでも言うわけ。」

私はゆっくり大きく息を吐いた。「わかったわ。ヒトラーはあんまり良くなかったわ。でも、私が言いたいのは、ひとつのことに集中するのは間違ってはいないということ。」

「誰もあなたの言うことを理解しないでしょうね。」母はぶつぶつ言った。

「マドレ〔訳註・スペイン語で母〕、私たちって似たもの同士よね。」

その夜、あまりに寝つけないので徹夜を決め込んでいると、突然スマホに通知が入った。ハンドルネーム「生みの親」。隣の部屋で寝ているはずの母からのメッセージだった。

階段で腕を突きあげている男の子たちの画像。

午前三時三四分

ハーラン。ナチス式敬礼をする男の子たちの画像よ。右端を見て。ひとりだけ腕を上げてない子がいる。この子みたいになるのよ。

第九章

モンキーブリッジ（ラン）

ベトナムへの最初の旅を終えて、私は心機一転ニューヨークシティに戻った。いまだウォールストリートの生活にどっぷり浸かっていた。時間を切り売りしながら測る効率と生産性を崇拝する世界。それでも私は、書き物をする時間をつくりはじめた。訴訟用の弁論趣意書ではない、まったく違う種類の書き物だった。まとまった時間を取ることはできなかった。どこへ行くにもノートと鉛筆を持って歩き、時間を見つけては一気に書いた。駅と駅の間で地下鉄が立ち往生すれば、通勤途中の人々の落ち着かない会話から自らを遮断して、読み書きに没頭した。膝が机代わりだった。目の前にあるのは、混みあった駅のプラットホームや改札口、回転式のドア。ベトナムははるか彼方うっすらと見える月のようだった。それでも逆説的ではあるが、腕を伸ばせばすぐにもそこに手が届きそうだった。

大きなシナリオはなかった。ベトナムに起きた変化や私たち家族のこと、南北ベトナムの人々のことは、何年もの間ずっと考えてきたことだった。戦争が終わり国を逃げ出した、多くの難民に起きた出来事についても考えた。わからないことばかりだった。疑問が山積していた。私たちなりに都合良く編集し直したアメリカンドリームと難民生活があった。歴史書を書くつもりはなかったが、書けば必ず歴史が影響した。改めて調べることはなかった。

必要な情報は、すべて私の内にあった。

目標や目的地があるわけでもなかった。ただ、目を開いたまま夢を見るように、物語が展開していくだけだった。仮面舞踏会に出かけるために、仮面を着けて仮装するのとは正反対だった。今や英語が私の言語だった。私の直感を表すのに、充分な言葉になっていた。当てもなく図書館をうろうろしては、書架に並ぶ「ベトナム戦争」に関する本を読んだ日々。アメリカの政治家や政府高官、軍人、退役兵、反戦運動家が様々な視点から多くの本を書いていた。しかし、どれひとつとしてベトナム的視点はもちろんのこと、ベトナム人の経験を描いてはいなかった。

ブレヒトは言った。「戦争とは愛のようなものだ。つねに行くべき道をたどり続ける。」書くことも同じだ。書き手は、つねに書くべきことを理解している。

図らずも、私は書き手としての才能を育んでいた。

こうしてデビュー小説『モンキーブリッジ』の創作が始まった。ベトナムには、農民が川を渡るために、竹にロープをくくりつけて作る細い橋が架かっていた。この橋を渡るには、猿のような敏捷さが必要だ。小説のタイトルにはぴったりだった。戦場から平和な場所へ逃げること。祖国から新たな国へ移り住むこと。難民からアメリカ人になること。分裂したものをひとつにまとめること。決められた方式《フォーミュラ》などなかった。ただ書くだけ。私の内にある渦巻くような暗闇から登場人物が現れては、心のなかで、あるいは外の世界で起きる様々な困難に立ち向かっていく。物語の筋はこうして生まれた。しかし、まとまった計画があったわけではないので、時間に焦る必要もなく、守らなければならないスケジュールがあるわけでもなく、いかなる命令もなかった。心が書きたいと思うときに、書き続けた。

高校でも大学でも、あるいは法科大学院でも法律事務所でも、やらなければならない仕事は山とあり、次から次へと迫ってくる締め切りがあった。だから、私の生活はつねに規律正しいものだった。それとは違い、ある程度の縛りはあるものの、当てもなくさまよう自分が不確かな記憶の世界へと入っていく。まるで記憶の方が、私をどこか近くの止まり木で待っているかのようだった。長い間放っておいた古い記憶を取り戻すべきときが来たのだ。明るい話だけではなく暗い話も書き、そして語りなおすことは、ベトナムを再訪した結果として当然のように思えた。これまで触れてこなかった自分、存在を知りつつも目を向けたくなかった自分のなかに入っていく。書くことで、ずっと忘れていた子ども時代へと戻っていく。太極拳の物語、『千夜一夜物語』、高校時代に読んだ英語圏の物語。大好きな小説の世界。言葉に表された想像や魔法の世界へと戻る。光と陰の世界へ、対位的に響くメロディーのなかへ入っていけば、そこには複雑に屈折した歴史そのものがあった。驚いたことに、私は小説家の生活にはまっていた。

なにをしているのかは、誰にも明かさなかった。父にすら言わなかった。家族の経験を書くことは、裏切り行為だと思う自分がいた。私たちがたどってきた道のりを好き勝手に利用して、その過程で家族の秘密を暴露しているかのように感じた。難民の世界では、周囲と合わせて生きるのが、生き残るための鉄則だ。しかし、書くことは、それとは正反対のことだった。忘れるのではなく思い出す。自分自身に注意を向け、目立たないように周囲に埋没するのではなく、自分たちの経験を見せながら行進する。『モンキーブリッジ』は、小説のかたちをした私たちの物語だった。かつてオスカー・ワイルドは言った。「自分らしく振る舞うのだ。他人は他人なのだから。」たとえ物語だったとしても、書くことはアメリカで生きる多様な自分の姿に、ぐっと私自身を近づけた。

私たちのアメリカを愛する気持ちは、ほかの愛情と似て、とても複雑なものだ。『モンキーブリッジ』では、このことを示したかった。『モンキーブリッジ』は、混沌としてまともに機能せず、危険だというのにそれでも人々が夢みるアメリカという国に向けた、ラブレターのようなものだった。私たちベトナム人がこの国にいるのは、単なる偶然でもなければ、生まれながらの必然でもなかった。ベトナムでの生活を壊されたあげく、大きな危険を犯してまでもここに来たのだ。

小説を書いていることは、家の外でも言わなかった。誰にも知られたくない秘密だった。なんだか馬鹿げたことをしているように思う自分がいた。身勝手なうえに、他人を騙しているようですらあった。ここまでしてなにかを書き残そうという自分はなんなんだろう。アメリカにいる誰がベトナム人の話に興味をもつというのだろう。私たちの話は私たちのものでしかない。中心から外れた奇妙な話。アメリカ的な物語であるわけはなく、人々の想像からずれている。仮に居場所があるとしても、道端に落ちている小石か出っ張りのようなもの。人々はそれにつまずくだけ。つまずいてはじめて、見えていなかったなにかを振り返る。目立たず隠れた存在――これこそ私が望んでいたことではなかっただろうか。とはいえさらに困ったことには、自分から見てもこの執筆は滑稽で馬鹿げていて、見当違いにすら思えた。作家という仮面を着けた、ものまねのようだった。

書くこととは、仮面を着けることでもあれば、それを外すことでもあった。同時に恋心を抱くことでもある。書くことがきっかけで対象に注意を払い、その言葉にじっと耳を傾ける。

次第に、小説は母娘の物語に仕上がっていった。サイゴン陥落の一九七五年に失踪した祖父を巡るミステリーが話の中心だ。ベトナムという国が千年以上の歴史をもつことを示す物語にしたかった。アメリカ関与の二〇年程度の戦争の国ではない。ベトナム人の目から見たベトナムを描きたかった。私たちが弱かったがゆえにすべてを失ったかのような視点から見る、アメリカ的な物語にはしたくなかった。オーソン・ウェルズが言ったように、ハッピーエンドの物語を書くには、どこで話をやめるのかが重要だ。

南ベトナムが崩壊してほぼ一五年を経た一九八九年にも、まだ悲劇は続いていた。輸送揚陸艦「ダビューク」のアメリカ人船長は、多くの難民が乗ったボートを海上で置き去りにした罪で軍法会議にかけられた。発見した難民ボートが航行可能と判断した船長は、彼らを助けることなく、代わりに食料と水を与えた。それから二週間半で食べ物は尽きた。餓死寸前になった四人が殺されて、生き残った五二人の食料になった。

今や世界が難民の受け入れにうんざりしていた。「ダビューク」の話は飾り物のボトルシップのように、周囲とは切り離された取るに足らない話にすぎなかった。

私たちの物語は、まだ終わっていなかった。むしろ辛い悲劇的結末に向かっていた。

独特な雰囲気をもつ出版界のことについては、なにも知らなかった。知らなくて良かったのだと思う。知っていれば、挑戦することすらしなかっただろう。初心者の目が役立った。この見ず知らずの素晴らしい世界へと飛び込んでいけたのは、まったく予想外のことであり、運命的な出来事でもあった。それはニューヨーク州イースト・ハンプトンの海岸に出かけたときのことだった。砂浜に座ってじっと波を見ていた。すると近くに親しげな感じの茶髪の女性がいた。笑顔に明るく鋭い目。くつろぎながら、雑誌を読んでいた。私たちはすぐに打ち解け、彼女が自己紹介をした。文学作品のエージェントをしているという。つまり、作家の代理人ということだ。原稿を出版社に売るのが仕事だ。思わず私は叫んでしまった。「ちょうど小説を書き終えたところなんです！」自分の反応が気恥ずかしくなった。本を半分ぐらい書き終えた作家なら、みんな同じように言うだろう。私は本の中身に触れた。ベトナムの物語。そして、戦争――これまでとは違う、新たな視点から描いた。移民生活とアメリカへの同化に見られる二重性のこと。驚いたことに、彼女は読んでみたいと言い出した。大学では人類学を学んだのだという。運が良かった。彼女は文化に関心があるのだ。別の世界の価値を測るのではなく、新しい世界へ入り、なにかを学ぶ能力と感性のある人だった。

編集者と出会うことができて、良い気分だった。そして、私の物語が彼女にとって意味があるものだと思えた。それというのも、彼女はこの物語が、これまでアメリカで書かれてきたベトナムに関する文化や歴史の物語にはないものだと理解していたからだ。アメリカに来て安心して生きることができる場所を見い出せたことに感謝はしていたものの、無条件ですべてに従い、沈黙を貫くつもりはもはやなかった。

出版は、出産のような経験だった。もちろんハーランを産むのとは違う。本は生きものではない。だからお互いに深くかかわり、うるさくて手に負えないといったことにはならない。それでも、本作りは、子どもを産み育てるのに似ている。議論を交わすこともあれば、自分自身を疑うこともある。最良の道を求めて、口論になることもあれば、巧みに策を練ることもある。中国には、「手探りで石を探しながら川を渡る」ということわざがある。一度書きはじめた本には、自然と流れや行き先が生じてくる。書き手はそれに屈することもあれば、なだめて向きを直そうとすることもある。出版された本が書評でほめられたときには、我が子をほめられた親のような気分になった。

父や家族の誰かが、『モンキーブリッジ』を読んだかどうかはわからない。普段から言葉数の少ない父は、『モンキーブリッジ』のことだろうとほかのなんだろうと、私が書いたものについて意見することはなかった。

出版のおかげで、アメリカの本屋を巡回して、話《トーク》をすることになった。集まってくる多くの人々にとって、ベトナム戦争は避けては通れない儀式のようなものだった。読書会では戦争そのものについて議論を交わすことも珍しくはなかった。聴衆は『モンキーブリッジ』から文章を引用しながら、自らの視点に沿って戦争の話をした。勝てる戦争だったのかどうか。アメリカは関与すべきだったのか否か。アメリカの撤退は正しかったのか。フランス同様、アメリカにとっても覇権を求めての戦争だったのか。反戦運動は正しかったのか。ホー・チ・ミンは芯からの共産主義者だったのか。それとも、フランスから独立を果たすために共産主義思想を利用した愛国者だったのか。小説には政治的な要素もあった。でも、それはプロパガンダではなかった。私は郷愁の念についても語りたかった。たとえそれが不完全なものであり、問題の多いことだったとしても、故郷を求める気持ちやアメリカンドリームについても話したかった。同化を求めるとは、必要であると同時に痛みを伴うことだ。それは自分自身を傷つけることでもある――自分の一部を切り離しては消し去り、殺しさえする。そして、別の自分に生まれ変わる。

『モンキーブリッジ』はベトナム難民や戦争、とくにベトナムという私たちの祖国からアメリカへの旅路を描いているが、より一層重要なテーマとして無視できないのは、アメリカとアメリカが抱えるベトナム戦争に起因するトラウマの問題だ。ベトナムに対するアメリカの立場は父親にあたる。また、世界を救うためにやって来た英雄でもあった。しかし、勝てなかった悲劇的な戦争によって、その夢は粉々に打ち砕かれてしまった。そして、救うつもりだった惨めな人々に責任を転嫁したとき、その人々が突然アメリカにやって来た。同じ町の隣人として。高校時代に数学を教わったウェンデル先生も、そんなアメリカ的トラウマを体現していた。

アメリカはやさしいときもあれば、辛く当たるときもある。

＊＊

〈ただ口のなかに落ちてきただけ〉という、馬がリンゴを食べる様子を描いた絵を見たことがある。法律事務所での修行から、法学を教える立場に移ったときの私の感覚に似ている。それは単なる成り行きだった。大好きなニューヨークシティに住み、法律事務所で働いていたとき、ブルックリン法科大学院の教職に空きがあることを知った。そこで応募することにした。まるで宝くじを買うような気分だった。

ブルックリン法科大学院では、人事委員会が応募者を精査し、教授会に推薦する。その委員会から面接に呼ばれた。私にとって運が良かったのは、かつてモトリー判事の下で働いた経験がある委員がそこにいたことだった。その後、委員会はさらに丸一日がかりの面接に私を呼んだ。二度目の面接は、より一層真剣に行われた。いわゆる「ジョブ・トーク」の準備をする必要があった。法律用語で「ジョブ・トーク」とは、一貫したアイディアやテーマにもとづいて問題を提起し、できることならその解決策、そうでなくとも理論的枠組に則って様々な方法論を示すことだ。弁護士として、私は顧客の問題や関心に主たる注意を払ってきた。毎日の仕事には、一貫した規則や理論的枠組はほとんどなかった。しかし、中国投資の共同事業に関する同意書を準備した実務経験から、充分といえるアイディアを早々に思いついた。なぜある国は決済通貨やテクノロジー、経営移転を伴う外国投資を引き出すことができ、ほかの国にはそれができないのだろうか。なぜ豊かな国があれば、どうにも貧しい国があるのだろうか。第二次世界大戦後の国際貿易制度は、貧しい国にとって過酷なものなのだろうか。それとも貧しいグローバルサウスにとって、より高いレベルでの政治・経済発展に向けた投機を可能にするものなのだろうか。なぜアメリカドルはほかに国際通貨があるなかで、支配的な通貨として機能するのだろうか。単なる紙幣でありながら、ゴールドと同等の価値をもつと見なされるのだろうか。これらの問いは、学術的に自分自身の過去を振り返り、ベトナムへと回帰する手段でもあった。

教授陣を前にプレゼンテーションをするには充分な内容だった。きっと採用されるという自信があった。そして、その通りになった。間もなくして、法科大学院長から採用を告げる電話があった。私の専門分野は新興国経済、国際貿易、国際法、企業法、そして国際商取引だ。ビジネスの重要性に焦点を当てた実務的なコースと、政策や理論について議論を交わすより開放的なコースが組み合わさった理想的なポジションだった。

それ以前は、法科大学院で教えようと考えたことなどなかった。採用の見込みがきわめて少ないことや、求人よりも応募者数の方がはるかに多いことも知らなかった。甘いリンゴのように、それは私の口のなかに突然落ちてきた。

ベトナムでは、教壇に立つことは聖職と見なされる。だから教員になれて、私は嬉しかった。時間を自由に使える。人生で最も大切なものはお金では買えない。時間、健康、愛、それに友情。両親がよく言っていた。お金で解決できるようなことは、そもそも問題ではない。

こうして好きなことに時間を使えるようになった――教えることと書くことだ。私は法律の学術誌に論文を発表するようになった。専任採用される道筋は整っていた。教えるのが好きだった。学生にただ情報を伝えるのではなく、考えることを教える――重要な事実を指摘し、それに関連する法律を示す。事実を法に当てはめ、批判的に分析する。そして、より幅広い視点や模範的枠組から法を評価する。

すると、もうひとつ別のリンゴが口のなかに落ちてきた。ちょうどその頃、デューク大学法科大学院の教授だった友人のエイミー・チュアが、研究休暇を取ることになっていた。彼女は自分の代講として私を訪問教授として推薦し、私はデュークで一学期間教えることになった。一九九八年のことだった。ビル・クリントンが弾劾裁判にかけられた年だ。デューク大学法科大学院で教える有名教授には、一八〇三年連邦最高裁判所で裁かれた重要事件「マーベリー対マディソン」に関する記念碑的論文を書いたウィリアム（通称ビル）・ヴァン・アルスタインがいた。大統領弾劾にあたり、ビルは上院での証言を求められていた。

ある土曜日の朝、私は法学雑誌に投稿する論文を準備するために大学へ行った。ビルは自分の研究室で、上院での宣誓書をまとめていた。ビルは私の論文の内容を知りたがった。移民コミュニティ内部で、投資を促すためのソーシャルキャピタルをつくるために、多くの移民が利用する回転型貯蓄信用講を分析しているのだと私は話した。驚いたことに、彼はその論文を読んでみたいという。そこで、あとでメールに添付して送ると言った。

ところが、ビルは「今できるだろう」と繰り返す。

「証言の仕事をしなくていいの。来週早々には証言に立つ予定でしょう。」

ビルは強く流れる水のような人だった——水や風から、つまり自然そのものからヒントを得て行動する。一点たりともなにかに固定されて動けなくなることがない。つねに流れるように動く。ビルは私の論文を読むと、びっしり書き込まれた三ページにも及ぶコメントを翌日送ってきた。今度は、私が彼の証言を読みたいと言った。そこには一八世紀後半、アメリカ合衆国憲法批准を推進するために書かれた『ザ・フェデラリスト』（*The Federalist Papers*, 1787-88）への言及が数多くあるなど、憲法から様々な条項が抜粋されていた。ところが、テレビ中継された彼の証言を見たとき、それはまったくの即興だった。準備した原稿とは少しも似つかないものだった。卓越した内容を雄弁に語る。ニューヨークタイムズ紙は社説でそれを引用し、議会にビルが推奨する立場を取るように促した。

それがビルとの最初の出会いだった。頭が良く、思慮深く、やさしい。彼の生き方は柔軟だ。水のように私が抱える傷を滑らかに、なんの問題もなく癒やしてくれた。水はギザギザの石や欠けた岩をものともしない。

デュークでの仕事が終わり、ニューヨークに戻ったあとも、私たちの関係は距離をものともせずに続いた。そして、私は大きな犠牲を払うことにした。ベトナムを失ってからというもの心の故郷だった大好きなニューヨークシティを離れ、バージニアにあるウィリアム・アンド・メアリー大学法科大学院の専任教員になることにした。ウィリアム・アンド・メアリーはデュークから車で三時間ほどの距離だった。ウィリアムズバークはニューヨークとはまったく異なる、植民地時代の雰囲気を残す小さな町だ。カリフォルニアへ移るまで、ハーランが育った場所でもある。まるで過去への扉を開くかのようなテレビのライブ映像を観たのも、そこでのことだった。南ベトナムのことではない。二〇〇一年九月一一日、ニューヨークにあるワールドトレードセンタービルのツインタワーが崩壊した。私は方向音痴だったので、ツインタワーをよく目印に使っていた。高い山脈を目印に、方向感覚を維持するのは珍しいことではない。あのツインタワーが崩れ落ちたとき、私は自分の山を失ったように感じた。

第一〇章

カリフォルニア（ハーラン）

今でもすべての感情を遮断することで、平静を保っている私。そのおかげで傷つきもしなければ、周囲から拒絶されているとも感じない。私の心はタコのよう。自分を守るためになにも考えずに眠っていることもあれば、大好きな人に絡みついて、決して離さないときもある。

起きているときには、八本の足がそれぞれ別のことを考えている。よく使う二本の足のせいで、空港カウンターで飛行機の搭乗券を手渡そうとしているのに、なぜか二メートルくらい離れたゴミ箱に放り投げてしまった。なんともぎこちない感じ。

あとの六本は私を消耗させる。あたりに墨をまき散らしながら、全身にまとわりついて私を窒息させる。そのうちの一本は、毎晩私を抱いて眠りを助けてくれる。もう一本は親友のジュールスを捕まえて、私と彼女の仲をとりもってくれる。さらにもう一本は母に向かって伸びていく。ときどき母から反応が返ってくる。さらに別の一本は、人生で直面する嫌なことから私を守ってくれる。大学進学適正審査やお葬式、雑貨屋にある変な色に染められた花、蚊や丸刈りの坊主頭。それに、はめたまま錆びついた指輪。指には緑の線が跡になって残っている。嫌な感じ。お葬式には行きたくない。ついつい笑って、人を怒らせてしまう。そうやって感情をコントロールしているのだけど、みんなにはわかってもらえない。

次の一本は病的な変人。

その意味はこう。ウガンダに行ったときのこと。ゴリラ探しのトレッキングに参加した。近くの平原を眺めていると、地面から木の板が一二枚突き出ているのが見えた。それぞれ別の板が十字に交差するように打ちつけてある。まるでイエス・キリストがはりつけになった十字架みたいに。その下には引っ掻くように文字が記された小さなラベルがあって、雑草に覆われていた。「お墓だわ。ここで死んだ人たちが、棺桶に入れられて、埋められたのよ。もしも私が死んだと思われて埋葬されて、その後棺桶のなかで目を覚まそうものなら、指で皮膚を掻きむしって大量出血で死ぬわ。だって空気が切れて窒息するなんて最悪だから。」するとあるラベルに「パセリ」と書いてあるのに気がついた。庭だったのだ。その場から歩いて離れた。それと同じ足のせいで、私はいつも腹ばいか半身の姿勢で眠る。仰向けで寝る人たちのことを信用できない。真夜中に誰かが忍び込んできて、無防備にさらけ出した喉を掻き切られても怖くないのかしら。

最後の一本には、人と交わるのを避ける傾向があった。ほかの人たちと仲良くできない。共感はしても、同情はしない。大きな目で静かに見つめる。理解できないもの、自分と重ね合わせることができないものに対して、ほかの人たちが泣いたり笑ったりするのをただじっと観察している。

母にも似たような足があった。ただ、母の足はどれも私の最後の一本のように、人と交わることを嫌った。だから母はいつも社会から孤立し、関係をもてないようだった。

夕食の時間。母はナイフをつかんで、マンゴーを情け容赦なく切る。母が攻撃的にマンゴーに噛みつき、ナイフがカチャンと音をたてる。母は私をじっと見ると、次に目を細めた。

「今日返ってきた生理学のテストが二三点中一四点だった理由を説明してほしいわ。これがDマイナスだってことをわかっているの？」

私は母を見つめ返し、つま先をキュッと丸めた。「もう言ったと思うけど、オンラインテストは最大五回まで受けなおすことができるのよ、お母さん。」

「でも、なぜ再テストを受けなければならないのかしら。一回で充分なはずよ。」

「いいえ、違うわ。まず受けてみて、間違いがたくさんあれば、テストの内容がわかるし、次のためになにを勉強すればいいかがわかる。」私は言い返した。マイはこの間、じっと黙っていた。マイの額の上で光が反射してキラキラする。いつもなら可愛いと思えることが、このときばかりはイライラした。私たちの会話を聞きながら、マイの眉間にしわが寄る。

「馬鹿らしい」と母は言うと、ナイフを持ったままマイの方を向いた。

ふたりがベトナム語で私のことを話す。私にも理解できる単語ばかりだった。能力がない、怠け者、難しい、常識がない。私の目の前で、そんな風に私のことを話していた。

「ふたりともわかってないのかもしれないけど、何語で話そうと目の前で、人の批判をするのは失礼よ。とくにひどい言葉を使うのは。」そう言うと、私は下を向いた。

母は冷たく笑う。「ハーラン、ひどいことなんてなにも言ってないわ。」

「そうでしょうね。戦争中にまぶたのない人たちが死んでいくのを見たことがあるお母さんにしてみれば。でも、母親がそんな風に自分のことを話しているのを見れば、やっぱり傷つくわ。私だって精一杯やってるんだから。」

「あなたにはベトナム語がわからないのよ。」母が笑った。そのたびに、私のなかで新たに火花が散り、怒りで胸が膨れあがる。

母とマイが揃って笑った——それも甲高く。これが冗談だとでも思っているのかしら。ふたりの会話はすべて理解できた。ふたりの言葉は、他人を貶めるようなものばかりだった。赤ん坊の頃からずっと聞かされてきた言葉ばかり。

「もうやめたら」と、私はつぶやいた。

「ベトナムでは、そんな風に親に口答えしようものなら叩かれるわ。」

「だからアメリカ人に生まれて本当に良かったと思っているのよ、お母さん。」

「よかったわね、ハーラン。」

「ありがとう。」

「まったくふざけてるわ」と、母は小声で言った。といっても、わざと聞こえるように。

二年前に母と交わした議論では、ふざけているとは「真面目な話を茶化して、何事も真剣に受け取ることができない態度」のことを指した。

「もう少しましな言葉を遣ったらどう。」私も小声で言い返した。わざと母を真似して、いやらしい言い方で。こういうとき、母の言葉で話を終わらせるのが嫌だった。とくに自分ではあるとは思えない私の欠点を、母が指摘して始まった場合には。

母は失望したように首を横に振った。あたかもひとりしか子どもを作らなかったことが間違いだと思っているかのように。もうひとり別の子がいれば、私よりも出来が良かったと言わんばかりに。

「ジュールスに迎えに来てもらうわ。テイラーのところには連れて行ってくれなくて大丈夫。」

「そうしたいなら、それで良いわ。」車のキーを玄関にある鍵入れに戻すと、母は肩をすくめて言った。

「ええ。」私はそうつぶやくと、ドアノブにかかったオレンジ色のストラップをつまみあげた。それには大きなオレンジ色のプラスティック製の警報ベルがついていた。邪魔だったけれど、家の鍵と一緒だったので、持って行かざるを得ない。昼は空き巣に、夜は強盗に襲われないようにという母の考えで、玄関ドアは自動施錠《オートロック》だった。だから鍵は必要だ。外に出たものの、二の足を踏んだ。なにもきちんと考えていなかった。母の頭のなかでは、私はテイラーの家までジュールスの車で行くことになっている。でも、ジュールスは私を迎えに来るつもりじゃなかった。私は運転できない。運転免許を取る時間がなかったからだ。一六歳になってからというもの、この本の執筆で忙しかったし、毎日四時間は大学進学適正審査の準備をしなければならなかった。すでに試験は四回も受けていた。だから、みんなが免許を取りに行っている間、私は勉強していた。免許はそのうち、取るつもりだった。ただ、運転が上手くなるとは思えなかった。ハンドル操作は完璧だった。でも、右足に関しては、いつアクセルを踏み、いつブレーキを踏むのか、まったく見当がつかなかった。

「ジュールス」と、低い声でスマホに向かって言った。

「どうしたの」と、ジュールス。彼女の可愛いぽっちゃりとした頬が、笑顔でピカピカのリンゴのように輝いていく様子が目に浮かんだ。幸せそうな声。電話すると、いつもニコニコしてるように応えてくれる。

「今、家の前の公園にいるんだけど、迎えに来てくれる。」

「ラン・カオが連れて行ってくれるのかと思ってたわ。」

「だめなの。つまり、あなたに来てほしいのよ。」低い声で言う。まるでラン・カオにあとをつけられているかのように。

「なんでそんな話し方をするの。なんか変よ。」

「とにかく来て。」

「わかったわ。」ジュールスが笑う。私の鼻先に少ししわが寄る。その周りにそばかすが集まる。小さな茶色の塊。イライラする。笑うなんて失礼だわ。

「笑いごとじゃないのよ。一〇時よ。変な奴がこっちに向かってくる。だから急いで。」

「おかしいわね。なにか問題でもあるのかしら。わからないけど、こんな夜遅く。家で母親と一緒にいることもできるっていうのに、わざわざ公園に来るなんて、なんかおかしいわ。」ジュールスはクスクス笑いながら、歌うように言う。

「笑うのはやめて。ふざけてる人たちには耐えられないのよ。」

その夜、外出中に母から三回電話があった。セシルが電話先に出て、何度も家に戻るように私を説得した。母が今夜の行いを謝っているとセシルが言う。でも、私は門限までは戻らないつもりだった。本当に悪かったと思っているなら、母が自分で言えばいい。でも、そうではなかった。

最近は上手くことが運ぶようになってきたと、セシルは思っていた。私たちの関係は良かった。発作はもうなかった。セシルは私をより一層必要としているようだった。ただ、私が成長するにつれ、セシルは戸惑っていた。私はセシルの遊び相手には大きくなりすぎたし、セシルの世話をするには、まだ未熟だった。セシルは小さくておとなしい子だった。


翌日の午後八時。私はジュールスとカレブの家に行くはずだった。彼のところで、マイケルたちと一時間前に会う約束をしていた。実際には、コオロギの鳴き声を聞きながら、車の外にいた。窓越しに見えるのはインナーロックした車のキー。

ジュールスは親指と人差し指で鼻先を摘まんで、眉毛にしわを寄せた。

「うちのお母さんを呼んでもいいわよ。家はすぐそこだし」と、私。

「だ、だ、だ、大丈夫よ……兄を呼ぶわ。」彼女は怖がりながら小さな声で言った。そのときは、ジュールスが怖がっている理由がわからなかった。彼女のミスは単純だった。誰にでも起きることだ。「な、なんて馬鹿なことをしたのかしら。」

「あら、私なんて家の鍵を忘れて出かけたことなんて何度もあるわ。鍵が自動で閉まるから。そんなときはお母さんに電話するの。」

「怖くないの？」

「なにが怖いの？」

「ぶたれるのが。」

「なんですって。」彼女の言うことを聞き違えたかと思った。

「それか怒鳴られるわ。」ジュールスの声がどんどん小さくなる。それが人間の声だとすれば、胎児のように身を丸めたちっちゃな子どもの声だった……。そうじゃないなら赤ん坊の頃、よく通りすがりのショッピングウィンドウで見た、可愛らしい揺り木馬に乗った子どもの声みたいだ。

「なんでミスしたからって怒鳴られるのよ。」

「だって、馬鹿なことでしょう。」

「家に鍵を置き忘れて外出するのが、そんなにだめなことだっていうの？」

「私のことを言っているのよ。ハーラン、あなたは可愛いし、完璧だわ。」

「ジュールス、一体どうしたっていうの。」

「なに？」

「あなただって可愛いし、完璧だわ。」彼女と出会ったのは、たった三週間前だった。彼女と親しくなったのは、私の彼氏のマイケルに親友のカレブがいて、そのカレブがジュールスに興味があったから。それ以来仲良くなって、今では彼女の自信のなさに頭を悩ませるようになっていた。

「違う、私はだめ。」

「わかったわ。なら、スペアキーがあるでしょ。」

「家よ。」涙が彼女の頬を流れ落ちる。

「お兄さんに電話して、持ってきてもらいましょうよ。」

「だめ、だめ、だめ。」自分を罰するかのように、ジュールスは爪を左腕に深く食い込ませた。彼女の手は大きく、指は細くて少し曲がっていた。肌は月のように柔和に見えた。ときどき彼女が寝ていると、自分の手をそっと彼女の手の横に寄せた。嫉妬。爪を比べる。長くてきれいなかたち。私は爪を噛みすぎて、しかもその爪はまるまるした赤ん坊みたいな指から生えていた。小さくて分厚い私の手は、スマホでもなんでもつかもうものなら、すぐにしわが寄った。

「カレブに電話しましょうよ。」私は言った。それからしばらく、縁石に座ってあれこれ言いあってると、カレブが電話してきた。

「なに?」とジュールス。

「どこに行っちゃったかと思ってさ。来るの来ないの?」奥行きのあるカレブの声がスマホから響いてくる。

「ちょっとした問題があったのよ。」爪を噛みながらジュールスがクスクス笑う。

「問題って?」

「つまりインナーロックしちゃったのよ。」

「そうか。」

「迎えに来てくれない。キーは明日の朝になったらどうにかするわ。」

「ちょい待って。」しばらくの沈黙。そして、カレブの声。「マイク! 女の子たちが馬鹿しちゃって、迎えに行くはめになった。」電話の向こうで会話が続く。

耐えきれず、私はジュールスからスマホを取りあげて言った。「もういいわ。スペアキーを持ってきてもらうから。」

「まじかよ。」マイケルがスマホを取って言う。「大丈夫だよ。俺らが行くから。」

「だめよ。なぜって、マイケル、あなたが来れば、ジュールスが家に帰るときに、また私の家に停めてある彼女の車まで送ってもらうことになる。そこからまたどうするか考えなくちゃならなくなる。それってかえって良くないわ。」

「わかった。じゃあ、またあとで。」マイケルは鼻歌まじりに言った。

私はジュールスのスマホの電話帳からアヴェリーを見つけた。ジュールスと一番年が近い兄弟だった。

「元気を出して。」そう言って、彼女の左手にスマホを返した。「これ以上、自分を傷つけないで。」

ジュールスはスマホを耳にあてた。「あ、アヴェリー。車の……スペアキーを持ってきてほしいの。」

しばらくの間、ふたりのやり取りは続いた。その間、私は縁石に座って両膝にひじをつき、頭を支えた。小さな虫が側溝のなかの落ち葉の上を動くのをじっと見る。

「お、お金を払うわ。」ジュールスが言った。これにはびっくりした。だって、アヴェリーは彼女のお兄さんだし、妹を助けるのにお金をもらうべきじゃない。

彼女は電話を切った。私たちは公園に向かって歩いた。ジュールスが車を停めた私の家から三〇メートルほど離れた場所だった。私は前屈みになりながら、レザージャケットを脱ぐと、近くにあったピクニック用のテーブルの上に置いた。そして、その上に横になって目を閉じた。

「なんであなたはパニックにならないの」と、ジュールスが尋ねた。「止まれ」の道路標識のそばに、落ち着きなく立っている。

私は答えずに、手を振って彼女を近くに呼び寄せた。ジュールスが来た。テーブルの上の私の頭と、彼女のお腹が同じ高さにある。私は彼女の人差し指をとって、自分の手で包み込んだ。

「これ以上、引っ掻いたらだめ。」

「引っ掻くって?」彼女は頭を横に傾げた。ジュールスは自分のしていることに気づいていないのかしら。

「いいわ。」私は無理に笑おうとして、彼女の指を少し強く握った。

「つまりあなたは……鍵を忘れても、お母さんを呼ぶのが怖くないのね。」

「もちろんどうにかしなきゃいけないときに、にらまれるのは面白くないわ。でも……」

正直に言えば、家に戻って助けを求めても、セシルが階段をはしゃぎながら降りてきて、私たちのことをケラケラ笑って無駄に時間が過ぎていくだけなのはわかっていた。

「あなたって、とっても変わってる。」彼女はやさしくつぶやいた。

車の音が近づいてきた。ジュールスは私の手をさっと振り払い、縁石から道に出た。スモークが入った助手席側のウィンドウが開いて、小柄で厳しそうなベトナム人の女性が現れた。彼女は私をしばらくじっと見てから、ジュールスをにらみつけた。

「お母さん」と、ジュールスが声をひそめて言った。

私はすでに混乱していた。電話では、ジュールスがアヴェリーに母親にはこのことを言わないようにと言っていたはず。なのになぜ？

「ゼー・オ・ダウ？」その女性は短く厳しい調子で言った。

「車はどこ」という質問だった。

「あそこ」と、私の家の近くに停めたテントウムシのような赤色のレクサスを指して、ジュールスは言った。ウィンドウが急に閉まった。そして、車はジュールスの車のところまでスーッと移動した。

「怒ってるわ。」ジュールスは私の方に戻ってくると、そう言った。

私はテーブルの上から顔を起こした。そして、髪をかきあげた。「あなたのお母さんも、もう終わりにすべきだわ。どうしても忘れられないことが、昔あったみたいね。」

ジュールスは答えなかった。彼女は母親の車を追って、私の家のそばまで行った。ウィンドウがまた開く。車のなかからジュールスに向かって鍵が差し出される。そして、鍵の端が彼女の顔にぴしゃりと当たった。

「ヴェン・ニャー。」ジュールスの母親は言った。強い言葉が続いたあと、車は走り去った。怒りのオーラをあとに残して。

　母親はジュールスに家へ帰るように言ったが、ジュールスはそうしなかった。

「行きましょう」と、ジュールスが私に言う。

「なんでお母さんが来たの？」

「電話を聞いてたらしいの。私が助けを求めてるのがわかったんだと思うわ。」

「それで、叱りに来たのね。」

「そう。」ジュールスはエンジンをかけると、パルム・アヴェニューに向かった。

「やりすぎだと思わない？」

「母は私たちを公園にいる売春婦みたいだって。」

「なんですって？」

「それに、もうあなたとは付きあうなって。ハーラン、あなた肩が見えるシャツを着てるでしょう。」

　私は着ていたタンクトップを見た。おへそは隠れてるし、胸の谷間も見えてなかった。見えてるのは肩だけ。あとは、赤ん坊の頃から胸にある小さなほくろが三つ。ジュールスも同じシャツを着ていた。

「つまり低く見られたってこと？」

「そう、でも心配しないで。あなたとは友達だから。」彼女の唇が少しだけ震えた。目は大きく見開いたままだった。

　私は放っておいた。

　五分間の沈黙。そして、彼女が言った。「母はこうも言ったわ。もし私が公園でドラッグを売るような女じゃなければ、キーをなくさないはずだって。」

「ど、う、い、う、こ、と？」

「そうなのよ。」

「どうしてドラッグの話になるわけ？」

「真っ暗な公園で待っていたからよ。」ジュールスはそう言うとうなずいた。カレブの家に着いた。

ソファーの上で男の子たちと座って三〇分もすると、ジュールスのスマホが鳴った。父親からだった。母親が心配して「取り乱して」いるという。

「なにが心配だっていうの？」私はあきれて笑った。

「あなたたちと私がここでイチャイチャしてると思ってるのよ。」彼女はぼそっと言った。「帰らなくちゃ。マイケルがあなたを送ってくれるわよね。」

「わかったわ。気にしないで帰って。」彼女にハグした。

次の日の夜、ジュールスから電話があった。前の晩、家に帰ると母親がガレージで待ち構えていて、顔に平手打ちを食らったという。そして、車のキーを地面に投げつけられたうえ、取りあげられたと。

母親が原因で、私たちの人生はこうも違う。私だったらラン・カオにスペアキーを頼むのを怖がりはしなかっただろうし、ドジってインナーロックしたことも堂々と認めただろう。でも、ジュールスは違った。彼女は恐怖でおののいていた。

その後、互いに誤解するようなことは起きなかったと思う。ジュールスにはアメリカ的な価値観を理解しない両親がいることがわかったから、これまでとは違う角度から彼女の生活を見るようになった。

それから三ヶ月ほどして、私たち家族はジュールスを誘ってロングビーチ沖のカタリーナ島へ出かけた。もちろん彼女の母親の承諾を得て。一日島で遊び、夜ジュールスが帰宅すると、突然母親から怒られたという。もう私とは会うなと。父親からは、どうすることもできないと言われたらしい。なぜって、私とジュールスがレズビアンだって母親が決め込んだ以上、それを変えることは父親にもできないから。

心が狭い人たちのことを判断するのは無理だし、ジュールスの両親がいけないわけでもない。むしろ彼女の両親のことは、気の毒に思えた。自分の娘が好きになった相手をあれこれ詮索するのは、とても寂しく悲しいことだと思う。

ベトナムにいる私の曾祖母には、子どもが八人いた。そのうちのひとりは、曾祖母との相性がとても悪い干支に生まれた。その子は使用人に預けられ、家族の住む家から目と鼻の先にある庭師の家で育てられた。その子はひどいトラウマを抱えて成長し、何度も自殺を試みた。ついには薬を大量に飲んで自殺。家族は死体安置所へ確認に行った。けれど、突然死んだはずの遺体が安置棚の上で跳ね起きて、すっかり元気になった。

誰のせいでもない。こんな風に生き返ろうなんて思っている人はいない。母の八番目の父にあたる、自殺癖のあるこのちょっと不可思議な大叔父もそうだ。ベトナム人として、たまたま「間違った」日に生まれたというだけのことだった。

共産主義者が南ベトナムを侵略したあと二〇年間もベトナムにいたという点を別にすれば、ジュールスの母親がなにを理由にこんな風に振る舞うのか、私にはよくわからない。アメリカではちょっと時代遅れだった。同性愛者《ゲイ》にだって異性愛者《ストレート》と同じ権利があるってことがわからないなんて。それとも、公民権全体の知識に欠けているのかも。そもそもジュールスは同性愛者じゃない。彼女が異性愛者だってことは断言できる。だって、一緒にショッピングしていると、ベンチに座って怪しい視線で男の子たちをじろじろ見てるもの。

ジュールスのことは本当に愛してる。すべてを捧げてもいいくらい好きなマイケルと、数人の親友を別にすれば、唯一大切なのが彼女。カレブが結局そうしたように、誰かが彼女を傷つけるのを見ていると、昂る気持ちを鎮めて、その男を絞め殺さないように自分を抑え込んだ。ときどき、誰それ構わずどんな嘘でも平気でつく私。でも、ジュールスが相手だと、唇がゆがんで薄ら笑いを浮かべるからばれてしまう。それぐらい彼女が好きだった。ジュールスには正直にするしかないってことだった。彼女とは文化のおかげで心がしっかり結ばれていたし、ぐっと引き寄せられていた。ジュールスは欲がない子で、いつも人助けをしたいと言っていた。そうした気持ちが高じて息が詰まりそうになって、どうにもこうにもいかなくなることもあった。そんな彼女の苦痛を取り除こうとしたこともあったけど、ジュールスも私のことを助けようとしていたみたい。ただ、私はどんなに嫌なことがあっても、夜はぐっすり眠れるタイプ。それでいて朝起きると、しらばっくれて嘘をつく。「ちっとも眠れなかったわ。だって、××が気になってしょうがなかったんですもの」なんて調子で。そんな私でもジュールスが傷ついていれば、なにも手につかなくなったり、眠れなくなったりする。なぜって、彼女の苦しみは私の苦しみ。彼女の気持ちを和らげることができなければ、より一層辛かった。

ハンティントンビーチは星の形をしたタオルかけで有名な町だ。それに多くの家の玄関には、「この家の決まり──みんなを愛し、毎日祈り、つねに神に従う」って感じのメッセージが書かれたプレートがかかっていた。でも私の家には、コーヒーのシミがついた法学研究ジャーナルの裏紙に、黒い油性ペンで書かれた注意書きがあるだけ。「靴を脱ぐこと」、「土足厳禁」、「ゴミ箱は壁から離すこと──壁がこすれて傷つく」、「トイレットペーパーを一度に流しすぎないこと」、「ハーラン、監視カメラを動かさないで」。

カリフォルニアに越してきたばかりの頃。ちょうど母の二冊目の小説『蓮と嵐』(The Lotus and the Storm, 2014)が出版されて、読書会やインタビューといったイベントがたくさんあった。そのなかで母を心底困らせたインタビューがあった。ベトナム戦争の政治的側面に関する質問が、次から次へと飛んできたからだ。南ベトナム大統領のことや共産主義者のこと。それに加えて、いつでもどこでも繰り返される同じ質問。これに遭うと母は、いつも貝のように口を閉ざす。

「この本はどの程度あなたの実体験をもとにしているのですか。」

母の答えはいつも短く曖昧。まず私を見ると、次になにを見るわけでもなく部屋のなかを視線がさまよう。見たところ平静さを保っているが、私にはわかる。母の心はひどく乱れていた。

家に帰って、隣りあって横になる。私の手より大きい母の手が、とても小さく感じる。細く青白く節だった母の指。でも、ピアノを弾くときやタイプを打つとき、それに私の髪にブラシをかけてくれるときには、とても軽快に動く。母は眠るとき、口を少しだけ開けて軽くいびきをかく。寝ているときでも、私に話しかけてくる。喧嘩をしているときには、すこし距離をとって母の横に寝る。

＊＊

成績のことを深く考えたことはない。つまり、Aを取ろうとしたことなんて一度もない。たぶんそれは、学校の勉強は家で学んできたことに比べれば、大したことがなかったからだと思う。文化のことでも数学のことでも、音楽だろうと文学だろうと、それは同じことだった。Aを取るのは、ただ結果にすぎなかった。もっと懸命に努力して、良い成績を取る方が意味があると思う自分もいる。それというのも、努力してなにかを成し遂げることを、ちっとも理解していないという自覚があるからだ。両親の育て方のおかげで、私はほとんど生まれながらに賢かったし、精神的にも成熟していた。でも、外の世界ではそういうわけにはいかなかった。家のなかでなら、死ぬことすらできた。いろんな人間関係を見てきたし、経験もしてきた。でも、失敗した経験はほとんどなかった。等身大のぬいぐるみがいくつもあって、オーダーメイドの服ばかりある二〇〇坪以上の豪邸で育った。母の心が血を流すのを何度も見てきたし、父のからだが灰になって消えていく経験もした。学校の廊下で紫色の猫につけ回されることもあれば、クラスではすっかり孤立することもあった。カリフォルニア大学バークレー校に願書を出した。この本の原稿も書き終えた。人生は競争なんかじゃない。混乱と孤独、深い友情と野心がつまった長くゆっくりとした夢こそ、人生の意味すること。準備は整った。

世の中には多くの人々がいる。みんなでともに聴くたくさんの歌がある。多くの言葉を書き、いろんな声を聴く。そのなかには父の声もある。そのすべてが私たちなのだ。

第一一章

越僑（ラン）

ビルと私にとって、娘は年を取ってからの子どもだった。そのせいもあって、私はハーランにたくさん家族の思い出をつくっておこうとした。娘と一緒のスナップを数多く撮ったのは、写真好きだったこともあるけれど、親が死んだあとにも目に見える思い出を残しておきたかったからだ。すぐにもすべてが消え去ってしまいそうだったから、なくならない思い出をとっておこうとした。不安があったがゆえの行動だった。

入学式の日や娘がはじめてプールで泳いだ日には、記念となる写真を撮った。でも、私が好きなのは、日常生活で撮る普通の写真だった。バージニアにいた頃、家の前の小さな丘にあった玩具の家を、ハーランは忘れずにいてくれるだろうか。私の父のことを忘れずにいてくれるだろうか。父のところにはできるだけハーランを連れて行った。そして、父と遊ぶ娘の写真をたくさん撮った。ハーランの反抗的なところを打ち明けるたびに、父は私をたしなめ、子どもに無理強いをすべきではないと注意された。父の性格からは考えられない忠告だった。私は父の押しつけに従って生きてきたのだから。

ビルも私も娘を国際社会で通用する人間に育てようとした。だから、早くからハーランを海外へ連れ出した。旅のおかげで、日常では味わえないことを経験させた。私は、国や文化を重んじる風習のなかで育ってきた。と言っても、愛国主義者ではなかった。国際法を教えるのが、私の仕事だ。純粋な国家主義と国際化に内在する多様性には、大きな違いがある。危険ともいえる愛国的な感情を抑えるために、国際法の弁護士が過去に用いてきた表現や法律を、私は理解していた。

ハーランが五歳のとき、はじめての海外旅行に連れて行った。すべてが新しく見える時期。まだ余計な批判や偏見なしに世界を吸収できる年齢だった。

私たちが選んだのは地中海クルーズだった。それほど長時間にはならないイタリアまでのフライトと、数日間のイタリア滞在。そして乗船後は、ギリシャ、トルコの港町を巡りイタリアに戻ってくる。陸の上の巨大な岩のように、船は大きく安全な乗り物だった。そして、船内では生活に必要なことがすべて満たされていた。

この旅を通じて、ハーランは多くのことを吸収した。そのほとんどは、家にいるときよりも、旅行中の方が伝えやすいことだった。家で同じことを教えようとすれば、きっとかんしゃくを起こしていただろう。旅の興奮と見知らぬ土地という環境のおかげで、娘は新たな試みを受け入れた。どの旅にもハーランのための計画や、娘が自ら選んだ計画があった。スペインのバルセロナへ旅したときには、海へ行ったり、町の中心にあるランブラス通りで街頭芸人のパフォーマンスを見た。行く先々の都市で、私たちは博物館や美術館へ行くことにした。ハーランは大人の行動に合わせることを学び、自分が中心でないときには、なにか楽しめることを見つけて時を過ごした。ハーランはもともと食事に好き嫌いはなかったが、旅することでさらになんでも受け入れられるようになった。私たちは普段コオロギを食べないが、それは選択の結果だった。コオロギを普通に食べる国もある。また、発音の仕方がわからない名前の人々と出会うことは、別におかしなことではなかった。海外を旅していれば、当たり前のことだ。外国語訛りで英語を話す人たちに会うのも同じ。それはつまり、彼らは私たちにはわからない別の言語を話すことを意味した。

ハーランは七つの大陸のすべてに行き、ほぼ五〇ヶ国を訪れた。ビルと私が学会に出席するときにも同行させ、出張中でもハーランと過ごす時間をつくるようにした。

娘はバイオリンを持って旅に出た。バイオリンケースを肩からかける小さなハーランの姿を見るのは、どこか誇らしかった。可愛らしい娘のからだに、ケースの端っこが当たる。五歳のときのバイオリンケースは、ハーランと同じくらいの大きさだった。娘の成長に伴い、バイオリンのサイズが大きくなり、ケースも大きくなった。

旅行中のある日のことだった。ハーランがしばらくバイオリンをやめたいと言い出した。私には理由がよくわからなかった。先生は娘の指使いや抑揚のつけ方、技巧、さらには楽譜の所見能力に長けている点をほめていた。こうした才能や技術が、ほどんど練習することもなく培われていた。無理に練習させようものなら、すぐに喧嘩になった。それは瞬く間にエスカレートし、混乱した私は面目を失った。私には絶対音感があったので、音が外れればわかる。しかし、娘は間違っていないと言い張った。私はそれを受け入れ、ハーランの言うことを認めた。そして、娘の演奏にあれこれ言うのをやめた。私が黙っていることで、自由を感じ、楽器を愛するようになってくれればいいと思った。娘がバイオリンやピアノの演奏を始めると、家の外に出ることすらあった。それでも、いつかハーランが楽器をやめる日が来るだろうと恐れていた。

だから、その日が来ても驚きはなかった。久しぶりに、バイオリンを持たずに機内用スーツケースひとつで、娘は夏休みの旅行に出かけた。私はバイオリンを持ち運びのできるピアノだと見なしていた。日常の雑音から逃れることができる聖なるもの。どこへ行くにも、自分の力で音楽を奏でることができると想像してみてほしい。ただ、娘はバイオリンを八年間習ったが、それは喜びではなかった。アメリカでは、喜びこそが人生の目的だ。私自身ピアノの練習を楽しいと思ったことはなかった。けれど、そこからはとても多くのことが学べるので、一度成し遂げさえすれば、つねに得がたい喜びがあった。もちろん、今ではピアノを弾くのは大きな喜びだ。途中でピアノをやめさせてくれなかった両親にとても感謝している。しかし、ハーランには好きなようにさせた。アジア系の母親として、私は失格だった。

厳しいルールを押しつけて、成績優秀の典型的なアジア系の子どもを育てるタイプの母親ではなかった。それでも、子育ては格闘だった。ハーランが自由を感じていることはわかっていたけれど、娘にバイオリンをやめさせたがゆえに、私のなかには後悔の念が残った。

ビルにこの気持ちを打ち明けると、夫は悲しげな顔をして私を慰めようとした。けれど、彼が私の狼狽ぶりを理解していないことは明らかだった。ビルからはなんの助けも得られなかった。

実際、夫は娘がなにをしようと気にしなかった。ビルは憲法学者で、言論の自由や信仰の自由を保証する憲法修正第一条の専門家として知られていた。そのせいか、どういうわけか幼い頃からハーランは憲法に保証された権利、とくに言論の自由を信じていた。ビルは大学時代に哲学を専攻し、哲学や心理学で学ぶ微妙なニュアンスの違いや複雑さを好んだ。私は、子育てにはより明快なルールがあるべきだと思っていた。ビルはアジア系ではない。難民でもなければ移民でもない。私の知るかぎり、失敗することへの不安などみじんもない。危険を冒すことが好きで、人生を流動的なものと見なしていた。夫にとって人生とは発見であり、そんな人生を楽しんでいた。私はこのような態度で子どもを育てることに不安があった。子どもに選択の権利を与えた場合、どうやって親は子どもを成功に導くことができるのか。私が夫の無干渉放任主義に不平をこぼすと、ビルは前の妻たちとの間にできた三人の子どもを例にした。誰もが成績優秀で、アイビーリーグかそれと同等の一流大学に通い、比較的幸せに、ごく普通の生活を送っていた。

それでも私は自然に任せることも、ビルの家族の歴史を額面通りに受け入れることもできなかった。夫はハーランに自慢のオートバイを見せびらかし、ヘルメットをかぶったテディベアをサイドカーにくくりつけようと、娘に手伝わせた（テディベアは、夫のツーリングに欠かすことのできないお供だった）。その間、私は算数の九九や英語のスペルと文法を娘に教えようと悪戦苦闘していた。その場の衝動を抑え、長い目で満足のいく人生を送る意味や、努力し辛抱することの価値を理解させようとした。同居していたマイは、カナダで数学を教えていた。だから、家だろうと休暇先の海だろうと、クルーズ船の上だろうと海外へ向かう機中だろうと、ハーランに数学を教える役目を果たした。

私はユーチューブで、有名なマシュマロの実験ビデオをハーランに見せた。子どもの一時的な衝動を抑えて、将来もっと大きな成果を得ることを教える実験だ。「ハーラン、あなたならどうする」と、娘に質問する。「今マシュマロをひとつもらうのと、一〇分後にふたつもらうのとでは、どっちを選ぶ？」

娘は即座にこう尋ねる。「私が待っている間、マシュマロはどこにあるの。」

「あなたの目の前よ。マシュマロはなくならないわ。」

しばらくの沈黙のあと、ハーランはじっと私を見つめた。そして、一〇分待つと答えた。しかし、娘の成長を見ていると、私を喜ばすためにわざとそう答えたのではないかと思うようになった。


子どもの頃、私は犬が欲しかった。母が家で犬を飼うのを嫌がっていたので、父は内緒でトパーズを買ってくれた。トパーズはベトナムを離れるまで、最愛のペットだった。だから、ハーランが犬を飼いたいと言ったとき、私は賛成した。もちろん、ビルも賛成だった。夫はこれまで何匹もジャーマンシェパードを飼ってきた。ただ、ハーランも私も犬アレルギーだった。だから、低アレルギー種のプードルを飼うことにした。

フィガロが家族に加わったとき、ハーランはまだ五歳だった。娘は車のチャイルドシートに座って、震えるフィガロを腕に抱いていた。ペットショップからの帰り道、私は娘と多くの約束をした。フィガロに餌をやって世話をすること、食べ物のお皿や水飲みのボールを洗うこと、どんなときでも、どんなに長くかかっても、きちんと散歩をさせることなど。フィガロは黒い犬で、全身の毛がカールしていた。ありきたりに見えるので、いわゆるプードル風のトリミングにはせず、羊のように毛を刈りこんでやった。プードルは本来狩猟用の犬だった。水かき足のおかげで、撃った水鳥を追うのに適していた。

フィガロは繊細な犬だった。人を喜ばせるのが好きで、躾けにも慣れていた。家に来てはじめての夜、フィガロは大きな箱のなかでクンクンと鳴き声を上げ、軽く唸った。しかし、私がおとなしくさせようとすると、すぐに黙った。ハーランはベッドから自分の枕を引っ張り出してくると、その箱のなかでフィガロと一緒に寝た。新しい犬の友達と同じ枕で。その日から、ふたりは切っても切れない仲になった。フィガロにはいくつも可愛らしいあだ名があった。フィガロ様、フィギー、フィグ、フィグスター。フィガロくらい愛される犬だと、いくつ名前があっても足りはしない。

フィガロはとても賢い犬でもあった。ただ、必ずしも従順ではなかった。「お出で」とか「待て」といった命令を理解しても、まずは顔を見あげるだけだった。その様子からすると、命令通りに従うべきかを考えているようだった。良かったのは、フィガロにはすべてを楽しみに変える力があったこと。ハーランがバイオリンの練習をしていると、高い音に合わせて奇妙な鳴き声を上げた。最初はフィガロの耳がおかしくなったのかと思った。それというのも、フィガロの耳はどんな音程でも聞き取れるほど敏感だったから。そこでハーランの近くから引き離してみた。しかし、すぐにハーランのそばに戻ってくると、嬉しそうにやさしく鳴き声を上げる。フィガロはバイオリンが好きで、音楽の魅力を楽しんでいた。ハーランはこれに喜び、にっこり笑った。目も笑っていた。反抗して、生意気に口答えしてくるときでも、娘の丸い顔を縁取る薄茶色の可愛くカールした髪の毛だけが私には見えた。

驚いたことに、ハーランにピアノを始めさせたのはビルだった。ビルは学生公益団体で働く教え子が勧める、ピアノの練習用教材を購入した。給与が高くない公益法の仕事に就こうとする、法科大学院の学生を支援する立派な行いだった。ピアノはバイオリンよりも簡単だった。初心者でも簡単な曲が弾けて、バイオリンよりも良い音が出せた。ただ、バイオリンだろうとピアノだろうと、ハーランには間違いをごまかす傾向があった。間違った場所を繰り返し練習しようとはしなかった。だから、同じ曲の同じ場所で何度も間違えた。数ヶ月間練習しても、つまずいた場所を正しはしなかった。

「和音が間違っているわ」と私が言えば、「いちいち指図しないで」と娘は言い返す。

アメとムチだろうが、なだめすかしだろうが、ハーランには効かなかった。もちろん、説教など無駄だった。効果があるとしても、それは限定的だった。一時的に従うことはあっても、それ以上は無理だった。不機嫌な様子や、人目を気にした否定的な態度をやめさせることはできなかった。そして「ママ、自分が言ってることがわかってるの」という決めつけの姿勢。それが言いすぎだと思ったとしても、同じことを少し抑え気味に言うだけだった。「お母さん、自分がなにを言っているのかわかっているのかしら。」

私たち母娘の言い合いや喧嘩、互いを非難する言葉を耳にしたとしても、ビルはなにも言わなかった。エスカレートしないように止めるのは、私の役目だと感じていたようだった。

ハーランになにかを仕向けても、娘の気に留まることはなかった。そして、どうしても無理だったのは、娘自らが率先してなにかを始めることだった。ハーランには持って生まれた才能があったが、それを高い技術に昇華させるための練習をする気はなかった。私の思い通りにさせようとすれば、ハーランはいつでも大きなため息をついた。それが心のなかに残り、暗い気持ちになった。とても「私の思い通り」とは言えなかった。ハーランにはこのことがわからなかった。だから、ため息ぐらいでなんでそんなに機嫌を損ねるのかと、私を問いただした。

時間とともにハーランの練習と、音楽を巡る母娘の関係は悪循環に陥った。ピアノやバイオリンが原因というより、もっと奥深いものがあった。まるで根比べのようだった。私の心の葛藤はなんの役にも立たなかった。子どもには楽しいことをさせて、たとえそれがどんなものであろうとも、自分の道は自分で切り拓かせるべきなのか。それとも、子どもの短期的な嗜好をやめさせ、親が決めた道を力ずくで歩ませるべきなのか。娘の気まぐれにまかせて、ふらふらと次から次へと好きなことをさせるのではなく、練習を強い、暗記を強い、猛勉強を強いるのか。

ふたりの星座の並びは良くなかった。水牛と馬。水牛は鈍重で、びくとも動かない。わがままな馬はすぐに動く。つまり、ハーランが元気よく飛び跳ねるので、私は落ち着かず、目がくらくらし、疲労困ぱいする。娘の好きなようにさせる。練習しようがしまいが、私が指摘する間違いを直そうが直そうとしまいが、音楽を続けようがやめようが。母娘の関係の方が、音楽やテコンドーなどいかなる価値のある勉強や練習よりも大切だと自分に言い聞かせて下した結論だった。それでも私のなかには自分が娘に屈して、一番当たり障りのない道を選んだことへの後悔の念があった。その一方で、ハーランはアメリカの子どもなら誰もが求める自由や自主、自立の精神を欲しているにすぎないと考える自分もいた。

そうした権利が、学校の外で行使される分には問題なかった。しかし、勉強については、ハーランを言う通りにさせた。学校は絶対だった。世の中には譲れないものがあることを、娘は知っていたはずだ。その点については、ビルもマイも私も一枚岩だった。家族として学問を大切にしていた。幼い頃から、ハーランは教育が最も重要であることを理解していた。

ただ、私たちの教育への取り組みは、それぞれ異なった。ビルはハーランに最善《ベスト》を尽くすように励ました。夫にとっての最善とは、願わくばオールAを取ることだった。私はハーランにどの科目もAでなければいけないと、はっきり言った。それ以外は受け入れられない。なぜなら、娘にはそれだけの力があるからだ。ハーランは数学では二段階先のクラスにいたし、作文力は天才的だった。ただ、文法のように規則をしっかり守らなければならないことには弱かった。私には規則を守るのは簡単なことだったが、娘には違った。

ビルはハーランが優秀だと信じていたので、宿題を見てやる必要などないと思っていた。だから高校二年生になるまで、学校から帰った娘の宿題を見るのは、私の役目だった。娘の隣に座り、自分の仕事をする。そうすれば、目立つことなく宿題の様子を監視できる。デジタル化の時代、勉強の進み具合を見るのは簡単だった。中学でも高校でも、親子でスクールループというソフトをダウンロードするように言われていた。これを使えば、簡単に宿題やテストの日付け、結果にアクセスできる。私はハーランの頭に、親が定める規則を叩き込んだ。それは私自身が守ってきた規則だったし、大学では自分の学生に教える規則だった。

規則一。ギリギリになる前に為すべきことをやる。提出物締め切りの前日には、完成した宿題を読み直し、間違いを正す。前日になってようやく始めたり、完成させようとしたりというのはいけないこと。規則二。求められている以上のことをする。宿題が奇数問題だけだったならば、偶数の問題もまとめてやる。規則三。加点をもらえるように、余計に勉強する。いつもっと点数が必要になるかわからない。先生は日頃から余計に努力している生徒のことがわかっている。さらに多くの規則はあるけれど、この三つに絞ることにした。ひとつだけでは少なすぎる。ふたつの方が良い。ただ、三つというのが、どこから見ても座りが良いように思えた。

大学で教えはじめたとき、学生時代に教わった、教え方の上手い先生から受けた助言がある。「一度に三つ以上のことを詰め込んで教えてはいけない。誰も憶えきれない。フィリス・ディラーの原則だ。」

「フィリス・ディラー?」

「超一流のコメディアンだ。フィリスは三つに絞るという原則をつねに守っている。」

三つに絞る。コメディーの場合、意図、出来事、登場人物という三要素を組み合わせることが、より人間味溢れるショーになるのだという。実生活では、三要素の組み合わせが、最も効果的な結果を導く。先生いわく、フィリス・ディラーはまずジョークを言って、次にそのジョークを発展させ、三番目にもう一度繰り返してから、それを終わらせる。

一九六〇年代、公民権運動を先導したマーティン・ルーサー・キング牧師ですら、その素晴らしい演説のなかで三要素の原則に従っていた。「ついに自由になる。ついに自由になったんだ。神様、ありがとう。私たちは自由になりました。」

人はなにかを始める前に、三つ数える。一、二、三。位置について、ヨーイ、ドン! 西洋の話では、「三匹の子豚」や「三匹の目の見えないネズミ」、「ゴルディロックスと三匹のクマ」など。

この原則がもつ簡潔さにもかかわらず、ハーランはなかなかこれを実行できなかった。だから、喧嘩は続いた。

それでも、学校の勉強や成績のことで、私が譲ることはなかった。娘が勉強に集中できなくなることがあれば、即座に対応した。成績ばかりが大切とはいえない小学校や中学校でも、オールAを取るように言い続けた。この点では、ビルも私の味方だった。一度Aを取るようになれば、ハーランもそれが普通だと思い、当たり前のこととして自信をもって勉強するだろう。夫はそう言った。こうして私たちは一年生の頃から娘を指導し、学校の勉強に注意を向けた。

ウィリアムズバーグでハーランが通った公立の小学校は、運良く国際バカロレアの認定校だった。つまり、幅広い国際的視点からカリキュラムが組まれていた。三年生のときに、適正試験がいくつかあった。ハーランはこれに合格し、ビジョンという特別プログラムに入った。ビルの計画通り、日常的な学業生活のなかで、娘が卓越していく第一歩になった。カリフォルニアに引っ越したとき、ゲートという同じようなプログラムに入ることができた。才能ある優秀な学生のための特別クラスだった。高校に入ると成績優秀者のクラスに入り、学年を追ってアドバンスクラス、あるいは国際バカロレアクラスに入った。

ハーランには落ち着いて、目標に向けて集中してほしかった。だから、三つの原則に従うように口を出した。そのたびに、娘はフィガロと一緒に逃げ出した。犬は娘になにも要求しない。

高校に入ると、すべてが変わる。一年生になると、それまで普通で落ち着いていた良い子たちが、ハーランも含めてとてつもないものに変身した。ただ、ハーランとは衝突し言い合いになっても、あるいは互いに相容れないところがあっても、触れあう部分もあった。だから、娘は私と同じベッドに潜り込んできて、一緒に寝ることもあった。そろそろ自立して、自分の部屋で寝ようと決心したあとですら、そうだった。

徐々に見えてきたのは、高校ではすべてが巨大化もすれば、矮小化もするということ。孤独、孤立、疎外や無視など、自分の存在や感覚を小さくするようなものはすべて過大に意識される。自尊心、自信、達成感や仲間意識など、自分の存在や感覚を良くするようなものをすべて過小評価する。どうしてこうなるのかわからなかった。成長期ゆえの不安定さが原因かもしれないし、ストレスのせいかもしれない。学習環境のせいかもしれず、先生やほかの生徒の影響なのかもしれない。

そこで、問題に直面すれば、いつもしてきたように行動した。調査《リサーチ》だった。かつて培ったデータ重視の自分に一気に戻ると、家に住む摩訶不思議な存在、つまり自分の娘を理解するために必要で信頼できる人物を探した。ハーランはいつでも快活であると同時に、短気で生意気だった。行動の選択はつねに強引な理屈にもとづいていた。その態度は無礼であり、当たり前のように反抗的だった。しかし、娘はすぐに平常心に戻った。嫌な感情を長続きさせることはなかった。

それでも、高校に入ってからの二年間というもの、ハーランはいつでもこそこそ隠れては、顔をしかめていた。つねにイライラしてため息をもらす姿は、無礼ですらあった。眉間にしわを寄せ、目を細め、周囲を見る目には愛情もなければ、かといって批判的というわけでもなかった。ただ、娘が私に向かって返すお決まりの言葉には、いくらか軽蔑の念が込められていた。「お母さんは運が良いのよ。感謝すべきだわ。ほかの子たちがどんな風に親に接しているか知るべきよ。みんな親のことを憎んでるわ。」親が子どもに感謝しろなどという話を聞いたのは、これがはじめてだった。儒教道徳の教えから見れば、正反対だった。

心理学を知らないわけではなかった。ハーランぐらいの年の子が親離れを始め、ゆっくり少しずつ親とのつながりを切っていくのはわかっていた。当時、娘の親との距離の取り方や、時折示す反抗的な態度は、ティーンエイジャーとしてごく普通のように思えた。アメリカの小説家マーク・トウェインの有名な言葉を思い出して、自分を慰めた。「一四歳の少年だった頃、父の理解があまりに足りなかったので、一緒にいるのがとても苦痛だった。しかし、二一歳になったとき、父が七年間で実に多くのことを学んだことを知り驚いた。」それでも、娘に起きた変化にはショックを受けた。自分だけは例外だと思っていた。つまり、ハーランだけは違うと信じていた。少なくとも娘のアジア人的な部分が、たとえ無意識的であろうとハーランにいくらか影響して、アメリカ的な個人主義的価値観を抑え弱めるだろうと期待していた。
　娘と私の関係は希薄になっていた。ハーランの耳は、ｉＰｈｏｎｅにつながれたイヤフォンでつねに塞がってい
た。部屋から出てくるのは、腰の痛みで衰弱したビルの部屋に行くときだけだった。カリフォルニアに越してくる
前に、夫は腰部脊柱管狭窄症《ようぶせきちゅうかんきょうさくしょう》を治療するために椎弓《ついきゅう》切除手術を受けたが、手術は思ったようにはいかなかった。そ
のため、オキシコドンやフェンタニルといった鎮痛剤を、法律で許される範囲で毎日服用していた。だから、ハー
ランのボーイフレンドについて、夫と話しあうことはなかった。ビルは毎日苦しんでいた。痛みを取るための治療
には、多くの副作用があった。吐き気、めまい、食欲不振、鬱《うつ》など。
　ある日、ハーランはボーイフレンドがいることを打ち明けた。私は娘にその子を家に連れてくるように促した。
私には高校時代、ボーイフレンドどころか友達ひとりいなかった。その男の子は感じが良かった。こちらから言わ
なくても、家に入る前に靴を脱いでいた。ハーランは昔に戻ったように見えた。男の子を家まで車で送ってきた母
親と話した。とても親切で感受性の強い子だと説明する彼女の言葉に安心した。
　その後、ハーランはその子と別れた。娘は泣き、当然のことながら寂しそうだった。悲嘆にくれる娘とふたりき
りの時間に母親らしいことをしようと、マニキュアとペディキュアを買いに出かけた。ハーランの好きな店で買い
物をして、カリフォルニアの明るい太陽の下、手をつないで歩いた。もちろん、はじめての失恋は辛いだろう。そ
れでも、ひとり遠く離れた町で大学生活を送るようになってから経験するよりは、家族と一緒にいる時期に心の苦
しみを味わうほうがまだましだと思うようにした。それからしばらくの間は、娘が友達の家に泊まるのを許した。
ハーランは元気なく過ごしていたが、切り裂かれるような痛みや悲しみを感じているようには見えなかった。
　やがて、三角法のテストが返ってきた。Ｃだった。Ｃは落第同様だと私が思っていることを知るハーランは、予
防線を張るように忍び笑いを浮かべた。そして、大声で叫ぶと、私を非難しはじめた。「お母さんはいつだって失
敗から学ぶのが大切だっていうけれど、見てよ。今、自分がどんな態度をとっているか。私がＣを取ったからって

どうだっていうの。」

私は怒りがこみあげてくるのを感じた。娘の言うことに、自分の耳を疑った。ハーランが悲しそうにするなり慌てふためくなりしていれば、もう少し上手くこの場をしのぐことができただろう。頑張ったけれど、それが足りなかった。次はもっと頑張ると、娘が言えばそれで良かった。ところが、ハーランときたら、この場を借りて私が偽善者だという。娘に失敗から学ぶことの大切さを教えたかったことは事実だった。しかし、私が思っていたのは、さして重要ではないテコンドーの試合で負けるといった小さな失敗のこと。あるいは恐怖を顧みずに、目もくらむばかりの危険を冒すことから生じる、もっと大きな失敗のことすら考えに入れていた。しかし、勉強で失敗しようとは想像もしなければ、許せるものでもなかった。儒教の教えに従えば、三要素の原則を守り、心の安定さえ保っていれば、成功は保証されているのだから。

ハーランは心の安定を失っていた。そしてアジア文化では、心の安定がすべてだった。なにがどうなっているのか正確にはわからなかったが、誰かがハーランに関する嫌な噂を流していた。ウイルスのように、噂は多種多様なメディアで拡散されるにつれて、かたちを変化させる。ハーランは学校で起きたことを打ち明けてくれた。なんとか娘を助けたかった。問題を打ち明けたところで、どうすることもできなかったであろう自分の両親とは違った。ただ、いろいろ助言しても、娘は馬鹿にしたような態度で取りあわなかった。「お母さんって、問題を直そうとするだけ。しかも、すべきことがわかってない。」あるいはもっと辛辣に、「私を良くしようとするだけで、母親としての愛情が少しも感じられない。」

私はハーランをなだめて、副校長に会おうとした。まずは人権について触れてみた。「人間の権利や尊厳が侵されるときには、闘わなければいけない。」なんの反応もない。そこで、情に訴える言葉に切り替えた。ハーランだけではなく、いじめる男の子たちにも情を示す。「問題があるときには、それを聞いてもらえるだけで、随分気が楽になるはずよ。」そして、こう付け加えた。「男の子たちもこれが許されると思うべきではないの。その子たちが変われるように、助けてあげる必要がある。そうした時間はまだ残っているはずよ。」ついにハーランはうなずき、ふたりで学校へ行くことになった。娘の言うことから判断して、いじめは間違いなくあったはずだ。副校長も同意した。しかし、男の子たちは呼び出されても、それを否定した。スナップチャットにアップされていた投稿メッセージはすでに消えていたし、ほかのソーシャルメディアの情報も消されていた。だからなんの証拠もなかった。証明できない話は、疑われ否定される。それどころか、高校にこのことを知らせた行動が、ほかの生徒からは告げ口と見なされた。おかげで、ハーランはさらに村八分にされた。娘に心理セラピーを受けるか訊くと、首を縦に振った。

ついに、ハーランは転校したいと言い出した。娘の心の傷の深さはわからなかった。しかし、娘には変化が必要だと思ったので、すぐに同意した。ただ、転校して新たな生活を始めることで、さらに娘が不安定になることも心配だった。だから、強く転校を勧めはしなかった。カリフォルニアに越してきたとき、徒歩で学校へ通える場所に家を買った。娘の友達はみんなこの地域に住んでいて、同じ学校に通っていた。しかし、心のわだかまりが高まり、感情の揺れが激しくなった。四月、二年生の終わりが近づいていた。思い切って別の高校に転校するにも、最悪の時期だった。

私はじっくり調べることにした。選択肢は限られていた。同じ地域の学校でも、次の学年が始まるまでは転校を受け入れてくれない。法外なくらいに授業料が高い私立校にもあたってみた。しかし、学年終了間際での再出発は無理だった。カリフォルニア州では、ホームスクールが認められていて、有名大学もそれを受け入れていた。必要な書類を用意して、自分の家に生徒ひとりだけの私立校をつくった。そのあとになって、ホームスクールは単位認定されないことに気がついた。

四月から六月までの間を過ごす学校が必要だった。結局、オンラインで授業を提供する公立校が地元にあることを突き止めた。試験だけはすべて学校で行われる。そうすることで、通常の高校と同じように単位が認められる。

ハーランの成績は卓越していた。ただ、娘は心に問題を抱えていた。ひとりでいるよりも仲間といることを好み、静かにじっとしているよりも行動することを選ぶ社交的な子だった。だから、家で孤立して過ごすのは辛いことだった。「友達がいない」と、娘は言った。気持ちが落ち着かないときには、こうも言った。「なんで私のスマホを取りあげるのよ。もう二年も経つわ！　スマホがないからひとりぼっちなのよ。」

娘が電話できるように、ガラケーだけは渡していた。メールを送ることもできる。しかし、スマートフォンのように便利ではなかった。ハーランはそれが嫌で、ほとんど充電もしなかった。つまり、私から娘に連絡をとることもできない状態だった。ハーランは肩をすくめて言った。「お母さんは私の人生を台無しにした。わからないでしょうけど、お母さんは極端なのよ。」親として失格だとすら言った。

その間、私は次の学年から入れる高校を探した。隣町にウォルドーフという私立校があった。それから、別の地域に小さな公立校があった。公立の学校に通うには、その地域に引っ越さなければならない。残る選択肢はただひとつ。家から車で一五分ほどのところにある中規模高校だ。その学校に見学を申し込んだ。迷路のようなホールを案内されているときだった。あるものを見つけて心が弾んだ。巨大な壁に生徒たちの出身国を示す国旗がたくさんかかっていた。そこにベトナム国旗として掲げられていたのは、見覚えのある今や亡き南ベトナムの旗だった。明るい黄色地に赤の三本線。ハーランを見ると、娘もこの旗とその意味に気づいていた。良い兆候だった。

ハーランとは、二度ベトナムへ行った。最初はハーランが六歳のとき。二度目は一五歳のときだった。表向きにはベトナムも、アメリカ生まれの娘と行くほかのどの国も変わらないと思いたかった。しかし、ベトナムは私の生まれ故郷だった。そして、その国で大切な真理を発見した。それはどんなものでも崩壊しえるということだ。残ったものはそれなりに美しいかもしれないが、それは本当の美しさを理解できてはじめてわかることだ。

二〇〇九年七月、娘と行くはじめてのベトナムにはマイも同行した。この二ヶ月間の旅には、特別な目的があった。目的を定めることで、感情が不安定にならずにベトナムに戻れる。このときは、ハーランをベトナム語に慣れさせるためだった。マイも私もベトナム語を話す。ただアメリカにいるときには、ビルを孤立させたくなかったので、ベトナム語を使うことは滅多になかった。しかし、この旅では、誰もがベトナム語を話す場所へ行く。だから、マイと私がベトナム語で会話をすれば、娘には大きな影響を与えられると思った。ベトナムでは、ハーランをカトリック系の学校に通わせることにした。私立の学校はもっと上の学年にしか開かれていなかった。国家経営の公立校に娘を通わせたくない私たちにとって、これが唯一の選択肢だった。

ハーランはすぐにサイゴンが好きになった。いつも賑やかなこの町を愛していた。交通渋滞や街頭売り、町の喧噪に食べ物や人々の活気。嫌なものはなかった。ひどい夏の暑さや、あたりを汚い水たまりに一変させてしまう土砂降りも苦にならなかった。斜めに崩れかかった歩道ですら、娘の関心を引いた。ハーランはすべてをあるがままに受け入れていた。

学校でも楽しく過ごしているようだった。六歳の娘は、最年長だった。しかし、初歩的なベトナム語を学ぶのだから、ちょうど良かった。

すぐに生活は軌道に乗った。ふたつの寝室があるサービス付きのアパートでの朝食は、チョコレートクロワッサンと少し甘く、風味豊かなベトナム風ヨーグルトが定番になった。タクシーでハーランを学校へ送り届けると、マイは共産主義政権が国を乗っ取った一九七五年以降ベトナムで知りあった友達と時間を過ごした。多くの人々がボート難民として国外へ逃げようとしては拘束され牢屋に入れられると、釈放されるときにはブラックリストに載せられた。その汚名は一生晴れないだろう。私はアパートに戻ると、研究と論文執筆に取り組んだ。昼食後、ハーランを迎えに行くのは午後二時頃。娘と一緒に近所をぶらぶら歩きながら、エアコンの効いたカフェに入り、冷たいドリンクを飲んで時を過ごした。どこへ行っても、ハーランは過剰なくらいちやほやされた。娘がベトナム語で話そうものなら、アイスクリームやキャンディ、あるいはチョコレートがサービスされた。白人の両親から生まれた子どもだと思われていた。注意してみれば、どことなくアジア的な顔立ちに気づくだろうに。

一九九五年、当時のアメリカ大統領ビル・クリントンがベトナムとアメリカの国交を正常化させる重大な一歩を踏み出した。それから一〇年以上を経た二〇〇九年でも、祖国ベトナムの人々は私たち海外に住むベトナム人を越僑《ベトキュー》と呼んだ。そこには海外に住む「外来種」として、どう接してよいのかわからないという意味が込められていた。海外文化を携えて、私たちはベトナムに戻った。

ある日、ハーランをジブラルへ連れて行った。一九七五年以前から有名だったアイスクリーム屋だ。当時と違うのは、今では店の周囲に豪華なブランド店が立ち並んでいること。アルマーニやヴェルサーチェ、それに空調が整ったショッピングモール。一九八〇年代初頭に市場改革が始まって以来、ベトナム、とくに旧サイゴンは莫大な海外資本を受け入れていた。そのうち一五〇億ドルは、私のような越僑が海外から送金するお金だった。国際通貨の運び手として、越僑は不可欠な存在になっていた。だから、二〇〇四年ベトナム政府は、それまで蔑視してきた海外に住むベトナム人を「国にとって欠くことのできない存在」と認める法律を通した。そして二〇〇八年、政府は国籍法を改定し、海外のベトナム人が二重国籍をもつことを認めた。これは越僑をベトナムに呼び戻すための施策だった。税制優遇や個人所有財産の上限引きあげといった項目がそこにはあった。しかし、私たちにしてみれば、大きな不安もあった。ベトナム系アメリカ人がベトナムに戻るのは、アメリカのパスポートに守られているとわかっているからだ。もしベトナム人と見なされるのなら、気まぐれなベトナム政府の定める法律や規則に縛られ、薄暗い迷路で行き先がわからなくなってしまうかもしれない。

サイゴンでの私は、南のアクセントでベトナム語を話していた。ほかのサイゴン出身の人たちと変わらないはずだった。しかし注文を済ませ、ウェイターが食事を持ってくると、隣のテーブルに座る客がどこから来たのかと訊いてくる。驚く私の顔を見て、その客はこう言った。「あなた方は越僑ではありませんか。」

私はうなずくと、その問いに驚いて聞き返した。「なぜそんなことを訊くのですか。」私が知りたかったのは、「どうしてわかったのか」ということだった。

「ウェイターに礼を言ったわ。地元のベトナム人はそんなことは言いませんもの。」彼女はそう言うと歯を見せて、にっこり笑った。

ベトナム語では、見知らぬ者同士での挨拶や会話が難しい。はじめて会う人には、年齢や社会・経済的地位を推測し、家族、もしくは友人に使う呼びかけの言葉を選ぶ。家族のなかでも、順列に応じて呼びかけが変わる。男なのか女なのか、年齢や社会的地位、それに父方の家族なのか母方の家族なのかまで、一つひとつ考慮しなければならない。性別に関係なく形式的に使う「私」という表現は、かつて召使いが皇帝に向けて話すときに使った言葉に始まる。今では感情を抑えて話すときに使う言葉になった。この表現を使うと、相手との距離感は増す。

相手のことがよくわからないときには、自分の立場を落として、相手を敬うように話す。

「あなたはどこからいらしたのですか。」この客に質問されたとき、私は「コー」と呼ばれた。その意味は、私は彼女よりも高い地位にあるけれど、彼女の両親ほどではないということだ。外交的な選択だった。

アメリカではあり得ないようなこの種の質問は嫌だったが、ここはアメリカではない。だから、怒るわけにはいかなかった。「アメリカから来たのですか。」

「はい。」

「私の家族は一九七六年と一九七七年に三回脱越しようとしました。でも、全部捕まりました。ここにはどれくらいいるのですか。」彼女は小さな声で言った。

「二ヶ月です。子どもがベトナムのことを知り、ベトナム語を習う良い機会だと思い来ました。」ハーランを指して答えた。

「あら、あなたのお子さんでしたか。とても可愛いわ。アメリカ人みたいに。」

私は微笑んだ。

「この近くに語学学校がありますよ。」

「娘は子どもたちが通うベトナムの学校に行ってます。」私は言った。

「そうではなくて、越僑のための語学学校のことですよ。」

「あら……」この人は私がベトナム語の授業を受けるべきだと思っているのか、それともただそういう話をしているのか。ベトナム語で問題なく会話が成立しているというのに。

「越僑はあまりベトナム語が上手くないですね。読み書きができない人が多いですよ。アメリカはどちらから。カリかしら。」

カリとはカリフォルニアの愛称だ。祖国のベトナム人にとっては、アメリカンドリームそのものを指す。それに気づいたのは、サイゴンでのことだった。フォー・カリというレストランがあった。夢の逃避行を意味する。一方のアメリカでは、フォーの店は郷愁の念を表していた。一九七五年以前のベトナムにあった、有名な場所の名前が店名に使われていることが多い。

「いいえ、カリではなくバージニアです。」二〇〇九年には、まだバージニアに住んでいた。カリに引っ越すのは、それから三年後のことだ。

「バージニアですか。きれいなところでしょ。四季がありますよね。そこにも行ってみたい。それとカリに。私には夢の場所です。」


それから八年後、ハーランとベトナムに戻った。この頃にはすでにカリフォルニアに引越していて、私の小説の編集を担当するキャロルを含む仲間たちとも出会っていた。キャロルとは二冊の小説を出版した。彼女にベトナムを見せる——敢えて言えば見せびらかす——のは感動的なことだった。

ベトナムは遠くの小国で、見せびらかすようなものではないと思う自分もいた。過去に「ベトナム戦争」がなかったら、この国に来る人はいないだろう。ベトナムが国としてではなく戦争として見られていることには、つねに納得がいかなかった。ただ正直に言えば、ベトナムが世界中の人々に意識されるようになったのは、戦争とアメリカの敗北のおかげだった。それが理由で、とくにアメリカ人を中心とする観光客が、どこか悲しげで美しいこの国の風景を見るために訪れるようになった。彼らは、地球上で最強の国家を打ち破り、アメリカ人の心にトラウマを植えつけた、日焼けし痩せこけた人々のことを知った。この人々がケント州立大学等で起きた反戦運動でアメリカの若者の心を奪い、その後何年にもわたりケサンやハンバーガーヒルの戦場で闘ったアメリカ人兵士の心に影響を及ぼしたのだ。

私は再び貿易のことを、授業で教えていた。貿易で最も重要な規則に、原産地規則というものがあった。現代社会においては、商品は必ずしも一国のみで製造されない。多くの国々がそれにかかわる。フロリダ産のオレンジがコロンビアでジュースに加工され、それがアルゼンチンへ送られた場合、アルゼンチンではそれをアメリカ産と見なすのか、それともコロンビア産と考えるのか。オレンジからオレンジジュースへの加工が「実質的な変更」に相当するのなら、答えはコロンビア産だ。

私自身、ハイブリッドな存在だ。ベトナムで生まれ、アメリカで組み立てられた。異なるパーツと地政学的に不完全な存在。実質的にアメリカで変更が加えられた。私と一緒にいるのは、アメリカ生まれの娘。アメリカ的な型にはまり、文法こそ正す余地はあるものの、アメリカ流の発音で英語を完璧に使いこなす。

アメリカにいると、私は自分がハイブリッドな存在だと思う。それは、ベトナムから離れているからだ。アジア系アメリカ人。なになに系と呼ばれるアメリカ人には、どこか不充分で物足りない印象が言外に含まれる。本物ではないという感覚。どこか付属物のようなイメージが定着し、地理学的、あるいは人口統計学的なニュアンスが含まれる。世論調査には都合が良いかもしれないが、アイデンティティのような複雑なものを伝えるには役立たない。ベトナム系アメリカ人の場合は、それがもっとひどいことになる。戦争犠牲者のようなもの。そしてわかったのは、ベトナムに来てもこのハイブリッド的な感覚は薄まらないということだった。私たち越僑は、完全な人格を求めて祖国に戻ってくるが、結局は当惑することになる。貴重なアメリカドルを求める地元の人々には歓迎される。もはや私たちは、失望と怒りから脱越を決意した空虚な人間ではなかった。復活を企て、悔いる罪人としてではなく勝者として戻ってきた放蕩息子のような存在。サイゴンにいまだ残る親戚家族のために、スーツケースに詰め込んだアメリカ土産を持ち帰る。財布のなかには、クレジットカードやデビットカードが並ぶ。

　アメリカの退役軍人もまた、ベトナムに戻っていた。年齢を重ね体力も落ちてはいたが、それでも活発な彼らは、「ナム」と彼らが呼ぶ国に吸い込まれるようにして戻ってくるとなにかを探し求めていた。それにしてもナムとは、なんと変な言葉だろう。あだ名というわけでもなく、短く端折られたベトナムを指す略称。ベトナムとそれに連想されるすべてをごまかす言葉。「ナムにいた。」その表現に隠された意味を読み解こうとする私。和解、承諾、プライド、後悔、怒りの一部なのか。それともそのすべてなのか。

　この旅では、思い切ってサイゴン以外の場所にも足を伸ばすことにした。まずはハノイへ。そして、南へ向かう。サパ、ホイ・アン、サイゴン。有名な都市ばかりだ。ただ、私には縁遠い場所ばかりだった。北ベトナムが今やなき南ベトナムを飲み込むようにして、名目上、国を統一した。名目上というのは、つまり南と北では、文化風土が異なるからだ——一五〇〇年代から二〇〇〇年以上の間、ふたつの地域は別々に歩んできた。戦争と政治を別にして、文化的に南北は別々だった。

　越僑がブラックエイプリルと呼ぶ敗戦の日がある。サイゴンが陥落した四月三〇日のことだ。ベトナムでは、その日を統一の日と呼ぶ。

　ハノイに来たのは、はじめてだった。どこへ行っても、道はうねうねと曲がっていた。渦巻いているような場所もあれば、くさびのように急カーブしている場所もあった。きっと行き交う車や人の動きのせいで、アスファルトに力が加わり、道路が歪曲したのだろう。ハノイの道はサイゴンよりも細かったが、交通量は落ち着いていて、統制が取れていた。古いフランス風の美しいヴィラは、過去の植民地支配を示す街の残像だった。すでに色あせていたが、それでも洒落ていた。そして、街路を覆うようにして木々が並んでいた。それぞれの通りにはギルドと呼ばれる伝統的な組合があって、その区画では、工芸職人が作る商品が売られていた。夜になると歩道はカフェに変わり、行商人や道にせり出して営業するレストランが火鉢のような簡易コンロを使って、赤い炭火の上でグリル焼きを賄っていた。

白人仲間と一緒に町を歩く私は、地元の人たちから見れば欧米文化によって遮ぎられた存在だった。押し合いへし合い、肩をぶつけていた行商人も露天商も、食事客もバイク乗りも、衝突しながらゴミをあさっていた物乞いですらが、白人観光客の周りに寄っていこうと、大声を上げるのをやめ落ち着いた行動をとる。

ガイドブックによれば、ハノイは魅力的な場所だった。ベトナムはもはや一九七五年直後の、つまり政府による私有財産没収後のような、余裕のない、より正確に言えば、貧困に苦しむ国ではなかった。すでに資本主義経済による投資により太っていた。質素なハノイにおいてですら、外国人や越僑の投資家が営業許可を求めて、巡礼者のように通っていた。そこに外国人的なカメラ目線で、この状況を観察する自分がいた。同行する友達にとっても私にとっても、ハノイは等しく異質な町だった。ハーランはベトナムが好きなようだった。ただ、つねにサイゴンを賞賛していたので、南への忠誠心を示さなければならないという気持ちがあったのかもしれない。マイは一九五四年に南へ逃げ出した、北出身の家族に生まれた。だから、地元の人々とは北の訛りで話した。ただし、南訛りの方が好ましいというときには、いつでもそれを隠すことができた。南出身者は、なにを買うにも高い値で売りつけられた。だから、マイは北のアクセントを使った。私たちが泊まるホテルは旧市街にあった。通りには小さなカフェが並ぶ。ちょっと古びた風変わりな店構えだった。南ベトナム崩壊とともに国を逃げ出した私たち越僑は、祖国に戻っても観光客のような気分だったが、ハノイではより一層強くそう感じた。この町には、なんら感情的に訴えてくるものがない。その景色に心が動かされることはなかった。ただ、私にはそれがちょうど良かった。ここはただの観光地。あれから随分時が経った。でも、ここでは時の流れに無関心でいられる。

食事には注意を払いつつも、充分に食欲を満たした。子どもの頃に慣れ親しんだように、食事をするのが楽しかった。足載せ台ほどの高さの低いプラスティック製の丸椅子に腰かけ、薄っぺらのアルミニウム製のテーブルの上に、覆いかぶさるようにしてフォーのスープをすする。お皿にのった新鮮な野菜。ニラ、シソ、リモノフィラ、パクチー、スパイシーミント、ドクダミなどを好みによってトッピングする。ただ、胃腸は昔と違って弱くなっていた。もはやベトナムの食材に寄生するバクテリアを受けつけない。だから、氷は避けた。安全に封印された瓶詰めの水を飲むようにした。キャロルたちにとっても、この点は重要だった。入ったレストランに白人観光客がいれば、安心して食事ができると即座に感じた。

ハノイの南北に位置するサパとホイアンは、かつての戦場から離れているがゆえに、過去のしがらみがないのんびりした土地だった。古い建物が倒され、新しいビルが建てられたことを示すような場所はなかった。北のサパでは、段々状に緑の水田が広がり、山の頂が渦巻くような灰色のかすみに隠れていた。物干しにはあい色に染めた衣服がかかっていた。南に位置する古い港町ホイアンも、同じような印象だった。優雅で、独特の雰囲気がある歴史的な町。黄土色に塗られた家の壁。粘土でできたタイルの屋根。色とりどりのランタン。網の目のように張り巡らされた道。バナナの皮に包まれたライスケーキや、蒸して焼きエビを載せネギ油をかけた薄いライスケーキ、味つけ豊かな絶品のスープをバスケットに入れて売り歩く行商人が至るところにいた。こうした場所を、ごく普通の旅行者として巡ることができた。過去の記憶を抑圧することなく過ごせた。

古い記憶の代わりに、私たちは素晴らしい思い出を新しくつくることができた。ホイアンでは、ハーランがオートバイに乗りたがった。すぐに弁護士としての自分が思考する。ベトナムにおける不法行為はどうなっているのだろうか。安全基準はあるのだろうか。強制保険には加入するのだろうか。医療制度はどういう状況なのだろうか。目の前には、期待に満ちてウィンクするハーランの薄茶色の瞳。お願い。お願い。お願い。

マイがハーランを舗装されていない道へと連れ出し、バイクの乗り方を教えはじめた。不安だった。ギアはあるのだろうか。クラッチをつなぐのだろうか。わかるのは、動力で走るということだけ。それと車輪がふたつということ。それだけでも気になって仕方なかった。渋滞を走ることにもなるだろう。ハノイやサイゴンのような大渋滞ではないだろうが、それでも渋滞は渋滞だ。黒煙を上げて走るバスもいれば、ほかのバイクや車もいる。モペッドという原動機付きの自転車も走っている。加えて、三輪タクシーや牛が引くワゴンや手押し車も路上に出る。

自力でバイクを動かすのは、ハーランにはとても楽しいことだった。娘は保育園で最後の最後まで歩くことができなかった子だ。ハイハイすらできなかった。ほかの子たちが怖がりもせず、風を切りながら滑り台を下りてくるときもどこかに隠れていた。自転車に乗るのを恐れ、世界でただひとり自転車に乗れない子どもになっても構わないと言い張った。それなのに今、私がしていることはといえば、マイが運転するバイクの後ろに座り、時間のトンネルをくぐり抜けるかのように、数秒おきに振り返っては最愛の娘がモーターで動く二輪車に乗る姿を確認することだ。アクセルやブレーキを上手く使いながら、ハーランはバイクに乗る。その脇をバスやタクシーがクラクションを鳴らし、大きな音をたてながら無秩序に走り去る。ハイウェイだろうと蛇行する小道だろうと、手を伸ばせば触れられるような距離に、ほかのバイクが走っている。座席から突き出た膝が、彼らの膝をかすめそうになる。ベトナムでは、誰もがクラクションを鳴らす——ほかのドライバーに対して怒っているのではなく、近くを走るドライバーに注意を促しているようだ。やむことのない大きく甲高い音は、うるさいだけでなく恐ろしい。ハーランはしっかりヘルメットをかぶっていた。ベトナムでは、頭を怪我する人が多いと、なにかで読んだことがあった。

ハーランの表情は真剣そのものだったが、輝いてもいた。そして、嬉しそうだった。エンジンをかけたまま、周囲のバイクが動くのを待っていると、まだ七、八歳の痩せこけた街頭売りの子どもが寄ってきて、私たちに果物や瓶詰めの水、トリンケットを差し出す。小柄な大人たちに子どもたち。薄汚れたパジャマのような服をだらしなく着た浮浪者が至るところにいる。必要なのは二、三ドルほどの施しだった。とても愛らしくも、忘れがたいほどに絶望的な表情の町の子どもたちを見れば、心の揺れや気まぐれからお金を渡すこともあれば、そうでないときもあった。

突然、風が強まり稲妻がとどろき、湿気と塩気を伴って空気が揺れはじめた。雨が降り出す。町には排水溝が整っていないため、勢いよく流れる雨水で一気に足首まで浸かった。私はマイの上半身を後ろからしっかりつかんだ。罵り声や叫び声、それに笑い声や動物の吠える声が聞こえてくる。バイクに乗っているだけでも恐ろしいのに、ハーランは落ち着いて楽しそうにしていた。アクセルを踏み込んで、みんなのあとをしっかり追って、糸巻きのようなロータリー式の交差点を通過する。私たちは嵐を避けるために、大騒ぎをしながら行き先へと急いだ。

サイゴン滞在中にはホーチミン経済法科大学で、一週間の短期コースで貿易の授業を教えた。高い英語力と充分な法律学の知識をもつ学生が、受講者に選ばれていた。私が教室に入るなり、学生たちはお辞儀をする。質問に答えるときには、椅子から立ちあがる。商法、事業法、会社法、通商法。これらは定期的に教える科目だった。ベトナム政府は、ビジネスにとって有効であるものならば、法規則を教えることは認めていた。それでも、政治とビジネスを明確に分けて教えることは、容易いことではなかった。会社法における株主訴訟の原理を教える授業では、企業所有者、つまり経営主体ではない株主が、経営者や執行責任者といったより高位の企業統治者を訴える権利に焦点をあてた。こうして本来当たり障りがないはずの事業法の授業で、個人の権利を論じることになった。

授業では静かだった生徒たちが、講義が終わると会話で盛りあがっていた。ここは旧南ベトナム。彼らの親族には一九七五年以降、アメリカに移り住んだ者もいた。海外送金によって、援助を受けてきた学生たちだった。その彼らが今、教育を通じて、親や子どもや家族全体を支えるための責任を負っていた。ベトナムで最も有名で、かつ最も愛されてきた文学作品の登場人物が、二〇〇年以上も前に書かれた叙事詩『キエウ伝』の主人公キエウなのには意味がある。キエウは家族のために、自らの幸せを投げ打って娼婦になった女性だ。その社会的立場にもかかわらず、ベトナムはキエウの高潔さと品格を愛してきた。

教室を離れると、堅苦しい雰囲気から解放された生徒たちが、アメリカのことをさらに知りたがった。収入はどうなのか。人々は家や土地を所有しているのか。一軒に何人ぐらいの家族が住んでいるのか。政府は家を没収しないのか。アメリカにも多くのベトナム人が住む町があるというのは本当か。そこでは一日中ベトナム語が話せて、英語を学ぶ必要はないのか。

言いたいのだけれど、自分に対してすら言うことができなかったことが、心のなかでくすぶっているのを感じた。なにかが引っかかるような感覚。すべてをあとにして逃げ出したことへの、胸が押しつぶされるような重い気持ち——悲しみ、罪、突き刺さるような羞恥心。アメリカのパスポートのおかげで、お金だけではなく、普通のベトナム人では手にすることができないような知識や社会的地位、様々な機会や特権をもって帰越することへの複雑な感情。ただ、公平を期していえば、正真正銘の資本主義へと移行した現在のベトナムには、ビリオネアはともかく、ミリオネアならいくらでもいる。ベトナムの資本主義は自由放任であり、ならず者的だ。官僚の引き出しのなかに魔法のように隠された、非公開の不明瞭な規則に則った資本主義でもある。それらの規則は、乱暴につくられた事業計画を円滑に進めるには、札束を積みあげるのが一番だと信じている越僑や海外の資本家を驚かせるために、素早く用意されたものだった。ただ、それでも私たち越僑は、ベトナムの金持ちに対してどこか優越感を抱き、鼻先で笑って見ている。お金は持っていても、教養が足りない、と。とはいえ、まったく理解できない予期せぬ運命のいたずらによって、私たちの立場が逆になっていた可能性もあった。再教育キャンプや飢餓、貧困、そして平等の名の下に私有財産の没収が行われた戦後の時代、街灯だって足があれば逃げ出していたであろうこの場所に、私たち家族が残っていた可能性だってあったはずだ。逆にアメリカへ行った彼らが、アメリカンドリームと称して普通ではあり得ない可能性を追い求めていたかもしれない。

今の私が求めながらも、はっきりとは見つけることができないものとはなんだろう。故郷なのか。許しなのか。

贖罪《しょくざい》なのか。それなりに満たされてはいるものの、中心のない不安定な場所から同じように中途半端な別の場所へ移ることなのか。

日毎に生徒たちとは親しくなり、それにつれて彼らはさらにいろいろなことを知りたがった。アメリカではベトナム人は好かれているのか。

この質問に対する正確な答えはわからなかった。でも、それはどうでもよいことだった。私が教えているのは法律だ。だから、衝動的に法律的な答えをした。私はにっこり笑いながら言った。「アメリカは法治国家です。法が支配しているのです。」それで充分だった。「憲法は平等を約束し、法に基づく適正な手続きを保証する。独立宣言が幸福を求める権利を、すべての人々に与えてくれるのです。」それでまた充分だった。

ベトナム巡礼の後半になると、夢のなかでベトナム語を口走るようになっていた。母語がサイゴンにいる私の心のなかに戻ってきたのだ。コンクリート、ガラス、鉄骨でできた最新のビルが、古い優雅な町並みに取って代わる新しい都市のなかで、時折ベトナム語で思考を巡らす自分がいた。退行していると思っていたベトナム語の私が、再度活性化していた。周囲から聞こえてくるベトナム語固有の六つの音階や南のアクセントのおかげで、昔に戻ったような錯覚を覚えた。かつてと同じものなど、なにひとつない。しかし、見た目の問題ではなかった。道を行くバイク、タクシー、車、三輪自動車が混沌とした流れのなかで、風車のようにくるくる回りながら疾走する。幻覚に溺れ、歩行者には目もくれず、爆音を上げながらすごいスピードで移動していく。心臓の鼓動が高まるなか、町を歩くにはしっかりした足取りを保つ必要があったし、事実、私たちはそうやって歩いていた。切れるような身のこなしで、交通の流れをかわしながら道を渡るのは、まさにタイミングのなせる業だった。

かつて私たちの家が建っていた場所を探し出そうとはしなかった。ここでは、家は戻るべき場所ではなく、失うものだった。

仲間たちは、この旅を心底楽しんでいた。そのせいか、歴史や郷愁の念ですらが隠すことのできないベトナムの欠点、たとえば暑さであるとか砂埃、排気ガス、渋滞といったことが気にならないようだった。そして、私もみんなの熱い気持ちを理解するようになっていた。

私がサイゴンで最後の誕生日を過ごしたのは、一九七四年の八月だった。四三年前のことだ。その後いろいろな経験をしてきたが、久しぶりにサイゴンで誕生日を迎えることになった。アメリカから一緒に来てくれた仲間たちに囲まれて。サイゴンにいると、人生のゴールラインを通過したかのような気持ちになった。もちろん、実際にはそんなことはなかった。

みんなでシクロに乗って、サイゴンの隣町チョロンに出かけることにした。アメリカでは、必ずシートベルトを着用して車に乗る私たちだったが、ここでは三輪のシクロに座ることに躊躇はなかった。荒れた道の上を、常軌を逸したかのような調子で競い走るシクロ。ニヤリと笑みを浮かべながらシクロを漕ぐドライバーは、誰もがかつては若かった。彼らは戦争で負けた南ベトナム出身の軍人だった。きっと新政府によっていまだ首の周りにきつく鎖を巻きつけられているのだろう。ほかに就けるような仕事はなかった。

マイと私とで、シクロを調達した。値切りはしなかった。ハーランは、マイか私のシクロに同乗させることもできた。しかし、娘の望みどおりひとりで乗らせることにした。そうすればドライバーが余計にもうひとり働ける。私のシクロを漕ぐ老人は、サイゴン陥落後、長い間投獄されていた。長い間が、実際どれくらいの長さだったのか知りたかった。しかし、訊くのはやめることにした。

シクロの乗客は、薄いキャンバス地のシートで覆われたキャビンの上に座る。動力源は人だ。なんとも脆弱で、つねに危険にさらされる。シクロで移動していると、サイゴンという町の一部になったかのような気分になる。アスファルトを踏む音。路上に映る影に心が落ち着く。息苦しいほどの暑さ。ゆっくり動くので町をしっかり見て味わうことができる。それでいて、目が回るような早さで周囲を動くバイクや車のせいで、なにもかもが素早く通り過ぎていくかのように感じる。痩せ細った犬が車を避ける。貪欲な街頭売りが休むことなく客を探す。「街の埃」と呼ばれる幼い混血の子どもたちが、敬うような視線で旅行客に物を乞う。動きひとつで生死が決まるアフリカのヌーかシマウマの群れのように、私たちが乗るシクロはあちこち方向を変えながら、動きを合わせて走り続ける。交差点やロータリーの入り口で、ほかのバイクやシクロ、それに歩行者が通り過ぎるのを待つ。それから大きな音をたてて、人の流れのなかを突っ切りながら一団となって動く。これがサイゴンの生活だ。油断がならない素早さ。溢れんばかりの活気と活力。一触即発の雰囲気。

今にも倒壊しそうなボロボロの露店や、道行く行商人の間をすり抜けていく。切り取られた豚の耳に豚肉や牛肉。野菜のキオスクや天然素材の瓶の隣には、残酷にも逆さづりになった鶏やダック。ピリッと鼻にツンとくる香りは、アロマのようであり、発酵しているかのようであり、腐っているかのようでもある。タバコを吸う上半身裸の男たち。からだの大きさほどのたらいのなかで洗われるよちよち歩きの赤ん坊。しゃがみ込んだ女たちが黒く塗った歯をベーテルナッツの殻で磨きながら、私たちが乗るシクロの一団をじっと見る。越僑の女ふたりとハーフの子どもひとり、それに白人の旅行者が数人。内と外を区別するものはない。公共の場であるはずの路肩が私用で使われる。私が培ってきた欧米的な感覚には、まったくそぐわない。チョロンでは一番有名な天后聖母を祭る寺を訪れた。船乗りや漁師を危険な波から守る海の女神。外から見ると、寺は派手で仰々しい。古代の寓話を描く立像が並び、壁には技巧を凝らした彫刻がある。彫刻画には金箔の文字が刻まれる。曲線を描く屋根には龍や蛇の装飾。ただ、なかに入ると様子は異なった。古い壁の内側は、対照的な孤独の空間。梁から吊るされた渦巻き状の香からは、アロマの煙がのぼる。線香が巨大な鉄製の釜のなかで列を成して燃える。

仲間のキャロルは、女海賊と海と嵐を題材に小説を書いていた。この寺が海をも守る天の女神を奉っていることが、幸先良く思えた。経を書くのに使われる赤い短冊でできた祈りの旗が、天井から幕のように吊されていた。女神と海の関係を示す木彫りの船が、まるで宙に吊されているかのように見えた。

およそ一時間後、今でも私の心に引っかかっている場所にたどり着いた。昔住んでいた家のことではない。それがすでに壊されていることは知っていた。そうではなくて、家から道一本挟んだところにある、当時は灰色だった教会のことだ。今ではピンク色の外観になっていた。立派なピアノを弾きたくて、よくここに通ったものだ。外にはクリーデンス・クリアウォーター・リバイバルを歌う義足の物乞いがいて、教会の正面には交通量が多い六つ辻の交差点があった。

もちろんあの物乞いの姿は、そこにはなかった。しかし、私と、頑固ながらも多かれ少なかれ私と一心同体になっていた私の内なる暗い分身たちは、直感的に彼の存在を感じていた。歌声がこだまして聞こえる。消えているようでいて、しっかりと私のなかに響いてくる。サイゴンと同じだ。傷つきバラバラになりながらも、永遠にここにいる。

謝辞

ラン・カオ

いつだって小箱が好きだった。子どもの頃は、宝物と恐怖を、小箱のなかにしまい込んだ。宝物は守るために。恐怖は遠ざけるために。この本も小箱のようなもの。見てきたことや感じてきたことの、ほとんどすべてがこのなかに入っている。そして、まずは私を診てくれたセラピストのクリスティーヌ先生とサラ先生に感謝したい。ふたりには他人から見られることの大切さを学んだ。それに作家の私ですらが言葉では言い尽くせない方法で助けてくれた。「心に宿る知恵」の存在へと私を導いてくれたサラ先生。クリスティーヌ先生には、宇宙規模の大きな視点から生命を見つめる術を学んだ。この本は、私ひとりでは決してなしえなかった宇宙と光への旅へと、手を取り案内してくれたふたりの先生への愛と感謝の気持ちをいろいろなかたちで表現したものだ。

高校時代、英語の時間に文学への愛を育み、やさしさを教えてくれたヘレン・マックブライド先生にも、感謝の気持ちを捧げたい。おかげで、希望と信念をもって生きることができるようになった。生涯を通じての素晴らしい友人たちにも感謝を伝えたい。スティーブン・ボーレン、ナンシー・コムス、キャロル・デサンティ、ジェシー・フレイザー、ナージャ・ファム・ロックウッド、アーサー・ピント、アリシア・レトソフ、リサ・ロスメル、ジェーン・ストロムセス、そしてシンシア・ワード。みんなに出会えて本当に良かった。キャロル・デサンティは、私の小説の編集者でもある。彼女のアドバイスと私への信頼には、とても感謝している。キャロルが私に求めていたのは、多様性だけではなかった。それには助かった。私がみんなとは違うということを、真面目に考えすぎることもなかった。それも良かった。彼女はいつだって理解してくれた。作家としての私にとって、それがどんなに大切だったことか。レ・フォン・マイには、家族でいてくれたこと、歴史を共有してくれたこと、愛を分かちあえたこと、それ以外のいろいろなことを含め感謝している。

私が恵まれた大家族にも感謝。大きな女系家族の残党だった六番目の母と多くの、とくに二番目と五番目と八番目の従姉妹たちに感謝。

そして、エレン・ガイガー。彼女の存在がなければ、この本を出すことはなく、この謝辞を書くこともなかっただろう。私の大切な出版代理人であり友人だ。エレンがイースト・ハンプトンの海岸にはじめて出かけた夏に、偶然そこで出会えたのはとても幸運だった。その出会いから、素晴らしい会話が生まれ、素晴らしい作品が生まれた。ローズマリー・アハーンの優れた編集能力とアドバイスにも感謝。編集者にウェンディ・ウルフを迎えることができたのは、実に運が良かった。最初から、それも原稿ができる前から、この本の成功を信じてくれてありがとう。「ここは要らない。これは付け足して。ここはどういう意味なの。はっきりさせて。恥ずかしがることなんてないわ。」その言葉には勇気づけられた。本当にありがとう。テレジア・シセルにも感謝。あなたたちふたりのおかげで、この本は六つの声調で歌うようになった。

ハーラン・マーガレット・ヴァン・カオ

これがどんな結果になるのか、想像もつかない。でも、謝辞を書くように言われると、真っ先に父のことが思い浮かぶ。いつだって私は他人と父を比べている。なぜって父のことが本当に好きだったから。お父さんが私のお父さんだったなんて、私って世界で一番ラッキーな女の子だったと思う。たとえそれが望んでいたよりも短い期間だったとしても。

母にもありがとうと言いたい。この本は、私の母への感情を自然に表していると思う。いろいろ意見が食い違うこともあるけれど、母と一緒にいることが、本という形で永遠にこの世に残るのは、信じられないくらいすごいこと。本はいつまでも変わらない。お母さん、愛してる。マイというもうひとりの母親もいる。マイが子どもを産むつもりがなかったことは知っている。そのために道を踏み外しもした。でも、血のつながりがあるどんな家族よりも上手に、マイは私を育ててくれた。自転車の乗り方や喧嘩の仕方、自分の意見をもつことやそれを信じることを教えてくれた。マイとはふたりだけの秘密があるし、互いに愛を感じている。それは私にとって、いつだってとても素晴らしいことだ。

ウェンディ・ウルフには、こんな機会を与えてくれたこと、それにヨガのパンツに革ジャンを着て事務所を訪ねた一五歳の女の子を信じてくれたことに感謝したい。彼女の部屋で回転椅子に座ってクルクル回りながら、できるだけ上手く書いてみせると約束した。ウェンディは本当に素晴らしい人だった。彼女の教えに従って、最初の本が出せたのは、とてもラッキーだった。原稿をていねいに読んでくれたテレジア・シセルにもありがとうと言いたい。彼女ときたら、いろんなことによく気づく。大きなことにも小さなことにも、手直しが必要なことにはすべて。私の原稿を読んで理解するのに、すごく時間をかけてくれた。ペンギンみたいに有名な出版社と仕事をするのは大変なことだったけれど、これからの人生も含めて私の人生で最高の瞬間のひとつになると思う。出版代理人のエレン・ガイガーにも感謝したい。母と長い間仕事をしてきたエレンが、私の面倒も見てくれることになった。

親友のジュールスにもお礼を言いたい。二〇一九年は、間違いなく私たちふたりの年だった。彼女の親友として一緒にいるだけで、とても楽しいの。泣きたくなれば、寄り添えるのがジュールス。大きな決断をするときには、いつだって彼女が頼りだし、なんだって打ち明けられる。私が成功すれば一緒に笑ってくれるし、失敗すれば一緒に泣いてくれる。中学校からの親友ベラにも感謝している。ベラは私を見返りなしに大切にしてくれるし、いつだってやさしい。彼女みたいに親切な人は見たことがない。あきらめそうになるといつだって、私が強いってことを思い出させてくれる。彼女が世界を見る目は芸術家みたいだし、世の中にはチャンスがあることを教えてくれる。それにテイラーもいる。カリフォルニアに越してきたとき、最初に手を差し伸べ親切にしてくれたのは彼女だった。私に挑戦することと、人を信じることを教えてくれたのもテイラー。ある日体育の授業のとき、私は彼女がいつか陸上のスター選手になるって言った。そしたら、彼女は私が作家になれるかもって言う。だから、私たちはお互い相手が夢を捨てないように見張っていようって約束した。テイラーは奨学金をもらって大学に進んだ。七種競技では全米で上位一〇位に入る選手として。お互い約束を守ったってこと。子どもの頃に仲が良かったロビーとエリザベスにもお礼を言いたい。生まれたときからの親友ローレンにも。よちよち歩きの頃から、彼女とは友達だった。ローレンとは死ぬまで一緒にいたい。頼れるマイキーにもありがとうって言いたい。最後に、友達だろうとそうでなかろうと、私に書きたいって思わせてくれたみんなに感謝の気持ちを伝えたい。私を成長させる経験をつくってくれたみんなに感謝を伝えたい。たとえその子が好きでなくても。

訳者あとがき

本書はベトナム系アメリカ人難民作家ラン・カオとその娘ハーラン・マーガレット・ヴァン・カオが共同で著した自伝の翻訳である。原著のタイトルは *Family in Six Tones: A Refugee Mother, an American Daughter* で、二〇二〇年秋にペンギン＝ランダムハウス系の出版社ヴァイキングより出版された。コロナ禍のさなか、通常であればバーンズ＆ノーブルスのような大型書店や大学をはじめとする研究・教育機関で催される読書会等のイベントを通じて販売促進が行われるところが、主に書店が開くオンライン上でのインタビューや読書会がそれにとって代わった。

また、作家にとっては世知辛い世であるのは、古今東西変わらぬようで、かねてより訳者と親交のあったラン・カオから、出版にあたり是非本書の購入予約を入れてオンライン・イベントに参加してほしいとメールが届いたのは出版直前の夏の終わり。コロナという新型感染症の流行そのものは厄介なことであるし、多数の命が失われ、より多くの方々がこの病に苦しんできたことは誠に遺憾ではあるが、研究者の立場からすると、これまで現地に飛んでやっとひとつふたつ参加できたイベントに、時差こそあれいくらでも参加できる環境になったのは、利することでもあった。

実際、出版直後のオンライン・イベントにはすべて参加することができた。それらのイベントには著者のラン・カオ母娘《おやこ》が登場するだけではなく、ベトナム退役軍人から作家に転じたロバート・オーレン・バトラーや、チリ出身の人気小説家イサベル・アジェンデが司会役を務めるなど、普段あまりお目にかかることのない著名作家の話も同時に聞くことができた。

こうして異例のスタートを切った本書だが、タイトルについてまず触れるなら、英語原題の *Family in Six Tones* を直訳すると「六つの声調の家族」となる。「六つの声調」とは、ベトナム語がもつ独特のイントネーションのことで、同語では同じ音をもつ言葉が、発音の抑揚によって異なる意味をもつ。たとえば、“bao”という単語があるが、発音の違いから「宝物」を意味することもあれば、「嵐」という意味にもなる。あるいは「鞄」、もしくは「新聞」を指したり、さらには「告げる」という動詞としても使われる。ちょうど日本語で「はし」という言葉が、抑揚によって「橋」にもなれば、「箸」や「端」と意味を変えるのと似ている。

おそらくタイトルを決めたのは母ランだと推測されるが、その意図するところは、生きる環境や周囲の状況の変化によって、多様に変化しうる家族のあり方を表現したかったのだと思う。ベトナム戦争末期、崩れゆく祖国ベトナム共和国（以下、南ベトナム）をあとにし、アメリカへ逃れざるを得なかったラン・カオの人生経験が反映されると同時に、著名な法曹の父と難民の母の間に生まれたハーランの体験を物語るタイトルといえる。残念ながら、これを日本語に直訳しても意味が伝わりにくいため、邦題は本書の主人公であるふたりの執筆者の名前を用いることにした。

また、原書では各章とも冒頭に、執筆者である「ラン」、もしくは「ハーラン」の名前が記載されているだけだったが、本書では編集者のすすめで、内容をつかみやすくするための見だしを付加したことをお断りしておく。

さて、ここで著者ふたりのことを簡単に紹介しよう。言うまでもなく、本書自体が自伝であり、ふたりの人生がそこに凝縮されているのだが、若干の補足があれば、本書の内容がよりよく伝わるのではないかと思う。

まず、母親のラン・カオ。一九六一年、当時南ベトナムの首都だったサイゴン、現ホーチミン・シティの隣町、中国系移民が多く住むチョロンで生まれたランは、二冊の小説『モンキーブリッジ』（*Monkey Bridge*, 1998）と『蓮と嵐』（*The Lotus and the Storm*, 2014）を出版した作家だ。同時に、ブルックリン大学法科大学院、ウィリアム・アンド・メアリー大学法科大学院を経て、現在はカリフォルニア州ロサンゼルス市近郊オレンジ郡にあるチャップマン大学法科大学院で教鞭を執る国際法の専門家でもある。こうした情報だけでも、彼女が歩んできた人生の多様性や波瀾万丈ぶりが想像されよう。

実際、南ベトナム軍上層部に属していた父をもつがゆえに、ランは幼い頃には恵まれた環境の下に育った。本書でも、ラン本人が自らの恵まれた境遇にたびたび言及しているが、娘ハーランも母のベトナム時代について、「なんでも自分のために人がしてくれる貴族的な生活」（一二七）と表現する。また、ランの南ベトナム脱出は、いわゆる脱越とは異なり、一般の南ベトナム国民から見ればあり得ないものだった。その詳細は第一章に記されているが、サイゴン陥落の数ヶ月前、まだ南ベトナム軍の劣勢が世にそれほど知られていない時期に、父の知り合いだったアメリカの退役軍人が南ベトナムまで来ると、空路にてランをアメリカへ連れて行った。まだ一〇代前半だったランは、どこか怪しいと思いつつも、これを一時的な小旅行と信じようとした。

似たようなことは、少なからず南ベトナム政府関係者や軍上層部に起きていた。たとえば、自らの帰越を描いたドキュメンタリー映画『ハリウッドからハノイへ』（*From Hollywood to Hanoi*, 1992）を撮ったティアナ・アレキサンドラの呼称で知られる俳優ティ・タイン・ガーは、政府閣僚の娘として一九五六年に南ベトナムに生まれると、一九六六年に家族揃ってアメリカへ移住した。まだ、戦争の行方がわからない時期から、南ベトナムの上層階級には国の将来を案じてか、国外へ脱出する人々がいた。これに拍車がかかるのが、サイゴン陥落直前の一九七五年初頭である。

一方、本格的な南ベトナム国民による国外脱出、すなわち脱越が起きるのは、四月三〇日のサイゴン陥落以降である。多くはサイゴンに住む人々で、北ベトナム軍の首都入城を前に、サイゴン川に停泊する南ベトナム軍船舶やタンソンニャット国際空港からアメリカ軍輸送機に乗って国外へ逃れようとした。同時に、人気ミュージカル『ミス・サイゴン』（*Miss Sigon*, 1989）でも描かれているように、アメリカ大使館にも国外退避を望む人々が多く集まり、屋上のヘリポートに飛来する軍ヘリコプターで南シナ海に待機するアメリカ軍空母へ逃れようとした。駐南ベトナム米国大使グラハム・マーチンは、最後のひとりまでサイゴン市民を救い出そうと努めたが、迫り来る北ベトナム軍を前に、ホワイトハウスから出国命令が出ると軍用ヘリで大使館を脱出。そのとき、四〇〇〇人余りの人々がまだ大使館に残されたままだった。それでもサイゴン陥落にあたり、五〇〇〇人以上の人々がアメリカ軍とともに、南ベトナムを脱出したと言われる。

とはいえ、南ベトナムに残された人々は数多く、誰もが統一下のベトナム社会主義共和国で、苦難の生活を送ることになる。なかでも富裕層ら有産階級の悲惨さは、短い紙幅では表すことのできない過酷なものだった。本書では、ラン・カオ母娘と同居する、ランの旧友マイが統一ベトナムを生きた実際の人物として登場する。マイの過去については、本書の第四章でハーランが語っているが、マイのような有産階級の家族は、共産主義を掲げる統一ベトナム政府によって私有財産をことごとく没収された。また、戦時中政府や軍に関係していた旧南ベトナム国民は、再教育キャンプに幽閉された。そこでは多くの人々が命を落とし、生きて解放された者は廃人同様になった。だから、統一後のベトナムからも、旧南ベトナム国民がつねに脱越の機会を窺うことになる。そして、隣国カンボジアとの衝突から生じた中越戦争は、その勢いを加速化させた。ボート難民と呼ばれる人々が海路でベトナムを逃れ、まずはタイ、マレーシア、フィリピン等隣国の難民キャンプへ、さらにそこから第三国への出国を目指した。

こうした人々は、隠し持っていた外貨（主に米ドル）やゴールドを賄賂に役人らを買収し、闇ルートを頼って脱越の計画を立てた。もちろん、それは容易いことではなく、騙されることもあれば、国境警備隊に拘束されることもあった。運良く海に逃れたとしても、乗る船の多くは頼りない小型漁船で、燃料切れとなり海上をさまようこともあれば、海賊に襲われることもあるなど、道半ばして命を失う人々も多くいた。たどり着いた難民キャンプでも苦難が待ち受ける。本来難民警護にあたるはずの守衛や兵士に襲われ、仲間のはずの難民男性に暴行を受ける女性もいた。

だから、紆余曲折を経たとはいえ、家族全員がアメリカで暮らし、さらに多くの親族も無事脱越に成功したランのような家庭は数少ない。それもこれもランの父がもつ優越的な地位のおかげだった。「ほかのベトナム系難民が生きる厳しい日常に比べれば、私の話など取るに足らない」とランが言う背景だ(一六七)。実際、脱越に成功した家庭のなかでも、家族全員が無事第三国に移り住めたケースはきわめて稀で、死別や離散などの悲劇が難民を襲うのがつねだった。

さらに脱越を望んだのは、旧南ベトナム政府派の人々だけではなく、戦時中スパイとして北軍に協力していたいわゆるベトコンのなかにもいた。ベトコンとは、南ベトナム解放民族戦線の略称で、反米・反帝国主義を掲げ一九六〇年に組織された、南ベトナム政府転覆とベトナム再統一を目指す地下組織のことだ。サイゴン陥落後、統一ベトナム政権に抜擢される人材もいたが、北ベトナム出身者を中心とする新政府での信頼は必ずしも高くなく、なかには忠誠心を疑われ軟禁される者もいれば、再教育キャンプへ送られる者もいた。よって、旧ベトコンのなかにも脱越の道を選ぶ者がいたのだが、難民キャンプや避難先の第三国でその過去が知られようものなら、命にもかかわる報復の危険にさらされた。よって渡米直後のランが学校でベトコン呼ばわりされたというのは(一〇一)、まったくの言いがかりなのだが、当時のアメリカ市民のベトナムや戦争に関する一般的な認識はその程度のものだった。

ともあれ、父の計らいで一九七五年初頭には、コネティカット州に住むアメリカの軍人家族の下で新たな生活をスタートさせたランは、その後、家族と合流。当初は学校で受ける差別に苦しんだものの、やがてアメリカでも有数の女子大学マウント・ホリヨークに進学すると、次第にアメリカ的ライフスタイルにも順応し、卒業後はイエール大学法科大学院に進学した。これらは本書の主要トピックである。

法科大学院修了後には、ウォール街で法曹の仕事に就くと、リサーチ目的で戻るベトナムへの旅をきっかけにデビュー小説となる『モンキーブリッジ』の執筆に着手。偶然出会った出版エージェントの手によって、それが世に送り出された経緯も、本書で述べられている。

ちなみに『モンキーブリッジ』は訳者がはじめて手がけた翻訳で、二〇〇九年に彩流社より出版された。ラン自身の生い立ちをベースに脚色された、若いベトナム系難民少女マイとその母タインのアメリカでのサバイバル物語だが、国を二分する戦争に至るベトナムの歴史が、伝統文化とともに紹介されている。本書で娘のハーランが語っているように、ランは自らの作品について語ることを嫌い、その内容や背景について明かすことはほとんどないが、『モンキーブリッジ』執筆には、難民生活を通じて、とくに若い世代が失っていくベトナムの過去や伝統を書き残しておきたいという意図があったと推察される。

この『モンキーブリッジ』出版が背を押したのだろう。ウォール街の生活に疲れはじめていたランは、より自由な生活スタイルを求めてブルックリン大学法科大学院に転職し教壇に立つ。そして、非常勤として教えることになったデューク大学で、後に結婚することになるウィリアム・ヴァン・アルスタインと出会う。ウィリアムはアメリカでも指折りの著名な法律家。長くデューク大学法科大学院で教鞭を執り、第四二代アメリカ大統領ビル・クリントンの弾劾裁判では法廷で証言台に立った。本書で述べられているように、そのときの証言はニューヨークタイムズ紙により絶賛された。ウィリアムとの結婚は、ランにとって大きな転機となり、そこから生まれたドラマが本書の骨格を成す。

一方、娘のハーランはアメリカ生まれのいわゆる二世。将来はスクリーン・ライターになりたいという彼女は、現在カリフォルニア大学ロサンゼルス校、通称ＵＣＬＡに通う大学生だ。東海岸育ちのハーランがカリフォルニアに引っ越してきたがゆえに受けたという様々ないじめやハラスメントは、アメリカのティーンエイジャーが送る過酷な生活実体をさらけ出す。日本にいると、アメリカでは自由で楽しい学生生活が送られていると思いがちだが、むしろ保守的で閉鎖的な部分が残ることを忘れてはいけない。さらにハーランが苦しんだように、SNS社会の弊害は、今やどこにでも存在する。アメリカの高校生を描くティーン向けドラマさながらのハーランの生活ぶりに、驚く読者も少なくないだろう。

ところで、ランとは一〇年以上の付き合いになる訳者にとって、最も衝撃的だったのは、彼女が患ってきたという解離性同一性障害のことだ。二作目の長編小説『蓮と嵐』では、主人公の女性マイがこれを患い、バオとセシルというふたりの別人格の存在に苦しみつつも、人として成長していくプロセスが描かれていた。その描写のあまりのリアルさに、ひょっとしてとは思いつつも、必ずしも自伝的要素はそこまで色濃くないと考えていたのだが、実際にランがこの病に苦しんできたことが、本書では赤裸々に語られる。

ランとは、訳者が『蓮と嵐』の翻訳（彩流社、二〇一六）を手がけた頃から、より親しく付きあうようになっていた。だから、ハーランの家庭教師マイの存在も知っていたし、ランから直接聞くことはなかったが、夫ウィリアムの健康状態が思わしくないことは言外に感じとれた。だが、神経質そうな性格には見えたものの、ラン自身が病を患っているとは想像もしなかっただけに、本書で彼女やハーランがそれぞれ自身のことや親子関係を包み隠さず語っていくのには、驚きを禁じ得なかった。それほどランは自らのことも、小説のことも語ることがなかった。

ただ、こうした病はラン固有のものではなく、ベトナム系難民の間には少なからず見られるものだ。本書でも、マイが戦争トラウマに起因する病に苦しんでいることが、ハーランの語りを通じて明らかにされる。また、仕事柄多くの難民作家や芸術家との付き合いがあるが、知っているだけでも何人かは同じような病や過去のトラウマに苦しんでいるようだ。第三者の立場から、難民作家云々を論じることはできても、彼ら彼女らの心の闇まで理解することには到底及ばない。

最後に、本書でランやハーランが言及する複雑なベトナムの家族構成について。本書でランが母方の家族について触れるのは第一章だが、そこからもわかるように、母方の祖父はベトナムの肥沃な農業地帯メコンデルタの地主だったものの、小作農の解放を目指すベトコンの手によって惨殺された。残された祖母は、その後ランの両親とともに渡米し、バージニア州フォールスチャーチで暮らすことになる。

この祖母が産んだ兄弟姉妹の呼称が、恐らく読者を悩ましたことと推察する。それもそのはず、ベトナムでは互いを名前で呼びあうことはなく、生まれた順番や話者から見ての関係性から呼び名が決まる。恐らく年功序列による家族・社会構成を最も単純に表現した結果、こうした仕来りが生まれたのだろう。もっとも、生まれた順に数字で呼ばれるはずの兄弟姉妹も、家の跡取りである長男が悪霊に誘拐されるのを防ぐために、わざと長男を次男と呼ぶからわかりづらい。一番目の×××は存在せず、二番目の×××から始まる。一方、大学生になったランがフォールスチャーチに戻って来た際に、数字ではなく名前で呼ばれたというのは、本人が自覚するように、「家族の一員として認められていない」ことを示唆する（一九三）。難民として暮らすアメリカで、同化することが社会で生き残る上で必須のことでありながら、同化がすぎれば家族からはみ出してしまう。そんなジレンマを感じながら、ランは生きてきた。

本書の出版にあたっては、小鳥遊書房の林田こずえ氏に大変お世話になった。林田氏には人気ミュージカル『ミス・サイゴン』を論じた『『ミス・サイゴン』の世界』（二〇二〇）出版でも大変お世話になったが、そのていねいな仕事ぶりにはいつもながら敬服する。つねに安心して仕事を進められたことに、厚く御礼申しあげる。

また、翻訳に至るまでのベトナム系アメリカ文化等に関する研究作業においては、日本学術振興会科学研究費による助成を受けることができた。とくに二〇一八年度に公布された基盤（C）「太平洋横断的ヴェトナム系アメリカ文化研究の構築にむけて――難民文化の再越境と変容」（18K00435）により、本書の翻訳権を取得できた。また、本研究助成による渡米等により培ってきたラン・カオとの信頼関係がなければ、本作の翻訳・出版は実現しなかった。

加えて、二〇二一年度に交付された基盤（C）「ベトナム戦争と文化の越境——太平洋横断的アメリカ文化の形成と展開」(21K00377)のおかげで、本作品の翻訳を継続的に実施することができた。関係諸氏には厚く御礼申しあげる。

二〇二二年　秋の東京にて

麻生 享志

【著者】 **ラン・カオ**
（Lan Cao）

1961年ベトナム、サイゴン生まれ。

1975年サイゴン陥落の年にアメリカへ渡る。

チャップマン大学法科大学院で教鞭を執る国際法の専門家、作家。

著作に『モンキーブリッジ』、『蓮と嵐』（麻生享志訳、彩流社）、

『アジア系アメリカ人の歴史について知っていなければならないこと』（共著、未訳）など。

【著者】 **ハーラン・マーガレット・ヴァン・カオ**
（Harlan Margaret Van Cao）

2002年アメリカ生まれ。

ベトナム難民ラン・カオの娘として、難民2世にあたる。

現在カリフォルニア大学ロサンゼルス校、通称ＵＣＬＡに通学する大学生。

【訳者】 **麻生 享志**
（あそう・たかし）

東京生まれ。

ニューヨーク州立大学バッファロー校博士課程修了（比較文学）。

早稲田大学教授。現代アメリカ文化・文学研究。

著書に『ポストモダンとアメリカ文化　文化の翻訳に向けて』（彩流社、2011年）、

「『ミス・サイゴン』の世界　戦禍のベトナムをくぐり抜けて』（小鳥遊書房、2020年）、

『「リトルサイゴン」　ベトナム系アメリカ文化の現在』（彩流社、2020年）。

共編著に『現代作家ガイド7　トマス・ピンチョン』（彩流社、2014年）、

『アジア系トランスボーダー文学　アジア系アメリカ文学研究の新地平』（小鳥遊書房、2021年）他。

訳書に『モンキーブリッジ』（2009年）、『蓮と嵐』（2016年）（ラン・カオ著、彩流社）他。

ランとハーラン

母《はは》は難民《なんみん》、娘《むすめ》はアメリカ生《う》まれ

2022 年 12 月 28 日　第 1 刷発行

【著者】
ラン・カオ／ハーラン・マーガレット・ヴァン・カオ
【訳者】
麻生享志

発行者：高梨 治
発行所：株式会社**小鳥遊《たかなし》書房**
〒 102-0071　東京都千代田区富士見 1-7-6-5F
電話 03 (6265) 4910（代表）／ FAX 03 (6265) 4902
https://www.tkns-shobou.co.jp
info@tkns-shobou.co.jp

装幀　鳴田小夜子（KOGUMA OFFICE）
印刷　モリモト印刷（株）
製本　（株）村上製本所

ISBN978-4-86780-002-7　C0022